Ronso Kaigai
MYSTERY
230

楽園事件《パラダイス・ミステリ》

The Diamonds and The Paradise Mystery
J.S.Fletcher

J・S・フレッチャー
森下雨村［訳］　湯浅篤志［編］

論創社

The Diamonds and The Paradise Mystery

2019

by J.S.Fletcher

Edited by Atsushi Yuasa

目次

凡例

一、「仮名づかい」は、「現代仮名遣い」（昭和六一年七月一日内閣告示第一号）にあらためた。
一、漢字の表記については、原則として「常用漢字表」に従って底本の表記をあらため、表外漢字は、底本の表記を尊重した。ただし人名漢字については適宜慣例に従った。
一、難読漢字については、現代仮名遣いでルビを付した。
一、極端な当て字と思われるもの及び指示語、副詞、接続詞等は適宜仮名に改めた。ただし意図的な当て字、作者特有の当て字は底本表記のままとした。
一、あきらかな誤植は訂正した。
一、今日の人権意識に照らして不当・不適切と思われる語句や表現がみられる箇所もあるが、時代的背景と作品の価値に鑑み、修正・削除はおこなわなかった。
一、作品標題は、底本の仮名づかいを尊重した。漢字については、常用漢字表にある漢字は同表に従って字体をあらためたが、それ以外の漢字は底本の字体のままとした。

ダイヤモンド

真鍮金具の小函

からりと晴れた六月の午前《あさ》であった。碧《あお》い大空と、かがやかしい陽光《ひ》の下に浮き立ったプリマスの街々には、何の屈託もなさそうな人々が、思い思いにぞろぞろと歩いていた。が、ただ一人、ズボンの衣嚢《かくし》に両手を深く突込んで、市役所前の広場をぶらついている男だけは、一向に浮かぬ気な様子であった。がっしりとした体格《からだつき》の、日に焦《や》けた顔をして、潮の中を幾度か潜《くぐ》ったらしい古ぼけた厚短《ピィ》ジャケツを着、負傷《けが》でもしている人のように、破れた古靴をひきずりひきずり歩いてゆく。そして擦れちがう人毎に、底光のする冷かな眼光《まなざし》をくれながら、郵便局の前の辺石《カーブ》まで来ると、路上へ向けて忌々《いまいま》しそうにパッパッと二三度唾を吐きかけた。

市役所の時計が十一時を打つと、彼は足を返してのろのろと郵便局へ入っていった。そして低い声で、ジョン・リンドセー宛の留置郵便は来てないかと局員に訊いた。

その言葉附から察すると、彼はもう幾度となくそう云って訪ねて来たものであるらしい。元気のない、投げやりの、来てないことは覚悟の前だが、訊くだけは訊いてみようといった風な態度《ようす》である。が、つと後を振向いた局員は、Lと記した棚の中から汚い封筒を引きぬくと、注意深く宛名のところを調べてから、

「差出地はどこです?」と、訊いた。

その瞬間、男の眼は急に生々と輝いてきた。そして既《も》う半分も勘定台《カウンター》の上へ手を出しながら、

「ウェスト・ハートルプールから出してると思いますがね」

局員が無雑作に投げ出した手紙を取上げた時、リンドセーの手は微《かすか》に顫えた。片隅へいって、そそくさと封を切ると、中からは短い文句を認《したた》めた半片《はんぴら》の用箋が出てきたが、彼はそれには眼もくれず、更に封筒の中を覗き込んだ。するとそこに二つに折った小為替《こがわせ》が入っていた。

急いでそれを取出したリンドセーは、二ソヴレン（二磅《ポンド》）の額面を見るとホッとした面持で勘定台へ行って、ペンを摑んで署名をし、局員の手から金を受取って、再び晴々しい街の中へ出ていった。

彼は時計台を見上げた。と十一時を五分過ぎたばかりだった。

彼は道を左へとって、群集《ひとむれ》の中を縫いながら、プリマスからデヴォンポートへ通ずる長い通りまで来ると、そこの居酒屋へ入って強麦酒《エール》を一杯ひっかけた。そして硝子《ガラス》戸棚の中の豚饅頭《ポークパイ》を二つつかみとって、むしゃむしゃと食った。それから二杯三杯と酒の洋盃《コップ》をかえては、饅頭を肴にゆっくりと飲んだり食ったりした。にこにこしながらその様子を見ていた居酒屋の亭主が、

「旦那、なかなかおいけになりますね」と戯談《じょうだん》半分に話しかけると、

「まる一日食わんでいたら、誰だって腹が空《へ》ろうじゃないか」と唸るように云って、「おい、飛び切り上等の――そうだうんときついシガーを一本くれないか」

亭主は函ぐるみ差出すと、リンドセーはその中から一本摑んで、一枚の金貨を投げ出した。そして剰銭《つりせん》を仔細《こまか》に調べてから、衣嚢に入れ、シガーに火をつけて、強烈な香りに快い刺戟を感じながら、言葉《もの》も云わずにふいと往来へ飛び出した。

街はまだ群集で一杯だった。軍人や、船乗や、水兵などが下卑た口をききながら、ぞろぞろと歩い

ていた。リンドセーはそれらの人々には目もくれず、とうとうデヴォンポートの近くまで来た。と、突然、彼は足を止めて立ち停った。そして口にした煙草がポタリと足許に落ちたのも気づかずに、傍《かたわら》の飾窓をじっと覗き込んだ。そして身体《からだ》の上半身を屈めながら、そこに飾られたある一つの品物を睨みつけるように見入っていたが、やがてさり気ない風で、煙草を拾い上げて口に啣《くわ》えた。

再び窓の方を見た時、彼はシガーの煙を大きくパッと吐き出した。肩巾の大きい彼の胸は、異常な衝動と興奮に波打っていたのだ。やや少時《しばらく》の間、眼の色を変えて、窓の中を覗き込んでいた彼は、突然、

「確にそうだ！　間違いっこない！」と唸るように叫びながら、身体を伸して、額の汗を拭いた。それから二歩三歩《ふたあしみあし》後へ退って、更《あらた》めて商店《みせ》の外観《ようす》を見廻した。正面の看板には「アアロン・ジョセフズ」と書いてあった。陳列の品から推して、それがこうした港町で手に入り易い骨董品を商っていることは一と目で知れた。窓には油布から始めて、外国の貨幣類までありとあるがらくたが陳列《なら》べてあった。しかし、血相を変えて覗き込んでいるリンドセーの眼には、ただ一つの物しか映ってはいなかった。

それは黒味がかった木材をつかって、四隅に真鍮の金具の箍《たが》をしっかりとはめた小函であった。普通の煙草盆よりもやや大きいくらいであるが、打見たところ相当重量《おもさ》はありそうだった。木材の方は光沢《つや》びかりを見せていたが、金具の方は長い間磨いたこともないらしく鈍色《にぶいろ》になっていた。右から左から飽かず打眺めていたリンドセーの眼色は次第に鋭くなり、心臓の鼓動は段々とましてきた。その顔には長い間、捜し求めた揚句、遂に絶望と見切をつけたある物を、突然見出した人のようなかがやかしい表情を見せていた。

「うむ、そっくりだ」彼は初めて呟いた。「十年前とそっくりそのままだ！」

後を追う印度人《インド》

リンドセーは思い出したように歩きだした。その顔には、最初窓を覗き込んだ時のような驚愕《おどろき》の表情《いろ》は消えて、不安そうな陰影《かげ》がさしていた。そしてシガーをくわえたまま、両手は再び衣嚢に突込んで、額に深い皺を刻みながらふらふらふらと歩いてゆく。

「さて、どうしてあれを取戻すかナ。こいつが一仕事だテ……あまり欲しそうな顔をすると、あの猶太人奴《ユダヤじんめ》嗅ぎつけて高値を吹きかけるにきまっている。何しろ懐との相談だからナ。だが、そんなことはどうでもいい、どうにでもして取り戻すんだ。元来《もともと》、俺のものなんだ」

彼はつと足を返して、再び店の方へ取って返した。その時の彼は俯目《ふしめ》になって、もう通りがかりの人達には眼もくれなかった。従って、向うから来かかった一人の印度人が、彼の姿を見て驚愕《おどろき》と同時に、その口許ににやりと変な笑いを見せたのには、少しも気がつかなかった。

その印度人は痩形の小柄な男で、色の褪せた薄地の服を着、黒色の頭帕巾《ターバン》を頭に巻いていた。彼はリンドセーと擦れ違うと、つと振り向いて、その後姿を見送っていたが、直ぐその後をつけて歩き出した。リンドセーは例の店頭《みせさき》まで来ると少時《しばし》思案していたが、やがて足を早めて往来を横切り、扉《ドア》を開けて店の中へ入っていった。

新聞を読んでいた主人のアアロン・ジョセフズは見すぼらしい客の風体を見て、無愛想に向き直っ

た。リンドセーはコツコツと勘定台を叩きながら、

「あすこに小さい函があるね」と出来るだけ平気な風を装うて、「ちょいちょいした物を入れるのに、ああいう函が欲しいと思っていたところだ。大した値段でなきゃあ、売ってもらいたいんですがね」と云った。

アアロン・ジョセフズはいろんなものを雑然と列《なら》べた窓をちょっと覗いて、小函をとって勘定台に置いた。

リンドセーは眼色を変えながら、顫える指頭《ゆびさき》で黒味がかった函の蓋をコツコツと叩いてみた。

「なるほどいい細工だ」リンドセーは強《た》って平静を装いながら、「ちょいちょいしたものを入れるには誂え向きだ。いくらですね？」

ジョセフズはコツンと蓋を叩いて見せた。明《あきらか》に空《がら》ん洞の音がした。

「そうですな。いくらで買って下さるんで？　これでなかなか良い木材で、香がありますぜ、それに金具もよく出来てまさあね、有りふれた品じゃありませんよ」

「十シリング出そうよ」リンドセーが云った。

「御戯談でしょう！」ジョセフズは函を引奪《ひったく》るように取って、後の窓へ載《の》っけながら、「十シリングとは滅相もない。五磅でも御免蒙《こうむ》りたいんで」

「ホウ！　五磅！　そんな函が？」

「だって細工が違いまさあね！　それ――」彼は函を再び勘定台の上へ持ち出して、「蓋のこの彫刻《ほり》を御覧なさい、それから木の香と云い、真鍮の金具といい――どうしてこれで立派な美術品なんですよ」

「じゃ、一体いくらってえんだね？」彼はじりじりして来て、言葉までぞんざいになった。

「そうですね、まあ十磅ですね」

「ふーん！」リンドセーは呻くように云って、勘定台の上に寄っかかりながら、厳しい顔をぬっと相手の鼻先へつきつけた。「十磅もいいが、それが売買《うりかい》のならない他人《ひと》のものだと分ったら、一体どうなるもんかナ？」

ジョセフズは目をまろくして、つと函をとり上げた。そして函と相手の顔とを等分に見遣った。その顔は幾分蒼味を帯びていた。

「何ですって？　この函が他人のものだと——以ての外だ。……ふん、出ていってもらおう、お前さんみたいな人に用はないのだ」

「いや、そうはいかん」相手の間誤《まご》つくのを見てリンドセーはぐっと横柄に構え込んだ。

「いざとなれや、これで訴訟事件だからな。第一、君にはその函の所有権がないと申出たらどうだ？　つまりそれを売る権利がないというんだ。それから更に元の所有主が出てきたとしたらどうだ。すると、君は泥棒の盗んできた物を店に置いていたということになるんだ。それからだ——」

「一人で何を吠てるんだ」ジョセフズは言葉を遮りながら、「拙《つま》らないことを云わんと、さっさと出てゆくんだ！」

リンドセーの顔は一層嶮しく緊張《ひきしま》ってきた。彼は古物商の顔をきっと睨まえて、

「宜《い》いとも、出ていってやろう！　その代り、今巡査をつれて来るから待っていろ」

吐き出すように呶鳴り散すと、そのままぷいと店を出た。町の向う側に立っていた印度人は、彼が何かを捜す風で、きょろきょろと四辺《あたり》を見廻しているのを見た。その内に、彼は向うの横町の角に巡

査の姿を見附けると、その傍へ行って何事か話しかけた。

函の内容は何?

巡査はリンドセーを見下《おろ》しながら、むずかしい顔をして、頭を竪《たて》に振っていたが、不承々々一緒に古物商の店まで来て、二人で中へ入っていった。印度人はさり気ない風で、そこらをぶらつきながら、やはり看視の眼を放さなかった。

二人が這入っていった時、ジョセフズはまだ勘定台の傍に、例の小函を手にしたまま立っていたが、警官を見るとぎくとした風で顔色を変えた。

「こういう理由《わけ》なんです」リンドセーは小函を指しながら警官の方へ向いて、「この店の前まで来て、ふいと飾窓《まど》を見ると、あの函があるんです。私《わっち》は一目でそれが自分のものだと知ったんです――ずっと前に失くしたものなんで、決して間違いっこないんです。そこで買い取ろうと思って、値段を聞くと、十磅だなんて云うんです。戯談じゃありませんや。私はぐっと癪にさわったので、もう一文《もん》も払うものかと腹を決めたんです。――自分のものを自分が持ってゆくのに何も不思議はないんですからね。それが法律というものじゃありませんか?」

巡査は古物商とリンドセーの顔を等分に見較べた。

「それや、元来《もともと》君のものなら、無論君のものなんだが」巡査が云った。「それについちゃ証拠というものがいるね」

「そうですとも」ジョセフズが得たりとばかり口を出した。「勝手に店へ飛び込んで来て、店の品を自分のものだなんて云われては、何とも迷惑至極ですよ。何か証拠を見せてもらいましょう」

「証拠なら直ぐにでも見せてやるよ」リンドセーは待ち構えた風で、「しかし、その前に云っておくが、僕はここへ入って来てから、ちょっとその蓋を叩いただけで、内容《なか》は少しも見はしなかったね？ そうだろう？」

古物店《ふるものや》の主人が首肯《うなず》くと、

「じゃ宜《い》い。では、その蓋を開けて見たまえ。内側に真鍮の板があって、それにJ・L、1889と刻《ほ》ってあるはずだ」

主人は渋々と函の蓋を開けた。

「さあ、どうだ」リンドセーはそれ見ろと云わんばかりに、「偽《うそ》は云わないつもりだ——そこでJ・Lだが、それは此奴《こいつ》を見てもらえば論はないんだ」

リンドセーは郵便局で受取った手紙を出して、警官に見せながら、

「これを御覧下さい。論より証拠です。ジョン・リンドセーというのは私《わっち》の名なんで、兄貴から来たのを先刻《さっき》ウェスト・ハートルプールで受取ったばかりなんです。1889はあの函を手に入れた年なんです。これだけ確な証拠はないと思いますがね」

「なるほどこうなると、この人のらしいね」巡査はジョセフズに云った。

「無論、私のですよ」リンドセーは不気嫌な口調《くちぶり》で、「私は五年前、ブラマプートラ号に乗ってた時分、それを失くしたんです。それを誰かしら盗んだ奴がここへ売り込んだに違いないんです」

「私の方でこれを買ったのは、ほんの一年半位前のことで」古物商は怒ったように云った。「それに

これがその方のものだなんてことまで、私の方では知るはずがないんです。一々品物《しな》の来歴など聞いちゃいられませんからね」

「そんな事はどうでも宜いんだ。とにかく、それを渡してもらわんでは、ただでは済まないことになるんだ」リンドセーは急に凄い見幕になッて、「さあ、此方《こちとら》へ渡してもらおう」

ジョセフズは考えた。一体、この男はどうしてそんなにこの函を欲しがるだろう？　この函には他人に分らない特別の価値《ねうち》でもあるのかしら！——そんなことを考えながら、彼は一層しっかりと函を摑んで、嚇《おど》しなんかにびくつくものかと腹を決めた。

「いや、そう雑作《わけ》なく渡すってわけにはいきませんて。もし真実《ほんとう》にこれがお前さんのなら、正当な方法でその事を証明しなさるがいい。お前さんがどうした方だか、何故そんな云いがかりをなさるか、私の方には全《まる》で関係のないことなんですからね」

巡査はリンドセーの顔が嫌に嶮しくなったのを見て、

「君、これはやはり法律上の手続きを踏む方がいいでしょう。強《たっ》て欲しいというのなら、法律家の許へいって相談をした上のことにするんですね」と宥《なだ》める風に言った。

「何ですと！」リンドセーはかっとなって叫んだ。「自分のものを取返すのに、そんな面倒《めんど》いことをしなくてはならないんだと？　フン、余計な文句なんか云わんで、温和《おとな》しく渡しとく方が宜いだろうぜ。でないと——」

「おいおい」警官は事件が自分の権限内へ入ってきたので、調子づいてきた。

「脅喝染みたことを云うんじゃない。いよいよ君のものだと決れば、その引渡を要求する正当な手段というものがあるではないか。この国では法律というものを無視するわけにはゆかんのじゃ」

「そうですとも」ジョセフズは嬉しそうに巡査の顔を見ながら、「立派に証明してもらいませんではナ。私の方では正当な道を踏んだことでないと、一切御免なんでございますよ」

リンドセーは二人の顔をきっと睨みつけた。

「フン、そんなもんですかね、此方《こちとら》のものだってことが、ちゃんと分っているのに、法律に訴えなくちゃ戻してもらえんものですかい。おい、ジョセフズてか、何てか知らないが、その函は俺のもんだ、俺は取返さなくちゃおかねえんだ。一磅で温和しく引取ろうてのに、ご免だなんて、記憶《おぼ》えていろ！」

リンドセーは互に顔を見合して、突立っている二人に捨台白《すてぜりふ》を残しながら、ぷいと店を飛び出した。それから町を横切って、プリマスの方へ真直ぐに歩いていった。が、百碼《ヤード》と行かない内に、耳の後で軽い咳がしたと思うと、誰かの手が軽く彼の肩に触れた。彼はつと後を振返った。と、例の印度人とパッタリ顔を見合した。

印度人の物語

みすぼらしい厚短ジャケツを着たリンドセーの眼に、じっと見入った印度人の顔には変な薄ら笑いが浮んでいた。しかしリンドセーの方では睫《まつげ》一つ動かさなかった。が、ジョセフズとの交渉で、すっかり気嫌を損じていた彼の面相《かお》は、一瞬にして驚きとも恐怖《おそれ》ともつかぬ表情《かおいろ》に変って、大きな口を開けたまま思わず後へ身を退いた。

「どこからお前は飛び出したんだ？」彼はじっと印度人の顔を凝視《みつ》めながら云った。すると印度人はまたもにやりと笑いながら、

「リンドセーさん、私《あっし》は捜し物があって、地球の上をぐるぐる廻っているんですよ」立派な英語で、低い音楽的な声で答えた。「是非とも目附《めっ》けたい捜し物がありましてね」

「そうかい、じゃ精々《せいぜい》捜すがいいだろう」

「ところが、今やっとそれが目附《めっか》ったんですよ。それは貴方だ。それから今一つは、それ例の真鍮金具の小函でさあ」

「じゃ、お前見てたんだナ」驚いた風でリンドセーが云った。「ふむ、お前のことだから無理もない。いや、今日は珍しい日だ――打魂消《ぶったまげ》ることばかりだ。第一にさ、今までに何一つ碌《ろく》なこともしてくれなかった兄貴の奴が、金を二磅送ってきたんだ。それが十磅であってくれたらナア、あの函が手に入

るんだったんだが。それでさ、むしゃくしゃしてやって来ると、今度は遠い昔鮫《さめ》に食われたと思ったお前にポカリ会うしさ。いや珍しい日だよ。——ところで、ラル・ダス。お前まだ他に捜してるものがあるだろう?」

「その方はもう疾《とう》に目附けたんですよ」印度人はどこまでも冷静な態度で云った。「それや仲間のステフワノ・バシリさんですよ」

「戯談云っちゃいけねえ」リンドセーは相手の咽喉首《のどくび》を摑むような手振りをしながら、「彼奴《あいつ》こそ死んだんだ」

ラル・ダスはにやにやと笑いながら、いかにも自信あり気に頭《かぶり》を振った。

「死んじゃいませんよ。立派に生きているんです。だが、リンドセーさん、驚かないでいいんです。どうせ此方《こちとら》に手出しの出来ない場所《ところ》にいるんですからね」

「そいつは初耳だ」リンドセーは薄汚い半巾《ハンカチ》を出して、額を拭きながら、ホッとした風で云った。

「で、一体どこにいるんだね?」

「沼地《ぬま》の向うですよ。ダートムアの監獄です」

リンドセーは目を瞠《みは》った。その顔は新しい驚異に包まれていた。彼は頭を振り振り、

「怪しいぜ、俺は少し頭がどうかしてるかもしれんぞ。だが、ここで立話も出来ない。どこか静なところへ行こうじゃないか。いや、何もかも意外なことばかりだ」

「じゃ、ここを少し行くと、狭いけど静な場所がありますがね。そこなら皆が私《わっち》の顔をしってるから安心ですよ」

「知った連中がいては面白くないね」リンドセーは疑い深そうに呟いた。「どうせ行くんなら、顔の

知られてないところへ行こうじゃないか」

ラル・ダスは相手の肚裏《はら》を読んだような顔をして、またにやりと笑った。

「心配せんでもいいんですよ。時と場合によりけりっていう諺《ことわざ》もあるじゃありませんか。こうなれば、もうお互いに離れちまうわけにはゆきませんからね」

「もう宜い、余計な口なんか叩かんで行こうよ。だがね、ラル・ダス、変なことをすると承知しないぜ、昔の俺を忘れはしまいナ」

彼はそう云って意味あり気にポケットを叩いてみせた。印度人はまたにやりと笑った、が今度の笑いには不興気な疑惑があった。

「そんな心配なんかしないでもいいんですよ、じゃ行きましょう」

彼は静に云って、先に立って歩き出した。暫くゆくと通りからちょっと入った路次を潜って、古風な家の中へ入ったと思うと、狭い廊下を抜けて扉《ドア》を開けた。そこは食卓と二脚の椅子きりしかない狭苦しい酒場《バー》だった。

リンドセーは疑い深い目附きで、じろじろと見廻していたが、しっかりした壁と、たった一つしかない窓の下は狭い後庭《にわ》になっているのを見て、安心しながら腰を下して、相手の顔をきっと見詰めた。

「何か飲物をもらいましょうね?」ラル・ダスは急に改まった鄭重《ていちょう》な言葉で云った。

「そうさね、強麦酒を貰おう」リンドセーは云って、「鱶でもらおうじゃないか」と意味ありげに附け加えた。

ラル・ダスが呼鈴《ベル》を押すと、肥った中年の女が出てきて、心安げに彼に話しかけた。やがて女主人《おかみ》が引退ると、ラル・ダスは前へよっかかるようにして、リンドセーの腕に手を置き、急に声を落して、

「この家なんですよ。ステファノがあの函を盗まれたのは」

「ええ」リンドセーは目を円くして、「じゃ、ステファノが持ってたんだね？　俺はそうじゃないかと思ってたんだ。もっともお前をも疑ってはいたんだがね。それやとにかく、お前はどうしてそれを知ってるんだい？」

「どうしてって、大した理由《わけ》もないじゃありませんか。元来《もともと》三人しかないんですもの——あの函のことを知ってるものは。お前さんと、ステファノと私《あっし》とね。その三人が三人とも、あの難船して沈んだ汽船《ふね》に乗ってたんだから、その内の誰かが持って逃げたことは間違いないんです。私も最初は誰が持って逃げたのか分らなかったんですが、去年になってやっとそれが分ったのです。こうなんですよ、ステファノはあの函を持って運よく逃げ出して、廻り廻ってプリマスへ来て、その頃この酒場をやってた男にあの函を頼んでおいて、またどこかへ出掛けていったんです。それから随分と経って帰って来てみると、その間に酒場の主人があの函を売り飛してたんです」

「ウム、ウム、それから——」

「それからどうしたんだ?」リンドセーは目を輝しながら聞いた。

「それで預けた品が無いとなると、気の短いステフヮノのことだから、カッとなって取組合《とっくみあい》を始めたんです、ところが、ステフヮノの方はナイフを持っていたので、それきりだったんです」

「殺《ばら》したのかい?」

「そうなんです。この部屋の、それも貴下《あんた》が座っているその椅子の上で………」

「この椅子だって?」リンドセーは慌てて椅子から飛び上った。「そ、それは真実《ほんとう》かい?」

「嘘なんか云うものですか。その椅子ですよ」

リンドセーはいかにも気味悪そうに、今まで自分が腰をかけていた椅子をまじまじと見ながら、

「縁起でもない! もう座るのは止しだ。それからどうしたんだね?」

「私《あっし》はその頃プリマスにいましたがね。新聞で裁判――巡回裁判って云いますかね――の記事を読んで、初めて知ったんです。最初は死刑になりそうでしたが、結局ただの人殺しということになって、十年の懲役で済んだんですよ」

「どうして死刑にしなかったんだろう」リンドセーは唸るように呟いた。「あんな奴は呼吸《いき》の根を止めてやる方が宜いんだのに」

「とにかく、そういう理由《わけ》で、私はこの家を知ったんです。それで相手を殺すほどステフヮノが欲しがった品物《しな》って一体何だろうと思って、わざわざ此店《ここ》へやって来たものですよ。殺された男の女房《かない》というのが、それから後も少時《しばらく》店をやっていたんですが、少々智恵が足りない方で、亭主を殺された腹癒《はらいせ》にすっかり喋べってくれましたよ。何でも預った品というのは、すっかりで二磅にも足りない位のもので、亭主はたった二磅と情死《しんじゅう》したんだと繰返し繰返し云っていました。だが、その二磅の品物の行衛《ゆくえ》については何も知っていないんですよ。ステフヮノが借金の抵当《かた》に置いていったんだから、大方売払ったろうとか、それとも盗まれたのかも知れない、小さい函と衣類《きもの》を包《くる》んだ包みだったと云うだけで、詳しいことは何を聞いても知らないんです。それから間もなくステフヮノは監獄へ送られるし、その女は店を譲るし、いつとはなしに世間からも忘れられてしまったんです」

一息ついた印度人ラル・ダスは、ぐっと椅子を進めながら、急に声を落して、

「だが、私だけは忘れなかったんです。それで、誰も知らない間に、この家の屋根裏から床下まですっかり捜してみたんですが、古物商《みせや》の窓先に飾ってある品《もの》が、こんなところにあるはずはないんで、全く草臥《くたびれ》儲けだったんです」

「俺も今日が日まで、あの函がどこにあるか全然《まるきり》知らなかったのだ。これが実際《ほんとう》の偶然という奴さ」

リンドセーは深い呼吸《いき》をして、「ところでここを出ようじゃないか、何も臆病からじゃないが、人殺しのあった椅子に腰をかけるなんて、あまり宜い気持じゃないからね」

「だが、その前にお互いの仕事の手順を定《き》めとかなくては」ラル・ダスが云った。

「お互いの仕事だって」リンドセーはちょっと癪に触ったような口吻《くちぶり》で、「あの函は俺のものだぜ、そうじゃないかい？」

「内容《なかみ》だと？　あれに未だ何か入ってると思ってるかい？お前も案外耄碌《もうろく》したね？」リンドセーは皮肉な笑《わらい》を浮べながら云った。

「大丈夫内容は元のまま、ちゃあんとあの内に入《なか》っているんですよ」

落ちついたラル・ダスの言葉を聞くと、リンドセーの顔がさっと変った。赤くなり、蒼くなり、また赤くなった。その手はぶるぶると顫えてさえいた。

「入ってるものか！　もし万が一入ってたら儲けものだが――もう有りっこはないよ、断じてありはしない。お剰《まけ》に古物商《あいつ》の手へ渡ってるんだもの。買いとると一緒に内容はすっかり調べたはずだ」

「調べるには調べたでしょうよ。だが千年かかったって、あの二重底が彼奴《やつ》なんどに目附《めっか》るはずはないんだから」

リンドセーは深い呼吸をした。と同時に、相手がじっと自分の顔を見ているのに気がついた。

「どうしたものかなあ？」彼は囁くように云った。「俺は巡査を引張って行って、彼奴を嚇しつけたんだからナ、きっと吃驚《びっくり》してどこかへ隠しちまって、もう売払ったなんて云やしまいか」

印度人の顔に陰険な翳がさしてきた。

「そんなことがあるもんですか。今夜の中《うち》にやっちまいましょうよ。彼奴は九時に扉《と》を閉めるから、九時ちょっと過ぎに出掛けましょうよ。だが、承知でしょうね、あの函はお互いの物で、内容物はあの時の約束通りに分配《わけ》るってことは？」

「それはそうさ。だが、どうして今夜――」

ラル・ダスは手を振って相手の口を制しながら、扉口の方を指した。リンドセーは彼の後について戸外《おもて》に出た。

裏庭の訪問者

古物商のアアロン・ジョセフズは、真鍮金具の小函のことで、今に手紙か使《つかい》でも来ることと思って、夕暮まで心待ちに待っていた。その中《うち》にも他に用がなくなると、例の小函を手にとって、船員《ふなのり》がそれを欲しがった理由をいろいろと考えてみた。

商売《そのみち》にかけては海千山千の彼は、リンドセーが単なる物好きから、その函を欲しがっているのでないことは、充分に見抜いていた。あの熱心な面持といい、手の顫えていた様子といい、そこには何か深い理由《いわれ》がなくてはならない。リンドセーの云うことが正当であって、その函がかつて彼のものであったこと、またそれを取り戻そうとする彼の要求が正しいことは彼も認めざるを得ない。

だが、所有権の問題などはどうでもいいのだ。彼にとって問題になるのは、函そのものである。何故、あの船乗はあんなにまでして函を取り戻そうとするのだろう？ どうしてああまであの函を欲しがるのだろう？ こうした問題を、彼は繰返し繰返し幾十度となく自ら問い自ら答えつつ、それを透視して一切の秘密を即座に解決でもしようとするかのように、じっと函を凝視《みつ》めるのであった。

彼は函を手にとって、コツコツと叩いてみた。裏返して函の底を不思議そうに見入てもみた。何か秘密の仕掛でもありはしないかと、組合せや隅々を細《こまか》に検《しら》べさえもした。

すると、ふと、その函を買取った時、鍵がついていたのをどこかへ蔵《しま》ったことを思い出して、売場台《カウンター》の下の抽斗《ひきだし》を開けて捜していると紙の札のついたその鍵が出てきた。

彼は四辺に人のいない間に、函の蓋を開けて、注意深くその内を覗き込んだ。が、それは全くの空洞《がらんどう》で、大切なものが蔵い込まれてあったらしい様子など少しもなかった。綺麗に組合せた東邦の木材は、店頭にかけつらねた油布の臭気《におい》の中にあってさえ鼻をうつほどの香を放っていた。しかし、いかにその函の中を睨めまわしても何一つ得るところはなかった。そこでジョセフズは再び錠を下して函は金庫の中にしっかりと蔵い込み、その晩は平常《いつも》よりも早く店を閉めた。そして店につづく風通しの悪い居室《いま》へ入って、晩飯《ゆうはん》の用意に取りかかった。

独身者《ひとりもの》の彼は、そこを居間兼食堂にし、二階を寝室に宛てて、好んで単調な生活を送っているのであった。

寂しい食卓に向って、ゆっくりと晩飯を認《したた》めながら、やっぱり小函の事を考えていた彼は、箸を置こうとして、今一度函の内容《なかみ》を検べてみようと決心した。今までだって幾度かこんな事柄には出会《でくわ》している。あの函の秘密が解けないというはずはないし、またあんな小函のためにこれ以上悩まされたくもなかったのだ。そう決心すると、彼は早速食卓を片付け、瓦斯《ガス》の噴出口《ヂェット》をねじって、金庫から例の小函を取出してきた。

家の中はひっそりとしていたが、彼は念のために店頭《みせさき》の扉《と》に鍵を下し、部屋の扉《ドア》を締めきった。裏庭へ出る戸にも目をやったが、滅多に開けたことのないその戸は無論しっかりと締っていた。

「こいつの片を附けなくては、寝られはしない。きっと秘密の容《い》れ所があって、大切な書類か、それとも紙幣かが入っているに相違ない。でなくて、あの船員があんなに欲しがる理由《わけ》がないんだから
――」

彼がそう云って呟いた時、部屋の背後《うしろ》の方で微かな囁き声がした。低い低い声ではあったが、確にその囁きは二度ほど繰返されたように思った。ジョセフズはびっくりして、四辺を見廻したが、彼の心は問題の小函の方に、より強くひきつけられていた。

彼は自分の耳を神経の故《せい》にしながら、小さい呎尺《フィートざし》を取り出して、函の幅員《はば》から長さ深さを念入りに計って、それを一々紙の上に書きつけていった。が、段々と計ってゆく内に、彼の顔は次第に困惑の色を増して、とうとう物尺《ものさし》とペンシルを投げ出してしまった。

「これじゃ秘密の抽斗なんぞあるはずがない。どうしたって寸法が許さないんだ——物尺が嘘を云う道理がない——」

その呟きが終るか終らないに、彼は愕然として椅子から起ち上った。裏庭の閾《しきい》を踏む足音がしたように思ったからだ。彼はじっと耳を傾《かし》げ、呼吸をつめて待った。すると足音が再び聞えて、それと殆ど同時に、庭へ出る戸を叩く音がした。

時刻《とき》も時刻であり、訪う戸口も戸口である。そこは毎朝部屋の掃除に来る老婆の他、事実誰も出入をしない入口ではないか、誰か気の利かない男が戸惑をしてやって来たのに違いない。

ジョセフズがそう思って、きっと扉《ドア》を睨んでいると、またドンドンと扉を叩く音がした。彼は躊躇《ためら》いながらも、部屋を横切って戸を開けた。

外にはまだ薄い夕陽の残光《ひかり》が、狭苦しい裏庭を包む壁を照らしていた。その薄ら明りの食卓《テーブル》のランプの灯《あかり》で、ジョセフズはそこに一人の男が突立っているのを見た。

不思議な殺人器

　最初、彼は例の船員《ふなのり》がやって来たのだと思った。が、そこに突立った男の細い瘦形な、その上頭に薄ものを巻きつけた姿を見ると、人違いであることが直ぐに分った。彼は相手の風態《ようす》を爪先から頭の上までじっと見上げながら、焦烈《じれ》ったそうに、

「今頃何の用があって来たんだ？」と詰《なじ》るように訊いた。

「買ってもらいたいものがありましてね」印度人は相手を宥める風に云った。

「店はもう一時間も前に閉めたんだ、時間外の取引はしないんだから、朝にしてもらおう」

「ところで明日の朝は、もうここにはいないんですよ。ドウバーの方へ行かなきゃならないんです。それに前にお願いしたこともあるし、まあ顧客《おとくい》の好誼《よしみ》で一つ特別に願いたいんですが」

　ジョセフズはぐっと近づいて、相手の顔を覗き込んだが、やがて印度人を部屋の中に導き入れながら、それでもまだ不機嫌な口調で、

「何故もっと早く来てくれないんだ？　一体何を持って来たんだね？」

「二つ三つ小さい宝石《いし》が手に入りましたものでね」印度人は扉を閉めて、食卓《テーブル》の傍に近づきながら、

「ジョセフズさん、この前貴下《あなた》に買ってもらったのとまあ似たもんですよ」

「フム、あれはあまり儲けにならなかったぜ。全く手間賃位のものだったよ。どれ見せてみな」

印度人は服の中から小さい布の袋を出して、袋の口を開けて三粒の小さい金剛石《ダイヤモンド》を取出した。宝石は瓦斯の灯を浴びてぎらぎらと輝いている。ジョセフズは食卓の上に前跼《まえかが》みになって、じっと宝石に凝視《みい》った。

「そうだね、時間は遅いし、この前と同じ値段なら引取っておこう」少時《しばらく》して宝石から目を放したジョセフズが云った。

「この前のとは物が違いますぜ」ラル・ダスは温和しく相談を持ちかけた。「今少し発奮してもらわんでは——」

「しかし今金を持ってないんだから仕方がない。それにこの前のほどいい宝石《いし》とも思えないよ。とにかく、今夜は持合せがないんだから、半金だけで後は証文にしといてこの次に払うことにしよう。でなきゃ話にならないんだ」

「じゃ、まあそういうことにしてもらいましょうか」ラル・ダスは渋々と承知した。

「それでは金を持ってくるから」

ジョセフズが金剛石を拾い集めて、店の方へ出てゆくとラル・ダスは椅子に腰を下して、四辺を見廻していたが、彼の目はやがて真鍮金具の小函に注がれ、ジョセフズがそこへ帰ってきた時も、まだじっとその方ばかり凝視めていた。

「面白い細工ですね、印度ものだ。ジョセフズさん、売り物なら譲ってもらいたいものですね」

ジョセフズは疑ったような目附でラル・ダスを見ながら、

「君でもう二人目だ。どうしてどうして売ってなるものか。それは魔法函でね、何か秘密があるんだよ」

「秘密の抽斗か、容物《いれもの》がきっとありますね」印度人は無頓着に云った。

「君もやっぱりそう思うかい。多分何かあるだろうと見込をつけて、寸法まで計ってみたんだがね。長さから深さから、すっかり検べたが、秘密の抽斗なんかある余地は少しもないんだ」

「それが細工人の巧者なところですよ」印度人は謎のような笑《わらい》を見せながら、「私の国には巧い細工人がいますからね、これなどもそれですよ。ベナレスで買った玩具《おもちゃ》ですがね、こんな小ちゃい函の中に十個位の宝石は立派に隠せる抽斗がついてるんですからね。試しに開けてごらんなさい」

猶太人《ジュウ》はラル・ダスが差出した小さい函を手にとった。それは長さ二寸、周囲《まわり》一寸位の円形の象牙細工で、一端に針も通らぬ位の小さい小さい孔があり、他の一端は円錐形の鋭い切尖《きっさき》になっていた。

「なるほど、どこかが開かなくちゃならんはずだね」物珍しそうに、掌でぐるぐると撫で廻していたジョセフズが云った。

「さあ、それがどこですかね。なかなか分らないでしょう」

「いや、こんなものを開けることは得意なんだがね――。ア痛ッ!」

突然、象牙の細工が食卓掛《テーブル》の上へ音をたてて落ちた。ジョセフズは顔をしかめて拇指《おやゆび》の腹を見ていたが、やがて左手の指でそこのところを揉みはじめた。

「どうなさったんで?」ラル・ダスが訊いた。

「何かに刺れたんだ。円い方の端を押すと、この小さい孔から何かしら飛び出して刺ったように思う。何か仕掛があるね」

「ちょっとした仕掛けですよ。ピンが飛び出すんです。だが、御覧なさい、そこに不思議な仕掛があるんですから」

ラル・ダスは落ちた象牙細工を取上げて、ちょっとどこかへ触ったと思うと、一方の端が弾き飛すようにパッと開いて、内の窩《うつろ》が現れた。

「なるほどナ、巧く拵えたものだ」猶太人はすっかり感心した風で、「宝石を容れて置くには誂え向きだね。とてもその仕掛は分らない、大概の者がピンで刺れるのが落だね」

「痛みはしませんか？」ラル・ダスが訊ねた。

「いいや、何ともないよ。どうだね、俺《わし》の函を一つ開けてみてくれないか、君なら開けられるだろう。俺は腰を掛けよう。何だかだるくなってきた」

ジョセフズはそう云って安楽椅子に凭れかかった。すると急に眠気を催してきて、居睡りでもするように、こくりこくりとしはじめた。馬鹿に宜い気持ちである。強《た》て目を見開こうとしたが、例の小函を手にしたラル・ダスの姿が微に映じただけで、再び眼を閉じたと思うと、そのまま顎は胸に落ちてしまった。

じっとその様子を凝視《みま》っていたラル・ダスは、やがて静に立上ると、その傍に近づきながら一方の腕を持上げて膝の上へ落した。それから瞼を開けて、指頭《ゆびさき》をそっと瞳孔《ひとみ》に触れてみた。しかしジョセフズはもう石像のように動かなかった。

ラル・ダスは入口のところへ行って、扉を開けながら低い声で呼んだ。すると庭の薄暗い片隅からリンドセーの姿が現れた。彼はジョセフズの方を指しながら、

「外で待ってるんですよ。逃げたら承知しませんぜ。私の眼は背後《うしろ》についてるんだから」と云って小函をリンドセーの手に渡した。

「お前は悪党だ」リンドセーはそう云って受取った小函をジャケツの下に蔵い込んだ。「で、これか

らどうするんだ？」

ラル・ダスはにやりと凄い笑を見せただけで、彼方《むこう》へゆくように手振でみせた。リンドセーが庭に出て振返ると、彼は外套の下から、しなやかではあるが丈夫な絹の紐を取出して、ぐったりとなって椅子に寄っ掛った猶太人の頸にそれを巻きつけていた。

「燐寸《マッチ》を擦ってくれ。知らないところへ入るのは気味が悪い」

ラル・ダスは相手の云うままに燐寸を擦って、二人が立っている狭い路次の右側の戸を指しながら、

「私の部屋なんだ。梯子段なんて気の利いたものはありゃしないんです。さあ、入っておくんなさい」

「まあ、お前が先へ入って灯をつけてくれ。俺は用心深いんだから、窓からよく内《なか》を覗いてみなくっちゃ、入るのは御免だ」

古物商の家を出てから、嫌々《いやいや》ながら無理矢理にそこまで伴《つ》れて来られたリンドセーは、ラル・ダスに何か悪計《わるだくみ》でもあるような気がして、まだ尻込みをするのであった。

「じゃ、窓のところにいなさるがいい」ラル・ダスは戸の錠《かけがね》を外しながら、「お前さんはよほど疑い深い人だ。私はもっとお前さんを信用してるんですがね」

「そりゃそうだろうよ。お前にはそれだけの理由《わけ》があるからね」

リンドセーはそう云ってラル・ダスが蠟燭に火を点《とも》すと一緒に、窓口から部屋の中を覗き込んだ。そこはむさくるしい埃だらけの小さい部屋で、中央に椅子と卓《テーブル》を据え、片隅に寝台《ベッド》を置いたきりで、人の隠れていそうな家具類は一つもなかった。リンドセーはそれに安心して、やっと部屋の中に入っ

てきて、卓の上に例の小函を置いた。

「日覆《ブラインド》を引いた方が宜いね。人に見られちゃ困る」

「無論ですよ。扉も閉めなくちゃ」

ラル・ダスが入口や窓を閉めると、

「それでまずどうしよう？　愚図々々しちゃいられない」とリンドセーが疑い深そうに相手の顔を見て云った。

「まず第一に内容《なかみ》を調べてみなくっちゃ」ラル・ダスが云った。「ジョセフズの奴、一生懸命頭を撚《ひね》っていましたがね、可憐相《かわいそう》にこのわけもない弾機《バネ》仕掛が分らなかったんですよ。それ！」

そう云ったラル・ダスの手が小函に触れると一緒に、カチリと音がして、函の底から浅い抽斗が飛び出した。

リンドセーの眼色は急に生々と輝いた。そして異常な歓喜《よろこび》にポカリと口を開けたまま、蠟燭の灯にさえきらきらと反射する輪型や紐型になった燦然《さんぜん》たる幾十のダイヤモンドに凝視《みい》った。

「有難い！　皆揃ってる！」リンドセーは囁くように云って、半巾を出して額から流れ出る汗を拭いた。

「すっかり元のままですね」一つ々々宝石を数えていたラル・ダスは目を上げて、「皆で六十三でしたね」

「六十三個だ」リンドセーは声に力を入れて、「二十一ずつの分前《わけまえ》だったが、ステフワノが除《の》いたから三十二ずつになったわけだ。お前と俺とでナ——で、それをどうしよう？」

「そいつは私に委しときなせえ。巧く始末をしますから。——が、もうこの函へは入れて置かれない」

ラル・ダスはそう云いながら、小さい嚢《ふくろ》を取出して、今一度卓の上のダイヤモンドを算《かぞ》えだした。その時、傍に立って、じっとラル・ダスの指頭を見守っていたリンドセーの頭にふと恐ろしい奸計《かんがえ》が浮んだ。

「十五、十六、十七、十八」喉を鳴すような低い声で、金剛石《ダイヤ》の顆《つぶ》を算えるラル・ダスの指頭を、じっと見詰めていたリンドセーの手は、いつの間にか腰の帯革に吊した小刀《ナイフ》の柄《つか》をしっかりと握っていた。

「十九、二十、二十一、二十――」

その声がまだ終るか終らないに、リンドセーの強く逞しい拳《こぶし》に握られた小刀は、グサと印度人の横腹を突き刺した。ラル・ダスはただ一声、深い呻きの叫びを発しただけで宝石の散かった卓の上にドサリと俯伏《うつぶ》した。

手懸りを水底に沈めて

ラル・ダスの呼吸《いき》の根が止ったのを見ると、リンドセーは嚢《ふくろ》を引奪《ひったく》るように取って、急いで宝石をその中に掻き集め、嚢の口をしっかりと締めてズボンの衣嚢《かくし》に突っ込んだ。それから戸口の方へ行きかけたが、ふと小刀《ナイフ》のことを思い出した。小刀も小函も打棄《うっちゃ》っておいては犯罪の手懸りとなる。二つとも持ってゆかねばならぬ。彼は恐々《こわごわ》ラル・ダスの死体に近附いて、やっとの思いで小刀を抜き取り、蓋を開けたまま食卓《テーブル》の上に投げ出されてあった小函の中にそれを入れて、上衣《うわぎ》の下に隠しながら、足音を盗んでそうと戸口に近づいた。その時、彼はまた後を振返った。そして蠟燭の灯《ひ》が死骸の傍にゆらゆらと燃えているのを見ると、把手《ハンドル》に片手をかけたまま、身体を後に伸してそれを吹き消した。

灯の消えた後の暗闇が、何とも云えぬ恐怖を彼に与えた。そして戸を開けると一緒に、一散にそこを飛び出して真暗い路次をひた走りに走った。

明い町の通りへ出ると彼は胸を撫でながら、街燈の下に立停って自分の身体を見廻したが、手にも服にも、一滴の血痕《ち》もついてないのを見て、思わずホッと吐息を吐《つ》いた。

それから彼は目的もなく向うへ向うへと、犯罪の現場から遠ざかっていった。そしてやっと一軒の酒場《バア》を見つけると、つかつかとその内へ入って酒を註文した。

そこにはほんの数人の客しかいなかった。誰も彼の姿を怪しむ者はなく、彼もまたそれらの人々に気を配る余裕はなかった。彼の目はいきなり酒の罎や洋杯《コップ》を陳《なら》べた棚の上に注がれた。そこにある時計は今十時半を指している。すると古物商の店頭《みせさき》に小函を見附けてから、まだ十二時間も経たないわけだ。しかし、その短い間に相次いで起った出来事は、目眩《めまぐる》しいほども多かった。が、それらの事件の因《もと》をなした問題の函は、今彼の古びた薄汚い上衣の下にしっかりと隠されているのだ。

気にかかるのはそれだ。その小函こそ、恐ろしい犯罪の手懸りだ。片時《へんじ》も早く始末をしなければならぬ。それを思うと、彼はもうちっともじっとしていられなくなった。そして渇き切った喉に、立てつづけに呷《あお》り込みたい強麦酒《エール》を、やっと一杯で我慢して、酒場を外に、再び薄暗い場末の町を的度《あてど》もなしに歩き出した。彼の心は今どこかの河岸縁《かしぶち》へ出て、水底深く荷厄介な小函を沈めたいとばかり祈っているのであった。

狭苦しい小路を潜り潜りゆく内に、人通りの寂しい、高い塀の曲り角へ来た。そこで彼は足許に落ちた小石の二つ三つを拾って、函の中へ詰めた。その拍子に指頭がふと小刀に触れた——ベットリと血糊の附いた小刀に——彼は思わずひやりとして顫え上った。

やがて、彼はポケットから強い撚糸《よりいと》の片《きれ》を取出して蓋をした函をしっかりと結えた。そして再び上衣の下に隠しながら河岸縁の方へ歩いていった。

軒を並べた家々の間から、碧い水の色が仄に見えだした時、彼は誰かが自分の後をつけて来るような気がして、つと後を振返った。彼の心臓は早鐘のように鼓動し、眼はきっと暗《やみ》の中を睨んだ。

誰かが自分の後をつけて来たのは確だ。ラル・ダスが甦って、後を追うて来たのではあるまいか？印度人の中には超人間的な力をもった者があると聞いている。ラル・ダスもその一人かも知れない——しかし、小刀はあれだけ深く突き刺って、ラル・ダスの呼吸の根は立派に止っていたのだもの……。

彼は自分で自分の心を叱りながら、やっとのこと、目指して来た池の岸へ出た。四辺は寂《せき》として人一人いなかった。彼は函を結えた糸の端をもって、水音を立てないように、静に静に函を沈めた。指頭から糸が放れた瞬間《とき》、水の面《おもて》に糸の端が浮びはしまいかという恐れが、ふと彼の心を掠めた。しかし糸の端が巧くよじれて、函と一緒に沈んでいったのを見て、彼はホッと胸を撫で下した。

函を呑んだ暗い水の面を、じっと凝視めた彼の心からはもう一切の不安も心配も消え去ったように思われた。しかし、それはほんの一瞬であって、直ぐその後から息塞《いきづま》るような喉の渇きを覚えた。が、途中でどこかの時計が十一時を打っていたことを思うと、もう朝までは飲料物《のみもの》を求むべき目的《めあて》はない。彼はこれからどうしたものかと考えた。この四五日を送ってきた旅籠《はたご》へは帰りたくない。それどころか、プリマスの町へは未来永劫足を踏み入れたくないのである。さらば、これからどこへいったものであろう？

憐れな逃走者の姿

際どい仕事をして手に入れた金剛石は衣嚢の中にある。それに対して文句を云って来る者は、もう一人もありはしない、ラル・ダスは死んでしまったし、バシリ・ステフヮノはダートムアの監獄にいる。それが自分の完全な所有に帰したことは確実《たしか》であるが、さてそれを金に換えねばならぬ、それにはどこへ行ったら宜いのだろう？

リンドセーはとぼとぼと歩きながら考える。

昨夜《ゆうべ》プリマスで二人の男が殺されたことは今にも警察へ分るであろう。ところでその二つの事件に関聯して自分の身に嫌疑がかかるだろうか？　少くともあの巡査だけはジョセフズが殺され、例の小函が紛失していると知ったなら、自分が殺したと考えるに相違ない。ラル・ダスの方は別としても、自分が殺人犯人と見られる理由は充分にある。

そう思うと、今にも恐ろしい法の手が背後に迫りつつあるような気がして、彼は額に冷汗の滲むのを覚えた。

他に方法はない、一刻も早くこの地を逃れなくてはならぬ。それも汽車に乗るのは危険だから、間道をとってダートムアに出で、そこで二三日身を潜ませ、倫敦《ロンドン》かブリストルへ出るの他はない。彼はそう心を決めると、道を北東に取って、暗い夜道をぐんぐんと歩き出した。

仄白い黎明《よあけ》の色がポッと東の空にさした時、彼はもうかなりの道程《みち》を歩いていた。そうして今日もまた暖かそうな太陽《ひ》の光が野や森の上に輝やき出した時分には、エルヴァトンへの汽車の線路を踏切って、サウフの森林《もり》へ踏込んでいた。そして朝露に濡れそぼちながら、そよとの風もない蒸暑い森の中を分けて、向うへ向うへと進んでいった。その内に汗は全身を浸して、今にも呼吸《いき》は塞《つま》りそうになった。しかし彼は何ものとも知れぬ恐ろしい力に怯かされつつ、一歩も足を停めようとはしなかった。時々、人の話声が聞えてくるように思われたり、稀《たま》に木を伐る斧の音が響いてくると、彼はぎくッとして四辺を見廻した。でも、怯かされた彼の足は、依然として向うへ向うへと歩きつづけていった。

突然、森の端《はずれ》へ出て、近くに人の話声を聞いた時、彼はホッとして足を停めた。そこはビックレー・ブリッヂの近くで、話声は野良へ行く百姓達であった。その時、どこか向うの方で時計が六時を打った。考えてみればもう十二時間何も口にしないのだ。彼は饑渇《きかつ》のあまり危うく昏倒しそうであった。

百姓達の姿が見えなくなると、リンドセーは森を出て、街道を横切り、サウフ・ブリオアの村落《むら》へ入って、路傍《みちばた》の店でパンとチーズを求め、更に一軒の旅籠《はたご》へ入って大きな洋杯《コップ》に漾々《なみなみ》と強麦酒《エール》を注がせてひっかけた。しかし、それではまだ渇き切った口と胃の腑は満されなかった。そこで彼は更にパンと強麦酒の罎詰を買って、手にぶらさげた。

その日の午前中、彼はサウフの沼地を歩きつづけて、ロングコムの村を過ぎ、グリーンの丘に差しかかった。その間にも太陽はかんかんと頭上から照りつけて、彼は疲労と渇を医するために、幾度か強麦酒の口を開けた――それは咽喉を灼くばかりで、もう何の香も味もなかったが、それでも今の彼にとっては、何よりも貴い刺戟剤であった。

かくて疲労と泥酔《よい》にぐだぐだになった彼は、正午《ひる》過ぎにやっとのことグリーンの丘の北側、荒蕪地《あれち》の中央にある半ば壊れかかった小舎《こや》に辿りついた。彼はつと小舎の中に這入って身の周囲《まわり》を見廻した。そこは涼しい日蔭で蕨《わらび》やえにしだが軟かい寝床に誂え向きに積んであった。

リンドセーは急に自分が疲れ切っていることを覚えた。一休みしないでは、もう一歩も向うへ進むことができなかったのだ。彼は乾燥した草の上にぐったりとなって横《よこたわ》ると、そのままに深い寝りに落ちた。——前の日からのあの恐ろしい出来事も、夜を徹して逃げてきた苦しい身心《からだ》の悩みも疲労《つかれ》も忘れてしまって——。

宝石は破獄囚の手に

夕暮ではあったが太陽はまだ西の空にあった。リンドセーはまだ乾草《かれぐさ》の上に、思う様、身体を踏延《ふみのば》して、深い深い寝《ねむり》をつづけていた。

その時、彼方《かなた》の沼地から、ある時は普通の歩調《あしどり》で、ある時は小走りに、まるで猟師《かりゅうど》に追われる獲物のように、後を振返り振返りこっちをさして上って来る一人の男があった。

もしリンドセーが目を覚していたなら、苦しそうな息切をさしながら、小舎を目的《めあて》に駈けて来るその男が、汚い獄衣を身につけた囚人であることに気がついたであろう。しかも彼は今恐ろしい悪夢の世界に引き入れられて、苦しい呻吟《うめき》を繰返しているのであった。

囚人は息を切らしながら、小舎の前まで来た。彼は遠くから小舎を眺めて、そこで少時《しばし》でも身体を憩《やす》めようと考えて来たのである。それに破獄囚である自分を庇ってくれる何かが——羊飼が投げすてて行った古い上衣でも、破れた袋の布《きれ》でもいい、この見苦しい囚人服を蔽い隠してくれる何かがありはしないかと、そこに一縷の希望《のぞみ》をも持って来たのだった。

その望がかなって、もし無事にプリマスまで落ち延びることが出来たなら、もうそこには何の心配も憂いもない。身を隠す先はいくらでもある。しかし、この呪わしい獄衣を纏うていては、厳しい監視の眼を潜って逃げ延びる望は万に一つもないのだ。

が、今彼は何よりもまず休息を熱望していた。監獄を脱け出して、ここへ来るまで彼は谿《たに》を潜り、荒地を走って、暑い真夏の太陽の下を、狂人《きちがい》のように走りつづけて、今やっと人間の視界から遁《のが》れ得たのである。日は夕暮れに近く四辺は寂しい荒蕪地《あれち》である。彼は小舎に近寄りながら、両手で窓の格子につかまって、そっと小舎の中を覗き込んだ。と思うと、彼はつと身を後に退いて、急に眼色を輝しながら、じっと何事か考えこんだ。

乾草を寝床に、窓の方に背を向けながら、いぎたなく寝りこけた男の姿を彼はそこに見たのだ。埃に塗《まみ》れた襤褸衣《ぼろぎ》にも等しいその服装《みなり》から、それが人目を避ける逃亡者か漂泊者《さすらいびと》であることは明だ。が、それが何人であろうとも可《い》い——囚人の眼にはその着衣より他、何ものも映じはしなかったから。仮令《よし》、それがどんなに襤褸々々であろうとも、今の場合、それは彼にとっては何ものにも換え難い貴いものであったのだ——自由、不羈《ふき》、否生命そのものであったのだ。

彼はその衣類を自分のものにしなければならぬ。自分の生命を全《まっと》うするために——呪わしい獄衣を脱ぎ棄てるために。

彼は再び窓につかまって、寝《ねむ》っている男を見た。やっと悪夢から放たれたリンドセーはたった今寝返りを打って、また、死そのもののような深い眠におちていた。

囚人はもう躊躇しなかった。彼は窓を下りると、凄い眼光《まなざし》で四辺をじろじろと見廻した。そして一間《けん》も向うに、かつて扉の閂《かんぬき》に用《つか》われていたらしい丈夫な木の棒が転っているのを見ると、彼はそれを拾い上げて、重量《おもみ》を計りながら、一振り強く振ってみて、扉の中へ静に静に這入っていった。

陰気臭い小舎の内はひっそりとして、微かな寝息すら、聞きとれぬ位であった。リンドセーは俯伏しになって曲げた片方《かたっぽう》の腕を頭に載せながら、昏々と深い眠りをつづけている。

破獄の囚徒は手にした棍棒を振り上げた。そして一二度用心深く気合をはかってから、力一杯リンドセーの後頭部《あたま》を目《め》蒐《が》けて打ち下した。

と同時に、異常な昂奮と激情に熱しつめた彼は、死体の上に躍りかかって、その着衣《きもの》を脱ぎにかかった。リンドセーの黒い頭髪《かみのけ》の中から、紅《あか》い血糊《ちしお》がだくだくと噴き出していた――彼はその血糊が着衣に附かないように、遮二無二それを脱がしていった。そして着衣をすっかり脱《と》ってしまうと、今度は掻繰《かなぐ》り棄てるように、重懲役《じゅうちょうえき》の記号《マーク》の入った自分の獄衣を脱ぎすてて、死体の上に投げやった。

靴から靴下まで、すっかり自分の身体につけてしまうと、彼は何か入ってはいないかと、両手をズボンの衣嚢に突込んでみた。すると左の手が小さい革の嚢に触った。右手はじゃらじゃらと音のする貨幣を掴んだ。彼は両手を同時に引出して、まず貨幣《かね》の方に目をやった。十円の金貨が一枚と、二円の銀貨が二枚と、五十銭銀貨が二三枚と、それに幾つかの銅貨があった。意外な儲けものである。

それから、彼は嚢の方へ目を向けた。一体何が入っているのだろう？　彼は口紐をゆるめて、嚢を逆にしながら、内容物をざらざらと掌へうつしてみた。そして薄れゆく夕陽の淡い光線《ひかり》を浴びて燦然ときらめく宝石を目にした時、彼の口からは思わず驚愕《おどろき》の叫びがついて出た。

銃声！　宝石の落ちつく先は

彼はそれが金剛石《ダイヤモンド》であることを知っていた。いや、それのみではない、それらの宝石には彼の決して忘れることの出来ない記憶《おもいで》があったのだ。

彼はジョン・リンドセーと印度人ラル・ダスと共謀して、恐ろしい危険を敢てして手に入れた当時のことを憶い浮べながら、凝《じっ》とその宝石を見詰めた。そうだ、正しくその金剛石《ダイヤ》に相違ない。彼は急いで顆《たま》の数を数えだした。確に六十三個ある。一体どうしてこの宝石がこんな男の手にあったのだろう？

彼は慌てて金剛石の顆《つぶ》をポケットに突込むと、死体の傍に駆け寄りながら、俯伏している死人の顔を持上げて、凝とその面《おもて》に見入った。と一緒に、彼はハッと後へ飛び退いた。

それはリンドセーではないか！　彼は僚友《なかま》のリンドセーを殺してしまったのだ。

バシリ・ステフワノは怯えた眼光《まなざし》で四辺を見廻した。彼は今一人の相棒であるラル・ダスがどこかそこらにいるような気がせられたのだ――眼鏡蛇《コブラ》よりも恐しい毒蛇《へび》のように、狡猾で陰険なあの印度人が――。

ぐずぐずしてはいられないのだ、既に目的は果した。この上は死骸を始末するの他はない。彼は急いで死体を片隅へ引擦っていって、獄衣ですっかり蔽うた上へ、えにしだと蕨の乾草を堆《うずたか》く積み重ねた。その間にも、彼は金剛石《ダイヤ》が自分の手へ戻ってきた不思議な因縁《いんねん》を考えていた。その金剛石《ダイヤモンド》のために、彼は既に二人の人間《ひと》を殺してしまった。でも結局それは自分の手へ還ってきたのだ。

小舎から逃げ出そうとした時、ふと彼の心にある考が浮んだ。彼は自分の身に着けた上衣《コート》のポケットを手捜《てさぐ》った、とそこに燐寸が目附った。彼はつと燐寸を擦ると、俯向いて乾き切った草のあっちこっちへ火を放《つ》けた。

火焔《ほのお》がパチパチと音を立てて、黒い煙が渦を巻いて窓口へ舞い上りだした。

小舎を外に出たステフヮノは、ちょっとの間そこに立佇《たちどま》った。暮れかかった夕陽《ひ》の光線《ひかり》と一緒に微風が頬を撫でて行ったと思うと、小舎の中から乾草の間を燃え拡ってゆく、火焔の唸《うなり》がだんだんと凄じく聞え出した。彼は振返って中を覗いた。火は一杯に燃え拡って、真赤な火焔の舌が窓から扉口から噴き出していた。もう目的は達せられたも同然だ。彼は踵《きびす》を返して、いよいよ最後の逃走にかかった。

が、突然彼は足を佇《と》めた。左の方、麓《ふもと》の道を騎馬の人間が何人となく駈けてゆくではないか。道は麓をめぐって、彼が逃走の行手を遮断しているのだ。

ステフヮノの心は憤怒《いきどおり》に燃えた。彼は今なお追躡《ついじょう》されているのだ。慌てて足を右に転じた彼は、そこにもまた武装した大勢の騎馬の人影を見た。では、どっちへ向いて逃げたらいいだろう？　一瞬時、躊躇した彼は忽ち北へ向いて駈け出した。が五六間も行かない内に、そこの長い傾斜面《スロープ》を、一隊の看守が馳け上って来るのを見て、彼は再び足を返した。

小舎の窓から衝《つ》いて出る長い紅蓮《ぐれん》の火焔が、夕暮の空へ向いて舞い上っていた。追躡者はその火焔を目的《めあて》に傾斜面を駈け上って来るのだ。彼等は青い空色を背後《うしろ》にはっきりとそこに描き出されたステファノの姿を認めたのだ。と同時に、彼等の一人が何事か同僚《なかま》の者に呼びかける声が聞えた。

その時、左の方、ライダーの丘を上って来る捜索隊もまた彼の姿を見附けて、その中の一人が合図の号砲を射った。かくて、今は彼は三方の逃路《にげみち》を遮断されてしまったのだ。

ステファノは南の方《かた》、クイックビアン・ヒルに最後の逃げ道を求めた。彼はその方向に、騎馬の通過し得ない土地の割目があり、その彼方《むこう》に身を匿すに足る岩山があるのを見てとったのだ。

自暴自棄の気持になって彼はまっしぐらに駈け出した。もう自分が獄衣を脱ぎすてていることも、服装《みなり》だけでは他人の疑惑《うたがい》を招く憂いのないことも、すっかり忘れてしまって、ただ追跡者の目から逃れ去りたい一念で、盲目《めくら》のように、死物狂いに走りつづけた。

騎馬の一隊はその前途を遮断するために、馬首を沼沢地《ぬまち》の方へ進めた。そして一時、彼の姿を見失いはしたが、間もなく岩山の方向へ向いてひた走りゆく彼を認めた。

のみならず右方からその姿が見えなくなった時、左の方の追跡者にはステファノの姿は判然《はっきり》と認めることが出来た。その間に、後方からの追跡隊は刻々と彼の背後に近づいていた。

ステファノは今はもう逃れる路のないことを知った。そして獄衣を脱ぎすてたその僅かな時間をさえ、あすこで費したことを悔んだ。しかし彼はまだ逃げられるだけは逃げたかった。見ると前方に土の盛り上った岩山が直ぐ目の前に見えた。もしそこまで逃げ延びることが出来その辺《あたり》に岩孔でも見附け出して夜の来るまでそこに潜み隠れていることが出来たなら――。

彼は最後の努力をもって、岩の間を潜ったり、馬の追躡しがたい石礫《いしころ》の上を通ったりして丘の斜面を駈け上った。しかし追跡隊の足は案外にも速く、彼との距離はだんだんと短縮されて行った。中にも先頭に立った騎馬の二人は、もう肩の小銃をとり外して、馬上からじっと照準《ねらい》をきめていた。

突然、銃声が響いた。そして音響が谷間や丘に木響《こだま》したと思うと、馳けていたバシリ・ステフヮノはもんどり打って、乾燥《ひから》びた叢の上に倒れた。

が、彼は再び起き上って駆け出した。――しかし彼はもう真直ぐに突進むことはできなかった。不確な足許はよたよたと左右に揺れて、両手は高く頭上にしっかりと握りしめていた。

彼の両眼《め》にはもう何ものも映らなかった。一切の物象《もの》が充血した赤い血の中に動き漂うていたのだ。足許は躓《つまず》き勝ちに、幾度か両膝を地上についた。岩山の頂はもう目の前に迫っている。が、しかし、彼の足はそこまで行かない内に最初の土の裂溝《さけめ》に躓いた。

彼は観念した――万事は休したのだ。彼は最後の努力を両足にかけて、ぐっと身体を踏みのばした。

二人の追跡者はそれを見てちょっと前進を躊躇った。

ステフヮノは振向いて彼等を見た。その瞬間《とき》、彼の心に最後の敵意が閃いた。

彼は衣嚢の金剛石《ダイヤ》を取り出すと、足許に口を開けた深い土の裂溝へ向けて投げるように落した。

そして力なき痙攣《けいれん》を最後に、崩れるように斃れた。――

丘の上の惨劇

「あすこにあんなものがあろうとは、思いもかけなかったね」ロイドが低い声で云った。

「まったく意外だったね。きっと彼奴《あいつ》のものなんだね」

ホリンスは前方《むこう》をゆく脱獄囚の死骸を載せた荷車に目をやりながら云った。

「しかし、あの男がダイヤの頸飾なんどもってるはずがないじゃないか。事によると、監獄へ入る前に、この辺へ埋めてでもいたのかしら？」

「そんなことかも知れん。だが、それはまあいいとして、問題はあれをどうしてものにするかということだ」

二人は少時《しばらく》黙りこくって、各自《てんで》に何事か考えながら歩いていたが、やがて身体の大きいがっしりとしたホリンスが、不安そうに口をきった。

「ロイド、どうもあのまま放っとくのは危いと思うがね。お互いだって偶然に目付けたんだ。もし誰かあすこへ行ってさ、あの孔を覗き込めば気がつかんとも限らない。そうなると、もうそれっ切りだからね」

「そうさね」いくらか年下らしい痩形なロイドはいかにもと云った風に首肯いた。「じゃ、どうしようと云うんだ？」

「ともかく、お互いの手に握らなきゃ気が落ちつかないんだよ。だから、これから二人で取って返すんだ」

「だって、皆はどうする？」

「気附れちゃ拙いからね」ホリンスは荷車の後についてゆく同僚《なかま》と自分達との距離を測りながら、「ここで一休みしよう。何しろ我々は奴を仕止めた殊勲者なんだ。ちょっと位道草をくったって、誰も何とも思やしないよ。それから取って返せばいいんだ」

二人は路傍に腰を下して、煙草を吸いはじめた。彼等は脱獄囚バシリ・ステフヮノを追跡して、真先にしかも、殆ど同時に弾丸《たま》を浴せかけた二人の看守であった。ステフヮノの倒れた岩山の上まで来て、彼等は偶然にも土の裂目《さけめ》にステフヮノが投げ込んだ金剛石を発見し、今それを自分達の手に入れようと話し合っているのである。

「ところで、あれが真物《ほんもの》だと決ったらどうするかな？」長い沈黙の後、突然ロイドが云った。「スワンシィに僕の従弟《いとこ》が宝石商をやってるから、訊いてみれば大概相場は分ると思うが——何しろ大したもんだろうね」

「何千円と云うんだろうよ」パイプの口を噛みながら、靴の踵《かかと》で草の根を突っついていたホリンスが他処事《よそごと》のように呟いた。「しかし、今ここでどうしよったって、見当がつかんよ。質屋へなんど叩き込んで、胡麻化されちゃ敵《かな》わないし」

「そうさ、儲かるだけは儲けなくっちゃ。……で、君はどうするが一番宜いと思うね」

「そうだな」ホリンスは息を大きく吸い込んで、太い腕節《うでっぷし》をさすりながら、「何とか理由をこしらえて看守なんか止してしまうのが第一着だね」

「それからどうするんだ？　どこへ行くんだね？」

「ロンドンさ。ロンドンへ行って買手を目附けるんだ」

「だって、我々があんなものを持っていったんじゃ、変に疑ぐられるばかりで買ってくれるかしら」

ホリンスは両手を背後に組んで、そこらをぶらぶらと歩き廻りながら、

「無論そのままじゃ不可《いか》んよ。まずあれをバラバラにしてさ、お互いに一度は南アフリカまで行って来なくちゃなるまい。それから宝石商人に化けて、帰ってくるんだ。――それはそうと、もう行ってもいいだろう、誰も見えなくなったから」

二人は傍に投げ出した小銃を手にとって、再び丘を上りはじめた。四五十間も来た頃、ホリンスは畳み込みの小刀《ナイフ》を取り出して、小さい木の枝を伐りとって、

「これで鉤をこしらえて、綱の先へつけて、巧くあれを引っかけるんだ」

とせっせとそれを削りだした。

「しかし南阿まで行くとなると、僅の金じゃ足りないよ」

「そりゃそうさ」ホリンスは顔も上げずに云った。「大《でか》い仕事をしようと思えば、それ相当の資本を注ぎ込まなくっちゃ」

「僕は百磅位なら持ってるが、それ位の金じゃ足りっこないし、南阿まで行かなくったって、何とか胡麻化せそうなものだに――」

「胡麻化しがきくなら宜いが、どうせどこかから盗み出した品物に違いないんだから、そこらに間誤々々していてへまなことでもしたら、ステフヮノの連類者《なかま》と見られて喰《くら》い込むのが落ちだ」

二人は岩山の上まで来ると、身体を屈めて注意深く麓から沼地の方に目をやった。が、遠い遠い

彼方《むこう》の沼地に百姓の影が見えただけで、他に人の姿はなかった。

「大丈夫だ」ホリンスが云った。「さあ、暮れない中に取り出そう」

そう云ってホリンスが、まず土の裂目《われめ》に蔽《お》っかむせた大きい岩をとって除《の》けると、ロイドは両膝をつき、地面《じべた》にぺったりと身体を伏せて、人目を避けるために投げ込んだ枯草を取り出しにかかった。

思い切り手を差しのべ、頭を裂目の中にまで突っ込んで、せっせと枯草を取り除けていたロイドは、傍に立つホリンスの眼が怪しくも光ったことに気のつこうはずがなかった。まして恐ろしい死の手が、数秒の後に迫っていようとは、神ならぬ身の夢にも知ろう道理がなかった。

「いま少しでとどくんだが――」ロイドがもどかしそうな声で云った。「いまちょっとだがなア――」

その時、ホリンスの手は、足下に転る大きな石にかかっていた。彼は深い呼吸《いき》をした。と同時に、頭上に振り冠った石をロイドの頭部目蒐《あたま》けて力任せに投げつけた。

夜の監視者

汽車がカッスルフォドの小さい停車場に着くと、扉《ドア》を排して歩廊《プラットホーム》に降り立った一人の男があった。もう、夜は遅く、大して乗降の客もない停車場の構内を、彼は人目を憚るように改札口へ急いでゆく。通りすがりに酒臭い呼吸がする。

停車場の扉を外に出ようとして、彼は思わず飛び上った。誰かしら横合から彼の手を捕えたのだ。

「ナ、なにをする！」彼は振向きざま声を吃《ども》らして詰《なじ》った。「放してくれ、急ぐんだ！」

しかし相手の方は、慌てた様もなく、静に彼の肩に手を掛けて、

「おい、ホリンス！」と呼びかけた。「俺だよ、スタフォド・フィンニィだよ？　いいところで合った。お前に話したいことがあるんだ。さあ、俺と一緒にお出でよ。暗いところを択《よ》って行こう」

ホリンスはぎくりとした風で、相手の顔をじろじろと見ながら、段々と傍近く寄って行った。

「ええ？　暗いところを――何も俺は暗いところを択って通らなくともいいんだ」

フィンニィは静に四辺を見廻した。小さい停車場の構外はひっそりとしていた。淡い電燈の灯《ひ》が、長い間隔《あいだ》を置いてそこここに黄色く物寂しい光を投げているだけで、外は真暗い闇であった。二人はいつの間にか、寄り添うように身体を近づけていた。

「何でそんなことを云うんだい？」ホリンスはむっとした風で繰返した。

「ホリンス」フィンニィは相手の耳に口をつけながら囁いた。

「お前はお訊ね者じゃないか、気がつかなかったろうが、停車場にも私服の刑事がいたんだぜ、お前髯を落したね」

顔にまでは見せなかったが、心中彼は電気にでも打たれたような驚きを感じていた。そんなにも早く、自分の犯した罪が知れていようとは、彼は夢にも思わなかったのだ。彼はフィンニィの顔を睨めつけながら、

「刑事！　刑事が俺を探してると。ふん、その理由《わけ》を訊きたいもんだ」

するとフィンニィは上衣《コート》のポケットから新聞を取り出し、指の先でトントンと叩きながら、

「ビル」と一段と声を低め、「ロイドの死骸が発見されたんだよ。夕刊にすっかり出ているんだ――」

驚愕《おどろき》と恐怖《おそれ》の裡に無言の幾秒が過ぎた。

「嘘だ！　目付《めっか》るはずがない――」ホリンスの声は呻くように響いた。

「嘘じゃないんだ。すっかりこれへ出ているんだ。自分で読んでみるがいい。俺は新聞よりも先に知ってたんだ。お前は忘れたかもしれんが、この脚を失くする以前《まえ》に、俺は警察にいたんだ。ちょいちょいいろんな噂は聞かあね。今朝の新聞でお前がいなくなったってことを知って、間もなく停車場で変な噂を聞いたんで、てっきり何か大仕事をしたと睨んでいたんだ」

「噂ってどんな噂なんだ」

「大したことじゃないんだが、お前を取押えてくれって電報が来たんだよ。お前がこの土地の生れだってことは、警察じゃとうに知ってるからね」

ホリンスは云うべき言葉もなく、呆然として旧友の顔を見詰めた。彼はわが身の危険よりも、むし

ろ事態の急変を驚きかつ怪しまざるを得なかった。注意の上にも注意して、包み隠してきたロイドの死体が、そう容《たや》すく発見されようとは思われなかった。

「岩山の間を残る隈なく捜したんだ。それも今日の午後のことなんだ。で、とうとう死骸を捜し当てて、大騒ぎになったのだ。詳しく夕刊に載ってるよ」

ホリンスはもう旧《ふる》い友人の言葉を疑ぐるわけにゆかなかった。そして今更のように相手の顔を見ながら、さてどうしたものかと考えた。

「でも、君はどうして僕だと知ったんだい？」彼は少時してから云った。「別れてから十年だ、それに髯を落してるのに？」

「俺はノルマントンであの汽車に乗ったんだ。その時、お前はプラットホームを歩いてたね、だが俺は最初《はじめ》は気がつかなかったんだ。だが、新聞で例の記事をすっかり読んじまってさ、よく見るとやっぱりお前なんだ。窓から見てると、お前は停車場の食堂へ飛び込んで酒を呷ってたね。それから俺はお前の乗った次の客車《くるま》へ引越したんだ。停車場にいた角袖は新参者だからよかったが、町にゃお前の顔を知った者が多いからな。髯を落した位じゃ駄目だぜ」

「それではどこかへ身を隠さなくちゃ」ホリンスは急に思いついたように後を向いて云った。「ここに間誤々々してはいられない」

「だって、もう今夜汽車はないぜ」フィンニィが云った。

「じゃ歩くんだ」

そう云ってホリンスが歩き出そうとすると、跛足《びっこ》の男はつと彼の前に立ちふさがった。

「ホリンス！　俺の云うことを聞いてからにしたらどうだ。どうせ何か大仕事をしでかしたお前だ。

物は相談って事もあらあね。な。俺に任しねえ、心配のないところへ匿《かくま》って、どこかへ逃してやるからな」

ホリンスは心中疑惑を抱いたような眼光《まなざし》でじっと、相手の顔を見た。

「それや有り難いが、しかし、君が僕を逃してくれると云って——」

「物は相談だが」フィンニィは同じ言葉を繰返しながら、「六年前に片方の脚を失くして以来、俺は警察を退《ひ》いて、ホウトンの硝子工場の夜番をやってるんだ。今もこれから、工場へゆくところなんだよ。それで俺と一緒に行くんなら、誰も気のつかないところへ当分匿まってやってもいいんだ」

「でも、それからどうするんだね？」

「手の緩むのを見て大陸へ逃げるんだ。ハルかグリンビィへなら雑作なく送りつけてやるよ」

ホリンスは少時《しばらく》考えていたが、

「じゃそうしよう」と急に決心したらしく、「気の毒だけどな。それで相談は後でゆっくりするとして、向うへ行ったら何か飲むものがあるかい？」

「持ってゆかなくちゃ——金さえ出しゃ、何でも買ってやるよ」

ホリンスは五円の金を、夜番の手に渡した。

「スコッチ・ウィスキーのいいのを二本——では、ちっとも早くゆくことにしよう。咽喉が渇いて仕方がないんだ」

「じゃ、この道をゆくんだ——あまりくっつかんで従《つ》いておいで——」

フィンニィは暗い夜道に、木の義足を引擦りながら歩き出した。その後からホリンスは恐ろしい敵を監視するような注意深い眼を瞠《みは》ってとぼとぼと従いてゆく。

「ちょっとここで待ってくれ。向うの角へ行ってウィスキーを買って来るからな。あすこには良い酒を売ってるんだ」

暗い小路を潜り潜って、大きな硝子工場の屋根や煙突が立ち並ぶ河岸縁へ出た時、フィンニィが低い声で囁いた。

「じゃ、何か一緒に食うものも頼むよ。腹がペコペコだ」

「食うものなんか心配せんでも宜いよ。余分に晩食《ばんめし》の準備が出来てるんだ」

煉瓦の塀の影に立ってホリンスが待っていると、やがて小脇に包みを抱えたフィンニィがとぼとぼと帰って来た。夜は暗く、それに小雨さえ降り出して、河の上を渡って来る風は身に沁むように冷たかった。厭やな夜である。ホリンスは前夜の隠れ家であったバーミンガムの立派なホテルを思い出した。気持のいい軟い椅子、ホカホカする暖い喫煙室、何とも云えぬあの煙草の香、あの芳醇な酒の味。

それが今、彼は名状しがたい恐怖と寂寥の感覚に捉われて、ホテルは愚か自分で一本の酒を求めることもできずに、不快な物寂しい工場の塀に沿うて鼠のように人目を避けて歩いているのだ。万全の策は講じながら、その罪跡《つみ》はもう既に明みへ発《あば》き出され、法の審判者に後を尾《つ》けられながら……。

硝子工場の大きい門の前へ来ると、フィンニィは鍵を取出し、傍の小門《くぐり》を開けて、ホリンスを麾《さしまね》いた。

そして再び門を閉めきると、ホリンスの手をとって、壁に沿うた暗《くらやみ》の路を後を高い壁に劃《しき》られ、前方《まえ》にちょっとした広場のある小舎の前まで伴れて来た。

フィンニィは小舎の扉《ドア》を開いて、薄暗い部屋の中に入ると燐寸をすって瓦斯を点《とも》した。そこは案外気持のいい部屋であったが、ホリンスはカーテンの奥が気になった。

「窓なんか心配せんでも大丈夫だ。すっかり閉め切った上へ、まだカーテンを引いてあるんだ。さあ巡廻までにはまだ一時間あるから、ゆっくり飯を食うことにしよう」

フィンニィがそう云って、ウィスキーの罎を取り上げてると、ホリンスは、

「お互いに健康を祝そう、君も――」

と云って、無理にコップをさしつけた。フィンニィは快くその一杯をひいてから、晩飯の仕度にとりかかったが、ふと思い出して衣嚢に入れた新聞を取出しながら、

「ホリンス、夕刊を見たいだろう。これだ。中にちょっとあって、最後《おしまい》の頁《ページ》に詳しく書いてあらあ」

ホリンスはウィスキーをぐっと一息に飲み乾して、強《し》いて元気をつけながら、打顫える手で新聞を開いた。フィンニィの云うとおり、中頁の記事は彼の失踪を伝えた短い記事であった。が、裏の頁を開けた時、彼は、そこに載せられた長い記事を見て、恐怖のあまり危うく新聞を取り落そうとした位だった。凡ては彼にとって不利であった。

ロイドの死骸を捜しに出掛けた捜索隊が、あの岩山の上へ行った時、伴れていた一匹の犬が土の裂目を覗き込んで吠え始めたのが、原因《もと》で、注意の上にも注意して蔽い隠したロイドの死体が探し出された顛末から、犯人ウィリアム・ホリンスの経歴や人相書まで事細かに掲げてあった。

ホリンスは惨めであった。彼は自分を呪い、ロイドを呪った。いや凡てのものを呪いたいような気

分になっていた。しかし誰を呪おうとも、今更何の役にも立たなかった。彼はその代《かわり》に、強烈な酒を呷りつづけて、一瞬《とき》でもいい、苦しい自己を忘れようとした。フィンニィはその悩乱の状を見て、酒を控えるように云いながら、夕餉《ゆうはん》の支度を急いだ。

やがて二人は食卓についたが、ホリンスは更に元気もなければ、食慾も進まなかった。時々ナイフや匙《フォーク》を落したり、さてはぼんやりとフィンニィの顔を凝視めていたりした。

食事が済むと、彼は温《あったか》い火酒《グログ》が欲しいと云って、コップに漾々《なみなみ》と呷った。フィンニィは彼が泥酔して乱暴をしはしないかと心配したが、夜が更けるにつれて、彼はだんだんと沈み込んで、一罎のウィスキーを空《から》にした時分には、もうすっかり平静な気持になって、後の一罎を手にして次の室《ま》の寝台《ベット》へ這入っていった。

「話は明朝《あさ》にしよう。何もかもすっかり話すから」彼はいくらかもつれる舌で云った。「厄介になったからにはな——それだけのことはするよ。——僕を信用してくれ——そう安っぽい仕事じゃないんだから」

フィンニィは彼がベットに就くのを見て、室《へや》の扉に鍵を下して自分は夜の巡視に出掛けた。帰って来てから、扉に耳をあててみたが、何の物音もなかった。暫く経って、再び内の様子を覗《うかが》った時には、確に鼾《いびき》が聞えたように思った。彼はそれに安心して酒の効果《ききめ》があったことを喜んだ。

翌朝《あさ》の八時にフィンニィは客室の扉を開けて声をかけた。が、返事がないので、つかつかと寝台の傍まで歩み寄った。

と、どうだ。ホリンスは石のように冷たくなって、そこに横っているではないか。すっかり空になった二つ目のウィスキーの罎を曲ったなりに硬直した腕の上に横えたまま——。

宝石は更に移りゆく

ウィリアム・ホリンスの生命《いのち》が、全く綷《こと》きれていると見てとったスタフォド・フィンニィの最初の行動は、いかにも沈着なものであった。

彼はまず静に入口へ取って返して、内側《なか》からしっかりと扉《ドア》に鍵を下した。それから再びベットの傍に来て、ざっと死骸を検べにかかった——それは単に彼の死を確めるという に過ぎない程度であった。「宜い往生だ。死んでからのことまで約束はしなかったが」彼は呟くように独言《ひとりごと》を云う。「何とかしてやらずばなるまい。——それはまあ後で考えるとして、ホリンスの奴一体何を持ってるかしら？」

フィンニィはベットの傍《かたえ》に無雑作に投げ出された上衣を取上げた。が、その中には空の小さい酒罎と、煙草入と蠟燐寸しか入ってはいなかった。次で胴衣《チョッキ》にも手を触れたが、そこにも目星しいものは何一つなかった。フィンニィは頭を振りながら再び死体を検べ出した。

ズボンのポケットに銀貨や銅貨を取交ぜて十円位の金があった。更に死体に手を掛けて横にすると、腰のポケットから紙幣や金貨が三百磅も入った小さい布の嚢が出てきた。

「これでみると、ホリンスの奴、なかなか景気がよかったと見えるな」

フィンニィは我にもあらず呟いた。しかし彼はそれだけの発見では満足が出来なかった。昨夜《ゆうべ》、ホリンスが云った「大きい仕事だ」という言葉が、彼の頭には強く響いていた。でなくとも、これ位の金で、彼が人一人殺害して逃亡するはずがない。彼は死体を旧《もと》の位置に直して、じっと凝視めながら、何事か考え込んだ。

かつて警察の飯を食い、いろいろな悪漢《わるもの》の慣用手段を見てきた彼は、往々にして犯人が貴重な物を腰の帯皮《ベルト》に隠すことを思い出した。と同時に、彼はびじょうを外して、ホリンスの身体から帯皮を取ってのけた。

それは軟い弾力性に富んだ麻布の地味な品で、左の腰へゆくところに小さい嚢が附いていた。フィンニィは遂に求めたものをそこに見出した。そして燦然たる金剛石《ダイヤ》の頸飾《ネックレース》をその中から取り出した時、彼はホリンスがロイドを殺害した理由や、それに絡まる種々《いろいろ》な物語や歴史を、まざまざと眼の前に見る心地がしたのであった。

ホリンスの死体

フィンニィは抜目のないしっかり者で、それに算盤《そろばん》高い男であった。元々軍人上りで、隊にいる頃は相当の階級までいっていたが、退役後巡査を奉職して、数年前左の脚を失くするまでは、ずっとその職にあった。職務にかけては至って謹直な方で、一般の気受もよかったところから、その後夜警として現在《いま》の硝子工場に雇われ、爾来三年半というもの、何一つ過失もなく、すっかり上役の信任を得て今日に至ったのであった。というのが、酒は飲まず、職責《しごと》にかけてはどこまでも真面目だったからであった。

しかし、彼を信頼している人々は、忠実な夜警としての彼を知っているだけで、半面における彼が、底の知れない強慾貪婪《どんらん》な男であることには、少しも気がつかなかった。彼は金を貯め、物を蒐《あつ》めることより他に、何に一つ楽しみと云うものを知らない男であった。俗に云う転んでもただは起きないほど、慾の強い男だったのだ。しかし、万事に抜目のない彼は、そうした半面の性格を周囲の人々に気取られるようなことは、決してしなかった。

謂わば、彼は二重の生活を送っていたのだ。硝子工場に勤めている真面目な物堅い男だとばかり思っている町の人々は、その実、彼が鮫のような貪慾心と、虎のような無慈悲な心をもった金貸しであろうなどとは、夢にも知らなかったのだ。

彼は世間を胡麻化すために、薄給に甘んずる木偶《でく》のような男を捨扶持《すてぶち》で雇い込んで、その男を表面《おもて》に立てて、手足のように顎で使って、町の小商人《こあきんど》に高歩《たかぶ》の小銭を貸して、吸血鬼のように彼等の膏血《こうけつ》を絞っていたのである。

ダイヤモンドは、今、こうした男の手に握られたのだ。彼はかつて金剛石《ダイヤ》を見たこともあるし、また宝石類の評価にかけては、ロイドやホリンスよりも、ずっと目が肥えてもいた。それに頸飾《ネックレース》の鑑定となると、それが何であれ、かなり高い手数料をせしめられるというようなことも心得ていた。

新聞で南デヴォンシアの殺人事件の記事を読んだ彼は、二人の看守が行衛不明になったこと、その一人であるロイドの死骸が発見されたことを、すっかり知っていた。しかし、新聞記事のどこを見ても、ダイヤの頸飾のことは一行半句もなかった。そこから考えると、この事件の裏面《うら》に、頸飾が絡んでいることは、警察も新聞記者も知らないに違いない――と彼は自分で結論した。

自分の手へ落ちてきたものは、それが何であれ、取逃すことの嫌いな男である。彼は自分の手に転げ込んだ幸運を祝福して、どうにでもしてそれを自分の物にしなくてはと考えた。ホリンスの行衛捜索などは恐れるに足らない。停車場で彼と会ったこと、ここへ連れて来たこと――それを知るものは、一人もあるはずはない。

その点においては、絶対に安全であると確信した彼は、更により重大な刻下の問題に向って考えを進めた。

まず何によりも緊急な問題は、今直ぐダイヤモンドをどこかへ始末しなくてはならないということだった。彼は十哩《マイル》も離れたリードの町の銀行へ、名を変えて預金もすれば、いろんな大切《だいじ》な品も預けてあった。その銀行へ保管を托するのが、最も安全だと思いついた彼は、頸飾をすっかり密封して、明日にも銀行まで持って行こうと決心した。

　そこで、彼は古いフランネルの襯衣《シャツ》を取出して、ひとまずその中にぐるぐるとダイヤの頸飾を巻き込むと、誰も気のつかないような内密の隠し場所へ、そっと隠してしまった。

　頸飾はそれでいいとして、さて厄介なのはホリンスの死骸である。彼は死体が横ったベットから、ずっと部屋の中を見廻した。が、その部屋の中ではいかにも始末のつこう道理がなかった。そこでゆっくりと考えてみることにして、そのまま寝室の扉《ドア》を閉め切って、朝飯の用意にとりかかった。

食事を摂《と》りながら、フィンニィは死体の始末について頭を悩ました。最初、彼は警察へ自身出頭して、ホリンスが夜半に尋ねて来て、乞うままに宿を借したところが、変死したと訴え出ようかと考えた。

そうすれば、自ら手を下さないでも、死骸の始末は警察の手に移ってしまう。彼はホリンスが恐ろしい人殺しだったことは、少しも知らなかったと立派に弁明することができる。死人に口なし、苟且《かりそめ》にも彼を大陸へ逃してやると云ったことなんど、誰にも分る気遣いはない。——しかし、また考え直してみると、その計画はどうも面白くない結着になりそうだ。

警察では根掘り葉掘り訊くに相違ない。死骸は検べられるに定《きま》っている。検屍官の訊問もあるだろう。工場の支配人は用もない者を工場に入れたというので叱言《こごと》を云うに違いない。のみならず、そうするとなれば頂戴した金の幾分はホリンスのポケットへ戻しておかねばならぬ。それが彼にはどうしても出来ないことであった。そこで彼はどうにでもして、ホリンスの死骸を秘密の裡に始末をしようと決心した。

では、どうしたらいいだろう？　死体をいつまでも家の中に置いておくわけにはゆかない。少くとも二十四時間以内には処分しなくてはならぬ。だが、どこへ、どうして処分したら宜いか？　彼は今更ながら、犬や猫の死体とは事違って、人間の死骸を処分することの、容易でないのを思い知った。

河へ投げ込んでしまったらとも考えた。河は直ぐ傍を流れている。夜半にでも死体を持っていって、重りをつけて投げ込むことは雑作《わけ》もない。しかし水底に投げ入れられた死体は得て浮び上って来るものだ。もしそんなことにでもなって、重りを結んだ綱から足でもつけば、事態《こと》は却って厄介になる。

河に投げ入れることはいと易い。それは事実だ。また死骸が発見された場合、人々はホリンスが故郷の町へ帰って来て、泥酔してか、それとも暗《くらやみ》に道を踏み迷うたかして、溺死したものと、うっかり考えてしまうであろう。けれども、その死体から一銭の金も出て来なかった場合、人々がそこに疑惑の眼を向けるであろうことも間違いない。

そう考えてくると、事は決して容易ではない。ゆっくりとかかって、考え考え朝飯をすました時、彼の頭にはまだ何の名案も浮んではいなかった。そこでパイプに火を点けて、もっともっと考をめぐらしてみるつもりで椅子に腰を下した彼は、戸棚の隅に打棄《うっちゃ》ってあった本のことを、ふと思い浮べた――それは犯罪に関するいろいろな材料を、果しもなく蒐集した書物であった。彼は埃にまみれた棚からその本を取り下して、犯罪人が死体湮滅《いんめつ》のために苦心したいろいろの方法を書き記した条《くだり》を開けて、熱心に読みはじめた。

彼は幾頁か読んだ。そして、殺人犯人と云われるほどの者の大部分が、その証拠湮滅のために採った手段から見て、案外に智恵が少く気が利かないと思った。だが、考えてみれば、彼等はいずれも犯罪と同時に興奮し惑乱して目が眩んでいたであろう――そこへゆけば、彼は死人に対して親切にこそしてやったれ、何も自らを咎める点はないのである。

けれども、もしホリンスの死骸が、明みへ持ち出され厄介な取調べが始り、その渦中に自分も捲き込まれるとなれば、彼は当然犯人としての嫌疑を受けるに決っている。彼が何と弁明しようとも、恐らく人は自分を信じてはくれまい——すれば、結局、死骸を暗《やみ》から暗へ葬ってしまうの他、世間の疑惑を避ける途はない。

どうしても、始末をしなくてはならない。いろいろと考え飽《あぐ》んだ果に、やっと思いついた最善の方法は、寝室の床下へ埋めるということだった。が、それにはまたいろいろの障碍が伴ってくる。第一に床板を取外して、土を掘り下げることが尋常な手数でない。第二に板を外したり土を掘ったりする物音が他人《ひと》に聞かれるという憂いがある。更に将来ここへ誰か移り住む場合、もしくは工場の方でこの小舎を取り払うような場合の危険も考えなくてはならぬ。するとそれも駄目である。彼は遂に思案に暮れて、手にした書物を投げ出し、扉《ドア》に鍵を下して、何か名案はないものかと、工場の庭へ出ていった。

定時巡邏《じゅんら》といった風で、工場の中を歩いていたフィンニィは、突然、思いもかけぬ巧い考に逢着した。彼は全くぼんやりした気持で、大熔鉱炉の傍まで来たのである。その中では四六時中、間断なく硝子を熔かす火焔《ほのお》が炎々《えんえん》として燃えているのだ。彼は今熔鉱炉の頂上《うえ》から吐き出される焔の舌を見て、これだ！　と思った。

夜半《よなか》過ぎ、前夜と後夜の職工が交代する一時間というもの、フィンニィがその熔鉱炉の監視に当らなければならないことになっている。その時間中に、ホリンスの死骸を巧く熔鉱炉の中に投げ込むことができるなら、爪先一つ残さないまでに死体は燃えてしまうのだ。一度職工が熔鉱炉の中に落ち込んだ時、炉を冷却して遺骸を捜したことがあった。その時、骨の一片も残ってはいなかったことを彼は思い出した。

フィンニィは考えあぐんだ問題の解決を今やっと見出したのだ。そしてホリンスの死体と、その身体にくっついた一切——貨幣《かね》とダイヤモンドを除けた——ものを、今夜の中《うち》に熔鉱炉の中に投げ込もうと決心した。そうと決れば、愚図々々してはいられない。

彼は小舎へ引返すと、じっとホリンスの死骸を眺めていたが、十五六貫は確にありそうだと見てとった。そこで彼は再び小舎の入口を閉めて、跛足《びっこ》をひきひき町の方へ出て行ったが、一時間もすると頑丈に出来た大きい布の嚢《ふくろ》を持って帰って来た。

その日の午後、彼は扉や窓をすっかり閉め切ってから、その嚢《サック》の中へ、ホリンスの死体とその附属品を詰め込んだ。そして真夜中時分を待って、その逞しい肩に重い嚢をかつぎ上げて、庭を横切り、熔鉱炉を瞰下《みおろ》す煉瓦張りの足場へとことこと上っていった。

そして二十尺の下に焔々《えんえん》として、火焔《ほのお》の渦を巻いている火の玉の中へ肩の重荷を投げ入れようとして、足場の突鼻《とっぱな》に立って、その不自由な足をじっと踏みしめた。と、その折も折、突然、

「おい！　フィンニィ！　何をしてるんだ、そこで？」

と下の暗《くらやみ》から、耳をうつ鋭い声がした。

ハッと思った瞬間、度を失ったフィンニィの義足はつるりと煉瓦の上を滑った。と同時に、死体の重味に引きずられて、後方《うしろ》へ向けてひょろひょろと蹣跚《よろ》めいた。

暗の中から声をかけた男は、大空へ向けて両の手を差し延べながら、悲鳴を上げて、肩の重荷と共に、火焔《かえん》の地獄へ落ちてゆく彼の姿をちらと見た。

健気なヅリスコール嬢

カッスルフォドの大通りの中ほどに、ささやかではあるが、「女帽子製造並《ならび》に裁縫業、テレサ・ヅリスコール」と看板を掲げた気の利いた建物がある。入口の扉《ドア》から、窓の色まで、すっかり濃い緑で塗られてあるのも、そこに住む人の高雅な趣味が察しられる。

フィンニィが熔鉱炉に墜ちて――彼は服の釦《ボタン》一つ記念《かたみ》に残すこともなく綺麗にこの世から影を消したのであった――果敢《はか》ない最後を遂げた日の午後のことである。ヅリスコール嬢は、二三人の若い女職工がせっせと働いている二階の仕事場から、たった今出来てきたばかりの新しい帽子の見本を、打返し打返し眺めていた。

背のすらりとした、それで体格《からだつき》もよく、年齢《とし》は相当にとっていながら、なかなかに魅惑的なところのある婦人である。灰色の長く波打った頭髪《かみ》や、様子のいい姿態《すがた》や、桃のようなその丸顔から、彼女が愛蘭人《アイリッシュ》であることは一目で判る。それに気の軽い、物事に屈托のないところなど立派な愛蘭《アイリッシュ》型で、どこから見ても申分のない女だのに、どうして今まで独身《ひとりみ》でいるのだろうと、彼女を知る限りの人々が不審がっているのも久しいことである。

彼女がここへ店を開いてから、もう六年の日が経つ、それまでの数年間、彼女は町に隣接したホォクスフォド・パークのプライド伯爵夫人の邸に上女中として奉公していた。世間の人達は、その間に巧く老夫人に取り入って、今の店を開く支度をしたであろうと専ら噂をしたものである。噂ばかりではなく、伯爵夫人の遺言状の中に彼女の名が載っていたことはどうも事実であるらしい。

とにかくに、プライド夫人が死んで間もなく、彼女は今のところに店を開いて、いまでは町になくてならぬ商店の一つとなったのである。というのが、彼女の高雅な趣味性が、忽ちにして町の婦人達の目を惹いて、彼女の店で出来た品でなければ、誰も承知をしないほどになったからであった。

彼女の父は元、愛蘭《アイルランド》の小地主であったが、彼女が二十一の時醸造業に手を出して見事に失敗し、それが因で間もなく死んでしまったのであった。彼女は自分の家屋敷が競売に附せられ、周囲に債権者の呪詛の声を聞くにつけ、もうじっとしてはいられなくなってきた。そしてどうにでもして父の負債を払い、能《で》き得れば父祖伝来の田畑をも買い戻そうと堅い決心をして、脱け出すように密《ひそか》に郷里を後にしたのであった。爾来、故郷《ふるさと》を見ざること十九年、今以て初志を貫徹しようとの堅い決心の下に、孜々《しし》として働いているのである。

女中奉公から帽子製造業へ――この十九年間、彼女は一銭の銭《かね》も無駄にしないで送ってきた。しかし父の負債を償却し、父祖の邸宅を買い戻して、気楽な生涯を送るまでには、なお十年は働かなければならなかった。すれば彼女は五十歳になる。人生の大部分は暮れてしまう――しかし、彼女はそれで憾《うら》むところはなかったのだ。

出来上った帽子を見ながら、ついわが身の上のことを考えていたヅリスコール嬢は、入口の扉が開く音に、つと目を上げると、背の高い、薔薇色の顔をした立派な紳士が入って来た。それは町でも評判のいい弁護士のバクセンデール氏であった。

「御免下さい」バクセンデール氏は軽く辞儀をしながら云った。

「いらっしゃいまし」ヅリスコール嬢はバクセンデール氏が夫人の新しいボネットでも頼みに来たのかと思って挨拶した。

「今日お訪ねした用向きは」弁護士はゆっくりと手套《てぶくろ》をとりながら、「あなたに重大な関係のあることでして――大変に結構なことなんですが、内密にお話をいたしたいと思いますので」

彼女は何の用向きかしらと不思議に思いながら、店の背後《うしろ》になっている小さい応接室へ案内して、扉を閉め切ると、自分も椅子に腰を下して、さてどんな話が聞かれるだろうと相手の顔を凝視《みまも》った。

「全財産を貴女に——」

「実は」バクセンデール氏は話しだした。「ちょっと変なお心持をおさせするかとは思いますが、それにしてもきっと喜んで御満足の意は表して下さることと考えます。他でもありません、あなたも御承知のことと存じますが、あの亡くなったスタフォド・フィンニィ君です」

「亡くなったんですって？」ヅリスコール嬢は驚いたらしく叫んだ。「じゃ、あの人は死んだんですか？」

「おや、あなたはまだ御承知がないので？」弁護士も驚いた風で、「じゃ、あの事をお聞きにならないんですね？　私はもう誰も知ってることだと思ったんですが——あの時分専ら評判だったんですから」

「一向に存じませんですよ。私、世間の噂話なんど云うものは、耳にするのも嫌いなんでして、店では余計な口を利くことは一切厳禁していますので、誰もそんなことは云いませんでございます——これはうちの規則みたようなものでございます。でも、フィンニィがどうしたと云うんでございますの？」

「いや、実はその」バクセンデール氏は、うっかり正直に話しては、相手をどんなに失望せしめ、悲嘆の涙に曇らしめるかしれないという心配でも抱いているらしく、「——どうせ、生命《いのち》のある以上、誰にしたって一度は死ななくちゃなりませんでね。亡くなられた――」

「お言葉の中ですが、あの人はわたしのお友人《ともだち》でも何でもありませんのよ」

ヅリスコール嬢がつと口を挿んだ。

「しかし、どこに親切な友達があるか分らんものでしてね」バクセンデール氏は金言名句でも吐くような口吻で、「それはとにかくフィンニィ氏はもうこの世にはない人です。悲惨な最後を遂げられたのです。もっとも専門家の話によると、瞬間的の死なので、何等の苦痛もなかったとは思いますが、何しろ熔鉱炉の中へ落ちられたんですから、夜警を勤めていた硝子工場の……」

「それに人々の話では」バクセンデール氏はぐっと椅子を進めて、急に声を落しながら、「あの熔鉱炉の火ときたら服の釦は勿論、義足にくっついている針金までも、ほんの一瞬間に熔けてしまうほど、強いものだそうで――いや、全く恐ろしい熱だそうでしてね」

「すると、あの方はその中で焼け死んでしまったのでございますか」

「そうなんです。何も残らずに――」弁護士は呟くように云った。

ヅリスコール嬢は物思わしげにバクセンデール氏を見ていたが、やがて、

「で、そのことが、わたしに何の関係があると仰有るのでございます？」と訊いた。

「大いに関係があるのです」バクセンデール氏が答えた。「あなたの亡くなられたお友達は――」

「ちょっとお待ち下さい」彼女は手を上げて相手の言葉を遮りながら、「どうして友人《ともだち》だなんて変な言葉をお使いなさるんでしょう？　フィンニィはわたしの友人でも、何でもないのです。知ってると云えば、ただ何年か前にあの人が負傷《けが》をした時、家の中へつれ込んで、面倒を見て上げただけのことで、あの人はわたしのことを何とか思っているかも知れませんけど――」

「それなんです、それでよく理由《わけ》が分りましたよ」

バクセンデール氏は手を揉み揉み、にこにこ笑いながら云った。

「どうだか知りませんけど、三四度、変な手紙を寄越して結婚を申込んできたことがありました。でも、そんなことは問題になりませんですから、友人だなんて仰有っていただく理由は何にもないんですわ」

「しかし、それが誰であれ、友誼的な行為を尽してくれた場合には、その人を友人と呼で差つかえないと思いますがね」バクセンデール氏が落ちついた調子で云った。「フィンニィ君はあなたに対して、充分にその友情を尽したのです」

「何と仰有るのです?」ヅリスコール嬢は、まだその意味がはっきり飲み込めないか、訝しそうに問い返した。

バクセンデール氏はぐっと卓《テーブル》の上に寄っかかって、衷心からの誠実さを以て、相手の顔を凝視《みつ》めていたが、いかにも得意そうな声できっぱりと云った。

「フィンニィ君はその全財産をあなたに遺したのです!」

遺産二万五千磅《ポンド》

遺産の全部が、自分に譲られたと聞いた時、ヅリスコール嬢の態度は急に打って変ったようになって今まで邪魔もの扱いにしていた弁護士の顔をじっと真正面《まとも》から見詰めた。

「遺言状はここに持っていますが」弁護士は手提《てさげ》から書類を出して見せながら、「至って事は簡単でして何も厄介な点はないのです。つまり親戚《みうち》が一人もないので、すっかり貴女のものになるわけなんですから」

「何と云ってお礼を申していいか分りませんわ。で、遺産といって一体どれくらいございましょうね？——そう大して」

バクセンデール氏は金縁の鼻眼鏡をかけて、ポケットから取出した今一通の書類に目を通しながら、

「あれでフィンニィさんは、なかなか抜目のない人でしてね。工場の方はほんの遊び半分で、実はクローサーという名で金貸しをしていたんです。御承知でもありましょうが——それで、いくら少く見積っても二万磅は大丈夫ありましょう」

片時も忘れぬ郷里《ふるさと》の幻影が、ヅリスコール嬢の心をさっと掠めた。あの古い建物、灰色の壁、父の借財——彼女は包み切れぬ嬉しさをその面《おもて》に見せながら、

「まあ！　それは真実《ほんとう》でしょうか！　バクセンデールさん、わたしはこれで父の借金の始末をするた

めに、二十一の時からこうして働いているのでございます。それには、まだ十年もかかると思っていましたのに、それが真実なら、まあ何という嬉しいことでございましょう――」

「御安心なさい。決して嘘じゃないのです。すっかり片がつくまでには、二三週間はかかりましょうが、それだけの金が貴女の手に入ることは間違いない事実です。精算をしたら二万五千磅位になるかもしれません」

「実際《まったく》、夢のようでございますわ。何分ともに、よろしくお願いいたします。私には法律上のことなんど、何《な》にも分りませんもので」

「今も云う通りで、法律上に何も面倒《むずかし》いことはないのです。が、ただ工場のフィンニィさんがいた部屋ですが、直ぐ後任者が入らねばならんので、今日にも始末をしてもらいたいという話です。家財道具といって、大したものもないでしょうが、みんな貴女のものなんだから、御面倒でもちょっと行って、一応御覧になった上で、競売人のブラウンにでも云いつけて、始末をさしていただきたいと思います」

ヅリスコール嬢は早速今夜にでも、行ってみようと答えた。そこで弁護士バクセンデール氏は工場へ行く道筋や、入口のことなど細かに話してから、数日後の再会を約して帰っていった。

古机の抽斗《ひきだし》から

ヅリスコール嬢が家を出たのは午後の七時であった。暗い河沿いの道を、硝子工場へ向いて歩いて行った彼女は、弁護士に教えられた門を入ると、新しい夜警に案内されてフィンニィが住み馴れた家の中へ入って行った。

数多くもない部屋の中を、一とわたりざっと眺め渡した時、まず彼女の眼についたのは、フィンニィが帳面や書類を入れるのに使っていたらしい抽斗附きの古い机であった。それはチッペンデール時代（十八世紀の有名なる英国の指物師トーマス・チッペンデールの事）の細工で、骨董品の好きなヅリスコール嬢は一目見ただけで気に入ってしまった。

「これだけは、わたし自分の家へ持ってゆこう」彼女は独言を云いながら、その傍へ近づいたが、抽斗にすっかり錠がおりているのを見ると、

「鍵はどこにあるのかしら？」と呟くように云った。すると案内をしてくれた新しい夜警が、

「鍵はフィンニィが衣嚢《ポケット》へ入れてたんじゃないでしょうか？」と、傍から云った。彼女もそうは思いながら、なおあちこちと探してみたが、鍵はどこにも見当らなかった。やっぱりポケットへ入ったまま、フィンニィと運命を共にしたのであろう。

鍵を探すことを諦めた彼女は、夜警にいくらかの金を与《や》って近所から手押車を呼んで来させ、その

古机を積んで、後の道具類は明日にでも競売に附することにして、自分の家へ帰ってきた。

机が自分の家の一室へ運び入れられると、彼女は窓を締めカーテンを引いてから、大きな鍵束を取出した。その抽斗の中に、格別のものが入っていようとは無論思われなかった。しかし、それが自分のものとなってみると、抽斗の内部《なか》までもすっかり開けてみなくては、気がすまなかったのだ。

沢山の鍵の中から、恰度しっくり合う一つの鍵を探し出すと彼女は直ぐ一つ一つの抽斗を開けにかかった。と、予想したとおり、中には覚書きの帳面や、反古《ほご》も同然の書類、それに故人が愛読したらしい新聞の読物の切抜きや古ぼけた聖書、横笛、将棋の駒などが入っていた。塵埃溜《ごみだめ》へでも投げ入れる他ないそれらの屑物を、掻き集めていた彼女は、何の気もなく最後の抽斗を開けて、布片《ぬのぎれ》に包まった眼も眩ゆいダイヤの頸飾を発見した時、思わずあっと言って驚きの声を上げた。

少時《しばらく》の間、呆然として頸飾に凝視《みい》っていた彼女は、やがてそれを持って自分の居室へ入ると、扉《ドア》をしっかりと閉め切って、再びそれに眺め入った。宝石のことに明るかったプライド夫人から、いろいろの説明を聞いていた彼女は、少くともその頸飾に五万磅の価値があることを疑わなかった。

しかし、どうして、そんな高価な宝石が、フィンニィの手にあったであろう？

彼女はその解きがたい不思議に思い悩んだ。

不肖の子ニニアン

その翌日は恰度日曜日であった。ヅリスコール嬢は、十一時頃に女中のセリナが出掛けてゆくと、直ぐ古机を置いた部屋へ入って、昨夜ひっかき廻した抽斗の中の帳簿や書類を、今一度仔細に調べだした。

バクセンデール氏の話では、フィンニィは金貸しをしていたということだから、借金の抵当《かた》にあの頸飾を預っていたのではあるまいか。そう考えるのが一番当っているようにヅリスコール嬢には思われた。すれば、帳簿について調べてみれば、事情は分るはずである。彼女はそう思って、帳簿や書類を調べはじめたのであった。が、金銭上の覚書らしいものは、そこここにあったが、宝石について書きつけたものは、遂に発見することができなかった。抵当に預ったものでないとすれば、それは当然自分に譲らるべきフィンニィの遺産の一つであろうか？　それとも何等かの理由があって、誰かから預っている品であろうか？　いずれにせよ五万磅もの宝石が、誰の所有に属するか分りもしないで、存在するはずはない。

それが誰のものであるか、彼女としては一刻も早く確めたかった。のみならず、一万磅以上の遺産が入ることに決ったからには、もうこの町に愚図々々している必要はない。彼女は店を売り払って、一日も早く、故郷《ふるさと》へ帰ってゆきたかった。それについて、今一度弁護士に会って遺産譲渡《ゆずりわたし》に関する具体的の相談をしなければならないので、かたがたダイヤのことも相談しようと思って、その翌朝を待ってバクセンデール氏の事務所へ訪ねて行った。

ヅリスコール嬢が玄関に立って訪《と》うとニニアンというバクセンデール氏の息子が取次ぎに出た。

そのニニアンが性質《たち》の良くない青年《わかもの》であることは、ヅリスコール嬢も世間の噂で知っていた。早く母親に死に別れて、女中の手で気髄気儘に育てられた彼は、一向学問に身が入らず、玉突や競馬に夢中になり、果は学校も中途で退学して、不良青年の仲間入りをしているとさえ評判されたほどであった。バクセンデール氏はそれを気にして、監督かたがた事務所の受付をさしているのであったが、もう二十一にもなった不良の息子は、父親の手を以てしてもどうすることも出来ず、突然姿が見えなくなったと思うと、四日も五日も帰って来ないようなことは、少しも珍しくはなかった。

背は高く、風貌《かおかたち》もよく、いつ見てもしゃんとした服装をしているので、ちょっと見た眼には立派な青年であるが、家庭《うち》にいる時はとにかく、父親の眼を窃《ぬす》んで家を外に出歩く場合なんどには何をしているのか知れたものではなく、今ではさすがのバクセンデール氏も持てあましているのであった。

しかし、そうした青年に限って、態度《ものごし》や言葉付きは立派であった。殊にヅリスコール嬢がフィンニィの莫大な遺産を譲り受けたことを知っていた彼は、特別に丁重な言葉で彼女に応待した。

彼女を父の部屋へ案内をすると、ニニアンはつと廊下を反対に、次の部屋へ身を忍ばした。そこはもう久しいこと使わない大広間で、片隅にある扉《ドア》から父親の居室へ出入ができるようになっていた。古ぼけて、幾つかの小さい孔さえ穿《あ》いていたその扉へ、そっと忍び寄って、父親と事件依頼人との内密の相談を、覗いたり、立聞きしたりすることは、不良不肖の息子ニニアンのもう古くからの楽みの一つであった。

彼はその扉に父親の居室の方から鍵がかかっているのを知って、父の留守の間にその鍵を探し出して古井戸の中に投げ込んだ。そして一方の廊下の方の扉には音のしないように、油を流して、その鍵だけは肌身離さず持っていた。従って、誰にも気付かれないように、その部屋の中に身を忍ばすことは、彼にとっては何でもなかった。それに前にも云ったとおり、その大広間はもう何年も使ったことがないし、家人と云っては父親の他に二人の下婢《かひ》と書生しかいないので、ニニアンにそうした秘密があることは誰も知るものはなかったのだ。

扉《ドア》の背後《うしろ》から

　ニニアンが扉の後から覗いているとも知らずに部屋の中ではバクセンデール氏とヅリスコール嬢が遺産譲渡《ゆずりわたし》に関する相談を進めていたが、さてその話も一段落つくと今度はヅリスコール嬢が、「それから、今一つ御相談をしたいことがございますが」と、いくらかあらたまった言葉で話しだした。

「実はフィンニィさんの道具類の中からわたし古い机を頂戴して来たんでございます。その抽斗を調べていますと、中に大変なものが入っていたのでございますよ」

「そうですか、多分何か入ってるだろうと思いましたよ。紙幣《かね》でも大分入っていましたか?」バクセンデール氏は格別不思議な顔もしないで答えた。

「いいえ、紙幣なら何でもないんですが――金剛石《ダイヤモンド》の頸飾が入っていたのでございます」

「ダイヤの頸飾が?」さすがに驚いたらしい様子で、「そいつは不思議ですな、フィンニィがダイヤの頸飾なんど持っているはずはないんですが立派な品ですか?」

　それには答えないで、ヅリスコール嬢は暗緑色をした旅行用の鰐《わに》皮の手提を引寄せて、驚きの眼を瞠るバクセンデール氏の目の前に燦然たるダイヤの頸飾を取り出した。

「ほう!　で――一体それは真物《ほんもの》なんでしょうかな?」人の好い弁護士が喘ぐように云った。

「真物ですとも」彼女は言葉を強めて云った。「わたしプライド夫人のお宅に御厄介になっている時分、夫人《おくさん》から承って知っていますが、決して贋物《まがいもの》ではありません。値段に見積って五万磅は確かだと思います」

「五万磅ですと！　それがあのフィンニィの古机の中にあったと仰有る。いや、これは不思議だ！」バクセンデール氏は驚嘆の叫びを上げながら、「全体どうしてそんなものがあったんでしょうな？」

「さあ、それなんでございますよ。わたし帳簿類をすっかり調べてみましたが、何も頸飾のことは書いてないのでございます。ですが、理由《わけ》もないのに、こんなものがあるはずはございませんから、きっとあの人が貸金の抵当《かた》に取ったものか、それとも預っていた品じゃないかと思いますの」

「いかにもいかにも、どうもそうとしか考えられませんな。すると貴女はそれをどうなさるおつもりで？」

「それでございますよ。もし貸金の抵当に取ったものなら無論わたしが貰うし、でなくて、当分抵当に預っている品なら、貸金と引換に所有主《もちぬし》に返してしまえばいいだろうと思ったのでございますが――」彼女は手提の中に頸飾をしまい込みながら、「あなたのお考えはいかがでございましょう？」

「そのとおりですな、法律上から云ってもそうなさるのが一番至当でしょう。ですが、その五万磅もするものを、お宅へお置きになるのは考えものでございますな？」

「わたしもそう思いましたもので、実は御相談をしたら、直ぐリードまで行って銀行へ預けるつもりでお伺いしましたので、これからちょっと行って来ようと思います。そうして愛蘭へ立つ日の朝まで、預けておけば心配はないのでございますから。それではどうか手続の方をちっとも早くお願いしておきます」

ヅリスコール嬢はくれぐれも遺産譲渡の一日も早く片付くように取計いを頼んで、鰐皮の手提をしっかと手にしながら、弁護士の事務所を出た。

その時、そっと隠れ場所を出たニニアンは、急いで階段を下に降りてゆくと、外套と帽子を摑むなり、ぶらりと家を出て、ステーション・ホテルの方へ歩いていった。そしてホテルの酒場《バア》へ入って、何事か考え考え酒を飲んでいたが、やがて停車場の構内へ入っていって、リードまでの切符を買った。

リードの床屋へ

リード行きの汽車に乗り込んだニニアンの頭の中には、今三つの感情がごっちゃになって縺《もつ》れ合っていた。ヅリスコール嬢が鰐皮の手提の中から取出したあの立派なダイヤの頸飾に対する驚異が一つ、その莫大な値打に対する羨望の感情が一つ、そして今一つはどういう手段によってそれを自分のものにしようかという恐ろしい計画が一つ。

彼はそのダイヤに五万磅の価値《ねうち》があると云ったヅリスコール嬢の評価《ねぶみ》が嘘でないことを知っていた。確にそれだけの価値がある。

五万磅！

そう聞いただけで、彼の心はもう羨望に燃えた。もし、悪魔がその五分の一をもって誘惑しても、彼はわけなく自己の魂を売ったであろう。まして彼は目の前に立派に五万磅の宝石を見たのである。恐ろしい悪魔の囁きに、彼がその心を奪われたのも不思議ではない。

父親はもとより、世間の人々もそうとまでは気がつかなかったであろうが、郵便局から切手を盗み出したを手初めに、為替を抜きとったり、父親の署名を真似て、金を誤魔化したりしたこともある彼である。嘘つきで、手癖が悪いということは、小学時代からの、幼友達で知らないものは一人もない。

しかし、そのニニアンが中途で法律学校を退学してから、更にどんな不良の徒になっているか、現在の彼について詳しいことを知った者は恐らくあるまい。

　カッスルフォドからリードまでの間、ニニアンはヅリスコール嬢のダイヤを、どうして手に入れようかというたった一つの問題について考えつづけた。が、どんなに智慧を絞ってみても、父の署名を真似るようにそう簡単にダイヤを奪いとる方法は見附りそうになかった。結局、彼が考えついたただ一つの案は、誰か仲間をこしらえて仕事をするということだった。仲間仕事というものは面白くないに決っている。しかし、こうした大仕事の場合には、それも已《やむ》を得ないことである。五万磅の全部を自分一人でものにすることが出来るなら、それに越したことはない。でも、一人で仕事が出来ないとすれば、二人で山分けにする方が、むしろ策の得たものと云わねばならぬ。

「精々二人だ、二人とすればギックが宜い」

　煤煙に包まれたリードの町の郊外へ汽車が差しかかった時、ニニアンは呟くように独言を云った。

「ギックとなら安心だ。二万五千磅ずつとしても、贅沢過ぎる儲けだが、三人となると少々工合が悪いからな」

　ニニアンはそんなことを考えながら、汽車がリードの町に着くと、停車場を出て、陰気な狭苦しいボーア街の方へ歩いていった。もう夕刻の六時に近く、町中は家路を指して帰ってゆく人達で一杯だった。その人群の中を、ニニアンはまるで無関心な風でブリッヂゲートまで来ると、くるりと橋の方へ曲って、一町も来たと思うあたりで、ついと狭い横町へ入ったと思うと、左側の煙草と床屋の看板のかかった家の中へつかつかと入っていった。

　煙草やパイプを型ばかり陳《なら》べた帳場に坐った黄色い髪の毛をした女に、軽く頭を低《さ》げながら、ニニアンは更に扉《ドア》を押して散髪室へと入って行った。そこは入口の煙草店よりも、一層貧弱に見える散髪室で、粗末な長椅子を室の三方に据え、鏡附きの大理石の卓《テーブル》を二つと散髪用の椅子を二脚置いたきりで、周囲《まわり》の壁には煙草の広告や、競馬や芝居の引札《びら》なんどを一杯にぶら下げてあった。

それらの様子から、とにかく、そこが頗る下等な床屋であることは、一見して知れた。

二人の牧師

遺産譲渡の手続きがすっかり済んで、ヅリスコール嬢が故郷愛蘭へ旅立つ日が来た。それは彼女がバクセンデール弁護士の事務所を訪《と》うてから、恰度三週間目のことであった。

その日、午前八時三十分、倫敦北西鉄道のリードの停車場に、四輪馬車を乗りつけた風采の立派な二人づれの牧師があった。一人は柔和な顔貌《かおつき》をした一見して牧師補と知《しら》れる二十二三の青年《わかもの》で、一人は快活な好人物らしい中年の牧師であった。

年とった方の牧師は、赤帽を呼んで馬車に積んだ二個《ふたつ》の旅行鞄と、ステッキや洋傘《こうもり》を包んだ嚢《ふくろ》を、二等室の喫煙室に運び込むように云いつけると、切符売場の方へと歩いていった。そこにはこれから汽車に乗ろうとする多くの人々が集っていた。それらの人々を、鋭い眼光《めつき》で見廻していた牧師は、二間とは離れない目の前に、旅行用の外套の袖を、つとはね上げて、左の腰につけている緑色の皮嚢を開けようとしている四十前後の丈《せ》の高い婦人を見た。

彼女は嚢の中から、革の財布を取出すと、再び嚢の口を締め外套の釦をかけて、切符売場の窓口へ行った。そしてダブリンまでの切符を買うと、それを手にもったまま開札口の方へ歩いていった。

傍に立って始終の様子を眺めていた牧師は、その後から二人分の切符を買うと、若い牧師補の後を追うて二等室の喫煙室へ入っていった。

間もなく汽車が動き出すと、二人の牧師はただ一人邪魔する者もない喫煙室の中で、互いに顔を見合わせてくすりと笑った。

「もう占めたもんだ」年長《としうえ》の方の牧師が云った。「次の客車《くるま》へ乗っているんだ、誰も伴《つれ》はないようだ――一件の入ってる嚢も見とどけたよ」

「どう思うね。あの女を？」若い方の男が煙草に火を点けながら云った。

「淑女《レディ》らしい良い女じゃないか。ところで、あの外套は案外だったね。あいつはちょっと厄介な邪魔物だぜ、あれでなかなか用心をしているんだ。あの小さい嚢を、腰に結えつけてるところなんか、どうして用意周到だよ」

「用意周到って、一体どんなにしているんだね」

「細い鋼鉄《はがね》の鎖で結《ゆわ》えつけているんだ――きっと特別に誂えたんだね、それも、ぐるぐると二重か三重かに腰へ結えてさ、その上を見えないように大きな帯革《ベルト》で巻いているんだ。だからあの鎖を切らなくっちゃどうにもならないんだが、それにはあの外套が邪魔なんだ――だが、ニニアン、心配せんでもいいぜ、こういう道具を持って来たんだから」

彼はそう云って、胸のポケットへ手を突っ込むと、ピカピカ光る鋏のようなものを取出した。ニニアンは手にとって、珍らしそうに凝視めていたが、

「なるほど、これなら役に立つだろう。ところで、一体どういう計画をとるつもりだい？」

「問題はそれさ」ヂック・クレーイェは鋼鉄の鋏をポケットにしまいこみながら、「己《おれ》は何度も経験して知ってるが、こんな大仕事となると、甘い機会《うまいチャンス》というものはたった一度か二度しかないものなんだ。まあ、考えてもみろ、この汽車をマンチェスターで乗換えて、チェスターからホーリィヘッドへ

着く、すると今度は郵便船《メール》だ。そこなんだ、覗《ねら》いどころは——何故と云って、乗換の時間はちょっとしかない、しかも汽船の方ではお客なんざどうだっていい、ちっとも早く郵便物を積み込まなくちゃならんと来ている。乗客はわれ勝ちに汽車から汽船《ふね》へ先を争って乗り込むに定《きま》っている。そこを覗って仕事をしなくっちゃ、まず機会はないさ。その次はキングストンだ。あの景色と来たら、何しろ欧洲一だ。ナポリだってあの港の眺には追つくまい。そこへいよいよ汽船がつくとなると、大概《たいてい》の者が甲板へ集ってがやがや騒ぎ立てるにきまっている。それが上陸となるとまた一騒ぎで、更にウエストランド・ロォへ向けて汽車に乗る段取となると、十人が九人まで有頂天になるのだ。殊に女と来てはね。だからそこでも仕事が出来るというわけさ。だが、どうもあの外套には弱ったね。あいつだけは邪魔物だよ。しかしどうにかなるだろう。まあ安心して見ていたまえ」

汽車と汽船《きせん》の中

嫌疑者を尾行する探偵のようにこの二人の牧師は、ヅリスコール嬢から寸時も目を放たなかった。殊に汽車が大きな乗換駅に停車すると、彼等は必ずプラットフォームに降り立って、一間とは離れない距離から彼女を監視しているのであった。

汽車がチェスター停車場を発車すると、二人の牧師は彼女の後から二等室へ這入ってきた。それからホーリィヘッドへ着くまでの間二人は、他の乗客達と一緒に車窓からの眺望を賞《たた》えたり世間話に打寛《うちくつろ》いだりしていた。しかし二人の態度は、飽くまでも謹厳であった。彼等は骨牌《カルタ》の仲間入をするでなく、酒や煙草を口にするでなく、他の乗客との話が杜絶《とだ》えれば、年長《としうえ》の方の牧師は教会タイムスを拡げ、若い牧師補は毎日電報《デーリーテレグラフ》に読み耽って、いかにも物静かな立派な牧師らしく構えていた。

徒然《つれづれ》のままに、片隅から車内の人々の風貌《かおつき》や様子を眺めながら、その職業や人物を判断していたヅリスコール嬢は自分とは筋向いの席《シート》を占めた二人の牧師を見て、いかにも頼母《たのも》しい人達であると考えた。遠慮のないその親しげな様子から見れば親子であろうか、それとも叔父甥の仲であろうか。青年《わかもの》の顔には、ちょっと気弱そうな、柔弱なところが見える。でも、その口許や態度は感じが宜く、服装も黒い麦藁帽もしっくりと、似合っている。年長の牧師は、その聡明な風貌《かおつき》から、その服装《みなり》から、また教会タイムスを手にしているところからきっと名のある立派な牧師であろう。——彼女はそんな風に考えた。

汽車がホーリィヘッドに着いたのは午後の二時であった。その日は珍しく郵便物が輻輳《ふくそう》していて、連絡線の乗換はごった返すような騒ぎであった。ヅリスコール嬢は犇きあう群集の中を押され押され桟橋を歩きながら、例の二人の牧師が自分の前と後を、警戒するように庇ってくれるのをどんなに心嬉しく思ったことか。青年の方は前方を年長の牧師は彼女の直ぐ傍《わき》に附き添うて、瞬時《かたとき》も目を放たずに親切をつくしてくれたのであった。

汽船の甲板へ上ると、二人の牧師は手荷物を預けてから、食堂の片隅へ行って遅い昼食《ひるめし》を注文した。大概の乗客は汽車の中で、食事を認《したた》めていたので、食堂へ入って来る客は少かった。そこで二人の牧師は誰に遠慮もなく話を始めたのである。

「何としてもあの外套が邪魔だよ」年長の牧師が云った。

「手を出すことは何でもないが、間誤々々して振向かれては拙いからな」

「お剰《ま》けに昼日中と来てるんだからね」

「それさ。これで夜中《よる》だとまた何とか方法があるがね」

「じゃ、これからどういうことになるんだい?」

「まだキングストンがあるさ。どうせ、乗りかかった舟だ、途中で手を引くわけにはゆくまい。いよいよとなれば旅館《ホテル》でも仕事は出来る。どうせダブリンで一晩は泊るに定《きま》っているからな。それに恰度ダブリン着は日曜と来てるんだ。案じることはないよ、安心して僕に委しておきたまえ」

間もなく食事が来たので、二人はそれを認めて甲板へ上っていった。船はもうホーリィヘッドを後にして、辷るように静かな海の上を走っていた。

甲板には郵便物や手荷物が一杯に置き並べてあった。二人はその間を縫うて、ぶらぶらと歩いていると、向うの方でヅリスコール嬢が赤帽頭《がしら》を抑えて、何か詰《なじ》るように話しているのが見えた。それを見てとった年長の牧師は口にした煙草をつと投げすてて、つかつかとヅリスコール嬢の傍へ近づいた。

「何か御面倒なことでもおありでございますか。お役に立ちますことなれば、何なりとお力になりましょう」

彼は帽子をとりながら、いかにも親切らしく話しかけた。

「有り難うございます」ヅリスコール嬢は嬉しそうに牧師の方を向いて、「実はわたし鞄《トランク》を失くしましたもので、それもこの人達の方で失くしたというのが真実《ほんとう》なのでございますが――」

「いや奥様、決して失くしたという訳ではございませんので」

赤帽頭が二人の顔を見比べながら何か云おうとするのを彼女は遮って、

「失くしたんでなければ、どうしたというんです。わたしリードでダブリンまでと云って大型の鞄を二つ預けたのです。リードで積み込むところも見たし、マンチェスターでも、チェスターでも汽車の中に積んであるのを、見たのです。それが汽船《ふね》へ来ると、積み込んでないのですもの……」

「いや、奥様、それは御心配には及びませんことで――きっとキングストン経由としないで、ただダブリン行きと仰有ったので、埠止場《はとば》まで持って来ずに、ホーリィヘッドの停車場で卸して、ノースウォール線でお送りすることにしたに違いございません」

「いかにもいかにも」牧師はすっかり呑み込んだ風で、「きっとそうでございましょう。私も一度そういう目に会ったことがありますが、何に少し手間取るだけのことで、晩の九時にはノースウォールでお受取りになるのでございますから」

「でも、そうしますと、一晩ダブリンで宿《とま》らなくてはならぬことになりましょう」

「お荷物を御自分でお持ちになるとすれば、どうも已むを得ないことでございます」

「困りましたわね。私ダブリンなんかで愚図々々してはいられないのでございます」

「では、こうなすってはいかがでございます」牧師は金縁の眼鏡をいじりながら、「直ぐノースウォールへおいでになって、あすこの倫敦北西旅館《ホテル》へお泊りになるのでございます。大変に気持のいいホテルで、それにあすこからだと明朝九時四十五分の汽車がありますので、実は私達もそういたそうかと考えているのでございます」

ヅリスコール嬢は即座に自分もそうすることに決心して厚く牧師の厚意を謝した。

悪漢の密議

連絡船が埠止場《はとば》に着いた時、そしてウエストランド・ロォに上陸した時、牧師達はヅリスコール嬢と顔を合したが、両方で叮嚀な挨拶をしただけで、直ぐ群集《ひとむれ》の中に互いの姿を見失なった。が、二人がノースウォールの倫敦北西ホテルに投宿して、服装を更えて食道へ下りてゆくと、そこで再びヅリスコール嬢と一緒になった。彼女は旅行中身につけていた外套や上衣を気持のいい化粧服と着更えていた。腰にはやはり緑色の革嚢をつけていたが、それを身体に結えつけた鋼鉄《はがね》の鎖の上には革帯《バンド》の代りに絹の帯を巻いて隠していた。

三人は顔を見合せて挨拶をしたが、食事が済むと二人の牧師は四辺に人気のない喫煙室の片隅へ座を占めて、食後の珈琲《コーヒー》を啜りながら、ひそひそと話しだした。

「汽船《ふね》の中からたった一つ心配してたことがあったんだがね」年長の牧師が云った。「だがもう安心だ。例の嚢さ。あれをホテルの金庫へ預けはしないかという心配だったのだ。が、今見るとやっぱり自分で大切に持っているよ」

「だって、これから預けるかもしれんじゃないか?」

「いや、預けるなら、食堂へ来る前に預けるはずだ。身体へつけて寝る方が、もっと安心だと思っているんだよ」

「なるほど、そうかもしれない。ところで、これからどうするんだ？　君は何を考えてるのか、僕にはさっぱり見当がつかんね」

「心配しないでも大丈夫だ。手順はこうだ。ホーリィヘッドからの貨物船は夜の九時に、そこの河へ入って来るのだ。今日は天気がいいから時間通り着くだろう。すると荷物は直ぐ停車場の前へずらり積み上げて、その場で預け主に渡すんだ。案外早く受取れる時もあるが下積みにでもなっていると三十分やそこらは手間取ると見なければならないんだ。

　そこで、君は九時ちょっと前に停車場の前へ出掛けていって、散歩でもする風でぶらぶらしているんだ。宜いかね、そして荷物が着くと、きっとあの女が出掛けてゆくんだから、親切ごかしに鞄《トランク》を見附けて廻る風をして、あちこち引張り廻してなるだけ手間を取らすんだ。つまり五分でも十分でも余計に閑《ひま》をつぶさすのだ。そうして最後《しまい》に鞄を目附けたら、赤帽へ投《ほう》りかけておいて、とぼとぼ喫煙室へ帰って来れや、それで宜いんだ」

「そんな仕事ならお安い御用だ。立派にやって見せるよ」

「君の役割はそれだけだ。じゃ、まだ一時間もあるから、そこらを散歩しようじゃないか」

　二人がこんな相談《はなし》をしている時、ヅリスコール嬢はただ一人、客室《サロン》の片隅で、心にかかるダイヤのことを思い悩んでいた。

　五万磅の宝石、その宝石を身につけて、見も知らぬ他人ばかりのホテルに泊るということは、素《もと》より危険には相違ない。常識から考えれば、無論、支配人《マネージャー》の手に托して金庫へ預けるのが安全である。しかし、そこが女である。生命《いのち》にも代えがたい大切な品物の、保管を托するとは云え、一時でも他人の手に渡すことは、何となく気がかりであった。それに考えてみれば、何も自分が盗賊《どろぼう》に尾けられているというではない。また自分が宝石を持っていることを、誰も知っていようはずがない。更に部屋の扉は充分厳重に出来ているのだ。

そう考えてくると、ホテルの金庫になんぞ預ける必要は少しも無さそうに思われて、結局彼女はやはり自分の身体につけていようと思い決めた。

ダイヤの紛失

九時五分前、ヅリスコール嬢は自分の部屋へ帰って、例の旅行用の外套をひっかけると、直ぐその足で停車場へ出掛けていった。

彼女の足音が、廊下の彼方《むこう》に消えてゆくと隣室の扉《ドア》がすうと開《あ》いて、偽牧師ヂック・クレーイェが足音を忍ばしながら、ヅリスコール嬢の部屋の中へ、影のように忍び込んだ。

「やはり開け放しだったわい。有り難い幸《しあわせ》だ」

彼は独言を云いながら、扉を後に閉めると、早速、その鍵孔を覗きこんで、鍵の工合を検べだした。やがて、ポケットから小さい螺旋抜《らせんぬき》を取出すと、扉の錠板をとめた螺旋《スクリュー》の一つ々を弛めにかかった。そして、外側から根気よく仕事をすれば、直ぐ錠前が外れる程度に弛めると、今度は寝床《ベット》の方へ振り向いた。そこには敷布と掛布団とが広げられて、枕の上にはヅリスコール嬢の夜着が置いてあった。彼はつとその夜着を手にとって両方の袖の裏表を打返して眺めていたが、

「右枕らしい、あるいは左かな。どっちにしても、間違いないようにしとけば宜いんだ」

と口の内で呟きながら、チョッキの衣嚢から小さい罎を取出し、栓を抜いて、夜着の恰度肱《ひじ》のところに当る両方の袖の中と、枕の上それから敷布の上部に、何かしら液体を振りかけた。

そして罎を再びチョッキの中にしまうと、夜着を元通りの位置に置いて、念のために、枕や敷布の

上を嗅いでみて、満足そうに四辺を見廻した後、静に自分の部屋へ帰ってきた。

そこで彼は電燈を消して、細目に扉を開けながら、廊下の端《はずれ》にある階段を上って来る足音に耳を傾けた。五分――十分――約二十分も待ったと思う頃、やっと軽い足音と、大きな重々しい足音が聞えた。ヅリスコール嬢が例の鞄を、二人の赤帽に担がして、帰って来たのである。

彼は赤帽がチップをもらって帰ってゆくのを見届けた。そして女中がお休みなさいを云って引退るのも見届けた。更にヅリスコール嬢が扉の錠前をねじて、鍵が鍵孔の中に落ちる音までも聞いた。そして初めてホッとした満足の吐息《いき》を洩しつつ、静に階段を喫煙室へ下りて行った。そこには相棒のニニアンが、新聞を読みながら待ちうけていた。

「どうだった？」ニニアンは顔を見ると訊いた。「巧くいったのかい？　僕の方は註文通りにやったんだぜ」

「大丈夫々々々。もうこっちのものだ。朝の七時までは、ぐっすりと寝りたまえ、後は僕が引受けた！」

その時、二階のヅリスコール嬢は、長い一日の旅路に疲れた身体を、もうベッドに横えて、快い睡魔に引き入れられていた。

深い深い眠に落ちた彼女は、夜が明けたことも、太陽が東の空高く昇ったことも知らずに、小児《こども》のように快い眠りを貪った。そして手荒く扉を叩く音に、やっと目が醒めると一緒に、窓から射し込む光線《あかり》を見て、彼女は初めて何かしら異常な事件が起ったことに気がついた。

彼女は最初呆然として見馴れぬ部屋の中を見廻した。それから、二つの鞄を見、自分の衣服《きもの》を見て、やっと真実《ほんとう》の自分に復《かえ》った時、彼女はハッとして両手を腰のところへもっていった。と同時に、彼女は愕然として色を失った。

ベットへ就く前に、しっかりとそこに結えつけておいたあの革嚢が見えないのだ。いや、革の嚢ばかりではない。ぐるぐると身体に巻きつけた鋼鉄の鎖も、一緒に失くなっているではないか！

五万磅のダイヤ！　生命《いのち》にも代えがたいそのダイヤは、嚢ぐるみまんまと盗み去られたのだ！

ホテルの支配人《マネージャー》がヅリスコール嬢の部屋へ入って来たのは、それから十分も経ってであった。

「どうかなすったので御座いますか？」

声をかけられて、彼女は初めて支配人の顔を見た。

「五――万――磅のダイヤが――」

呆然たる彼女の口から洩れた言葉は、僅にそれだけであった。

「五万ポンドのダイヤが！　御戯談《ごじょうだん》ではございませぬか？」

支配人は大きな目をきょとんとさしながら、問い返した。

「誰が戯談なんか云っていられるものですか？　こんな場合——」

「でも、昨夜の間《うち》に、この部屋へ盗賊《どろぼう》が入ったとも思われませんでございますが」

「盗賊が入らないのに、身体につけていたものが失くなるはずはありません。昨夜《ゆうべ》の十時から、今朝の八時半までの間です。私、ドアを閉めて鍵もしたんですから、どうして忍び込んだか合点がいきません。それに今朝見るとドアは、ちゃんと閉っていたのです。梯子をかけないでは窓から入ることは出来ないし、と云って煙突から忍び込んだはずもなし、ほんとうに不思議でならないのです。でも——現に、この部屋で失くなったことは間違いないんですから、どうしたって盗まれたには違いありませんわ」

「しかし、五万磅ものダイヤが盗まれるなんて——何かのお思い違いではございませんか？」

支配人は盗難にかかったという事実よりも、目の前に立っている彼女が、それほども高価な宝石を持っていたということが事実とは思えないらしい風で云った。

「宝石のことなら、直ぐにでも証明が出来ますの。私、昨日の朝、ヨークシアのカッスルフォドの銀行から取出して、前からお世話になっているバクセンデール弁護士の目の前で、革の袋に入れ、特別に誂えた鋼鉄《はがね》の鎖でしっかりと身体に巻きつけてずっと旅行をして来たのです。それで昨夜も寝着《ねまき》の上から、身体につけて、寝たのでございます。それが、今朝目を醒してみると、鎖も袋もすっかり失くなっていたのです」

「しますと、お寝みになっている間に、袋ぐるみ持っていかれたというわけですね」

「そうなんです。私、昨夜はお酒なんど勿論いただきませんし、酒臭い人の傍へ近寄った覚えもないのですから、誰かが身体に触《さわ》れば目くらいは醒したはずなんですのに、真実《まったく》、合点がいきませんわ」

ヅリスコール嬢に合点がいかない以上に、支配人には合点がいかなかった。第一、五万ポンドものダイヤの頸飾を、鎖で自分の身体へしばりつけて旅をするなどということを聞いたことがない。また仮令《よし》あったとしたところで、それほど貴重な品物が奪い去られるのに、気がつかないという道理がない。況んや、寝る時ドアにかけた鍵は、そのまま掛っていたというではないか！　これはきっと何か思い違いをしているのだ。一種の幻覚《ハルシネーション》にかかっているに相違ない——支配人はそう考えた。

「昨日は珍しくお客様の少い日で、新しいお泊客は貴女様と、それにお二人連の牧師さんだけでございましたもので——」

「あの牧師さんはまだいるのですか？」

突然、何かの直覚に打たれでもしたかのように、ヅリスコール嬢が叫んだ。

「ええ、年長《としうえ》の方の牧師さんは、七時の汽車でキングスブリッヂへお立ちになりましたが、お若い甥御の方は、まだお寝みで、十時が来たら、起してくれとのことでございました」

「では、もう行ってしまったんですか！」

そう云って少時《しばらく》考えていたヅリスコール嬢は、何か思い当ることでもあるのか、今直ぐ服を着更えて、降りてゆくから、それまでは誰にもこのことは秘密にしてくれるようにと頼んだ。支配人は黙って辞儀をしながら、不快な顔をして部屋を出ていった。

檻に囚われた鼠

ぐっすり寝込んでいたニニアン・バクセンデールは、ドアを叩く音にやっと目を醒した。

「もう十時でございます」女中の声がした。「おつれの方が十時が来たらお起し申すように、それから一足お先へキングスブリッヂへ立つからとお伝えするようにとのことでございました」

「何だって——ああ、宜し分ったよ」

ニニアンはむっくりと床の上に起き上った。ヂックが自分を置き去りにして、一人で行ってしまう理由《わけ》がない。これはてっきりキングスブリッヂで待ち合せるから、直ぐ後から来るようにとの謎であろう——そう考えたニニアンは早速服を着更えて、階下《した》の部屋へ下りていった。

いくらか慌てていた彼は、自分が相貌《かお》を変えていることをすら忘れていた。そして部屋へ入ろうとして、うっかり右手《めて》を上げて、剃り落した髯を撫でようとした。その小指には彼の頭文字《イニシアル》の入った私印《シグネット》附きの指環《リング》が光っていた。

ドアの正面のテーブルに腰をかけていたヅリスコール嬢は、一目で彼の顔を知った。

「おう、ニニアン・バクセンデール！」

ニニアンは膝ががくりと折れたように感じた。最初真蒼《まっさお》だった顔は、見る見る赤くなり、黄色く変った。彼は怯えた眼で自分の周囲を見廻したが、幸いにも、部屋の中にはヅリスコール嬢だけであった。ニニアンは強いて元気を装いながら、どうにかしてこの場を切りぬけようと考えた。

「貴女は何かお考え違いをなすっていらっしゃいはしませんか」彼はいかにも牧師補らしい丁重な言葉で話しかけた。「私はソーマーヴィルと申しますが」

その言葉がまだ終るか終らぬに、ヅリスコール嬢はつと椅子を離れて、つかつかと彼の前へ詰め寄った。その眼は輝き、引きしまった口許には強い決意の色が見えていた。

「嘘吐《うそつ》き！　何を言ってるのです、貴下は！　その私印附の指環は何です！」

ニニアンはわれにもあらず右手を上げて小指を見た。普外《なみはず》れて大型の金の指環にはN・Bの二字が誰の目にもつくように刻まれていた。

「それでも人違いだと云うんですか？　ええ、ニニアン・バクセンデールじゃないと云い張るんですか！」

ヅリスコール嬢は目の色を変えて詰め寄った。ニニアンは檻に入った鼠のように、きょろきょろとドアの方を見ている。

「逃げようたって駄目です。さあ、そこへお掛けなさい！」

ニニアンが仕方なく手近にあった椅子に腰を下すと、ヅリスコール嬢は呼鈴《ベル》を押して、女中に支配人を呼んで来るように命じた。やがて支配人が来ると、彼女は小さくなって椅子に凭りかかったニニアンを指して、

「この人です！　ダイヤを盗んだのはこの人です！」と叫んだ。

「いいえ、僕は知らないのです。僕は――」

ニニアンは必死となって抗弁した。

「知らないなんて云わしません。牧師になんぞ変装して、人の後を尾けて来て——」

激し切ったヅリスコール嬢の言葉は途中で切れた。支配人は何が何だか分らなくなって、二人の顔を見較べながら立っていた。

「とにかく、ここでは話が出来ません。どこか他人《ひと》の来ない部屋はないでしょうか？」

支配人がそれではと云って、先きに立って案内すと、ヅリスコール嬢は否応なしにニニアンを引立てて階上の一室へ入っていった。

ニニアンは屠所にひかるる羊も同然であった。仲間のヂックに置き去りを食ったばかりか、今はヅリスコール嬢の俘虜《とりこ》となって、もう、わが身を救う望みは、全然無くなってしまったのだ。

用心深くドアを背後《うしろ》にして、ヅリスコール嬢が彼の素行や、郷里の町での評判や、変装をして自分の後を尾けて来た事実などを、細かに支配人に話す間、彼は死刑の宣告でも読み聞かされるような気持で、頭を俯垂《うなだ》れて立っていた。

「僕は何も云うことはないのです」ヅリスコール嬢の言葉が終るとニニアンはやっと顔を上げて云った。「それで、貴女は一体僕に何を聞きたいというんです？　ダイヤモンドのことなんか僕は何にも知らないんです」

「知らない？　何をとぼけた真似をするんです。何もかも自分で企んでおいて！　私があのダイヤを持ってることを知ってるものは、貴下《あなた》より他にないのです。盗賊《どろぼう》は貴下方二人です！」

「いや、僕は誓います、決して僕が盗《と》ったんじゃないのです」ニニアンは必死になって弁解した。

「盗んだのはあの男かも知れません。しかし、僕は話をしただけで、ダイヤを見もしないのです」

「何を云ってるか分るものか！　では、すっかり事実をお話なさい！」

ヅリスコール嬢は威嚇するように命じた。ニニアンはもう逃れる途はないと覚悟をしたらしい。悄然として一切のことを有りのままに告白した。

ニニアン・バクセンデールが警察の手に引渡さるるべくホテルの一室で恐ろしい運命を待っている時、悪漢ギック本名リチャード・クレーイェはキングスブリッヂ駅で下車して、停車場の化粧室で牧師の制服《ふく》と帽子を背広とソフトに更え、辻馬車を呼んで、荷物と一緒に、アベイ街へと急がした。

彼は自分がホテルを出てから数時間と経たない内に、ヅリスコール嬢のダイヤの頸飾が紛失したことが知れ、同時に、自分が八方に追跡されることを知っていた。そこで、彼はまずどっちへ向いて逃亡するのが、一番安全であるかということを考えた。そしてニニアンへの言伝《ことづて》として、ホテルの者に云い遺しておいたキングスブリッヂを最も安全な避難所と見て、真直ぐにここへ来たのである。その理由は極めて簡単であった。つまり、ニニアンへの言伝を真実《ほんとう》の言葉だとして信ずる者は、恐らく一人もないであろう。すれば、警察官がキングスブリッヂへ目をつけるのは、必ずや一番最後に相違ないと思ったからである。

ニニアンを棄てたのは、盗んだダイヤをそっくり自分の物にしたのと、一つには逃亡の際の足手纏《あしでまと》いになるのを惧《おそ》れたのであった。ニニアンも不良の徒には違いなかった。しかし犯罪にかけては、ギックから見れば、ニニアンはまだ赤ん坊であった。獲物を手にするまでは、大切な路伴《みちづれ》であったが、いよいよ覗《ねら》った品を手にすれば、もう用もない小童《こわっぱ》に過ぎなかったのだ。そして彼は今、窮地に追いつめられたニニアンとは似もつかぬ傲然たる態度を見せて、アベイ街を馬車を駆っているのであった。

「ここで宜い！」

小さい一軒の酒屋の前まで来ると、ヂックは急に馬車を停めた。窓口に酒の罎を一杯に並べたその店は、フェルハム・ハンラハンという看板が掛っていた。ヂックは店頭《みせさき》にいた赤い頭髪《かみのけ》をした小僧に主人の在否を確めると、馭者に命じて荷物を中に運び込まし、自分はそのままつかつかと奥の部屋へ入っていた。

ヂックがドアを押して、次の私室《へや》へ入ると、図体の大きい丈《せ》の高い男が、不機嫌な顔をして睨むようにこっちを振向いた。が、それがヂックだと知ると、彼は急に笑顔をつくって、手にしたソーダ水の罎を傍へ置きながら、話しかけた。

「よう！　これは珍しい。この朝っぱらに、お前がやって来ようとは意外だ。一体どうした風の吹きまわしだい」

「うん、ちょっと用があって来たんだ」ヂックは握手を返しながら、「が、ジョウ、待ってくれ、馬車屋《くるまや》に金をやらなくちゃならん」

「小僧がいるよ。まあ、そこへ掛けねえ」ジョウは小僧を呼んで、馬車賃払うように命《い》いつけると、傍のコップにブランディを注いで、すすめながら、

「ほんとうに久闊《しばらく》だナ」

「全く久闊だ」ヂックはコップを取って、「ところで、商売の方はどうだい？」

「うう、お蔭様でどうにかやってるがね。まあこの分でいってくれれば、此地《こっち》へ来た甲斐があるだろうと思っているよ」

「そうかい、それは結構だ」ヂックはまたコップを取上げて啜りながら、ちょっと考えていたが、

「ところでジョウ、二三日お前のところで厄介になりたいんだが、どうだろう。それから早速だが、どこか部屋を借りて直ぐ風態《なり》を変えたいんだがね」

「いいともいいとも、一部屋空《あ》いてるから、自由に使うがいい。顔を変えることは、お前の本職だから、こいつは手伝うまでもないだろう、さあ。こっちへ来ねえ」

ジョウはヂックのトランクを取り上げると、先きに立って幾つかの階段を昇って、屋根裏の小さい部屋へ入っていった。

「何か他に用はないかえ？」

ジョウは椅子の上にトランクを置いてから訊いた。

「いや、何も用はないが、このゴルフの道具を始末してもらいたいな。焼いてもらえば一番いいんだが、どこか見えないところへ隠してもらってもいい。今直ぐ軍人に化けて下りてゆくからね。その間に何とかしてもらいたいな」

ジョウは尊敬する旧友を決しておろそかに扱わなかった。彼は云われるままにゴルフの道具を入れた嚢を持って階下へ下りてゆくと、それを人目につかない片隅に隠してそれから新聞を取上げて、ヂックが変装をすまして下りて来るのを待っていた。

やがて階段を踏む足音がすると、ジョウは新聞を下に置いて階段の方を振仰《ふりあお》いだ。と、そこには、まるで見も知らぬような一人の男が立っていた。霜を置いた頭髪《あたま》、額に刻まれた深い皺、鼻下の白髯、そして左手《ゆんで》を黒い絹のハンケチでつり下げた様子は、先刻《さっき》店へ入ってきたヂック・クレーイェよりは確に二十から年をとった、まるで別人と見える老軍人であった。

「やあ美事々々！」ジョウは手を叩いて感心した。「お前のお阿母《ふくろ》が生きてたって、お前だとは気がつかんだろう！」

ヂック・クレーイェは、満足気な微笑《えみ》を見せて、壁にかかった姿見の前に立った。そしてわれながら、巧みな変装に感じ入って、このままホテルへとって返しても、恐らく誰一人あの牧師だと気のつくものはあるまいと思うと、うっとりとして少時《しばし》は自分の姿に眺め入っていた。

ダヴィドソン探偵

「少々、御相談をしたいことがございますが――」探偵は云った。

「さあ、どうぞ。まあお茶でも召上って」もう平静な気持に復っていたヅリスコール嬢は愛想よく探偵を迎えて、「失礼ですが、お名前は?」

「刑事のダヴィドソンです。御相談と申すのは他でもございません。あの若者を私達の手へお引渡し下さるのはまずいいとして、貴女としては失くなった品物が、お手許へ戻るということが第一の御希望だと思いますがいかがでございましょう?」

「もとよりでございますわ。私、出来るだけ早くあのダイヤモンドを捜し出していただきたいのです。それにあの悪漢《わるもの》を思うさま――」

「ハア、そこのところはよく判っているのです。ところで僕達の考えるには、あの若者を監獄へ打《ぶ》ち込むよりは、むしろあれを巧く利用した方が、被害品を発見するに都合がよくないかと思うんですがね。ヂック・クレーイェという男は、恐らくダブリンにここ数日は潜伏しているだろうと思うのです。と云うのは、どうせ警察の手が八方に拡って英国の港という港で警官の目が光っていることは、よく承知してるはずですし、それに汽車にしたところで南へ行っても北へ行っても、逃れっこないですから、きっとダブリンに潜伏して、警戒が緩むのを待つんだろうと思うのです」

「そうかも知れませんわね。それで、あのニニアンをどうしようと云うんですか?」

「つまり、あの男を利用して犯人を捜し出そうというのです。あの男がすっかり自白をしたかどうかは疑問ですが、とにかく、相当改悛の情《いろ》も見えてるようですから、私が監視をして、金を持たせないで、ここ数日ダブリンをぶらつかせて見たら、どうだろうと思ったわけですが」

「私にはどうしたがよいのか、よく分りませんので、万事お任せいたします。どうか宜しいようになさって下さい」

「では大変に好都合です。それで、貴女は当分此地《こっち》に御滞在でございましょうね?」

「そんな心算《つもり》ではなかったんですけど、何んとか目鼻がつくまではこのホテルに滞在しようと思っています」

ヅリスコール嬢は非常な決心をしているらしく答えた。それを聞くとダヴィドソン刑事は静に立ち上って、

「では、これから二階へ行って、あの男に会って来ましょう。その結果は今直ぐ御報告いたします」

今に見ろ！

ダヴィドソン刑事がドアを開けて中に入っていった時、ニニアン・バクセンデールは悄然として椅子に凭れていた。

「どうだね、気持はよくなったかい？」刑事は普通の調子で話しかけた。

「ハア、いくらか」ニニアンの言葉には、元気がなかった。

「それは結構だ」刑事は椅子に腰を下して、煙草に火を点けながら、「今、ヅリスコール嬢と相談をしたんだがね――君について――」

「で、私を拘引しようと云うんですか？」ニニアンは怯え切った目で探偵を見詰めた。

「普通なら、そういくべきところだが、ヅリスコールさんは大変寛大に出て、君に十分改悛の情《いろ》が見え、それで犯人の捜索に援助でもしてくれるならば、何も告訴までしなくともいいと云っているのだ」

「何でもします。僕はほんとうに済まないことをしたと後悔しているのです」ニニアンは熱心に答えた。

「それでは、犯人捜索のために、君は僕の命令どおりに働いてくれるんだね？」

「働きます。それにヂックには僕も恨みがあるのです。で、一体どうしてヂックを捜そうというんです？」

　拘禁を免れる歓びと、裏切者に対する復讐の念とで、ニニアンの眼は急に生々と輝き出した。

「僕の考えでは、あの男は当分ダブリンに潜伏するだろうと思う。そこで君は僕の監督と命令の下に変装をして、捜索をするわけなんだ。写真はなし、会ったことはないし、我々が十人かかって捜すよりも、君一人の方が遥に有効だと思うんだ。しかし予め云っておくが、ヅリスコール嬢に対して、僕は十分責任があるわけだから、万一、君が僕の目を誤魔化すようなことがあれば、直ぐその場から監獄へ打《ぶ》ち込んでしまうからね」

「僕はもう決して嘘は云いません。もし、そんなことがあったら、どうしてもらってもいいのです」

ニニアンは一生懸命改悛の情を見せようとして声を顫わしつつ云った。「僕に出来ることはします。きっとします。しかし、ヂックという奴は力の強い悪賢い男で、それに危険です」

「危険だって？　何が危険なんだね？」探偵が不思議そうに訊き返した。

「あの男はピストルを離したことがないのです。それにいざとなれば、直ぐ射発《ぶっぱな》すんですから」

「それならそれで、また何とか巧く逮捕する方法もあるだろう」ダヴィドソン刑事は敢て気にも留めぬ風で、「じゃ、ここの勘定をすませて、僕の家へ行くとしよう。金を持ってるなら、すっかり僕に渡したまえ、少し不自由かもしれんが、これも改悛の情を見せる一つの証拠なんだ。監獄へ入ることを思えば、不自由くらい辛棒してもいいだろう」

「いろいろと御心配下さって、有り難うございます」ニニアンは心からの感謝をこめて云った。「金は宿賃を払うくらい持っています」

　彼はそう云って五磅の紙幣《さつ》を取り出した。ダヴィドソン刑事が、それを受取って、部屋を出てゆくと、ニニアンはにやりと狡猾な笑《えみ》を口許に見せて呟いた。

「皆が一団《かたまり》になって、ひどい目に会しやがる！　今に見ろ！　きっと報復《しかえし》をしてやるぞ。ヂックだって、彼女《あいつ》だって！」

巷《ちまた》を逍《さまよ》う浮浪人

半時間もかからないで、ニニアン・バクセンデールの風貌《ようす》は、まるで見違えるように出来上った。思いきり古びたみすぼらしい古服、破れかかった靴、赤色の大きい頸巾《くびまき》、古ぼけた鳥打帽《とりうちぼう》――それにダヴィドソン探偵はニニアンの頭髪《かみ》をぐっと短く苅《か》り込み、左の眼に繃帯をかけさして、まるで昨日までの牧師補の姿とは似て似もつかぬようにしてしまった。

ニニアンは自分の顔が、自分ですら見違えるようになったのを結句逃亡するのに都合がよいと北叟《ほくそ》笑《え》んだ。しかし探偵の方では抜目がなかった。すっかり変装が出来上ると、彼をダブリン警察へつれていって、警官が一杯に列んだ庭の中を歩かした。そうして警官が彼の風貌《かお》を記憶《おぼ》えてしまうと、ダヴィドソン探偵は、

「お前は浮浪人になったんだからな。目を開けて町の中をぶらつくんだ。それでヂックを見附けたらその姿を見失わんようにして、直ぐ僕のところへ電話をかけるんだ。もし手が欲しかったら、誰でもいい通りかかった警官にこの記章を見せて訳を話すのだ。いいか。それから、お前自身監視されてることを忘れてはならぬぞ」

と厳重に云い聞かして、二シリングの小使銭と浮浪人に応《ふさわ》しい煙管《パイプ》と刻煙草《きざみたばこ》を持たして、町中へ追い放した。

ニニアンの仕事は、足の向くままにダブリンの街中《まちじゅう》をぶらつき歩くことであった——街の大通、郵便局の附近、広場、橋の上——どこと限らず、ヂック・クレーイェが姿を現わしそうな場所を選んで、ぶらぶらと歩き廻っていればよかった。

第一日は何の得るところもなく足を棒にして、ダヴィドソン探偵の許へ帰ってきた。探偵は彼を激励したり慰撫したりして、夜が明けると、また町中へ追いやった。

ポケットに両手を突込み、煙管を口にした、ニニアンは、サックビル街を目的《めあて》もなく歩いていった。と、向うから丈《せ》の高い、まるまると肥った男が、牛の歩くようにのそりのそりとやって来るのに出会った。先方《むこう》では無論気のつくはずはなかったが、ニニアンの眼はその男の顔を見ると一緒に、きらりと光った。

「おや、リードの町で蠣料理《かきりょうり》をやってたジョウ・キルナーだぞ！　奴さん、ここへ来て何をしてるかな？」

そう云って口の中で呟くと一緒に、ニニアンはくるりと踵を返して、その男の後を尾けだした。肥った男は、道で会う知人《しりびと》に話しかけたり、店頭《みせさき》を覗いたりして、慌てた様子もなく、ローアー・アベイ街まで来ると、フェルハム・ハンラハンと看板を掲げた小さい居酒屋へ入った。

サックビル街からここへ来るまでの間に、ニニアンは、それがジョウ・キルナーに違いないことを、充分に見とどけた。彼がリードの街で小さい蠣料理店を開いていたのは三年前のことである。ニニアンはよく蠣料理を食いに出掛けて、ジョウを相手に競馬の話などしたものであった。ところが彼は突然店をたたんで、どこへいったか、ついその消息を聞いたことがなかったのである。

それだけに、ニニアンは尚更興味を覚えて、理由《わけ》もなく尾けて来たのであった。彼は少時《しばらく》居酒屋の前に立って、客間《サルーン》のドアを見詰めていたが、いつまで経ってもジョウの出て来る様子はないので、とうとう自分からその後を追うて居酒屋の中へ入っていった。

すると、酒罎を並べた帳場の後に上衣を脱ぎ、小衣《シャツ》の袖をまくり上げたジョウ・キルナーが立っていた。ニニアンが何気ない風をして、ポケットから取出した三枚の銅貨を勘定台《カウンター》に置きながら、酒を註文すると、ジョウ・キルナーは、罎の栓を抜いて台皿にこぼれるほど、漾々《なみなみ》と注いで、

「いい酒ですよ。一つ味わってみて下さい」

と自慢そうにコップを差出した。ニニアンは一口ぐっと飲んでみて、

「ほほ、なるほどいい酒だ。罎詰のビーアでこんなに味のいいのは珍しいね」と愛想を云った。

「それや、やっぱり保存の仕方一つでしてね――ところでお前さんは英国から来なさったね？」

ジョウはじろりとニニアンの顔を覗き込んで云った。

「よく分ったね」ニニアンはコップの酒を舐めずりながら答えた。

「それや言葉附でも分りまさあね。俺《あっし》もこれでリードにいたことがあるんだから」

「へえ、リードにいたって？」

ニニアンがわざとらしい声を口にした時、不意に次の部屋との界《さかい》のドアが開いて、暗緑色のサージ服を着け、左の手を黒色の絹のハンカチで吊した一見して退役の軍人らしい男が、出てきたと思うと、ジョウに目で物を云って、見馴れぬ客に、じろりと一瞥をくれ、白い指先で白髪《しらが》交りの口髯をひねりながら、ドアを押して往来へ出ていった。

その瞬間、ニニアンはコップを思わず下へ置いて、戦《おのの》く胸をじっと抑えた。ギック・クレーイェだ。正《まさ》しくギック・クレーイェだ。他人《ひと》の目を誤魔化すことができても、特別に白いあの皮膚、半分どころで切断されている右手《めて》の三本目の指、更に今一つの特徴を捜せとならば腕に刺《ほ》った錨の刺青《いれずみ》――いかに変装はしていても、ギック・クレーイェの正体だけは、余人なら知らずニニアン・バクセンデールには決して見逃しっこはないのである。

さあらぬ態を装いながら、ニニアンは一人で考えつづけている。

ギック・クレーイェがこの家に潜伏していることは間違いない。そしてギックとキルナーとが、昔馴染の知合であることも想像するに難くはない。が、キルナーは金剛石《ダイヤ》の秘密を知って、ギックを匿っているだろうか？　否《い》や、あの慾張りのギックが金剛石の一粒だって他人に分ける気遣いはない。無論、キルナーは何も知らずに、ただ匿っているのだろう。

すると、キルナーにそっと事情を打開けて、ギックの手から金剛石を取り戻すことにしたらどうだろう。キルナーだって、こんな商売をしている男だ。分配《わけまえ》にありつけると聞けば、慾に目のないはずはない――。

ニニアンはそこまで考えた。彼の心にはダイヤをヅリスコール嬢の手に返そうという意志《かんがえ》は露ほどもなかった。彼はやっぱり自分のものにしたかったのだ。しかし相手は油断のならぬ強敵である。自分一人の手ではどうにもすることの出来ない敵である。彼はリードでヂックを相棒に求めたように、今度はそのヂックからダイヤを奪還するために、キルナーを味方にしようと考えたのである。

片方の眼で、キルナーを偸《ぬす》むように見ていたニニアンは、急に勘定台の上にのしかかって、囁くような声で話しかけた。

「ちょっと内緒で話したいんだがね」

コップを洗っていたキルナーは、驚いた顔をして振向いた。

「貸売《かしうり》の相談ですかい――」

「いや、金なんど借りたくはないんだ」ニニアンが云った。「ちょっと内緒の相談だが――」

「何ですい、内緒って?」キルナーは胡散《うさん》そうにニニアンの姿を瞰下《みおろ》しながら訊いた。

「君の方じゃ知らないだろうが、僕はこれで君のところで度々蠣料理の御馳走になったことがあるんだ」

「へえ、でも五人や十人のお客じゃなかったんですからね――」キルナーは疑い深そうに、「それでどうだと云うんですい?」

「記憶えてないのも無理はない。これで目の繃帯をとってしゃんとした服を着たら、君だって思い出すだろうがね。――いやそれよりも、疑惑《うたがい》を解く近道があるよ。今、出て行った男さ、あれはヂック・クレーイエじゃないか」

「へえ! ヂック・クレーイエ?」キルナーはとぼけ切って、「クレーイエって一体誰のことなんで?」

「そうだ、あの男はいろんな変名を使うから分らんかもしれん。本名はヂム・クレイトンというんだ。だが、リードの町じゃヂック・クレーイェで通っていたんだ。とにかく、ダブリン警察のお尋ね者なんだ」

キルナーはきょとんとした顔をして、まじまじと相手を見詰めた。

「ところで、お前さんは一体誰なんですい？　それに何の用事がおありなんで？」

「それさ、君がここへ来なくちゃ話が始らない。まあ腰でも掛けたまえ、ゆっくりと話そうじゃないか」

キルナーは後を振向いて小僧を呼んだ。そして帳場を任せておいて、ニニアンの傍へやって来ると、テーブルを中にやっと腰を下しながら、

「さあ、その話というのを聞こう」と相手の顔を覗き込んだ。

恐ろしい陥穽《わな》とも知らず

「僕はギックに持っていかれた自分の宝を、取戻そうとして後を追駆《おっか》けているんだ」ニニアンは少時《しばらく》考えてから口を切った。「で、もし君が僕のために手を貸してくれるなら、君に分配《わけまえ》を進上しようというんだ。酒を売っても大した収得《もうけ》にもなるまいじゃないか――それよりも、僕の仕事を手伝ってくれれば、相当まとまった金になるんだがね」

「すっかり事情《わけ》を聞いてみなくちゃ――」

キルナーが後を促すように云った。ニニアンはここで秘密を打開けたものか、どうか、今一度思案を繰返した。が、この男の助力《たすけ》を借りずに、ダイヤモンドを取返す手段は他にありそうもなかった。彼はやっぱり、キルナーを仲間に引張り込もうと決心して、リードの町を出てからの事情をすっかり打開けて話した。

「それでダブリンの警察が、どうしてその事を嗅ぎつけたんですえ?」

ニニアンの話が終ると、キルナーが訊いた。

「それや、ギックが僕を置き去りにしたからさ。僕はそんなこととは知らないので、ホテルで間誤々々してる内に、捕まってしまって、ギックを捜し出すという約束で赦してもらったんだ。警察ではギックがこの町に潜伏してると睨んでいるんだから仕方がない――それで昨日から町の中をぶらついていると、偶然今日君を見掛けたので、後を尾けて来たという訳なんだ」

「なるほど、それで話は判りましたがね」キルナーはちょっと考え込んで、「ところで、俺《あっし》がお前さんの力になることが出来ないと云ったらどういうことになるんですい？」

「そうなれば、警官が君の家を家捜しするだけのことさ」

ニニアンは笑いながら皮肉に云った。

「お巡査《まわり》さんがいくら来たって、俺の知ったことじゃないんだが——何《な》にも自分で悪いことをしたわけでもなし、そんな話も今聞くのが初めてなんですからね」

「そりゃ君に関係はないさ。しかし、まあ考えてもみたまえ。そのダイヤというのは五万磅からの代物なんだ。僕さえ黙っていりゃ、警察にも誰にも知れずに、二人で甘《うま》い儲けが出来るじゃないか？それを君が嫌だと云えば、どうしてもダヴィドソンの奴に知らせなくちゃならん。そうなると話はそれっきりだ」

「そりゃ判っているが——俺の後をつけて来たのは、お前さんだけなんだね。どこかそこいらに巡査でも見張っているんじゃないですかい？」

キルナーは疑い深そうに相手の眼を見ながら云った。

「そのことなら心配無用だ。元来、僕は警察の犬なんかするつもりで、ヂックを捜してるんじゃないんだからね。ここへ僕が来てることなんど、知ってるものは大丈夫一人もありはしない」

「うむ——」キルナーは少時考え込んでいたが、「これは一つ考えさしてもらいたいものですな。それにヂックの奴、そのダイヤを手許に持ってるか、それとも最早《もう》どこかへ持出したか、それを第一調べてみなくちゃ話にならないんだから——」

「自分で持ってる事は間違いっこないんだ」

ニニアンは充分の自信を以て云った。

「多分そうだろうとは思うんだが、とにかく、ちょっと考えさしてもらいたいんだ。手間は取らせないから、まあこっちへ入って一服やっていて下さい。ヂックの奴、今に帰って来るかも知れないんだから」

キルナーは函の中から二三本の葉巻を抜きとり、ウィスキーと曹達水《ソーダ》の罎をもって、薄汚ない廊下伝いに、階段を上って小さい庭を見下す狭苦しい一室へニニアンを伴れていった。

それは午後の二時頃であった。それから約二時間というものニニアンは芳醇な酒と、香のいい煙草に陶然として時間の経つのも忘れていた。が、午後の四時近くなると、さすがの彼も待ち草臥《くたび》れてきてドアを開けて外に出ようとした。

と、どうだ。ドアは外部《そと》からしっかりと鍵がかかっているではないか——彼はいつの間にか俘虜《とりこ》になっていたのである。

彼は窓へ近づいた。が、その窓も鍵が卸《お》りていた。彼は初めて自分が罠にかかったことに気がついた。

ニニアンがドアの外に、足音を聞いたのは、もう四辺が夕暮れかかってからであった。鍵を外す音と一緒に、彼はさっと開いたドアのところに、ヂック・クレーイェの姿を見た。その後にはキルナーが立っていた。

ニニアンはハッと思った。と同時に、

「早くしろ、ヂム！」とキルナーの囁く声を聞いた。

銃口が目の前に閃めいた。残忍な悪魔の眼光が光った。——が、それがニニアン・バクセンデールの網膜に映った総てであった。彼は銃声と共に、虚空を摑んでどっと倒れた。

因果はめぐる……

ドンドンと激しく表のドアを叩く音がした。

ニニアンの死骸を後に、もう足許も見えないほど暗くなった廊下の階段を下りようとしていたヂックとキルナーは、ぎょっとして互に顔を見合せた。

「誰だろう?」ヂックが訝し気に云った。

「客さ。でなくて、誰が今頃やって来るもので」キルナーは事もなげに答えた。

「お前、扉《と》を開けるつもりかい?」

「開けなきゃ変に思われるだろう。いつも十時までは店を開けてるんだからな。まだ八時だもの」

「そうだな。では俺は隠れていよう。怪しいと思ったら、合図をするんだよ」

ヂックが後の部屋へ隠れると、キルナーは何気ない風をして店の扉《ドア》を開けた。すると、丈の高いダヴィドソン探偵が、にこにこ笑いながら立っていた。

「キルナーかい?」探偵は愛想のいい口振で云った。

「馬鹿に早仕舞いじゃないか」

「ええ、そのちょっと閉め切ったんで――何に小僧が急にいなくなったもので、不用心だから、奥へゆく間ちょっと閉めといたんですよ。それも今日搔渫《かっさら》いに売溜《うりだめ》を持っていかれたんで――」

「掻泼いにやられたって？」

「へえ、二時頃でしたよ。片方の目に繃帯をかけた風態《なり》の汚ない浮浪人みたいな奴が来ましてね、酒を一杯ひっかけた後で、腹が空《す》いちゃったからパンをくれろというので、奥へ取りにいって戻ってみると、もう姿が見えないんです。変だなと思って売溜を見ると一文もなくなっているんじゃありませんか」

「ふむ――」キルナーの話を興味深げに聞いていた探偵が云った。「実は、その男のことを訊きにやって来たんだが、あの男を監視していた巡査の話では、午後の二時前、君の家へ入ったきり、いつまで待っても出て来ないというんだがね」

「それじゃこっちの路次へ飛び出したんでしょうよ。俺《あっし》もそれで一杯喰ったんです。表へ出たと思ったので、駈け出してみたんですが、やっぱり見えなかったから、きっと路次へ飛び出して裏へ逃げたんですよ」

「そんなこととかも知れんな。あれで尋常者《ただもの》じゃないんだから――それではと、もうこの附近へ舞い戻って来るようなことはあるまいが、精々気をつけていてくれたまえ。僕の方でも直ぐ手配をするからね」

探偵が出てゆくと、キルナーは再びドアを閉め、酒の罎を手に持ってヂックのところへ行った。

「探偵だったよ！」キルナーは声をひそめて云った。「宜加減《いいかげん》なことを云って追払ってはおいたが、きっと今にまたやって来るんだから、死骸《あれ》の始末をしとかなくちゃ事だぜ」

「すると、俺はどういうことになるんだい？」ヂック・クレーイェはコップのウィスキーをぐっと一息に呷りながら、「もし、飛び込まれたら、俺はどこへ隠れるんだね？」

「いざとなりゃ、悪魔《デヴィル》より外気《ほか》の附かない隠れ場所があるんだ。しかし、それほどの心配もあるまいよ。じゃ、あれの片を附けようじゃないか」

二人はまた二階へ上っていった。そしてニニアンの死骸を大きな袋に入れ、背後《うしろ》の方の階段を下りて、陰気な穴倉の中へ入っていった。

「これだよ」死骸を足許へ置くと、キルナーが床の上の大きな敷石を指して云った。「ちょっと手をかしてくれ。とても一人じゃ揚らないんだ。その代りここへ投り込めば、二日と経たない内に、餓えた鼠が骨までしゃぶってしまうだろう」

二人がかりで重い敷石を、やっとのことで持ち上げると、キルナーはカンテラの光で地下室へ下りてゆく鉄の梯子を照しながら、

「足許に気をつけなくては、危いぜ。さあ抱えてくれ」

死骸の入った袋をかついで、地下室の底へ下りた時、ヂックは呼吸塞《いきつま》るような感じがした。淀んだ空気、顔と云わず手と云わず絡みつく蜘蛛の糸。

「これはひどい!」ヂックが呻いた。「二分もいられはせん――」

「しッ!」キルナーが相手の口を抑えるように云った。「あの音は? また叩いてるぜ。待っててくれ、行って見てくるから」

慌て切って、階段を駆け上ったキルナーが、二分と経たぬにバタバタと大きな足音を立てて、穴倉へ向いて駈け下りて来たと思うと、梯子の上からぬっと怯えたような顔を見せて、

「ヂック! 大変だ。ダヴィドソンの奴が大勢引張ってやって来たんだ。苦しくても、俺が来るまで我慢してるんだよ」

と息を切しながら叫んだ。足音を聞いて、鉄の梯子を半分も昇りかけていたヂックは、急いで下に飛び降りた。そして何か話しかけようと上を振り仰いだ時、ズシンという音と一緒に大きな敷石が穴の口に落ちかかった。

後は真暗い闇となって、コトコトと床を踏む足音が頭上に聞えるばかり——その足音も段々と遠ざかって、ヂック・クレーイェは死そのもののような静寂の中に、自分の手に斃れた犠牲者と共に取り残された。

道で出会った二人

愛蘭海《アイリッシュ・シー》に面した北ウェールスの海岸に近く、三方を緑の山々に包まれて、嬋妍《せんけん》たる清流の緩《ゆるやか》に海にそそぐところ、風景の美をもって知らるるクリィドの谿谷《けいこく》デンビイの町に、つい一月ばかり前に、石造の邸宅を購《あがな》い求めて、移り住んだ紳士があった。

紳士の名はキーン氏。倫敦の実業界を引退して、心静かに余生を送りたいために、遥々この地へ来たとのこと。でっぷりとした見るからに福よかな体格《からだつき》。それで妻子はもとより、一人の家族もなく、新に下男と女中を雇うて寂しい独身の生活を送ろうという。

物静かな田舎のことである。谷川の岸に沿うて建つキーン氏の石造の建物にすっかり、装飾が出来上る時分には、この新来の移住者についてのいろいろな噂が、デンビイの町一杯に拡がった。しかし、それらの噂は、要するにキーン氏の正体が、分らないから起る噂であった。邸宅のために投じた金や、その贅沢な生活振から見て、有りあまる資産をもっていることは知れた。しかし、彼が何者であるか、どうした経歴の人物であるか、それを知った者は一人もなかった。寂しい谿谷の町ではあったが、場所が場所だけに、立派な紳士や淑女もあった。けれども彼はそうした人々との交際《つきあい》を好まず途中で近隣《となり》の人々と会っても、なるたけ相手の目を避けるようにして通った。

「引込み思案の男だ。それに大した教養はないらしい。何だか狡猾《ずる》そうなところもある」――これが衆評の一致するところであった。

確に引込み思案には違いなかった。キーン氏が家を外に出ると云えば、釣りに出掛けるくらいのものでそれ以外には庭いじりと、新聞を読むことより他に何の楽しみもなかった。新聞を読むことが道楽なのか、英国で発行される主な新聞は大概取って、一日の大半を費して、それらの記事を読んでいた。女中や下男に口を利くことも滅多にないし、手紙の来たようなこともかつてなく、全く得体の知れない人物であった。

が、ただ一人、デンビイの町の銀行家だけは、キーン氏について知っていた。もっとも、それは財政上のことだけではあったが、キーン氏が引越して来ると一緒に、現金で五千磅の預金をした事、その後間もなく確実な債権に数千磅を投じた事、更に有望なある新設鉄道の株に二万磅を投資した事、これらの事実から、キーン氏がクリィド界隈では立派な資産家と見做《みな》すべき人物であることを認めていた。

キーン氏がデンビイに移り住んでから、二年の日が経った。好んで世間との交際こそしなかったが、日曜日には必ず教会へ顔を出すし、慈善事業には決して金を惜まないし、最初、とかくの風評《うわさ》を立てた人々も、いつとはなしに裕福な、そして温厚な紳士としてキーン氏を尊敬するようになり、中にはキーン氏のために養嗣子《ようしし》の世話をしようという親切な人々も出てきた。

リード警察から転任して、今リヴァプール警察に刑事部長を勤めているニコルソン警部が、休暇を利用してクリィドの谿谷へ遊びに来たのは、恰度その頃のことである。釣道楽の警部は、ホテルに滞在して毎日のように、谷川に釣を垂れて楽しんでいたが、もう間もなく休暇も明けようというある日曜日の午後、散歩がてらにぶらぶらと町を歩いていると、向うから来るキーン氏とばったり道で出会《でっくわ》した。

ニコルソン警部は、だんだんと近づくキーン氏の姿を、じろじろと見守っていたが、擦れ違うばかりのところまで来ると、

「よう、キルナーじゃないか！」と大きな声で呼びかけた。「まるで見違えるようになったナ。いつ蠣料理を止めてこっちへ来たんだい？」

豆鉄砲をくった鳩のように、キーン氏はきょとんとして立ち止った。そして驚きと怒りと相半ばした顔をしながら、

「何かのお間違いじゃありませんか、ついお見掛けしたこともないようですが——」と渋面をつくって云った。

ニコルソン警部の眼がぎろりと光った。が、それも一瞬直ぐ面を和げたと思うと帽子に手をかけて、

「いや、これは失礼しました。御免下さい、三四年前に分れた友達によく似ていなさったもので、うっかり間違えたんです、どうか御免下さい」

と丁重に詫言《わびごと》を云った。そして二人は何事もなかったように右と左に分れていった。

リードからの手紙

ニコルソン警部は面白いものを見附けたと思った。立派な服装《なり》はしている。体格《からだつき》も見違えるようにでっぷりと肥ってはいる。しかし自分の眼に決して間違いはない。

キーンの変名に隠れて、一見紳士のように見せかけてはいるが、あれがリードの町で蠣料理をやっていたジョセフ・キルナーであることは、金輪際《こんりんざい》間違いはない。自分がリヴァプールに転じて以来のことは知らないが、蠣料理をやっている時分は、リードの町の不良分子の一人として警察の黒 表《ブラックリスト》にも載っていた男である。それが、いかにも紳士然と構えこんで、まるで見も知らぬ人違いだと白ばくれる。

その白ばくれるのが怪しいのだ。聞けば銀行に数万磅の預金もあり、デンビイの資産家の一人に数えられているという。蠣料理の店を開いて、やっとその日を送っていたあのキルナーが、まだ四年の日も経たないのに、一躍してそんな資産家になったとは、いよいよ以て不思議である。そこには何か曰くがなければならぬ。

魚釣りも飽きた。そろそろ休暇も明けようとしている。こいつは面白い調べものに打つかった。よし、一つキルナーの秘密を探ってやろう——

そう決心したニコルソン警部は、ホテルへ帰ると、直ぐリード警察の昔の同僚に宛て、一通の手紙を認《したた》めた。そして、その翌々日、返事の手紙を受取ると一緒に、遽《にわか》にホテルの勘定を済して、ダブリンへ向けて出発した。

同僚からの手紙には、キルナーがリードから行方を晦《くら》ましたのは三年前であること、その後少時《しばらく》消息が分らなかったが、ダブリンで居酒屋を開業しているということである。今でもやはり同地にいはしないかと思うという意味のことを書いて、その後に参考として次のような事柄が記してあった。

「なお、同人は今以て迷宮裡にある例のダブリン事件に何等かの関係あるにあらずやと被存候《ぞんぜられそうろう》。ダブリンの怪事件は、恐らく貴下《きか》の御記憶にもあることと存じ候が、愛蘭の婦人ヅリスコール嬢が、カッスルフォドより帰国の途中、ダブリンの某ホテルにて、ニニアン・バクセンデール並にリチャード・クレーイエのために、ダイヤモンドを奪われたる怪事件に有之《これあ》り、右両人はその後何等の消息なく、多分大陸に逐電したるものと観測され居候《おりそうろう》。しかるに小生の記憶によれば、当時、ニニアン・バクセンデールの姿をキルナーの酒場《バア》で見受けたりとの報告有之りしことにて、ただ今、貴《き》簡《かん》に接し熟考の末、キルナーはリードに在る頃、クレーイエと親交あり、同人の経営する煙草小売店の管理をもかつて致しおりし事実もあり、その間何等かの事情伏在しおるに非ずやと思いつきたる次第に御座候《ござそうろう》。とにかく、キルナーとクレーイエの関係、クレーイエの行方不明、及びヅリスコール嬢の所持せし宝石の今日なお発見せられざる等充分御取調の価値有之るべく右取急ぎ御報告に及び候」

ニコルソン警部は、汽車の中で幾度この手紙を繰返して読んだことであろう。そして午後六時、汽車がダブリンに着くと、早速ダブリン警察に自動車を飛し、一時間と経たないに、もうヅリスコール嬢事件の担当者、ダヴィドソン警部——警部に昇進していたのである——と対談していた。

「二年半ばかり以前《まえ》に、貴下《あなた》が御関係になった事件について、一二お伺いしたいことがあってお邪魔をしたんですが」ニコルソン警部が口を切った。「このダブリンで居酒屋か酒場《バア》を開いていたジョセフ・キルナーという人間を御存知でしょうね？」

「ええ、よく知っています」ダヴィドソン警部が答えた。「あの男はアベイ街に酒場をやっていたフエルハム・ハンラハンという男から店をそっくり譲り受けましてね、そうですね、九ケ月か十ケ月ばかり営業をしていました。身体の大きい肥った男でしたが、心臓が弱くて、それで店を閉《たた》んでどこかへ行ってしまいましたがね。何かあの男のことについて御用でもおありですか？」

「いや、実はそのキルナーが、引退した倫敦の実業家だという触込みで、北ウェールスのデンビイにキーンという変名で納り返っているのです。それも立派な邸宅を購《か》い込んで、贅沢な生活を送っているんでしてね」

「へえ！」ダヴィドソン警部は意外な面持をして次ぎの言葉を待った。

ニコルソン警部の推理

「貴下は例のヅリスコール嬢事件を御担当になったそうですが、あの事件には確かクレーイェという悪漢《わるもの》と、ニニアン・バクセンデールという男が関係していたはずですね」

ダヴィドソン警部の顔にちょっと不快の色が見えた。

「そうです。あの時には、目先の変った捜査法を採ってみたんですが、それがすっかり失敗に終りましてね」彼はニニアンを手先に使った顛末の概略を語って、「それにヅリスコール嬢の方でも、盗難品に関する詳細な説明を避けるような傾があり、殊にそれを世間に発表することは断じて困るというような訳で、実はそのままになっているんですが、内密で聞いたところによると、被害品のダイヤは、約五万磅の価格《ねうち》があったということでした」

「ほう、それで分った！」ニコルソン警部が思わず膝を打って叫んだ。「どうもそうだろうと思った。じゃ、キルナーがそのダイヤを持って逃げたんですよ」

ダヴィドソン警部はわれと吾が耳を疑うように相手の顔を見詰めた。

「何ですと？　キルナーが！　キルナーがどうしたと云うんです？」

「貴下のただ今のお話では、ニニアンの姿を最後に見たのは、キルナーの酒場だったと云うんでしょう？」

「そうです――酒場へ入るところは確に巡査が見たんですが、それっきりどうしたのか後は分らなかったのです」

「それは分らなかったのが本当です――貴下は御存知ないでしょうが、キルナーとクレーイェとはリードの町にいる頃からの知合でして、恐らくクレーイェは、キルナーのところに隠れていたんでしょう。そこへニニアンが訪ねていったというわけで――」

ダヴィドソン警部は皆まで聞かないに、椅子から飛び上った。

「そいつは気がつかなかった！　僕はキルナーを実直な男だとばかり思い込んでいたので、ニニアンが路次へ逃げたというのを真に受けて、実はそのまま引退ったのです。じゃ、あの時、三人が一緒になって何か相談でもしていたんですね」

「さあ、三人が一緒にいたかどうか、そこまでは分らないが、僕の考えるには、キルナーはダブリンへ来た時も、ダブリンを去った時も殆ど無一文同然だったはずです。それが一月も経たないのに北ウェールスへ行くと、忽ち邸《やしき》を購《か》ったり銀行へ預金をしたりするほど裕福になっていたのです。そこに説明を要する何等かの秘密がなくてはならないはずです。で、卒直に僕の考えをお話すれば、ヅリスコール嬢のダイヤモンドは、ホテルで盗難にかかってから、恐らく数日を出《い》でずして、キルナーの手に移ったと思うんです」

ダヴィドソンは黙って首肯いた。そしてつと椅子を離れたと思うと、深い考えに沈みながら、少時《しばらく》部屋の中を歩いていたが、

「ところで、ダイヤモンドの外にまだ行方の知れないものがあるのです」と低い声で云った。「クレーイェとニニアンの行方です」

「その行方も大体分っているように思いますがね」

「と云われると？」

「僕はキルナーがいたというアベイ街の家へ手をつけてみたいんです。すれば、恐らく万事は解決すると思うんです――」

「じゃ、貴下の御意見では、キルナーが二人を殺したというお見込みで――」

「そうです。どう考えてもそうとしか判断がつかないんです」

「なるほど――いや、そうかも知れん。御意見を聞くと、思い当ることがあるんです。あの晩、キルナーのところへ尋ねてゆくと、まだ八時だというのに、表を閉め切って返事がないので、トントン叩いていると、キルナーの奴が顔を出して、小僧が出掛けたので、不用心だから店を閉《しま》ったと云ったんですが、考えてみると、その時、クレーイェと二人で邪魔者のニニアンを殺して始末でもしてたんでしょう。その後できっとまたクレーイェを殺して、ダイヤモンドを奪って逐電したんですね」

「多分そんなことだろうと思うんです。とにかく、その家を早速捜索してみようではありませんか？」

「結構です、やりましょう。が」ダヴィドソンは時計を見ながら、

「二三時間待っていただけませんでしょうか。と云うのは、キルナーの後を引受けた男がやっぱり酒場をやっているんでしてね。一応話をして、店を閉ってからにしてやらないと、客商売なもので不憫《かわい》そうです。まだ夕飯前でしょう、どこかそこらで腹をこしらえていて下さい。十一時にまたここでお目にかかって、お伴をすることにしましょう」

仮面は剝《む》かれた！

ジョセフ・キルナー、今はデンビイの立派な紳士であるキーン氏は、ニコルソン警部に会って以来、一歩も家を外に出ないで、懊悩苦悶の数日を、強烈な酒に紛わしていた。

彼は白日の下に、自分の顔を曝すことが恐ろしかったのである。素知らぬ風をして、危険の一瞬は切り抜けた。しかしニコルソン警部からあの鋭い一瞥を投げられた時、彼はその肥満した全身に、思わず冷汗の滲むのを感じた。警部は明に自分がジョセフ・キルナーであることを知ったのだ。あるいは自分の恐ろしい秘密までも看破したかも知れない。いや、自分を探してここへ来ているのではあるまいか——。態度に威厳を保ちながら、逃げるようにして、警部と分れた彼は、最寄のホテルへ飛びこむと、いきなりブランディを命じて、強いて心に元気をつけた。それから約一時間も食堂の片隅に憩うて、ホテルの入口からそっと往来を覗いてみて、ニコルソン警部の姿が見えないのを確めると、ホッとしながら自分の家へ帰ってきた。

× × × ×

その夜、彼はいろいろの妄念と恐怖に襲われて、殆ど一睡もしなかった。恐ろしい過去の罪悪が眼の前に甦ってきた。自分の後を追う警部の顔が散《ちら》ついた。とろとろとしたと思うと、もう目を醒した彼は、寝床《ベット》の上に起き直ってじっと玄関の方に耳をすました。ドアを開ける下男の足音が、ニコルソン警部の訪問ではないかと疑られたのだ。寝台《ベット》を下りると、彼は窓を開いて庭を見た。しかし幸いにもそこに警部の姿は見えなかった。

こうした恐怖と不安の日が三日もつづいた後、ニコルソン警部がホテルを去ったと聞いた時、彼は今までの恐怖と不安が、ほんの杞憂に過ぎなかったことを思うて、千鈞の重みが、一時に両方の肩から取って除けられたような気持がした。

もう何の不安も、心配もなかった。あのニコルソンすら、気がつかなかったではないか。

他の何人が、自分の過去を疑ぐろう。ニコルソンとの偶然の邂逅は、自分の過去を消滅するための一つの試験であったのだ。

キルナーはすっかり安堵の胸を撫で下して、その夜は久々で、快い安眠を貪った。そして、翌朝眼を覚すと、珍しく口笛を吹きながら、食堂へと下りていった。が、階段を下りて、女中が入口のドアを開けた時、キルナーはそこに自分を待ち受けた三人の巡査と、顔を合した。その一人はデンビイ警察の署長であった。

× × × ×

それから一時間と経たないに、町の人々は尊敬すべき紳士キーン氏が、殺人犯の罪名の下に逮捕されたことを知った。しかも、キーン氏は警官の手が、その身辺に触れると同時に、持病の心臓に非常な衝動を受けて、その場に昏倒し目下医師の手当を受けているとの話であった。

なお確かなる筋から洩れたところによると、キーン氏をその犯行の現場に護送すべく、愛蘭から両三名の探偵が、急行しつつあるとのことであった。

この報道を聞いたデンビイの人々は、一様に驚駭《きょうがい》の眼を見張った。移住して来た当時こそ、とかくの風評《うわさ》はあったものの、爾来二年半、温厚で裕福な一紳士として、多大の尊敬を払い来《きた》ったキーン氏が恐ろしい殺人犯人であったということは、全く寝耳に水の話であった。町の人々が各自《てんで》の仕事も打ち忘れて、この意外なる出来事を噂し合ったのも無理ではなかった。

しかしデンビイの人々は、キルナーが犯した恐しい犯罪の裏面に、五万磅のダイヤがあることまでは、知らなかった。

それにしても、あのダイヤはキルナーの逮捕と共に、どうなることであろう。

病床のキルナー

「へえ――」医師は眉根をつり上げて驚いた。「教会の委員にまで推されていたこのキーンさんが――まさか！　いくら何でも人殺しなんて？　貴下《あんた》はそれを真実《ほんとう》と思いなさるか？」

「私には何とも云えませんよ」署長が云った。「ダブリンから電報を受け取っただけのことですからね。今日の午後リヴァプール警察のニコルソン警部と、ダブリン警察のダヴィドソン警部が到着して、明日の汽船《ふね》で連れてゆく手筈になっていますがね。しかしこの分じゃ、とても動かすことは出来んでしょうね？」

「無論ですとも。警察まで運ぶにしたって、途中が危険な位です。その二人の方が見えたら、貴下からよほど注意をなさらんと、ちょっとでも衝動《ショック》を与えたら、それきりかもしれませんよ」

医師は後刻《のちほど》また診《み》にも来るし、看護婦も寄越すが、係官の方でも誰か一人病人の傍に附いていて、十分の注意をするようにと云い残して帰っていった。そこで署長は仕方なくキーン氏の部屋の戸口に椅子を持ってきて自分で番をすることにした。

その日の午後着いた二人の警部は、署長から委細の話を聞いて、取り敢えず医師と会見をした。医師はキーン氏の容態がいくらか良い方に向ってはきたが、まだその身体を動かすということは到底不可能である。しかし意識ははっきりして自分が恐ろしい罪名に問われている事も承知しているし、それにダヴィドソン警部が来ると聞いて自分から面会したいと言っていると告げた。そこでともかくも、ダヴィドソン警部が会ってみることになり、医師の案内で二階の病室へ上っていった。

医師が言葉静に話しかけるとキーン氏のキルナーは、苦しそうに僅に病床《ベット》の上に身体を擡《もた》げた。その様子から、いかにも病の重いのを見てとった警部は、さすがに同情禁じがたい想いがせられて、そっと病床に近づきながら、

「キルナー君」と言葉静に話しかけた。「少しは快《い》い方かね」

キルナーの肥った顔に、瞭々《ありあり》と感動の表情《いろ》が現われた。

「ダヴィドソンさん、ダブリンであんなにお心安く願っていた貴下《あなた》に、今、こんな様子《さま》でお眼にかかろうとは思いませんでした」キルナーの声は沈んでいた。「ほんとうに世の中というものは辛いものです。しかし私をどうか疑らないで下さい。私は何も恐ろしいことをした覚えはないいんです」

医師がそうと部屋を出てゆくと、警部は病床の傍の椅子に腰を下した。

「いや、そのことだがね、気の毒ではあるが、君も知っての通り、職責は職責でね。もし、君に覚えのないことなら取調べの時に充分明しを立てれば宜いわけだから」

「でも、身に覚えがないと言い張ることは何でもないんですが、無実の罪を衣《き》せられるということはよくあることで……しかし、それはそれとして教会の委員にも挙げられようという正直者に人殺しの嫌疑をかけるなんて、随分ひどいではありませんか！」

「よく分ってるよ」警部が答えた。「だから君が自分でそう思ってるなら、出るところへ出て、嫌疑を立派に晴せばいいではないか」

キルナーの指先は、神経的に大きな病床の掛布団をぎゅっと摑んだ。そしてじろと横目で警部の顔

を見ながら、

「ダヴィドソンさん、一体私にかかっている嫌疑というのは、何でしょう？ 聞していただきたいものです」

「罪名はダブリンのあのアベイ街の君の家で、ニニアン・バクセンデールと、ヂック・クレーイェを殺害して、彼等がヅリスコール嬢から盗んだダイヤモンドの頸飾を奪ったというんだがね」

「馬鹿々々しいことを！」キルナーは吐き出すように叫んだ。「私が心臓が悪くてあの店を畳んだことも、正直一方の男だったことも、町の人は皆知ってたじゃありませんか。どうしてそんな泥棒みたいなことをするもんですか？」

「ところで、二人の死体が――いや白骨《ほね》が、あの家の地下室で発見されたのだ」警部が言った。「それも昨夜《ゆうべ》のことで、この僕も現にそれを見たんだ」

予《かね》て覚悟をしていたのだろう。そう言われてもキルナーの表情《かおいろ》は少しも変らなかった。

「それは私の知ったことじゃないのです」彼はちょっと考えていてから答えた。「私があの家を出てからのことでしょう。ただ白骨《ほね》があったといっても、いつ殺されたものか分らないじゃありませんか。そんなことに巻きぞえを食っちゃ堪りません」

ダヴィドソンは相手の顔を見て苦笑を禁じ得なかった。キルナーは顔を赧《あか》めながら、真面目《むき》になって言葉をつづけた。

「私の名誉にも関る事柄じゃありませんか。それだのに、人の顔を見て笑うなんて実に意外です！一体、その白骨がどうして私に関係があるのです？」

「いや、つい笑って失敬した。案外、話も出来るようだから、じゃ、大概《あらまし》の話をしよう」ダヴィドソンは徐《しずか》に話しだした。

「我々の方では、君とクレーイェとの古くからの関係をよっく知っているのだ。君がダブリンへ無一文で来たことも、クレーイェがダイヤモンドを持って君の家へ隠れたことも、その後を追うてニニアン・バクセンデールが君の家へ入ったきり姿を見せないことも、ちゃーんと知っているのだ。そればかりではない、君がそれから間もなく店を譲って、此地《こっち》へ来て以来馬鹿に大尽風《だいじんかぜ》を吹かしていることも知っているし、一方ではクレーイェとバクセンデールの死体があの家から発見されたことも、すっかり知っているんだ」ダヴィドソン警部は医師の注意も忘れて話しつづける。「とにかく、君が殺人犯人である確証は有り余るほど握っているのだ。もう、とぼけた風なんかしないで、素直に白状する方が君の利益《ため》だよ」

　大概それで参るだろうと思ったのに、意外にもキルナーは、いつの間にか病床の上に起き直って、きっと警部を睨んでいた。そして一度二度、大きな嘆息《といき》は吐いたが、顔色も変えず静に口を切った。

「ダヴィドソンさん、医師を呼んでくれませんか。その上で、今少し貴下にお話したいことがありますが」

　警部は仕方なく階段を下りて医師にその旨を伝えた。そして医師が来るとキルナーは何事かその耳に囁いていたが、やがて医師は一通の手紙と鍵をもってダヴィドソン警部の許へ戻ってきた。

「キーン氏からの言伝《ことづて》ですが、誰方《どなた》でも宜敷《よろし》いんですから、この手紙と鍵を持って、名宛の銀行へ行って支配人にお会いの上、銀行の保護金庫に依託してある密封の包物を受取って来ていただきたいとのことですが——誰方がいってくれます？」

「僕が自分で行きましょう」手紙と鍵を受取りながらダヴィドソン警部が云った。

　警部が部屋を出ると後を追うて出た医師は芝生の庭を並んで歩きながら、キーン氏の容態が今夜中保《も》たないかもしれぬから、なるべく事を急速に運ぶようにと告げた。警部が道を急いで銀行から帰って来ると、注射を受けていたキルナーは、依頼した品物を銀行から受取って来たかどうかと心配そうに訊いた。そしてダヴィドソンが胸の衣嚢《かくし》から鳶色の包装で包んだ上に、大きい赤の封印をした小さい包物《つつみ》を出して渡すと、彼はそれを枕頭へ置いて懐し気に、その上を指頭《ゆびさき》で叩きながら、

「ダヴィドソンさん」と脆細《かぼそ》い声で話しだした。「医師の話では、私も最早《もう》長いことはないそうですが私も教会の委員に推された男です、どうせ無い命なら、恥しくないように後の始末をしておいて死んでゆきたいと思います。どうかニコルソン警部にもここへ来るように云って下さい、少しお話したいことがありますから」

ニコルソン警部が上って来ると、キルナーは病床の上から慇懃《いんぎん》に彼を迎えて、

「私は貴下に対して何とも思ってはいません。あの時、往来でお目にかからなかったら、こんなことにはならなかったろうと思いますが、と云って私は何も貴下を悪くは思っておりません――」

「あまり話をなさらない方が宜《よ》うございます」医師が傍から注意した。

「いや、少しお話をしなければならぬことがある――甚だお気の毒ですが、私の言うことを書き取っていただけませんでしょうか?」

「では、私が書き取ろう」ニコルソン警部はベッドの傍に腰を下して、手帳と鉛筆を取り出した。

× × × ×

「そこで私はニニアンを部屋へ残して、クレーイェの帰って来るのを待って、その話をしたのです。するとクレーイェは直ぐその部屋へ入っていって、ニニアンを殺してしまったのです」

キルナーの声が途切れた。医師はまた注射をした。

「私がその後でクレーイェを殺したなんて、断じてそんなことはありません。クレーイェは自殺したのです。真実《ほんと》です――私はクレーイェがダイヤを身体につけているのを知っていたので、それを取り

に地下室へ下りてゆくと、ピストルで頭部《あたま》を撃って死んでいたのです。私が手をかけたのではなくて、自分で自殺していたのです。決して間違いではありません」

言葉が途切れた。三人はキルナーの真意を読み兼ねた風で互いに顔を見合した。しかし彼はそれに頓着なく、小さい包みを指しながら言葉をつづける。

「そこで、そのダイヤモンドですが、手に入れるまでの苦心を思えば、当然私のものだと思って、こちらへ引越してから、一つ二つずつ売り払って、残りは銀行へ預けておきました。それでも、まだ三十四残っているはずです。この包がそれです、私にはもう用もない品ですから、貴下方にお渡ししておきます」

そう云って、彼は医師の差出す小刀《ナイフ》を受取ると、包みの紐をぶつりと切って、中から糸に聯《つら》ねたダイヤを取出し、ダヴィドソン警部に渡しながら、

「窓のところへ行って、よく数えてみて下さい」

と云った。二人の警部と医師は、恐ろしい犯罪と密接な関係をもったダイヤを、窓際へ持っていって、ひそひそと囁き合いながら凝視《みい》っていた。と、突然、病床の方で変な声がしたと思うと、キルナーが枕を外して踏んぬぶように倒れていた。慌てて駈け寄った医師が、片方の手をとって上げるのを見ると、圧潰《おしつぶ》された巴旦杏《はたんきょう》のような臭のする小さい瓶をつかんでいた。

「おう、青酸だ!」医師が思わず叫んだ。「青酸を呷ったんだ!」

海岸ホテルの客

テレサ・ヅリスコール嬢は、奇縁ともいうべき不思議な縁故から、自分の所有《もの》となったダイヤモンドが、ダブリンの旅館でヂック・クレーイェのために盗み去られ、ダヴィドソン警部の手先となったただ一つの手懸りニニアン・バクセンデールがまた行方を晦してしまうと、もうダイヤにもダブリンにもさっぱりと諦めをつけてリムリックの故郷へと帰ってきた。

泣言《なきごと》をいつまでも繰返すことの嫌いな彼女は、長い間の努力の結晶である貯蓄の金が安全であったのを、切《せ》めてもの幸いと喜んで、当初の計画どおりそれで父の負債を償却しようと、遠い故郷の町をさして帰っていったのであった。

彼女は十何年も前に見棄てた父の家邸《やしき》が、今の所有主《もちぬし》の手で立派に修繕されているのみか、折も折、売物に出ているのを知って、どんなにか喜んだことだろう。彼女はまずその家邸を買い戻し、ついで父の債権者達を町のホテルへ招待して、丁重に歓待《もてな》した上で、古い父の借金に相当の利息まで附けて、一人洩れなく償却したのであった。

彼女の名は忽ちにして町からその近郊に喧伝された。そして二週間と経たないのに、二つの婚約申込を受けた。しかし彼女は態《てい》よくそれを謝《ことわ》って、爾来二年半というもの依然としてミス・ヅリスコールで、気楽な月日を送っていた。

が、その二年半目に、彼女の生涯を通じての最も大きな出来事が降って湧いたのであった。当時、彼女は自分の親しい相談相手として選んだオレアリ嬢と共に、夏の幾週間をキングストンの海岸ホテルに送っていた。

それは彼女にとって極めて愉快な楽しい滞在であった。と云うのは、やはり同じホテルに滞在していたサア・オクタビアス・バルケ氏と知己《ちかづき》になったからであった。オクタビアス卿はかつて北印度《インド》に行政官として赴任した人で、蛮地に苦しい幾年を送った故か、多少気短かなところはあったが、貴族的な風采をした快活な六十歳の紳士であった。彼もまたヅリスコール嬢と相知ったことをこの上もなく喜んで、よく二人を伴って海岸の散策に出たり、ホテルの庭を逍遥したり、食後の歓談に時を費したりした。

ヅリスコール嬢はオクタビアス卿をほんとうに立派な紳士だと思うようになった。一方オクタビアス卿も、ヅリスコール嬢を彼女の年頃の女には稀《めずら》しい良い婦人だと密《ひそか》に考えていた。こうして互いに心の裡で相近いてきた二人の親しい交りは、いつとはなしに周囲の人々の眼にも映じてきて、いろんな噂さえ立つようになった。

その時であった。ヅリスコール嬢の全生涯を通じての大事件が、彼女の眼前に落ちて来ようとしていたのは――。

そこに現れた顔は？

気持のいいある日の午前《あさ》であった、ヅリスコール嬢とオレアリ嬢は朝食《あさげ》を済すと、日傘をさし、縫箔《ぬいとり》の道具と新聞を手にしてホテルの庭へと出ていった。いくらか感傷的なオレアリ嬢は、輝かしい太陽の光を浴びた眼前の美しい入江を見ると、縫箔も新聞も忘れて、両手を膝に組んだまま、恍惚《うっとり》として白昼の夢を見はじめた。万事につけて、実際的な頭脳《あたま》をもったヅリスコール嬢は、その間に新聞を開いて記事を読みはじめた。と、忽ち彼女はオレアリ嬢の夢を醒すような驚きの叫びを上げながら、新聞をバサリと落した。

「まあ！　あのダイヤが！　オレアリさん、あのダイヤが出たんですよ」

「ええ、いつか仰有ったあのダイヤが？　真実《ほんと》ですの、それは？」

オレアリ嬢も驚いて叫んだ。

「真実ですとも。もっとも全部《すっかり》ではないようですが、まあ、この記事を御覧なすって」

彼女はさすがに気もそわそわとして、落附かぬ気に、新聞の面《おもて》を指した。そこには「ダブリン事件の秘密判明」という表題《みだし》の下に、二年半前ダブリン市に起ったダイヤモンド紛失の怪事件に関聯して起ったアベイ街の殺人事件や、逃亡したキルナーの行方捜索からその逮捕、自殺の顚末、及び失われたダイヤモンドの約半数が発見された次第を事細に記してあった。しかし、そのダイヤの所有者《もちぬし》がヅリスコール嬢であるということは、記事のどこにも見えなかった。

「貴女の名前が見えませんわね」オレアリ嬢はいくらか失望した風で云った。「元の所有者の名を書かないなんてことはないと、私思いますわ」

「そんなことはどうでも宜いじゃないの。記事の結尾《おしまい》を御覧なさい、ダヴィドソン警部がそれを持ってダブリンへ帰ったとあるんでしょう。ダヴィドソン警部なら、それが私のものだということは、知り過ぎるほど知っているんですもの」

「じゃ、きっとその方から何とかいって来ますわね？」

「そうね、でも旅館へ来ているんだから云って来るか、来ないか、それは分らないわ。それよりも私自分で直ぐ出掛けてゆくのが宜いと思うの。そうすれば一番早く話がつくんですもの」

一時間と経たない内に、二人はダヴィドソン警部の部屋に通されていた。警部は二人を見てちょっと意外なような面持をした。しかし二人が腰を掛けるまでは一言も口を利かなかった。

「ヅリスコールさん、近頃評判の飛行機ででもいらしたのですか。貴女のところへ電報を打って、まだ一時間も経たないいんですよ」

「ええ、私リムリックから来たんではありませんの。キングストンにずっと滞在していて、今朝の新聞を見て飛んで参ったのです。新聞で見ると、大分恐ろしいこともあったようですが、ダイヤはいくら位、残っているんでしょうかしら？」

ダヴィドソン警部は大きな呼吸《いき》を吐きながら傍の金庫からダイヤの入った函を取出して、机の上に置くと、今一度嘆息《といき》を吐いた。

「そうです、約半分ばかり失くなっています。ところでヅリスコールさん、貴方も今仰有るとおり、このダイヤには、随分といやな話が絡みつきましたよ」警部はちょっと感傷的な口調で、「ダイヤはダイヤでも、僕なら、縁起でもないこんなものは海の中へ投げ込みますね」

「馬鹿なことを仰有る！」ヅリスコール嬢が云った。「そんなこと何でもありませんわ。生き物ではなし、嫌な物語を話して聞すんではあるまいし――」

「ですが、このダイヤには何かしら怨恨《うらみ》がくっついてるという話ですよ。難しい理窟は知らないんですが、新聞の記事を見たって、どうもそうとしか思われません。貴女の手を離れてからだって、碌なことは一つもないんです。皆、片端《かたっぱし》から死んでしまってるじゃありませんか」警部はオレアリ嬢の方をちらと見ながら、「とにかく、少時《しばらく》にしろ、真暗い地下室に死体と一緒に打棄《うちす》てられていたものを、貴女のような立派な方が、頸にかけるなんて、あまり感心しないじゃありませんか」

「まあ、警察の方にも似合わんことを仰有る。死体に附けていたっていなくったって、ダイヤの価値に変りはありませんわ。とにかく、私の物なんですから、見せて下さいましな」

警部は退屈げに笑いながら、包の紐を解いて、ダイヤの頸飾を机の上に置いた。ヅリスコール嬢とオレアリ嬢は椅子を離れて、机の傍に寄りかかりながら、じっとダイヤを凝視めた。と同時に、ダヴィドソン警部は、もう辛抱が仕切れないといった風で、つとその上に手を置くと、

「ちょっと」と云った。「この頸飾が貴女のものだということは間違いないとお考えでしょうね？」

「私のものかと仰有るんですか？　貴下は何もかも御存知のはずではありませんか？」

「いや、それが私には分らないんです。これがダブリンのホテルで失くなった時、貴女のものであったこと、それからこれが貴女の手に移った経路は承知しています。しかしこれを貴女に譲ったフィンニィというあの夜番がどうしてこれを手に入れたか、その辺の事情を貴女は御承知ですか？」

「そんなことまで私知る必要はありませんわ」ヅリスコール嬢は変な顔をして答えた。「それは別の話じゃありませんか」

「左様」警部は椅子から起上ったが、その手はやはり頸飾を抑えながら、「別の話のようにも思われますがね。しかし事実を云えば、この頸飾には歴然《れっき》とした所有者《もちぬし》があって、その人の手から数年前に盗まれたものなんです。その所有者が今朝ここへ見えて、自分のものであることを立派に証明されたのです。その方は別室で――貴女にお目にかかりたいと云ってお待ちになっています」

ヅリスコール嬢が唖然として突立っている間に、ダヴィドソン警部はさっと別室の扉《ドア》を開いた。と、そこに現れた人間の顔は……?

そこに現れた人は

警部がドアを開けると一緒に、そこに現れた人物は、意外も意外、サア・オクタビアス・バルケ氏であった。

同じホテルに宿《とま》り合せて、数週間も朝夕に顔を合せ、散策や、歓談に単なる友人《ともだち》以上の交際《まじわり》をつづけ、周囲の人々からとかくの噂まで立てられたそのオクタビアス卿が、そこにいようとは——。

オレアリ嬢の驚きもさることながら、ヅリスコール嬢は自分の足許に、大地を揺がす大地震が起ろうとも、かほどの驚駭《おどろき》は感じなかったに違いない。彼女は卿の顔を見ると同時に、忽ち石像のようになって、口を開くこともどうすることも出来なかった。

彼女は警部がドアを閉め、自分の椅子に復《かえ》って来るのを見た。そしてオクタビアス卿に椅子をすすめる声を聞いた。オクタビアス卿が丁重に自分にも腰を下すように手を差し延べるのを見た——しかし、それは何事にも無関心な石像の、見かつ聞くのと同じであった。

落ちかかるアルプスの雪崩《なだれ》のように、急にその力が甦った時、彼女は卿に向ってただ一言、

「あなたが？」と叫びかけた。

卿はそれに応えて、再び丁重を極めた辞儀をした。

「あなた方を前にして、このダイヤの頸飾が、私のものであるということを申上るのは、甚だ心苦し

いんですが、実は、それについて、是非お耳に入れたい一篇の物語があるのです。ヅリスコールさん、オレアリさんもどうかまあお掛け下さい」

しかし、ヅリスコール嬢は、まだ卿の話が耳に入るほど落ちついてはいなかった。彼女は卿から、オレアリ嬢へ、警部へと、三人の顔を順次に見廻した上に、更に周囲《まわり》の壁を夢見心地でじろじろと眺めていた。

「あなた!」それと気がついたオレアリ嬢が、慰撫するように云った。「まあ、お掛けなさいましね――ぼんやりなさらないで」

ぼんやりという最後の言葉を聞くと、ヅリスコール嬢は急にきっとなって、オレアリ嬢の顔を見詰めながら、腰を下した。

「私がぼんやりですって? 私、自分では決してぼんやりのつもりではありません。否《いえ》、私は、世間の人が自分位常識を有《も》っていてくれたらと、平常《いつも》思っています。でも、まあ考えてもごらんなさい――このダイヤが、あの方のだってことを――」

ヅリスコール嬢は、オクタビアス卿が蠟細工の人形でもあるかのように、つと手を上げて指した。しかし、卿は相も変らず微笑を含んで辞儀を繰返した。

「ヅリスコールさん、まあまあ私の話を一応お聞きなすって下さい。すれば、私がかつてこの綺麗なダイヤモンドの所有者《もちぬし》であったということに、何の不思議もないのです。それが悪人共の手から手にと渡って、今、やっと自分の手へ戻ったかと思うと、このとおり半分の価値《ねうち》もないものになっています……それはとにかく、私の話さえ聞いて下されば、そこには何も不審な点はないと思います」

「不思議はないでしょう――私、貴下のお言葉を決して疑ぐりはしませんの。でもそれが確に貴下のものだということを、はっきり分るように証明していただきたいと思いますわ」

「それそれ。私がお話したいと思いますのは、つまりそこなんです」オクタビアス卿が云った。「それについて、まず申上ることは、貴女にこのダイヤモンドを贈った人が、決して正当な所有者《もちぬし》ではなくって恐らくその前の所有者を殺害して奪いとったものだということは、承認していただかなくてはなりません」

「フィンニィが人殺しをしたんですって?」ヅリスコール嬢が叫んだ。「あの人はほんとうに気立の優しい、珍しいほど情に脆《もろ》い人でした。人殺しをするなんて――」

「情には脆かったかも知れません。しかしフィンニィという人に、このダイヤの正当な所有権はないのです。従って貴女にもないわけです。このダイヤは私の手を離れて以来それからそれと色々な人々の間を輾転して、それらの人々に恐ろしい幾多の不幸を齎《もた》らしたのです。しかし、それが誰の手に移っていたにせよ、私のものであるということは決して疑いありません。その証拠は今、貴女の目の前でごらんに入れます。警部さん、ちょっと頸飾をとって下さい」

ダヴィドソン警部が、頸飾をとって渡すと、オクタビアス卿は警部の前にあった吸取紙を引寄せて、その上にダイヤの面を下に、一列に並べ、巧みにも幾十のダイヤをかがりつけた金細工の裏にある小さい浮彫を指した。

「これを御覧下さい」卿は云った。「いろんな人々の手から手に渡りはしたが、巧妙を極めたこの浮彫の秘密を発見した者は、誰一人なかったのです。御覧なさい」

オクタビアス卿は浮彫の端に、爪をあてて軽く押した。と、浮彫の蓋がパッと開《あ》いて、そこに現れた小さい空洞《うつろ》の中から、黄色がかった小さい羊皮紙の巻物が現れた。

「警部さん、済みませんがその中にあるものを取出して、書いてある文句をお読み下さい」

ダヴィドソン警部はピンの先で、巻物を摑《つま》み出すと、それを展《ひろ》げて、一銭銅貨大の中に点々と蟻のように見える小さい文字を睨んでいたが、やがて声を出して読み上げた。

六十三個の宝石よりなるこの頸飾は、その恩義に酬ゆるため、ダルカリーの回々教徒《ふいふい》マハラニーより、オクタビアス・バルケに贈呈するものなり。

「ヅリスコールさん」オクタビアス卿が言葉を続けた。「これで誰の所有物であるかという問題は解決したと思います。私はなお他に二三の説明を試みて、警察官諸君の承認も得たのでございます。警部さん、貴下にも御異存はないでしょうね」

「無論です。それは貴下のものに相違ございません」ダヴィドソン警部が答えた。

「それでは、これはひとまず私のポケットへ蔵い込んで、この頸飾がどうして私の手から失われたか、またこれを捜すためにどんなに苦心したか、お話したいと思います」

オクタビアス卿は、その時、始めて椅子に身を落ちつけ、フロックコートの上に両手を組んで、さて徐《おもむろ》に話しだした。

「私がどうして回々教徒のマハラニーから、こんな贈物を受けたかということは、冗々《くだくだ》しくお話するまでもないと思います。印度の一行政官として、私が相当の成功を収めたことを裏書する一つの証拠だとお考え下さい。それはそれとして、かなりに長い官吏生活を止した時、私は印度のボンベイからブラマプートラ号に便乗して帰朝の途につきました。無論、私は印度で金に換えるよりも、欧洲へ帰って始末をした方が得策であることを思って、ダイヤの頸飾は自分で持ってきたのでした。ところが、誰方か、御記憶の方もあろうと存じますが、私の乗ったブラマプートラ号は、アフリカの北海岸で暗礁に乗り上げ、乗客船員の大部分が不幸な最期を遂げたのでした。私は幸いにして救助された一人でしたが、ダイヤの頸飾はその騒ぎの中で、何者かに奪い去られてしまいました。どうして、誰がそれを盗んだか、皆目見当がつきません。ただ暗礁に乗上げたその瞬間に何者かによって盗まれたことだけは間違いありません。

「爾来、頸飾については、何等の消息も聞かず、全五ケ年というもの、私は再びそれが自分の手に還って来ようなどとは夢にも思っていませんでした。ところが、意外なる事件が起りました。それは毎日のように新聞紙に伝えられたプリマスやダートムアを中心として起ったあの恐ろしい殺害事件です。当時《そのころ》、私は単なる好奇心から新聞記事を読んでいましたが、最初の被害者はプリマスのアアロン・ジョセフズという質屋兼業の骨董商で、店の次の間で絞殺されました。次はプリマスやデヴォンポートの海員仲間《ふなのり》にラル・ダスの名で知られていた一人の印度人が、下町の下宿屋で心臓を刺されて殺されました。第三人目はジョン・リンドセーという水夫《ふなのり》が、ダートムアの丘の小舎の中で、焼死していた事件です。死体検案の結果、頭蓋骨を粉砕され、着衣を奪われた上、火を放たれたものであることが判りました。それに附近には脱ぎ棄てた囚人服もありました。

同時に、ダートムアの監獄から脱獄したステフワノ・バシリなる囚徒が、看守の追跡隊のために銃殺され、同人がリンドセーの着衣を身につけていたことが判りました。バシリを銃殺したのはロイドとホリンスという二人の看守でしたが、数時間を出でずして、ホリンスはロイドを殺害し、死体を岩の谷間に埋めて、その行方を晦ましたまま、遂に不明となってしまいました。

さてこれからの事件が、私に失われたダイヤモンドの行方を捜す機会を与えてくれたのです。私はブラマプートラ号の船客乗員全部の名簿を持っていました。その名簿の中に私はラル・ダス、ジョン・リンドセー、ステフワノ・バシリの三人の名を発見したのです。

私はこの三人が、共謀して私のダイヤを盗んだものであること、同時に頻々として起ったあの恐ろしい殺害事件は凡て私のものであるダイヤの頸飾がその因をなしているという結論を得ました。そこで私はこう判断しました。どうして手に入れたか、とにかく、脱獄囚バシリは看守のため銃殺された時、ダイヤの頸飾を持っていたのです。それを見た、二人の看守が慾心を起して各自《てんで》にそれを自分のものにしようとした結果、ホリンスがロイドを殺害することになったのです。

しかしそれ以来、ホリンスの行方は知れませんでした。私は自分でも捜し、警察にも依頼して、随分と骨を折って彼の行方を捜しました。彼がカッスルフォドの生れで元軍人であったと聞いて遥々と調べにも行ってみましたが、しかし何の得るところもなく、私は遂に頸飾の捜索は思い切ることにしました。

でも、新聞だけは、注意して見ていました。何かの機会で、いつ、思いもかけぬ手懸りが見附らんものでもないと思ったからです。けれども、その後二年、今日まで私は何の手懸りも得ることが出来ませんでした。ところが今朝愛蘭タイムスの記事を見てると、ダイヤモンドのことが出ていましたので私は直ぐ、ダヴィドソン警部を訪ね、頸飾を見せてもらって、それが自分のものに相違ないことを確かめたわけです。

ヅリスコールさん、私はダヴィドソン警部から、貴女が二年前この頸飾を持ってカッスルフォドから、ダブリンへ来られたとのことを聞きました。カッスルフォドは私がホリンスを追跡していった土地です。その土地で貴女はフィンニィなる人間から、この頸飾を遺贈されたということです。聞けばフィンニィという人はいろんな職業《しょうばい》をしていた男で、金貸もやっていたとの話です。そうした事実から私はそこに一つの推定を下すことが出来るように思います」

「とんでもない間違いかもしれんし、まただだの推察かもしれないが、私は多分こうではないかと思うのです。自分でダイヤモンドを独占しようとして同僚のロイドを殺したホリンスは、生れ故郷のカッスルフォドへ逃げて来て、前々から知っていたフィンニィを頼《たよ》っていったでしょうが、フィンニィは金貸もしていたほどの男です。ホリンスがダイヤモンドを持っていることを知ると共に、悪心を起して彼を殺害したのではないでしょうか。私にはそうとしか考えられないのです。それからダイヤモンドがどうなったか、それは皆さんも御承知のとおりです」

オクタビアス卿がはっと話を切って起ち上ると、真珠色の手套を取出して、気遣わしげにヅリスコール嬢を見た。

「さあ、それではお伴をしてキングストンへ帰りましょう。拙《つま》らぬ長話をして、御退屈だったでしょう」

ヅリスコール嬢は初めて聞く不思議な物語に驚きつつも、その裏面にはまだまだいろんな物語があるような気がせられた。でも、それはこの場で訊くべきことではなかった。彼女はオレアリ嬢と共に静に椅子を離れた。

「余計なことですが」ダヴィドソン警部は、別れの握手をしながらオクタビアス卿に話しかけた。

「貴下はそのダイヤモンドをどうなされるおつもりです？　私がもし貴下だったら、そんな縁起でもない頸飾なんど、海へ投げ込んでしまいたいと思います」

「ハハハ」オクタビアス卿はからからと笑った。「貴下《あんた》は感情家だ。この立派な宝石を海へ投げ込むなんて、そんな勿体ないことがどうして出来るものですか。私はもっともっといい利用法を考えているのです」

「と仰有ると、どうなされるおつもりで？」

オクタビアス卿は四辺を見廻した。二人は今部屋の入口に立っていた。ヅリスコール嬢とオレアリ嬢は物思わしげに廊下を向うへ歩いていた。オクタビアス卿は指を上げて、ヅリスコール嬢の後姿を指《ゆびさし》しながら、低い声で囁いた。

「私はこれを妻《さい》への贈物にするつもりです。ね、お分りでしょう？」

そう云いすてて、オクタビアス卿は二人の後を追うた。

ダヴィドソン警部は部屋へ帰ると、机の端に脚をかけ、煙草に火を点けて、腕組みしながら天井を睨んで呟いた。

「キルナーの奴を死刑にしてやりたかったなア！」

楽園事件
パラダイス

主要登場人物

マーク・ランスフォード……医師
メアリ・ビワリ……娘、十九歳
ディック・ビワリ……右弟、十六歳
ベンバートン・ブライス……代診
フォリオット……富豪
サックヴィル・ボンハム……右継息子
ミッチングトン……警部
ヴァナ……石工
ジョン・ブレードン……疑問の老紳士
クリストファ・デリンガム……マイターホテルの客
パアティングリ……マイターホテルの主人
シンプソン・ハアカ……隠居

五百円懸賞問題

一、果して他殺か？
二、他殺とせば犯人とその動機いかん？
　――復讐か？　強盗か？　あるいは過失か？
三、共犯者ありや？　ありとせば何者か？
　一人か？　二人か？　または三人か？

賞金

一等金二百円………一名
二等金五十円ずつ…四名
三等金五円ずつ…二十名

懸賞問題

一、自殺か他殺か？
二、他殺とせば犯人及びその動機いかん
　――復讐か？　強盗か？　過失か？
三、共犯者ありや？　あらば一人か？
　二人か？　何者か？

第一章　単なる保護者

亜米利加《アメリカ》から来る観光客――それも真に英国の名所旧跡を賞玩《しょうがん》する人々が、ひとしく、はっと驚嘆の呼吸《いき》を殺して、思わず歩《あし》を停《とど》めずにはいられないというのは、ライチェスタの境内《クローズ》に通じる半ば荒廃した門をくぐった刹那のことである。実際また、英国中どこを捜しても、このライチェスタほど古代そのままの、平和な、美しい眺望《ながめ》は他処《ほか》にはないのである。

見よ、彼等の眼前、広々とした芝生の中央に、丈の高い楡《にれ》や巨大な椈《ぶな》の樹に囲まれて、ぬっと聳ゆる、第十三世紀式の広大な大伽藍《カセドラル》、その高い尖塔は、白嘴鴉《みやまがらす》の断《たえ》ず輪を描いて鳴きかわす大空まで突抜いている。それがだんだん細くなって、遂には空中に一条《ひとすじ》の線と化している尖鋒から遥に下方、櫓《やぐら》が立ち、それとならんで明層《あかりそう》があり、その下にどっしりと本堂と外陣がすわっているのである。

何という平穏無事な雰囲気が漂うていることだろう。いや、単にそれはその大教会堂の周囲《まわり》ばかりでなく、その境内の縁々《へりへり》に建ちならんだ古い家々の様が、これまた至極平穏無事なのである。即ち、その家々の高い破風の下や、縦仕切りのできた窓の内部や、さては石の玄関と楡の樹蔭《こかげ》にある芝生との間にできた古めかしく美しい園の中には、愉快な閑人《ひまじん》のほか人はいそうに思われない。そしてそこは例の半ば崩れかけた門の外の雑閙《ざっとう》する古い市《まち》から見ると、まるで遠い遠い世界のように思われるのである。

五月のある快晴の朝、その境内の片隅に立って、立樹や庭樹に半ば蔽われた一番古い家の中で、三人の人物が朝食の卓子《テーブル》に着いていた。その室《へや》は天井が低く、ぐるりの壁は槲《かし》製の羽目で飾られ、屋根にもまた槲の梁《はり》が張り渡されてあろうという旧式の構造《つくり》であった。その上、室の内《なか》には古風な家具や古めかしい絵画、古ぼけた書籍などが面《かお》をならべていて、室いっぱいに漲った蒼然たる古色――その中にあってわずかに紅一点とも謂うべきは、あちこちに据付の古い磁器製の鉢に活けられた大きな花束である。室の窓は広く開け放たれていた。その窓下に高い垣をめぐらした見るからに気持のいい花園があり、それを越して立樹や叢林を通した遠景のうちに、大伽藍の西側の前面がのぞまれた。もっともその建物は、今朝日を背にして陰気な灰色の蔭に塗りこめられている。だが、窓下の花園や花の香漂うその室の中へは、樹立をもれる愉しげな日光が射して、食卓の上の銀の器や磁器をはじめ、そこにいる三人の顔まで輝かしく照し出されているのである。

その三人の中《うち》の一人は五十がらみの丈《せ》の高い、顔をきれいに剃り上げて、明るい眼をした、鋭い聡明な容貌《かおつき》の紳士である。紳士の名はマーク・ランスフォドと云って、この僧院町《まち》きっての医師だった。その悠容迫らざる態度、そうして食卓の皿の傍に堆《つ》み重ねた手紙類をひっくり返してみたり、肱の側《わき》に披《ひろ》げられた新聞を瞥見したりしている様子、さてはまた、食卓の上の御馳走が豊富で、器具や何かが凝っている処を見ても、いかにこの医師が平和に幸福にその日その日を楽しく過しているかが容易《たやす》くうかがえるのであった。

食卓に着いた第二の人物は一見十七歳ぐらいの、丈夫そうな、学生々々した好少年である。これは皿にもられた卵や干肉《ベーコン》や焼パンをさかんにパクつきながら、その傍ら、古風な銀製の薬味瓶に立てかけたラテン語の教科書を調べている。その目が食物《たべもの》と書物の間を敏捷《すばしこ》く往ったり来たりして、時々口の中でぶつぶつ音読するのが聞かれる。

食卓の今一人は二十歳《はたち》前後の娘であった。この娘と右の少年とが姉弟《きょうだい》であることは一目でわかった。どちらも房々した褐色《ブラウン》の頭髪《かみ》を持ち――もっとも、娘の方はやや金髪の色を帯びているが――また、両人《ふたり》とも、青みがかった灰色の眼をし、光沢《いろつや》の生々《いきいき》した頗る健康そうな美しい容貌をしている。さらに二人ともかなり野外運動をやっていると見えて、少年の方は充分に筋骨が発達しているし、娘の方にもラケットやゴルフ棒に十分馴染んでいる様子が見られた。ところが、その姉弟と医師ランスフォドとの間には何らの血の関係《つながり》もありそうにない――両者の間に、その容姿から、色から、動作から言って、似通った点はまるで認められないのだった。

少年がラテン語の最後の数行を調べ、医師が新聞を引くり返している一方で、娘は一通の手紙――その行儀の悪い大きな書体から推して、それは明かに仲のいい女の友達からでも寄越した通信にちがいなかった――を読み耽っていた。おりから、大伽藍の櫓の一つから鐘の音《ね》が響いてきた。娘はつと弟の方へ目をやって、

「そら、マーチンが鳴るよ、ディック！　急がなければ」と、注意を与えた。

マーチンの鐘――と呼ばれているのは毎朝九時三分前を告げるそれであった。もう数世紀以前のこと、ライチェスタの立派な市民でマーチンという人が、そこの僧院長及び僧侶団へ莫大な寄進をして、その大伽藍の続く限り、右の時刻に鐘楼の鐘を鳴すようにと申入れた。その理由は今では不明である。だが、以来その習慣はずっと続いて、現在でも朝な朝なそれが附近の若い紳士達に出勤の時刻を、また学生達に始業の時間の近づいたことを知らしてくれるのである。

姉から注意されるまでもなく、弟のディック・ビワリは、無言で残りの珈琲《コーヒー》を呑み干すと、教科書

をぱたりと閉じて、傍の椅子にのった他の書物や帽子を引つかむなり、開いていた窓からひらりと姿を消した。

医師は面白そうに笑った。そして新聞を置いて、空《から》になった珈琲のコップを娘にさし出した。

「ははは、心配しなくってもよいよ、ディックが遅刻などするものか。どうして十七歳の少年の足ときたら、私達の十層倍も速いから――それに彼《あれ》は市《まち》の抜道近道をすっかり知っているからね」

メアリ・ビワリは医師のコップに二度目の珈琲を注《つ》ぎながら、

「あたしは彼に遅刻させたくないんですの。それがいろんな悪習慣の始まりになりますから」

「そりあ、そうだね。だが、感心に彼にはまだそんな処がちっともないようだ、ねえ。煙草を喫《の》む様子も見えぬし」

「それは煙草を喫むと身体《からだ》の発育を阻害してゴルフの成績に影響すると考えているからですわ。さもなければもう喫んでいますわ」

「そいつはますます感心じゃないか。慾望の制御法をちゃんと心得ている。普通の人間にはなかなかできんことだ」

そう言いながら医師は椅子を立って行って、炉前《マンテルピース》にのった紙巻煙草《シガレット》の函を開けた。娘は手紙を再び取上げるかわりに、医師の方へやや疑しげな眼を向けた。

「そう仰有られてみると、その慾望の制御法を心得てもらいたい人がわたしにも――一人ございますわ」

ランスフォドは炉辺《ろばた》から振返って、彼女に鋭い目を投げた、その目の光には彼女の顔をパッと赧《あか》めさすものがあった。彼女はその凝視を避けて、卓子の上の手紙に目を落すと、それを取り上げていらいらと折畳みはじめた。

ランスフォドがいきなり云った。

「ブライスだろう?」

娘は首肯《うなず》いた——当惑と嫌悪の色がありありと顔にあらわれた。ランスフォドは後の言葉を続ける前に、紙巻煙草に火を点けた。

「性懲《しょうこ》りもなく——あれから後、また何か言ってきたのだね?」

とうとう医師が口をきった。

「二回もですわ」彼女が答える、「こんなことで度々先生に御心配をかけますのは、ほんとに厭なんですけれど——あたしにはどうしてよろしいか判りませんもの。あたしは、どうした理由《わけ》か心底からあの人が嫌いですわ。この気持は何を以てしても変更《ひるがえ》すことができません! それを——前にも——答えましたのに——昨日《きのう》——フォリオット夫人の園遊会で——またいろんなことを云い寄って来るんですもの」

「何という無礼千万な人間だ!」医師が唸るように言った。「あれほど私からもそれとなしに言い含めておいたのに——よろしい! もう、断然たる処置を取らなければ!」

「でも、そのためにあの人が二年間も勤めた職を失うようなことになりますと——」

「そんなことを心配する必要はちっともない」ランスフォドが遮った。「あの男は人間としては嫌やな奴だが、怜悧《りこう》ではあるし、技倆《うでまえ》も確で患者の取扱いも巧いから、ここを出たってすぐ職にはありつくよ。とにかく、現在の状態を続けて行くわけにはゆかぬ。実に、怪《け》しからん、あの男はまるで驢《ろ》馬《ば》だ! 私の若い頃には——」

言いかけて医師はふと口を噤《つぐ》み、身体の向きを変えて、急に何か想い出したことでもあるように、窓越しに園《にわ》の方へ眼をやった。

「先生のお若い頃——ほんとにそれは、ずいぶん遠い昔のことですわねえ！」と、ややからかうように娘が言う、「で、その頃は、どうでいらっしゃいましたかしら？」

「何さ、一旦婦人が『否《ノー》』——ときっぱり言えば、男子はそれを最後の返答と考えたものさ。いや、すくなくともこの私は常にそう信じていた。それが今日では——」

「ベンバートン・ブライスさんのような人が最も進取的だとされていますわ。——では、先生はあの人にわたしの考えをよくお話下さいますのね？　そうなればもはやあの人だってきっぱり断念すると思いますわ——わたしの保護者から明らさまにそれを言われるんですもの」

「今日のような堕落した時世で両親や保護者の言にどれだけ権威があるか知らぬが、きっと言ってやるよ。そして一刻も早く貴女《あんた》をこの悩みから救って上げるのだ」

「有難うございますわ、先生。この件《こと》はそれだけでもう結構ですわ」娘はちょっと言いよどんだが、チラと医師の方へ一瞥をくれておいて、「あの——それとは別のことで、ついでに今もう少しお話して頂けませんでしょうか？」

この時、彼女の方へ背を向けて、食卓の上の手紙を取上げていた医師はくるッと振返ると、急にそわそわした様子で口早に訊いた。

「え？　何の話だね？」

「あの——ディックとあたしの身上《みのうえ》に関するお話ですの。そのうちにお話下さると仰有ってから、もう丸一年になりますわ。そして——彼《あれ》は十七歳になりましたもの。そうそういつまでも、わたし達の両親はわたし達が西も東も知らぬ幼い時分に亡くなった、それからずっと先生があたし達の保護者となられた――とだけでは、彼も満足できなくなっていますわ」

ランスフォドは手にした手紙を再び卓子の上において、両手をポケットに突込み、炉前を背後《うしろ》に肩をそびやかした。

「最近それについて彼が訊いたというかね？」

「はい、一二回。――態々《わざわざ》訊いたわけではなく、何かのついでにそんな話が出ましたのですけれど」ここで彼女は強《し》いて笑って見せて、「それは、今日の時世では、皆さんが言うように、祖父がどんな人であったかということが判らなくっても、大したことではございませんけれど――あたし達には父が、ジョン・ビワリという名前だったとしか判っていないですもの、あんまりですわ」

「いや、もっと判っているはずだ」ランスフォドが言う、「以前にも度々言ったように、貴女《あんた》のお父さんは私の若い頃の友人で、実業家だったが、若くして――貴女のお母さんと相前後して亡くなれた。それで、私が友人の義務《つとめ》として貴女とディックの保護者となったわけだ。これ以上まだ何か言うことがあるかな――？」

「そこに是非とも――うち明けて、仰有っていただきたいことがございますわ」ランスフォドが不快を覚えたくらい長い間沈黙した後で、彼女が返答した、「いいえ、これはディックのまだ考え及ばないことでございますが――あの――お気を悪くなさらないで下さいまし――もしかしたらそれからこの方わたし達は先生の寄食者《かかりゅうど》となってまいったのではないのでしょうか？」

ランスフォドの顔がさっと赤くなった、ゆっくりと窓の方へ向きを変えて、暫くの間、園《にわ》から大伽藍をじっと眺めていたが、やがてゆっくりとまた向き返った。

「そんなことはない！　その点なら、今言って上げてもよい。貴女達二人にはそれぞれ相当の金が遺されて、私がそれを預かってきたのだ。貴女が昨年まで学校に通っていたのも、また現在ディックが通っているのもその他一切の費用はつまり貴女達自身の金で弁じて来ているというわけだ。そこで私は貴女達姉弟が、それぞれ二十一歳に達したら、その残金を渡す——それと同時に、貴女達の身の上を詳しく物語って上げようと決めている。二十一歳と言えば、貴女はもう来年だ。できればこの話はそれまで待ってもらえまいか。それとも、貴女がこの私達の生活《くらし》に不満を抱いて、たって今それを知りたいというのならば——」

「いいえ！　いいえ！」娘が遮った、「この生活に不満を抱きますなんて勿体ない。ただ、今日はツイしたはずみから、日頃知りたく思っていたことをお訊きしたに過ぎませんわ。ええ、そのお話は今でなくってもよございますわ。お待ちいたしますわ、先生が進んでお話し下さるまで——一年でも二年でも。ですから、どうか御立腹なさらないように——」

「何で、腹など立てるものか！」医師が慌てて打ち消した、「では、その話はまたのことにして——さあ、私は診療所へ行かねばならぬ。行ってブライスに言わねばならぬ」

「そうして先生があの人に、二度と再びあたしに嫌らしいことを言わないと約束させて下すったら、問題は訳なく片附くではありますまいか？」

ランスフォドは首をふって、返答をしなかった。再び手紙を取上げると、黙ってその室を出て、家の側《わき》にある診療所に至る石の壁に挟まれた廊下を下りて行った。診療所の扉《ドア》を閉めきって一人きりになるや否や、医師は腹の底から安堵の唸声《うなりごえ》を発して、その後から呟いた——

「——彼女が今少し年をとったら、事実を話してやっても構わぬが——だが、あの少年は彼女のようには納得すまい……。それはともかく、金についてあんな愉快な思いつきが言えたのは全く有難い、これで彼女はいつまでもその巧みな嘘言《うそ》に気がつかずにいるだろう。しかし――向後《このさき》彼女はどうなるであろう？　ここで一人の男を追い出しても、その代りがまた来る。そうして幾人も来る中には、彼女の気に入る男もきっと現れてくるにちがいない。その場合にはどうなるか？　おお！　彼女は知らぬ、いや、知ってはならぬ、彼女に狂おしいほどの思いを寄せているのは、誰あろう、この自分なのだ！　彼女はこれに少しも気付いていない――この先とても気付くことはあるまい、そこで自分は――自分は――このままどこまでも――単なる保護者でいなければならぬのだ！」

彼は手にした手紙を机におきながら、ちょっと皮肉らしく笑った――あたかもその時、側戸《サイド・ドア》が開いて代診ベンバートン・ブライスがその瀟洒《しょうしゃ》たる姿をあらわした。

第二章　性《たち》の悪い敵《かたき》

ひょいと見るとブライスがランスフォドの机の傍に立っている、三十歳になるかならないかの青年で、女連に騒がれそうな、丈《せ》のすらりとしたなかなかの好男子である。この男の癖として、別にわざと猫足をつかうわけでもないが、誰の室へ這入って来るにも、あたかも眠っている人を起すまいと用心するように、殆ど足音を立てない。それにその動作も極めて静かなので、往々にして室の中の者は少しも気付かない間に彼にすぐ自分の側《わき》へ立たれて吃驚《びっくり》するのである。今もランスフォドはその伝をやられたのだ。日頃から虫の好かぬ奴――しかも機《おり》が機であった。ランスフォドは彼の姿を目にすると、一種のいら立たしさを覚えた。だが、――もう直ぐおさらばを告げようとしている人間だ、あらがってもつまらないじゃないか、そう考えていら立つ気持を抑えつけた。

ブライスは平素《いつも》のようにいやに落着いた挨拶をすると、そのまま薬品の棚の処へ行って、せっせと調剤をやりだした。一方ランスフォドは手紙に目を通している、十分間ばかり沈黙がつづいた。

「ブライス君、君に少し話したいことがあるんだが――今すぐの方がよいと思う」

やがてランスフォドが手紙をおしやって、椅子を廻して声をかけた。

その時ブライスは、一方の罎から一方の罎へゆっくり何かの液体を注いでいたが、その手を止めないで、静にこちらを見た。――今の言葉が確にある意味を伝えたにちがいない、と思ってランスフォドが見ると、相手は一向平気な顔をしている。罎から罎へ注がれる液体も規則正しくチロチロと流れている。

「はあ?　ただいま」

彼は落ちつきすまして調剤を終ると、二つの罎にキルクの栓をし、一方のへ貼紙をし、一方の罎を棚に返しておいて、身体をふり向けた。容易なことじゃ驚かぬ男、一旦こうと思いこんだことは飽くまでもやり遂げねばおかぬ男――ランスフォドは今更ながら、その代診の態度や眼色を見て、そう思った。

「こんな話をしなければならぬことは遺憾千万なわけだが」早速きり出した、「しかし――君自身こういうように仕向けたから、どうも仕方ないね。私はいつかも君に、君の意向はビワリ嬢が快からず思っているとそれとなく言ったはずだが――」

ブライスは直ぐとは返事をしない。返事をする代りに、今のランスフォドの言葉がまるで耳に入らなかったという風に、調剤卓《づくえ》に背を凭せて、おもむろに胴衣《チョッキ》から取出した鑢《やすり》でもって、その入念に切られた爪を磨きはじめた。

「はあ?」よっぽどした頃彼が言った、「それで?」

「それにも拘らずだ」ランスフォドが言葉を続けた、「その後君はその問題をまた彼女に持出している――一度ならず、二度までも」

ブライスは鑢を蔵《しま》って、両手をポケットに突込んだ、そしてやはり背を卓子に凭せたまま、両脚を交叉した――強いて装っているのかどうか、そうやっている処は頗る気楽らしい様子である。

「お言葉ですが、その点については言うべきことが多々ありますね」彼が口をきった。

「かりにも一人の男がある若い婦人を自分の妻にしようとした場合にです、その希望を相手の婦人に告げてはならないという法があるでしょうか？」

「それはないさ、一回だけやって――それに対する相手の返答を最後のものとするならばだね」

「その御意見には全然反対です。たといどんなことを言うにせよ、婦人の言葉に最後のものなんてありはしませんからね。それをあると考えている男は馬鹿ですよ。月曜日に思っていることをもう火曜日には思っていない――これが婦人の常態なんです。古来の歴史に徴《ちょう》してもこの見解は当っています。理論ではなく――実際のことですから」

その露骨な見解にランスフォドは目を瞠るばかりであった。ブライスはあたかも医学上の問題でも論議するように冷静に落着いて続ける――

「つまりですね、婦人の最初の返答をもって最後のものとすべきでないというのは、その際の婦人は自分自身の心が判っていないからです。不意のことで驚き過ぎたり、十分な決断がつかなかったりして、つい心にもない返答をする。往々あることで、それが二度目になると幾らか覚悟ができているんですが、まだ十分というわけには行きません。いや、多くの婦人は、殊に若い婦人となると、三度目の場合ですら、まだほんとうに自分自身が判っていないんです。こんなことは常識です」

「じゃ、ありのままのことを言おう！」とうとう怺《こら》えきれなくなってランスフォドが叫んだ。

「私には理論や思想を論議するつもりはない。尠《すくな》くとも、私は一人の若い婦人――自分自身のことが十分判っている若い婦人を知っているのだ。ビワリ嬢は君に対して何らの気持も寄せていないよ！それを君に三回まで告げたではないか。だから――君は潔く彼女を思いきるべきだ！」

ブライスは暫く医師の顔をまじまじ見ていたが、

「そのビワリ嬢が向後《このさき》心変りをしないとどうして言えるんです?」と、訊いた。「彼女だってそのうちに私に好意を有《も》つようにならないと限らないでは――」

「いや、彼女に限ってそんなことはない!」ランスフォドが断乎として言った。「君は真実《ほんとう》のことを知らんから、そんなことを言うのだ。いいかね、彼女は君を好いていないよ――また、好こうともしていないのだよ。なぜ君は男らしく彼女の返事をうけ入れないのかね?」

「ちょっと、その貴方の仰有る男らしいとはどういう意味なんですか?」ブライスが冷かに訊いた。

「無論! 思いきりのよいということさ」

「ふん、貴方にはそれがそうかも知れませんが、私にはそうじゃありませんね。私の考える男らしいというのは――どこまでも我慢強いことですよ。この世では何でも――ええ、何でもです! しつこく求めたら得られないものはないんですからね」

「私の保護している者だけはそんな手段では得られんのだ!」ランスフォドが叫んだ、「拒絶《はねつ》けるばかりさ! 彼女は君の意に従うつもりはない――そう三回も答えている。だから――私は彼女を擁護するのだ」

「貴方は私に対して何か敵意を抱いているのですか?」ブライスが静に訊く、「そうして貴方が彼女に私の申込を諾《き》かすまいとする――それを貴方は擁護と呼んでいるが――それをする以上、貴方は私に対して何か敵意を抱いているにちがいない。何ですか、それは?」

「それは答える限りでない――ただ、君の仕事に対しては私は何らの敵意も抱いていないとだけ言っておく。だからその点はどこへでも立派に証明して上げるよ」

「と、承ると――何ですね、貴方は私を解雇しようとするお考えですね?」

「いかにも、それが最善だと私は思っている」ランスフォドがきっぱり言った。

「そうなれば、なお更のこと」ブライスがますます冷かに言葉を続けた。「一体貴方やビワリ嬢が私に対していかなる敵意を抱いているか――いよいよ以て承りたいもんですね。何でまた私が求婚者としての資格に欠けているか？　御承知の通り、私の父はやはり医師で、名誉も地位もある人間です、そして私自身はこちらのお宅へ立派に推薦せられてまいったのです。自分の口から言うのも何ですが、これで私は押しも押されもせぬ若者のつもりです。それに貴方の忘れている点がまだあるですが――私には秘密というものがないんですよ！」

ランスフォドはブライスがその最後の言葉に妙に力をこめたのを聞きもらさなかった。

「変なことを言うね？」思わず詰め寄った。

「格別変なことじゃないんですよ。私には秘密というものが何もないんですから、どんな質問にも答えることができると言うんです。ところが、貴方は貴方の保護している人間に関しては一切口を開かないじゃないですか、ランスフォドさん？」

「それが――」医師は急《せ》き込んで、「それが――どうしたというんだね？」

「いや、そのためライチェスタ中に噂話《ゴシップ》の渦が巻いているというんですよ。何しろこの僧院町には閑人のほじくり屋がうようよしているんですからね。私の耳にも直接その噂は聞えています――それを患者達が口にしているし、また、私は時々方々の家へお茶に呼ばれたり、園遊会に招かれたり、テニスの仲間に加ったりするんですからね。その噂話の要点というのはこうなんです。『あの可愛《かあい》らしい、快活なビワリ嬢はなんて魅力のある娘だろう！　それからあの弟の美少年、全く可愛いい子だ！　一体あの二人は何者であろう？　ランスフォド医師の被保護者達だ――言うまでもなく！　しかし実際、何と小説的《ロマンチック》だろう！――同時に、ちょっとばかり――その――妙な工合じゃないか？ああした比較的若い男があああした真《しん》に魅力のある娘の保護者になっているとは！あの医師自身がどうしてもまだ五十五歳以上でないのに、娘の方が二十歳――なんとも早やこの上もなくロマンチックなことだ！そこに保護者の附くのは当然のことだ！」

「実に下らん噂だ！」医師が小声で言った。

「そうですとも」ブライスは同意して、「しかし――世間というやつはこうしたもんですよ。そこで私という人間が現れてきたのは何よりじゃないですか。ね、私には秘密というものがない。この際もしもビワリ嬢がその手を私にさずけて下さるとすれば、彼女は一点のやましい処もない履歴をもった男を得るわけになるんです」

「そう言う君は彼女の履歴に何かやましい処があると決めてかかってでもいるのかね？」医師が詰問した。

「私は何にも決めてかかってなぞいません。ただ自分のために、自分のことを言っているだけですよ。謂うべくんば、私自身の要求を彼女の保護者たる貴方に持出しているんですね」

「要求だって、君！　君には私に何にも要求する権利はないよ！　一体君は何のことを喋っているのだ？　要求だなどと」

「では、主張と言いましょう。仮りに、ライチェスタの人々が言う如く、ビワリ嬢にある秘密がまつわっているとしても、私の懐中《ふところ》へとび込めば安全ですよ、貴方がどう思うにせよ、私はどこまでも頼りにしていい人間ですからね――私自身の利益《ため》になるという場合にはねえ」

「それじゃ――君の利益にならない場合はどうなのだね？」

「頗る性の悪い敵になりかねませんね」

一瞬間、二人は黙って、睨み合った。

「先刻《さっき》も言ったように」ランスフォドの方からその沈黙を破った、「ビワリ嬢は君と結婚する意志は少しもない。彼女の切に望んでいるのは、今後再びそんな話をされないようにということだ。どうだろう、君、そうした彼女の望みを尊重すると私に約束してくれまいか？」

「いや！　それは出来ません！」ブライスが答えた。

「なんで出来ぬ？」さすがのランスフォドも怒りをあらわして言った、「一婦人の意志ではないか！」

「というのはです。どうも彼女に初志をひるがえすような兆《きざし》が見えているからです」

「そんな兆の見えようはずはない」ランスフォドが断言した、「じゃ、君はどこまでもその決心で押通すつもりだね？」

「そうです、私はそう易々《やすやす》と指をくわえて引込む人間じゃないんですから」

「それなら、もう——さようならを告げるに越したことはない」

ランスフォドは机から立って、室の片隅にすわった金庫の傍へ行った。そしてその戸を開けて、中の抽斗《ひきだし》から幾枚かの書類を取出すと、ブライスを振返って言った。

「憶《おぼ》えているだろうね？　雇入《やといいれ》の際に、いかなる場合でも、私の方から暇を出すとなったら、三ケ月分の給料は与えると契約したことを？」

「憶えているですとも、無論」ブライスが答えた。

「さあ、では、今その三ケ月分の給料を上げよう」ランスフォドは再びもとの机に着いて、「これですっかり決りがつくわけだ——いざ、こざなしと行きたいものだね」

ブライスは何とも返事をしなかった。やっぱり卓子《テーブル》に凭りかかって、ランスフォドが小切手を書くのを見守っていたが、それが机の片端に置かれても、その方へ動いて行こうとしなかった。

「どうもこうするほか、私には仕様がないということを理解してくれなければ」ランスフォドが半ば弁解するように言った、「誰であろうと、彼女の気に入らぬ——露骨《あけすけ》に言えば、私の保護している者に迷惑をかける——ような人間は此家《ここ》へおくわけに行かぬのだ。繰返して言うが、ブライス君——この処をよく理解してもらいたい！」

「貴方が何を理解なさろうと私の少しも知ったことじゃありません」ブライスが答えた、「貴方と私とはそれぞれ意見を異にしていますからね。つまり、もしもビワリ嬢が私との結婚を承諾すれば、この私にとってもまた彼女にとっても寔《まこと》に申分のないことになろうというのが私の抱いている意見ですが——それのおかけで、とうとう私は——まるで不正直な職人か何かのように！——ここを逐《お》われるわけになったのです。いや、よく判りました」

ランスフォドは長い間じっとブライスを見た。これで事が落着したのだ。どうやらこの男も、おとなしく納得するらしい——と思うと彼の胸に好奇心が湧いてきた。

「どうも君という人間は私には判らんな！」医師が叫んだ、「甚《ひど》く辛辣な人間のようにも思われるし、また甚く頭の鈍い人間のようにも思われる——」

「何にせよ、その後者ではありませんね」ブライスが遮った、「それは確言します！」

「そんなら何故君自身あの娘が君を欲していないと判らないだろう？　所詮、彼女の気持は——」

不意にブライスが笑って、窓の外を指《ゆびさ》した。ランスフォドが振向いて見ると、園の中を当のメアリ・ビワリが一人の丈の高い青年と連れ立って歩いているのだった。その青年はサックヴィル・ボンハム――やはりその境内に住んでいる金持のフォリオット氏の継子《ままこ》である。二人の青年男女はさも親しげに談笑している。

「多分」プライスが静に口を開いた。「彼女の気持は――あの方向へ走っていそうですね？　もしそうだとすれば、ランスフォドさん、今に面倒なことが持ち上りますよ。あの乳臭い若者の母親のフォリオット夫人ときたら、先刻お話したこのライチェスタのほじくり屋の隊長ですから、いざあの秘蔵息子が誰かと一緒になるという場合には、身許調査《しらべ》がとても厳《やかま》しいでしょうからね。それに比べたら、私を候補者におし立てて下すった方がどれほどいいか！　だが――」

「もう何にも言うことはないよ。お互にさようならだけを言えばよい。では――後の始末は私がするから、そのままここを出て行ってくれたまえ。これから私は出かける。君は誰にも暇乞《いとまご》いを告げずに行く方がよいと思うね」

ブライスは無言でうなずいた。ランスフォドは帽子と手袋を取上げると、通用口《サイド・ドア》から診療所を出て行った。一分間の後、ブライスは境内を横切って行く医師の姿を目にした。

第三章　見知らぬ男の死

かくて、そこに一人残されたブライスは、深く考え込んだ様子で暫くぼんやり突立っていたが、やっとランスフォドの机の方へ歩いて行って小切手を撮《つま》み上げた。注意深くそいつに目を通した後で、きちんと折畳み、紙入れの中に蔵い込む。それから、自分の所有にかかる二三の器具だとか書物だとかを、あちこちの抽斗や棚から取出してきて、小さい手提鞄《てさげかばん》へ詰めはじめた――そのおり、患者の出入口になっている扉《ドア》から静かなノックが響いてきた……

「お這入りなさい！」

扉が細目に開いているにもかかわらず、そこから何の返答もない。依然としてコツコツとノックが繰返されるので、ブライスは室を横切って行って、いきなり扉を開け放った。

と、そこに一人の男が立っていた――年老《としと》った、痩せぎすの、おだやかそうな人物で、それが半ば卑下し、半ばおどおどした風にブライスを見た様子は、何だかひどく含羞《はにか》んで室の中へ踏込みかねているようであった。ブライスは目敏《めざと》く、その皺のよった顔や疲れた眼や白い髪毛《かみのけ》を観察して、ああ、これは苦労した人だな、と思った。と言って、貧乏人では決してない、衣服は富裕な商人か実業家が着るような立派なもので、シルク・ハットも新しく襯衣《シャツ》も靴も非の打ち処のないものである、その上衿飾に素晴しいダイヤモンドのピンがぴかぴか光っているのだ。それでいながら、この明かにこそこそして半ば何かを恐れている様子——それがブライスの姿を見ると幾らかほっとしたらしいその様子は、一体どうしたことだろう？

「あの——ランスフォド医師は御在宅ですかな？」見知らぬ男が訊いた。「こちらが御宅だと聞いて来たのですが」

「ランスフォドさんはたった今出かけましたよ——そうです、まだ五分も経ちません。私ではお間に合いませんか？」

ブライスが言った。

見知らぬ男は、ブライスの背後《うしろ》の診療室の内を見やって、ちょっと躊躇《ためら》ったが、

「いいえ、有難う」と言った。「私は——その——病気の件ではなく、——ランスフォド医師に会いたくってまいったのです。というのも、実は——その——昔そういう姓名《なまえ》の人を知っていたもんですからな。だが、現在じゃ——まあ何の関係《かかわり》もありませんが」

ブライスはつかつかと戸外《そと》へ出て、境内の方を指した。

「先生はそこをずっと向うへ行ったんです——多分、副監督さんの御宅へ出かけたんでしょう——そこに患者が一人ありますから。で、その『楽園《パラダイス》』——御承知ありません？　あ、そう、いや、あすこの南方《みなみ》の入口から寺院の外陣に至るまでの、古い石碑や樹立のいっぱいある——荒地のようになった構内を、ここらの人は、どういう理由《わけ》か『楽園』と称《よ》んでいるんですが、——それを突切って行くと副監督さんの御宅へは近道ですから、貴方がこれからあの迫持下《せりもちした》の路をくぐって、その近道を行きさえすれば、大方きっとランスフォドさんに会われますよ」

「いろいろどうも有難う、では——」

見知らぬ男は今ブライスが示した方向へ歩《あし》を運んだ。ブライスはそのまま室内へ引返そうとして、ふと男の背後から呼びかけた。

「もし——それでもし途中で行きちがいになりますようでしたら、貴方がまたここへお訪ね下さると先生に申しましょうか？　すると——お名前を何と？」

見知らぬ男は首をふった。

「それには及びますまい。いずれ遅くとも——どこかで——彼に会うつもりですから」

そう言って男は「楽園」をさして行く。ブライスは診療室の内へ帰ってすっかり出てゆく支度を整えた。そして何遍か窓外へ目をやって、相変らず園の中をメアリ・ビワリとサックヴィル・ボンハムとが談笑しながら歩きまわっているのを眺めた。

「いや」と彼は呟いた。「面倒臭いから誰にも暇乞《いとまご》いはすまい——だってランスフォドの意に従うわけじゃないんだから、その必要はないわけだ。もしもランスフォドがこのまま自分をライチェスタから放逐《おっぱら》うことができると思うているなら、大間違いさ——まだまだおれはこの土地を見棄てるもんか。それはそうと今の老爺《おやじ》は一体何者かしら？　その昔、ランスフォドという名前の人間を知っていたと言ったじゃないか？　ことによったら名前だけじゃなくてランスフォド医師と旧知の仲かも知れないな——そうだとすれば、あの老爺、ランスフォドの過去をこの土地の誰よりもよく知っているわけだ、——というのは、ここいらの人々はあの医師については過去数年間のことしか知らないから。いや、よござんす、ランスフォドさん！——挨拶なしで行きますよ——何方《どなた》にも！　永《なが》のお別れじゃなく、また直ぐお目にぶら下ることになりましょうから！……」

そうは呟いたもののブライスは、さすがに何とかひと言挨拶めいたことを言わずにはその古い家を去りかねるのであった。そんな気持で側面《わき》の出口から診療所を外へ出ると、あたかも園の中でボンハム青年と別れたメアリ・ビワリが犬小舎の犬を見にこちらへやって来る処だった。二人はばったり出会った。娘はきまりが悪いというより、立腹《はらだた》しげにパッと顔を赧らめた。ブライスの方は、例によって冷かな態度を見せて、洒々《しゃあしゃあ》として、小脇にかかえた手提鞄をたたきながら笑って言った。

「即刻お払い箱ですよ——まるでスプーンを泥棒したという格ですね」

「わたしは何にも申上げることはございません——それはみんな貴方から出たことだと申上るほかに」メアリはどこまでも腹立しげにブライスを見た。

「御挨拶ですね。だが、貴嬢《あなた》のその御腹立《おはらだち》もそう長続きはしますまい、今に——いや、今は——ひとまず行きます！」

彼はそれでもう後をも振返らずに、境内を、十分間前に見知らぬ男が出かけた方向へ横切って行った。その境内の向側《むこうがわ》に彼の借りている室がある。さし当りそこへ行って、手提鞄を置き、何かと整理をする彼の意向であった。彼にはこのライチェスタを去る考えは少しもなかった。——市《まち》にひどく代診を欲しがっている医師が一人あるのをよく知っていた。早速彼はそこへ行くつもりで——時宜《じぎ》によっては、ランスフォドの許を去った顚末を話してもいいと思った。そうして彼が境内から所謂「楽園」に足を踏み入れた時分には、彼の頭の中を様々な考案や計画が頻繁に往来しているのだった。

この「楽園」は先ほどブライスが見知らぬ男にもちょっと説明したが、事実はそこの古い僧院の外庭をなして、半ばくずれて殆どすっかり蔦《つた》で蔽われた高い壁が、外の広々とした芝生の眺望《ながめ》を遮り、構内一面に水松《いちい》や糸杉が生い茂り、石碑や墓石が林立しているのである。その一方の隅には巨大な楡の樹が立っている。また一方の隅には凸凹《でこぼこ》のできた石の階段があり、それが本堂の入口に続いている。

そしてこの「楽園」そのものが境内の東南の家々に至る一通路となっていた。とは言え、変に陰気な場所であるだけに、よほど近道を選ぶ人々の外、滅多に人通りのない通路である。

ところが、今、ブライスがそこへ足を踏み入れて、ちょうど迫持下の路にさしかかった時であった。不意にランスフォドの姿が見られた。ランスフォドは大急ぎで、寺院の西方《にし》の入口にある小脇門から出て来るのである――あんまりそれが大急ぎなので、ブライスは思わず足をとどめてその様子に目を注いだ。二人の間は十間《けん》ほど離れていたが、ランスフォドの顔色は非常に蒼ざめて、明かに激昂しきっているということが看てとれた。直ちにブライスは、その医師の激昂と先刻《さつき》診療所を訪ねて来た男とを結びつけた。

「会ったんだ！」ブライスは次第に遠ざかり行くランスフォドを見送って、考えこんだ。「では、あの男がちょっと姿をあらわしたというだけであんなにランスフォドの気を転倒さすとは、そこに何があるだろう？　まるであの男の様子は、思いがけなく嫌悪《いや》な衝撃《ショック》にあった人間のようだ！」

ブライスはやはり迫持下の路に突立って、とうとうランスフォドが自分の庭の中へ姿を消してしまうまで見送った。その後から、彼は不審の首をひねりながら、境内の向側を目的《めざ》して「楽園」を横ぎって行く。

そこに蔦のからまった壁に、切り開かれた小さい耳門《くぐり》があった。ブライスがそれを開けると一緒――その内《なか》の叢林《くさむら》から、石工《いしく》の仕事服を着た一人の男が馳け出して来た。この男の顔も蒼白で、その目は亢奮のために大きく見開かれていた。ブライスの姿を認めると、彼は立ちどまって、呼吸《いき》を切らした。それはブライスもかねて見知り越しの市の石屋の石工だった。

「どうしたね？　ヴァナ？　何か起きたかね？」ブライスが静に訊ねた。

石工は眩々《くらくら》とでもなったかのように、片手で一つ額を擦《こす》っておいて、肩越しに拇指《おやゆび》を突き出した。

「人が一人！」と喘ぎ喘ぎ、「聖《セント》ライザの階段の下で、先生！　死んでる――死んでなきゃ、死にかかってます。俺《あっし》がそこを見たんで！」

ブライスがヴァナの腕を摑んで、一つ揺すぶった。

「何を見たって――君が？」

「落ちるのを見たんです――その人が――いや、たしかに突き落されたんです！」ヴァナは唾を呑んで、「誰かが――誰だか判らねえが――その人をあすこの、あの高い出入口から突き落したんです！」

ヴァナが指《ゆびさ》すままにブライスは、水松や糸杉の梢の向うに明層《あかりそう》の出入口を仰いだ――そこは尠くとも地上四十呎《フィート》の高さである。

「あすこから人が突落されたって？」ブライスが叫んだ、「そんな馬鹿な話があるもんか、君！」

「俺がそれを見たって言ってるじゃありませんか？」ヴァナが強情《しつこ》く言い張る、「俺はその時向うで、ある人から修繕を頼まれた古い墓石《はかいし》の検分をやってたんです――すると、燕《つばめ》の奴があの高い屋根の処で何かやりだしたんで、そいつを面白がって見ているうちに、今の出入口から公然《おっぴら》に人が投げ落されたんです！　ちょッ！――貴方は俺のこの目を盲目《めくら》だと思うんですかい？」

「じゃ、その突落した人間を君は見たのかね？」

「そいつは見ませんでしたよ。ただ片手が、チラと――出入口の端に出たのを見ただけで――俺はそれよりも落ちる人の方をよく見たんですがね、あの出入口の外へ突出されると、その人はそこの階段の処でちょっとよろよろとなって――それから、くるりと身体の向きが変って、叫び声をあげました

——そいつは今でも俺の耳についていますよ！　——それから、下の敷石の上へどしんと恐しい音を立てて落ちましたよ」

「時間はそれからどれだけ経った？」ブライスが詰問《なじ》るように訊いた。

「五六分にしかなりません」ヴァナが答える、「俺あ直ぐにその人の傍へ馳け寄って——できるだけのことをやってみたんですが、一向駄目でさあ。だから誰かを連れに馳けてきた処で——」

ブライスはぐいと石工を叢林《くさむら》の方へ押しやって、「案内したまえ、行こう！」

ヴァナはそれに力を得て、今来た糸杉の間を先に立って、本堂の大壁の下までブライスを導いた。そこの本堂と外陣で角となった敷石の鋪道の上に、なるほど、一人の男の身体が妙な格好にねじれてくしゃくしゃと横《よこた》わっているのだった。それを遠くから一瞥して、ブライスはその人間の正体を知った——その人間こそ先刻《さきほど》ランスフォドの診療所を含羞《はずか》しげに、おどおどした風で訪れた見知らぬ男なのである！

「それ、それ！」ヴァナが不意にその男の身体を指《ゆびさ》して叫んだ、「動いていますよ！」

ブライスにも、そのねじ曲った身体に微かな動きが認められた——やがてその動きが急に弛んで、今度はもうばったり身体全体が動かなくなった。

「いよいよ事切れた！」ブライスは横わった身体の傍に膝をついて言う、「首が折れているんだ！　僕等がここへ来ると同時に死んだわけだよ、今動いたのが、あれが最後の努力だ。さあ、ヴァナ、人を呼んで来るんだ！　教会堂の誰かを——役僧を誰か連れて来るがいい。あ、いけない！」そう言ってブライスがちょっと耳を傾けた、折からそこの広い建物の内からオルガンの低い音《ね》が洩れてきた、「十時だ——朝の勤行《おつとめ》が始ったんだ。じゃ、まっすぐに警察署へ行って、警官を呼んで来たまえ——

僕はここで番をしているから」

石工は境内の門の方へ馳け去った。

かれこれするうちにオルガンの音が次第々々に高くなる。ブライスは死んだ男の上に屈みこんで考えた。――一体この事件の真相をどう解すべきか？　聖ライザの階段の上にある明層の出入口からこの男が突落された？――これは殆ど不可能のことである！　だが――と、彼の頭にふとある考えが浮んだ、――だが、仮りに今二人の人間が何か密談をしようと思ってあの大伽藍の明層に上って行ったとすれば？――これは誰にも容易くできることだ、そこへ上る階段は幾つかあるから――そこで仮りにその二人が争《いさか》いをして、一方が一方を出入口から突落したとする――そうだとすればどうか？

そうした考えの後へ直ぐ引続いて今一つの考えが起きた――この、今は死んで横わっている男は、ランスフォドを尋ねて診療所へやって来た者だ、その後で、多分ランスフォドを捜すべく、そこを立ち去ったのだ。ところが今し方そのランスフォドが明かに激昂した様子で、顔色蒼ざめて西の入口から出てきたではないか――これは何を意味するだろう？　そこから一見明かに推定されると覚しいものは何か？　ここにその見知らぬ男が死んでいる――そしてヴァナの証言する処に依れば、この男は四十呎も高い出入口から暴力でもって突落されたものである。それは――殺人《ひとごろし》だ！　では――その下手人は何者であろうか？

ブライスは注意深く四辺《あたり》を見まわした。ヴァナが馳け去った後、もはや近くにはどこにも人影が見えない。それを確めると彼は片手をそっと死人の瀟洒《しゃ》れたモーニングコートの内ポケットに滑りこませた。これだけの人間になると何か身許証明になるような書類を所持していなければならぬ。ブライスは、それが何でもいいから――この見知らぬ不幸な男と、ランスフォドとの間に介在しているらしい秘密に関したことを何か知りたかったのである。

ところが、その内ポケットは空っぽだった、懐中ノートも入っていなければ、書類も入っていない――いやそうした書類に至っては、その他のポケットを捜してみても、どこからも出て来なかった、のみならず、名刺一葉見当らない。しかし、財布だけは――紙幣金銀貨をとりまぜて金のずっしり詰った、そしてその仕切の一つの中に、結び手紙といった工合に変な風に折畳まれた紙片《かみきれ》の入ったのが見出された。ブライスは急いでその紙片を披げて、ざっと目を通すが早いか、手早くそれを自分のポケットの中へ匿《しま》いこんだ。そうしてその財布をちょうど死体のポケットに返した、途端に彼方《かなた》からヴァナの声、続いて市で評判の警察官ミッチングトン警部の声が聞えてきたのである。ブライスは慌てて身体を立たせて、間もなく石工と巡査達を従えた警部が叢林から姿をあらわした時には、さも思案臭い顔をして死人を眺めていたのだった。

「死んでしまったんです！」ブライスはミッチングトンに向って、首を振って見せた、「私達がここへ来ると同時に死んだんです。身体中滅茶々々になっていますよ――殊に首と脊柱が非道《ひど》いんですね。多分、ヴァナがお話したでしょうが」

顔色の浅黒い、動作のきびきびしたミッチングトン警部は、うなずいて、死骸に鋭い一瞥を投げると、すぐ頭上に高く扉《ドア》を開け放された出入口をふり仰いだ。

「あすこだな？」ヴァナに向って訊く、「あの扉は開いていたのかい？」

「あすこは始終開いていますよ」ヴァナが答える、「俺の覚えているだけでも、この春からこっちずっと開いてるんです」

「あすこの背後は何になっているな？」

「桟敷廊下《さじき》のような工合になっているんです、そいつがぐるっと本堂を取巻いているんですね。――つまり明層の廊下というわけです。そこへは誰でも上って行って、ぐるぐる歩き廻ることができるんで――年中、どっさり人が、そら、観光客というやつが上っていますさあ。上って行くには櫓の中にも二つ三つ階段ができているんですから雑作《わけ》ありません」

ミッチングトンは巡査の一人を振返って、

「君はこのヴァナに案内さして、あすこへ上ってくれたまえ。静かに行くように――朝の勤行がちょうど始った処なんだから。誰にも何にも言わずに――その桟敷廊下、殊に扉の近くはそっと調べて――またこっちへ引返して来てくれたまえ」

石工と巡査が行ってしまうと、警部は再び死体に目を落した。

「どうも旅の者らしいですな、ドクトル。恐らく観光客だろう。それにしても――突落されるなんて！　あのヴァナという男がそうだと言い張っているが――すると他殺ですな」

「無論、それに疑いの余地はないんです！」ブライスが断言した、「十分に取調べをなさる必要があるんですね。ところで――大伽藍の内部にはずいぶん人間がうようよしているんですから、この男をあすこから突落した人間が何者であるにせよ、誰にも気づかれずに逃亡する方法《すべ》を知っている者にちがいないんですね。それはそうと、この死体は無論収容所へ移すでしょうが――その前にランスフォド医師にここへ来てもらいたいんですが。この場でもう一人医師の検診を得た方がいいと思いますかられ――五分間お待ち下さい、伴《つ》れて来ますから」

ブライスは叢林を潜りぬけて、境内を、二十分間以前《まえ》に去った家の方へ馳けながら、一つことばかり考えた、――何よりもランスフォドと死んだ男を突き合してみたい、そこで医師がどんな顔をするか、どんな態度をとるか？　それによって何かが判るわけだ。

が、それの前にまだ知っておきたいことがあった。で、ブライスは不意にとは言え、例によってそうっと診療所の扉を開けて、閾《しきい》の処に佇んだ。果然、そこの室内に突立っていたランスフォドはあたかも絶望の見本といった容《かたち》で、顔の筋肉をビクビク痙攣《ひきつ》けて、盛《さかん》に一方の手で一方の手をなぐっているのであった。

第四章　法冠旅館《マイター・ホテル》の一室

ブライスはこちらの存在が気付かれないのを幸いに、じっと閾の処に佇んだまま、そうしたランスフォドの何か恐しく難しい事件にでもぶつかって悩乱しきっているらしい様子を数分間観察したのだった。そしてこれで十分だと思うと、軽い咳払いをした。その声に医師はギクリとなって跳《と》び上った。

――

「何だ？　君はそこで何をしている？」医師は兇暴に近い態度で詰問した。

「何の用事があってここへやって来たのだ？」

ブライスは何にも見なかった振《ふり》をして、

「貴方をお伴れしにまいったんですよ」と答えた、「いま『楽園』である事件が起きたもんですから――聖ライザの階段の頂辺《てっぺん》のあの出入口から人が落ちたんです。ちょっといらっしゃって下さい――もっとも、もう手当の仕様はありませんけれど――死んでしまったんですから」

「死んでしまった？　それは男かね？　どんな男？　労働者かね？」

ブライスはその見知らぬ男がそこの診療所を訪問したことはランスフォドに明すまいと決心していた。診療所の側面《わき》の入口は、灌木によって境内から仕切られていたので、たといその時通行人があったとしても、その訪問者の姿は恐らく誰の目にも触れなかったにちがいない。だからその男の訪問を知っている者はブライス以外にないはずだった――この秘密はもっとそれが役に立つ折まで取っておきたいという彼の肚である。

「労働者ではありません――いや、町の人ではありません――旅人なんです」ブライスが答えた、「見たところ富裕な観光客のようでして――痩せぎすの、年老《とし と》った――白髪《しら が》頭です」

「年老った男で――白髪頭――痩せぎすの？」

ランスフォドは眼の色を変えて、そう反問した。そこにはブライスにも否めない純粋な驚愕が認められた。これはブライスにとって大変な当て違いだが、どうやらランスフォドが「楽園」の事件を耳にしたのはその時が初めてらしいのである。その上、医師が附言《いい た》した、「そしてその男は――シルク・ハットをかぶって――黒っぽい衣服《ふく》を着た――？」

「いかにも！」今度はブライスの方が尠からず驚いたのである、「貴方はその男を御存じですか？」

「先刻、そうした人間が大伽藍に這入って行くのを見かけたのだ。たしかに、旅の者だった。では、さあ出かけよう」

もはやランスフォドはすっかり落着を取りもどして、自分から先に立って診療所を出た、そして境内を横切り、黙々として、「楽園」の方へ歩いて行くその態度はいつもの往診に出かけるのとちっとも変りがなかった。その後に従《つ》いてブライスは、これも無言で歩いて行ったが、心中しきりに考慮をめぐらしていた。過去二年間の接触で、彼は平常《ふだん》いかにランスフォドが自己の感情を抑制し思考を押《おし》蔽《かく》す力を有っているかをよく知っていた。で、考えてみると、この医師の平気な様子といい、また今、ああしてこの事件を初めて耳にしたという風に驚いたのも、みんな巧みに真の感情や思考を押かくした見せかけの態度ではあるまいか？　ブライスにはだんだんこの疑念が決定的のものになってきた。

そこで彼は、例の死体の横わった地点に達した時、ランスフォドが職業的以外の興味をちっとも示さなかったに対しても格別驚かなかったのである。

「やっぱり旅の人ですね、何か身許を証明するような書類でも出てきたのですか？」

ざっと検診した後でランスフォドがミッチングトンに訊ねた。

「それが、何にも出て来ないんです――ポケットというポケットは捜してみたんですが、かなり金の入った財布のほか、紙片《かみきれ》一枚――古い手紙のようなものすら持っていないんです」と、ミッチングトンが答えた、「だが、観光客だということは明かですから、多分昨夜《ゆうべ》は市《まち》のどこかへ宿をとったでしょう。これから行って旅館《ホテル》を検べてみるつもりです」

ランスフォドは高い明層をふり仰いで、「何をしていたか知らんが、過ってあすこから落ちたわけですね？」と、呟いた。

ミッチングトンはブライスの顔を見た。

「ではランスフォドさんにはまだ事情を話さなかったですな？」

「そうですよ、その暇がなかったもんですから」

そう答えてブライスは、もうその場へ巡査と一緒に帰ってきて突立っていた石工のヴァナを目で指しつつ言った。

「この旅の人は過って落ちたんじゃないんです」ブライスはじっとランスフォドの様子に目をつけながら、「あすこの出入口から暴力でもって突落されたんですよ。ここにいるヴァナがそれを見ました」

ランスフォドの頰にさっと色がさして、軽い驚きを禁ずる能わざる風が見られた。くるりと石工の方を向いて、

「実際君がそれを見たというのだね？」医師が叫んだ、「一体、どんな風だった？」

ヴァナは前にブライスやミッチングトンに話したと同じことを述べて、その突落した人間の姿は見えなかったが、扉の口にチラリと人間《ひと》の手が見えた！　と誓言した。

ランスフォドは顔を外向《そむ》けた。が、すぐミッチングトンの方をふり向いて、

「寺院の役員達に知らさねばなりませんね、ミッチングトンさん。しかし、まず、この死体を収容所へ移した方が——朝の勤行が終らないうちにそれをやった方がよいですね。そこで——私は貴方が市でもってお調べなすった結果を後刻きかしてもらいましょう」

そう言ったかと思うと、ランスフォドはそれ以上何も言わずに、また死骸の方はもう見向きもしないで、さっさと向うへ行ってしまった。しかしブライスは既にある事実を確めていた——それは死人のポケットから何の書類もあらわれなかったと聞いた瞬間に、ランスフォドの顔に、たしかに安心の表情だと思われたものが、チラと閃めいたという一事である。だからそうしてランスフォドが去るのを却って彼の方が待っていたわけだった。そしてなお巡査が担架を運んで来るまで待って、それが来ると、彼自身死体の運搬を境内の外側にある死体収容所まで監督して行った。と、そこにいた警察分署の巡査が、警部に向って薄弱ながら今後の調査の参考になるようなことを報告した。

「この気の毒な紳士を昨夜《さくや》私は見かけました。『法冠』旅館の入口に立って、一人の紳士——やや丈《せい》の高い人間《ひと》と何か話をしていたのです」

「じゃ、そいつへ行くとしよう」ミッチングトンが言う。「どうですな、ドクトル、よかったら、一つ一緒に」

元よりブライスは望むところであった。早速警部と連れ立って「法冠」旅館をさして歩いて行った。

その旅館というのは「月曜市場」の名で通っている小さい広小路の片側殆ど全部を占めた旧式の風変りな宿屋であった。二人がそこの中庭へ這入って行くと、あたかも弓張窓《ゆみはり》から内儀《おかみ》のパアティングリ夫人が首をつき出していた。その内儀のそわそわした様子からブライスは、直ちに、彼女がもう一件を聞いてるなと覚った。

「一体どうしたというんですの、ミッチングトンさん?」彼女は飛石伝いに庭を横切って近づいて来た警部に訊いた、「あの、何だっていうじゃありませんか――旅の紳士が飛んだことになったって――その方、うちへお泊りの二人の方の中《うち》でなければいいんですが――」

「ところが、そうなんだよ、内儀」ミッチングトンが答えた、「とにかく、昨夜《ゆうべ》その紳士がここの入口にいたのを巡回の者が見かけたんだ」

内儀はアッと声を発して、潜戸を開けると、身振りでもって二人を自分の客室《へや》に招じ入れた。

「そ、それではどちらの方が?」彼女は気もそぞろに訊く、「昨夜は二人の方がお泊りになりましたが――」

その旅館の内儀の話から判ったことは、前日の夕方、六時四十分着の汽車で運ばれて来た二人連れの紳士が、そこに投宿した、一人は丈の高い男で、一人は丈の低い男であった。宿帳に記した処によると、丈の高い方はクリストファ・デリンガム、丈の低い方はジョン・ブレードンである――いずれもロンドン人とある。宿の者等は、その二人を友人同士とばかり思っていた。ところで今朝は朝食こそ共にしたが、出かけるのは一緒でなかった。朝食の後で、デリンガム氏の方は、内儀に荘園風車場《マナー・ミル》への道を訊ねて出かけて行ったから、多分そこへ行ったであろう。しかるにブレードン氏の方は、デリンガム氏の出かけた後、内儀から借りた土地の案内書を、暫く調べていたが、午後二時半頃にサクソンスチード行の小馬車《トラップ》を一台頼むと言いおいて、大伽藍の方へ市場を突切って行った――これが内儀の知っている全部だというのである。

「サクソンスチード行――だって?」ミッチングトンが口を容《い》れた、「それについて何か言ったかね?」

「はい、公爵様にお目にかかるには何時頃行ったら都合がよかろうと訊きました。で、午後あまり遅くならない方が、よろしかろうと思いますと、わたしが言って上げたのです」

「じゃ、公爵に会うつもりだったな。どんな用事で会うとは言わなかったかね?」

「それは何にも申しません。ただ、そうして時間のことを尋ねましたばかりで――」言いかけて内儀が叫んだ、「あ、――それ、デリンガムさんですわ!」

ブライスが横を見ると、丈の高い肩幅の広い、鬚を生した男が窓の前を通る――と、扉《ドア》を開けて這入ってきたその男は、警部の顔へ物問いたげな一瞥を投げておいて、すぐパアティングリ夫人に向って言った。

「昨夕《ゆうべ》私と一緒に来た紳士に事変が起きたそうだが、大したことじゃないですかな? ここの馬丁が言うには――」

「貴方ですな、失礼ですが、昨夕ここへ二人連れで来られたというのは? あのも一人の紳士は貴方のお友達で?」ミッチングトンが丈の高い男の言葉をひき取って訊いた。

「いいえ、昨日会ったばかりの人です。偶然、ロンドンからの汽車の中で知合って、話してみるとあの人も私と同じようにこのライチェスタへ来る処だというので、道連れとなって――一緒にここへ宿をとったというわけです。で、あの人に何か容易ならぬ事変でも起きたのですか?」

「死んだんですよ」警部がぶっきらぼうに言った。「ですからその身許が知りたいんです」

「ひえーッ、死んだ？　本当ですかね、それは！」デリンガム氏が叫んだ、「やれやれ、気の毒に！　快活な――よほど外国を方々旅行して来たらしいなかなかの博識者《ものしり》でしたがなあ。そう言えば、最近どこかあまり景色のぞっとしない土地からでも帰ってきたかして、汽車の中でしきりに英国の風景の勝《すぐ》れていることを私に言って聞かしてくれましたっけ。それはそうと、あの人は身許証明になる書類のようなものを何か所持しておりませんでしたか？」

「それをずいぶん捜してみたんですが、書類や手紙はおろか、名刺すら持っていないんです」ミッチングトンが答えた。

デリンガム氏が内儀を見た。

「そいつは奇体なことですなあ！　しかし、あの人は停車場からは、衣裳鞄《スートケース》のようなものを、自分で軽々と提げて来たんですから、多分それはあの室に――」

「じゃ、これからその室へ案内してもらおうか」

旅館の内儀に案内せられて、警部、ブライス、その後からデリンガム氏と二階へ上って行った。そして一同死んだ人間の借りていた室へ這入ってみると、果してそこの脇卓子《サイド・テーブル》の上に、持運びに便利な小さい革製の衣裳鞄がのっていた。荷物というのはそれだけであった。しかもその衣裳鞄の口は半ば開いて、その中から刷毛《ブラシ》だとか、櫛《くし》だとか、剃刀《かみそり》函だとかの化粧用具が、取出されたままであった。

ミッチングトンは衣裳鞄の中の品物を取出しながら、傍に無言《だま》って突立っているブライスやデリンガム氏にうなずいて見せた。

「御覧なさい、何よりもまず気付くことは、この品々がどれも新しいということです！　第一この衣裳鞄がまだそう長く使っていない——革が殆ど耗《す》れていないじゃありませんか——それからその化粧卓子《テーブル》の上の品物がみんな新しいんです。またこの衣裳鞄の中のものがそうです。そしてこの品物の工合では、そう長い旅行を目算《もくろ》んだものじゃありませんな。余分のズボンが一着——襯衣《シャツ》二三枚——半靴下——カラー——ネクタイ——スリッパ——ハンケチ——これだけですからな。そこでまず、この品物のどれかに姓名乃至《ないし》頭文字が記されていないかを検査すべきです」

警部はその品々を取出しながら、一々巧者《こうしゃ》に検査したが、とうとう首をふった。

「姓名も——頭文字もない！　だが——このカラーはどこで買いもとめたものかしら？　半ダース箱入になっているんです。パリだ！　ほら、カラーの内側に販売店の名前が出ている——カプシーヌ街八十二番地、アリスチード・プジョウとあるんです。それから——この襯衣、ハンケチ、ネクタイ——どれも外国製らしい処を見ると、同じくその店で買ったものと思われるのですね。まあ手掛をもとめるならこれでしょうなあ——もしどうしても英国《こちら》でこの男の身許を突きとめることができなければ、フランスまで手を延してもいいんです。いや、事によるとあの男からしてがフランス人かも知れませんね」

「そんなことは断じてありません！」デリンガム氏が遮った、「なるほどあの人はずいぶん長い間国外にいたようですけれど、北国地方の訛《なまり》を失っていなかったのです！　たしかにあの人には北国人——例えば、ヨーク州かランカ州の人——らしい特徴がありました。この点は私が保証いたします。フランス人ではありませんよ、——決して！」

「まあ、それはそうとして、この中にも書類は一枚もありませんね」とうとう衣裳鞄をすっかり空にしたミッチングトンが言った、「ね、紙と名づけ得るものは、この古い書物以外に何にもない——一体この書物は何でしょう？『バアサープの歴史』という表題だが――」

「あ、それならあの人が汽車の中で私に見せた書物《ほん》です」デリンガム氏が言う、「これで私は古物《こぶつ》や古物学に趣味を有しているもんですから、汽車の中であの人とその方面の話をしました。すると、あの人がその書物を取出して、ロンドンのどこかの街で、つまらん古本屋から掘り出した物だと大変誇らしげに言いました。もっとも、あの人がそれを気に入ったのは、その古い犢皮《こうしがわ》の装幀や口絵の点で――大して古物の知識をもっているわけじゃなかったということは確かです」

ミッチングトンがその書物を下に置くと、ブライスがそれを拾い上げて、見出しを検べてみて、その「バアサープ」が中部諸州にあるある市場町なることを心に記した。そこで、もしこの死んだ人間が、デリンガム氏の言う如く、古物や古物学に特別の興味をもっているのでなかったとすれば、買うにことを欠いてこんな現代離れのした書物を買ったというのは少々変である、――あるいは、彼がこの書物を買ったのは、このバアサープと彼自身との間に何か連絡《つながり》があったからではあるまいか？――ブランスは、危《あや》うくそうした考えを口に出しかけて、抑えつけた。ずっと、これは自分自身内々で考究しようとしていることに関係した事実だと気付いたからである。

やがてミッチングトンがその室で調べられるだけのことを調べ、デリンガム氏の意向――すくなくとも氏は、ここ数日間ライチェスタに滞在するはずになっているというのを確めると、一同再び階下《した》へ下りて行った。そして警部とブライスは警察分署へ。

もうこの時には事件の報道《ニュース》が市内《まちじゅう》にひろまって、分署の入口々々に弥次馬《やじうま》達が群《たか》っていた。署内では主だった二三の市民が署長を相手に談《はな》しているのだった。その中にステファン・フォリオット氏もまじっていた、これは例のボンハム青年の継父《ちち》で――でっぷり肥えた、そこの境内に住《すま》ってもう数年になるが、大金持として知られ、変り種の薔薇の栽培者という評判をとっていた人である。折からこのフォリオット氏が署長に向ってしきりに何か談していた――そこへ這入って行ったミッチングトンを署長がさしまねいて言った。

「フォリオットさんはその紳士を、事変の起きるちょっと前に、大伽藍の中で見かけたとおっしゃるんだが、ねえ。そうでしょう。フォリオットさん？」

「よくよく、考えてみるに、それは十時に五分前でしたな」フォリオット氏が答える、「それと言うのは、私は十時始まりの朝の勤行のために出かけて行っていたんですから。私はその人が内側の階段を明層の桟敷廊下さして上って行くのを見かけましたよ――四辺を見廻しながら上って行っていたのです。それが十時に五分前で――事変はそれからすぐ後で起きたにちがいありませんな」

それを聞いてからブライスは、分署を出た。彼は彼でその時間の点を計算するのであった。彼が寺院の西の入口から急いで出て来るランスフォドを見かけたのは十時になんなんとする頃だったのだ。その西の入口へ桟敷廊下から下りるには一つの階段があった。さて、それではそこにいかなる推定が下されようか？　だが、これは暫くあずかりとして、そのかわりにブライスは、自分の室に帰りつくと、扉《ドア》をしめきって、ポケットから例の死んだ人間の財布の中に見出した紙片《かみきれ》を引ぱり出したのである。

第五章　問題の紙片

ブライスは先ほどその紙片を死人の財布から抜きとった際に、そこに書かれた記録——記録とも謂えないくらいの断々《きれぎれ》の文句を——ほんの一瞥しただけであったが、それでも、確にこれは重要なものにちがいないと直覚したのであった。果して、今や、この一片の紙片が、どうやら今朝の事変の謎を解く唯一の鍵となったくさいのだ！

彼はそれを卓子の上に披げて、大事にその皺を延した。まずその紙そのものは、明かに昔風の堅牢な書簡用紙を四切にしたもので、古びてやや黄色く変色し、その上、よほど長い間財布の中に畳みこまれてあったものらしく、きちんと折目がついて、その端々が財布の革の摩擦で摩《す》り耗《き》れたり汚れたりしているのだった。さて肝腎の文句は、その紙片の中央に認められてあった。それは言葉というより、むしろ略語で、しかも羅典《ラテン》語である。幸なことにブライスは羅典語の知識をもっていたので、その文句を次のように易々と判読することができた——

ライチェスタ・パラダイス内、リチャード・ゼンキンス（あるいは、ゼンキンスン）の墓碑より、二十三、十五。

これは疑いもなく何かの在所《ありか》を示したものである。——では、一体、このライチェスタの「楽園」内にあるリチャード・ゼンキンス、もしくは、ゼンキンスンの墓場の傍には何が置かれてあるか？

——どう考えても、その「二十三」とあるのは、墓碑から二十三吋《インチ》離れているという意味で、「十五」とあるのは、そこの地下十五吋という意味にしか解しられないのだ。

それがブライスにとって即刻解決すべき第一の問題。次に、それとはまた別種の疑問が起きてきた、それらを彼は順序立てて心の中の手帳に書き下した。即ち——

一、ジョン・ブレードンという名前で「法冠」旅館に投宿した人間は、果して何者であるか？

二、彼は何のために直々《じきじき》にサクソンスチードの公爵を訪問しようとしたか？

三、その男は過去においてランスフォド医師を知っており——ランスフォド医師の方はその男に再会するのを忌避していたものか？

四、ランスフォドはその男に——大伽藍の中で会ったか？

五、その男を本堂の頂辺《てっぺん》の明層から突落して死に至らしめた者はランスフォドか？

六、だからしてランスフォドがあんなに昂奮していたのか？　折も折、彼ブライスがその医師のただならぬ様子を目にしたのはその事変の起きた直後ではないか？

——これらの疑問をすっかり解くには、相当時間がかかるにちがいない、とブライスは考えた、——そこへもって来て、今一つの問題だ——あるいは右の疑問に何らか関係を有しているかも知れない——ランスフォドとその二人の保護している者との間には、そもそもいかなる縁故が結ばれているかという厄介な問題なのだ！　実際、この問題は、今朝もブライスが、ランスフォドに洩したような、いや、事実はそれよりも以上に、この古い僧院市《まち》の人々の間に素晴しい噂の種を蒔いていたのだった。ランスフォド医師——ほんの数年以前にライチェスタへ来て開業した、独身の、若々しくて、活動的な、中年そこそこにしか見えない男であるが、かつて家庭のことや親類のことを人に喋った例《ためし》がない。

それが突然、どこからか美しい十九歳の娘とその弟の十六歳になる少年を連れてきて少年は有名なライチェスタの僧院長の学校へ入学さした、そして自分はその姉弟《きょうだい》の保護者であると称するばかりで、それ以上何の説明もしない……、当然、あの姉弟《ふたり》は何者であろう？　ランスフォド医師とどういう縁故があろう？　という疑問がライチェスタの人々に生じるに至ったが、と言ってそれを直接ランスフォドに聞き糺《ただ》すでもなく、人々はただ陰で勝手な取沙汰をするばかりという有様だったのである。

　ブライスの方はどうかと言えば、その姉弟が到着した時には、もう既に一年間ランスフォドの許に勤めていた処から、彼等に自由に接することができたので、それ以来姉弟《ふたり》に関して常に彼一流の目と耳を働かしてきたのであった。間もなくその姉弟とランスフォドとは、何ら血筋の関係はない――いや、ランスフォドに限らず、彼等姉弟には他処《ほか》に身寄りという者が一人もない――すくなくとも彼等はそれの有無について何にも知っていないのだということが明かになった。とにかく、彼等には叔父、叔母、従兄弟《いとこ》、祖父母、誰からも通信《たより》が来ないのである。それに彼等自身にしても親類縁者のことはおろか、生みの両親に関してすら記憶も想出も有っていない風で、そのせいか、彼等の身の廻りには妙に孤独な雰囲気が漂うていた。で、彼等は現在もしくは近い過去のこと――例えば、学生生活や、運動競技などのこと――は、かなり何でも喋ってのけるが、極めて遠い過去のことになると、どんな場合にも、ふっつり口を噤んでしまうのであった。そこからブライスの注意深い耳が聴きとった話を綜合してみると、過去数年間にわたって、ランスフォドは年々二ケ月の休暇をつくって二人の姉弟と一緒に暮す習慣だったらしい。そして弟の方がかれこれ十歳に達した頃から、毎年欠かさずに二人を連れて旅行をしているのである。それらの旅の切れ切れな想出話から、彼等がフランス、スウィッツルランド、アイルランド、スコットランド――遠くはノールウェの北端まで出かけて行っていることがよく判った。そうして少年少女ともに、限りなくランスフォドを尊敬していること、ランスフォドはランスフォドでその姉弟《ふたり》を幸福ならしめるためにはいかなる労苦も惜んでいないこと——どちらも一目瞭然であった。そこでブライス、元来が人間というものは何かの利益の目的《めあて》なしには何にもするものでない——私利私慾ということがこの人生の大ゼンマイなのだと固く信じている男であっただけに、境内の閑人達が躍気になっていたと同じ疑問を彼もまた心中に繰返しまき返し発していたのだった、——一体その姉弟は何者であるか？　また、この二人とよくお伽噺《とぎばなし》に出てくる名づけ親のようなその保護者との間には、どういう紲《きずな》が結ばれているのだろうか？

ところで、今、大切な紙片を机の抽斗にしまって、しっかりと錠を下しながら、ブライスには更に新しい考えがうかんできた、——もしも今朝の怪事件が、そのランスフォド医師の被保護者達にまつわった秘密に何か関係しているとすれば？　もしそうだとすれば……それこそ、ますます以てブライスはこの事件を解決しなければならないわけだった。というのも、彼は既に、どんなことをしても、メアリ・ビワリと結婚してやろうと決心して、その野望を遂げるに役立つものを鵜の目鷹の目で捜していた折柄だったからである。で、もしもその事件解決の暁には彼がランスフォドをわが意のままにすることができたら——なおメアリ・ビワリまでもそうなったら——上首尾なのだ。そして一旦彼女を手に入れた以上、彼は彼なりに、十分彼女に善をつくすつもりである——。

することをしてしまうと、もう用事はないので、ブライスは戸外《そと》へ出て、ライチェスタ倶楽部《クラブ》の方へぶらぶら歩いて行った。倶楽部では案の条、五六人の若い連中が集ってその朝の悲劇について旺《さかん》に論議を戦わしているのであった。ブライスがその仲間に加った時には、彼の恋仇《こいがたき》とも謂うべきサックヴィル・ボンハム青年が継父《ちち》フォリオット氏の意見なるものを喋々《ちょうちょう》と弁じ立てていた。

「僕の継父の言うにはだね――いいかい、諸君、継父はその男を見かけたんだよ」ライチェスタきっての出しゃばりでお喋り青年だという評判をとったサックヴィルは、口を尖《とが》らして言う、「いずれにせよ、この事変はその男が明層の桟敷廊下へ上って行ってからすぐ起きたものなんだよ。つまり――こうなんさ？　僕の継父は朝の勤行に出かけて行った――御承知の通り、継父は昔からお寺詣《てらもう》での厳格《やかま》しい人だから、ねえ――すると、その旅の人が階段を上って行く姿が見えた。それが確に十時五分前だったと言うんだ。そこで、諸君に訊くが、僕の継父フォリオット氏の見解――事変はそれから直ぐ後で起きたにちがいないという見解が間違っていると思うかい？　あの石工のヴァナもそう言ってるじゃないか、その男の落ちるのを十時前に見たって？　ええ？」

一人がブライスにうなずいて会釈した。

「僕はこのブライス君が誰よりもよくその時間は知っていると思うよ。ね、ブライス君、君が真先にその場所へ馳けつけただろう？」

「ヴァナの後からだよ」ブライスが簡潔に言った、「その時間の点なら――僕はこういう風に決めているね――ちょうどその時本堂でオルガンが鳴り始めたんだ」

「それ見たまえ、その時がかっきり十時なんだよ！」サックヴィルが得々として叫んだ、「そこで僕の継父の言の正しいことが証明されるわけだ。何さ、その加害者が何者にしろ、そいつはあの老爺《おやじ》が桟敷廊下へ上って行くそのすぐ後から尾《つ》けて行って、老爺が開いた出入口の処に立ったところを、背後《うしろ》から突落したんだ！　明瞭だよ、その――白日の如くにね！」

その連中のなかの、ほかの者より幾らか年とっている一人が、それまで両手をポケットに突込んで、椅子に凭りかかり、微笑《ほほえ》みながらサックヴィル・ボンハムを視ていたが、この時頭を振って、くすりと笑声を立てた。

「サッキー、君は例の石工の話を頭から真《ま》にうけて言っているが、僕には、その気の毒な旅の男があの出入口から突落されたという一事からして信じられないね——断じて！」

いきなりブライスはその発言者——それはアークデールという若い男で、市《まち》で有名な建築技師組合の一員であった——の方へ顔を向けた。

「君はそれを信じないって？」ブライスが叫んだ、「だって——ヴァナは確にそいつを見たと言ってるんだ！」

「多分ね」アークデールが答える、「だからこういう事変は、えて咄嗟の間に起きるもんだから、ヴァナに見損いがなかったとは言えないよ。僕は僕としての見解のもとに言っているんだ。職業柄僕はあの大伽藍の建物は隅から隅まで知悉《ちしつ》しているが、あの聖ライザの階段の頂辺にある出入口の処は、明層の桟敷廊下の床板が磨《す》りへらされて、滑かなことまるで硝子《ガラス》板同然なんだ——おまけに傾斜ができている！　そしてその傾斜は出入口そのものに向って頗る急な角度をなしているんだ。だから知らない者がうっかりあすこを歩いていたら、つるりと足を滑らしかねない、その際、今度のように、もしあの扉《ドア》が開いていたら、その人間はアッと思う間に外へ弾き出されるわけなのさ」

この意見のために一分間皆が黙りこんだ——またしてもサックヴィルが出しゃばった。

「それじゃ、君は、その男の背後から現れたという人間の手をどう説明する？　ヴァナはそれをチラと見たと確信しているんだよ！」

「ヴァナには何とでも好きなように確信さしておくがいいさ」アークデールが平気で答えた、「どうせ間違っているんだから。そりゃあ、あるいはその瞬間に、白い襯衣と黒いコートの袖口があの男の目に映ったかも知れない。だが、僕に言わすれば、それは落ちる当人が、その際何かに捉《つか》まろうとして腕を突き出したものなんだよ。そいつをヴァナが見損って何とか言ったところで、その男が突落されたという証明には少しもならないさ」

間もなく倶楽部を一人で出たブライスは、今のアークデールの意見について一心に思いを凝《こら》しているのだった。もしその意見にして正鵠《せいこう》を得ているとすれば、彼ブライスの立てていた見込――ランスフォドがその旅人の死に関係《かかりあ》っているにちがいないという見込は、根本的に覆されるはずだった。しかし、仮りにそうだすれば、あのランスフォドが西の入口を出てきた時の明かに昂奮した様子や、その後でブライスがその診療所を襲った場合に見かけた、これまた明かにイライラした医師の挙動を何と解すべきか？

ブライスはそこに一抹の疑念を抱いたまま、ともあれ、明層の桟敷廊下を自身で調べてみようと大伽藍の方へ歩を運んだ。ところが、その桟敷廊下へ上る一階段の麓《ふもと》になった南側の外陣の隅には一人の巡査が立っていて、櫓の扉の貼紙を指して言った。

「閉めきりですよ、ドクトル――僧院長さんの命令でしてね。実は、――その」巡査は心安《こころやす》だてに言う、「事件を聞きつけた弥次馬どもが多勢ここへ押しかけて来て、あの桟敷廊下へ上ろうとするもんですから、すぐにどこの入口も閉めきって、正午からは一切人を上げないことにしているんですよ」

「別に、今朝あの明層へ変な奴が潜んでいたという話も聞かないだろうね？」ブライスが訊ねた。

「聞きませんね。だが、二三の役僧をつかまえて様子を訊いてみますに、彼等はその時間に朝の勤行の準備をしていたにも拘らず、誰一人としてその旅の紳士の上って行く姿を認めた者がない――何の物音も耳にしなかったというんですからね。奇体じゃありませんか？」

「何から何まで奇体だね」

ブライス大伽藍を去って、今度は例の「楽園」へ通じる耳門《くぐり》の方へ向った。と、ここにも巡査が一人立って、同じく惨事の現場を見に来る弥次馬を食いとめるために、耳門をぴったり閉めきっているのだった。

ブライスがその巡査と二三問答を交した後で、踵《きびす》をめぐらした時、メアリの弟のディックが近くの角を曲って姿をあらわした、ひどく気の立った様子でこちらへ急いで来る。それと連れ立ってその少年と同じ年ぐらいの少女がやって来た――これはそこの僧院附の有名な図書館の管理者の娘で、ベッティ・カンパニという名前であった。この少女もディックに劣らず亢奮しきっている様子だったが、耳門に近寄るが早いか、巡査がニコニコ笑いながら首を振ったので、その美しい快活な顔を忽ち曇らしてしまった。

「何だ、詰《つま》んない！　閉切りか！」ディックが叫んだ、「よう、警官《おまわり》さん、ちょっとでいいから、僕等を入れてくれたまえな、ね！」

「駄目ですな！」巡査はやはりニコニコ笑いながら、「この貼紙が見えませんかな？　もしこの命令に違背《いはい》したら、私は明日から免職ですからね。いや、内《なか》へ入ったって何にも見るものはありませんよ――何にも！　それよりブライスさんからお聴きなさい」

ディックは今朝ほどその代診と保護者との間にもち上った一件をまだ知らなかったので、面白そうにブライスを見た。

「一番先にその場へ行ったのは貴方でしょう？　ブライスさん、ほんとに殺されたんですか？」

「どうだか私には判りませんね。それに最初現場へ行ったのは、私ではなく、石工のヴァナで――私は彼に呼ばれて行ったんですから」ブライスは少年から少女の方へ眼を転じた、これはその時耳門《いちい》の間から一生懸命水松や糸杉の中を覗いていたのだった。「お嬢さん、お父さんはもう御出勤でしょうか？　ただ今図書館へ行ったらお目にかかれますかね？」

「ええ、館の方にいると思いますわ。いつも今時分出かけてますから」ベッティ・カンパニはそう答えると、振返って、ディックの袖口を引ぱった。「そんならこれから明層へ上りましょうよ。あすこからなら、どうにか見られるわ」

「やっぱり閉切ですよ、お嬢さん」巡査がかぶりを振った、「あすこも上るべからずとなったんです。『わしは大伽藍を見世物小屋にしたくないのじゃ』――こう僧院長さんがおっしゃられたから、すぐにぴたりと閉ったわけですよ」

少年と少女はくるりと背を見せて境内を向うへどしどし横切って行った、その後姿を見送って、巡査が笑った。

「活潑な人達ですなあ。あれが所謂健全な好奇心というやつですな。いや、今日はその健全な好奇心がどっさり市中《まちじゅう》を横行闊歩しておりますさあ」

ブライスは境内の向側にある図書館の方向へ、二三歩行きかけたが、また後戻りして来た。

「時に、署の方では正午までに死んだ男の身許を探知しただろうか？」

「判明しないですな。ですから、この上は新聞を利用するほかないということになっているんです。こうした場合、新聞ほど効果を挙げるものはないですからな」巡査がちょっと言葉をきって、「もっとも、ミッチングトン警部は一応サクソンスチードの公爵に照会する必要があると言っているんですが」

ブライスは図書館の方角をさして歩いて行く、歩きながら考える。――新聞を利用する？　それもよかろう、もしその記事によってジョン・ブレードン氏の痛ましい死を、氏の親類なり友人なりが知ったなら、すぐ馳けつけて来るだろうから……。だが、その「法冠」旅館で名乗った名前が本名でなかったとしたら、どうだろう？　往々あることだ……それはそうとあのアークデールの意見は正しいものかしら？　――いや、それは明日の審問でもっと明かになることだ。そこで、近き将来において、おれはリチャード・ゼンキンスだか、ゼンキンスンだかの墓碑の辺《まわ》りで何かを見出してくれるぞ……

境内の片隅の古風な景色のうちに建った有名なライチェスタ僧院附の図書館。そこには中世紀時代の貴重な書物が充満していたが、今、ブライスがそれを訪れた時には、中年の明るい顔をした、青色眼鏡をかけて乱髪蓬頭《らんぱつほうとう》の図書館長アンブローズ・カンパニが、一人の物静かな、考え深そうな老人を相手に談《はな》し合っているのであった、その老人はブライスが室を借りている家の近隣に住んでいる男で、シンプソン・ハアカといって、日々為《な》すこともなく市内をぶらりぶらりと歩きまわっているような、まず商人の隠居とでも思われる人だった。

室の内へ這入って行くブライスの耳に、そのハアカに向ってカンパニがちょうどこう言っているのが聴かれた――

「私《わし》が聞いたところから最も重要なものと考えられるのは、『法冠』旅館で、その男の衣裳鞄《スートケース》から出てきたというその書物なんですな。私は探偵じゃない――しかし、手掛はそこにあるですよ！」

第六章　災難による

ライチェスタ僧院附の図書館を、ブライスが訪れたのは、言うまでもなく、そこにある大伽藍及び「楽園」に関る昔からの埋葬記録を繰って、例の死人の財布から出てきた紙片《かみきれ》に認《したた》められたリチャード・ゼンキンスもしくはゼンキンスンのことを調べようつもりであった。案外それは、苦もなく、知ることができた——。

「リチャード・ゼンキンス。一千七百十五年三月八日死去、同十日、パラダイスに埋葬さる」

記録書にちゃんとそう載っているのである。

ブライスはひそかに北叟笑《ほくそえ》んで、今度はその墓場の所在地だと、壁にかかった「楽園」の早見表《チャート》に目を転じた。しかるに、この一千八百五十年の日附の古ぼけた早見表には、許多《あまた》の家々や個人の墓地が一々番号附で示されてあるに拘らず、肝腎のリチャード・ゼンキンスの墓は、いくら念入りに捜しても、どうしても見つからない。これによると、たしかにゼンキンスの墓は今なおどこかそこらの樹々の間にあるにはあろうが、その早見表の作成せられた頃は、もうすでに、百三十五年もの年月《としつき》が経っていたので、その墓碑に刻まれた名前の碑銘も、長年の風雨にさらされて、読みとれなくなっていたと見なければならぬ。——それにしては、問題の紙片にそれを書いた人間は、一体どうしてその墓の所在所《ありか》を知ったであろうか？

ブライスはとうとう諦めて、早見表から顔を離した。と、室の向う隅の卓子《テーブル》に着いていた図書館長のカンパニと目が会った。

その時にはもはや、シンプソン・ハアカ老人の姿はそこに見られなかった。先刻《さっき》ブライスが室の内へ這入ってきた時、あたかも、カンパニが「この事変の手掛りは、死んだ男の衣裳鞄の中から出てきた書物にある」と言っていたのである。その仲間にブライスが加わると、「というのは、その書物の題目となっている『バアサープ』は中部のレスター州にある小さい市場町《マーケット・タウン》だから、その町の歴史と言うが如き特殊な書物《かきもの》を持っている以上、ジョン・ブレードンはそこの出身者にちがいないのだ」とカンパニが言うのだった。だが、ブライスは故意《わざ》とそれを聞流しにして、これまたただ漠然と「パラダイスに葬られてある或る人間の名前を知りたいから」とカンパニの許可《ゆるし》を得て、室の片隅に備付の記録書を調べにかかったのであるが、彼がそれをやっているうちに、閑人のハアカ老人はいつの間にか帰って行ったものと見える……。

「見つかりましたかな？　ドクトル」カンパニが訊いた。

「見つかりましたよ！　実はスペルバンクス家の墓を捜したんですが、かなり沢山あるんですねえ」

ブライスは早速、かねて用意しておいた返答をした。

「ああ、それならパラダイスの東南隅にあるでしょう。私もよく知っておりますよ」

子供時代からずっと、ライチェスタに住んでいるというカンパニは、造作もなくそう答えた。

やがて自分の宅《うち》へ帰ったブライスは、殆どその晩の大部分を、その日起きた様々な出来事の解決に費した。しかし、翌朝、検屍審問廷に出かける際になっても、彼の頭には何ら解決の光が射して来なかったのである。

ブライスはその審問廷で、たった一言――死んだ男がその朝ランスフォド医師をたずねて、診療所の門をたたいたということを喋りさえしたら、この事件の極めて重要な参考になるということはよく知っていた。だが、彼には今の際、事実を暴露してやろうなどという気は毛頭起きなかった。で、検屍官から訊かれただけのことを答えると、席に着いて、人々の言に耳を傾むけた。

ブライスのほかに証人として立った者は、死んだ男の落ちる所を目撃した、石工のヴァナはもとより、死体を診たランスフォド医師、死んだ男とロンドンから同道して来た、デリンガム氏、「法冠」旅館の主婦、パアティンググリ夫人、及び、その男が大伽藍で桟敷廊下に至る階段を上って行くのを見かけたというフォリオット氏などで――いずれの証言を聴いても、人々の既に熟知していた事柄以上に少しも出ないのであった。わずかにミッチングトン警部が、死んだ男の衣裳鞄から見出した書物に見込をつけて、直様《すぐさま》バアサープの警察署へ長電を発して、ジョン・ブレードンなる者の詳細な身許調査を依頼したと陳《の》べたのを、ブライスは耳新しいことに聞いたけれど、結局、それもこうであった――「その返電が、今朝、一時間ばかり前に着いたですが、バアサープにはジョン・ブレードンという名前を有《も》った人間は一人もいない――小さい町だからそれは直ぐ判ったということです」

――まあ、その辺の処だろう、とブライスは思った。それよりも彼はその次の証人にもっと興味をひかれた。それはサクソンスチードの公爵――その地方における一大権者《いちだいきけもの》で、豪放な中年男であった。すなわち、「法冠」旅館の内儀の言った、前日《まえのひ》ジョン・ブレードンが午後から直々《じきじき》面会をもとめようとしたのはこの人である。だから、ブライスばかりでなく、満廷の人々がその公爵の証言によって、多少なり事件の謎が解かれるものと固唾《かたず》をのんだ。

ところが、検査官の質問に答えて、公爵は、今その死顔をよく見たが、一向見覚えのない男だと断言した。

「では猊下《げいか》には、その男が猊下に御面会を願う理由について何かお心当りはないでしょうか?」検屍官が訊ねた。

「何にもないなあ!」公爵が答えた。「もっとも考えようによっては幾らもその理由と思われるものはある。もしもその男が好古家《こうこか》だったら、サクソンスチードには見たいと思う古物《こぶつ》が沢山あるはずだ。あるいはもしも絵画の愛好者だったとすれば――わしのコレクションはいささか有名だし、なあ。ことによったら本屋かも知れん――わしの処には珍書が幾らかあるから……」

そう言って公爵が席に着いたと殆ど同時であった。審問廷の入口に当ってちょっとざわめきが起り、警官の一人が、中年の身装《みなり》のいい、まずロンドンの錚々《そうそう》たる実業家と見える一人の紳士を検屍官の処まで導いて来た。その見知らぬ紳士と検屍官の間に二三の会話が交された後で、検屍官が陪審官や廷内に向って言った。

「皆さん、ここに思いがけなく本事件に対する有力な証人を得ることができたのです。ただ今証人席に立ちましたのは、アレキサンダー・チルストーン氏と申して、ロンドン・植民地銀行の支配人であります。氏は今朝《こんちょう》の新聞によって本事件に関する記事を読み、死者について氏の知る処を語るべく、直ちにライチェスタさしてまいったわけで、我々は氏の労を多とせざるを得ないのであります――」

満廷、感動の囁き声でどよめき渡った。その隙に乗じて、ブライスはひそかにランスフォドの動静《ようす》に目をつけた。医師はブライスと真正面に相対して、室の中央にある卓子の向うに着席していたが、今の検屍官の発言を聞くと、精いっぱい平気を装《よそお》うと努めたにかかわらず、確かに心に激しい動揺を来たしているようであった。そして、その頰の色を失い、その眼の瞳子《ひとみ》をやや拡がらし、唇を開けて、今証人席に立ちあらわれた銀行の支配人を見つめた様子——これまた、単なる好奇心の表情とはうけとれない。ブライスはそれに満足して、さあ、アレキサンダー・チルストーン氏何を言うかと、おもむろに証人席へ目を向けた。

チルストーン氏の陳述はそう長たらしくはなかった——が、甚だ重要なものであった。氏の言う処によると、ツイ一昨日《おととい》、ジョン・ブレードン氏が倫敦《ロンドン》植民地銀行へやって来て、自分はこの数年間濠洲《オーストラリア》で暮してきた者であるが、と自己紹介をした上で、メルボルンの倫敦植民地銀行の行員の手になる証明書を示し、これから貴行と取引させてもらいたいと申出たのであった。そこでその契約が成立すると、即座に彼は一万磅《ポンド》の為替《かわせ》手形に払込をして、後日あらためて訪ねるからと、小切手帳も受取らないで匆々《そうそう》とそこを立ち去ったというのである。

「そんな工合でブレードン氏は、ロンドンの居所はもとより、英国における住所すら全然告げなかったのです」チルストーン氏が言葉を続けた、「氏は私に、パリから夜通しで旅をしてきて、その朝中央停車場《チャアリング・クロス》に着いたばかりだと語り、さし当りどこかロンドンの住宅向きの旅館に落ちつき、一二箇所田舎の訪問を済して、再び銀行を訪ねようと言ったのです。自分の経歴や何かについては殆ど語りませんでした。だがこれ濠洲の銀行員からの立派な証明書を持参していた以上、その必要はなかったわけです。もっとも、二三年間濠洲を離れて土地の投機をやっていたという話はしておりましたが——それから、今後はロンドンで何か慈善事業をするつもりだと言ったのです。以上で私の知っていることは陳べ尽しました。ただここに——」と、チルストーン氏が附加して、「今朝の『タイムズ』紙の広告があります。こちらへまいる途中でふと気付きましたが、御覧下さい、これは確かにあの人が掲載したものなのです」

検屍官は『タイムズ』紙を取上げて、その人事欄にマークを附せられた箇所を一瞥すると、「この広告にはこう出ているのです」と、次の如く読み上げた――

「旧友マーコよ、スチッカーは再会を望む。ロンドン、スレッドニードル街倫敦植民地銀行気付J・ブレードン宛に通信を乞う」

この時、じろりとブライスが、ランスフォドの方を見た。果然、ランスフォドはその広告の文句に、ギクリとなって、さっと顔を赧《あから》めた、――と見たのはブライスの僻目《ひがめ》であろうか? いな、その次の瞬間に医師が十分自制して素知らぬ顔をとり戻した――という一事までブライスは決して見過らなかったと信じたのである。そこで彼は再び検屍官と証人の方へ目をもどしたが、もはや証人は陳述すべきことは陳述してしまったという顔をして、なおもしこの際必要なら、メルボルンの銀行へブレードン氏の経歴について電報で照会してもよいと言っていた。

チルストーン氏の後から証人席に立ったのは建築技師のアークデールであった。これは証人というわけではなかったが、この男の事変の原因に対する意見が異《かわ》っていたので、参考人として呼び出されたのである。で、アークデールはその場で、前日《まえのひ》倶楽部でブライス達を前に説いたとそっくり同じ意見を陳べた。次に石工頭《いしくがしら》が立ってアークデールの説に裏書した、すなわち、明層の桟敷廊下――殊にあすこの出入口の近くの敷板は滑かに磨滅して、しかも出入口に向って急傾斜をなしているゆえ、不幸な旅人は人から突落されたわけではなく、自分から足を踏み滑らして落ちたにちがいないというのである。それらの意見はブライスにとってこそ不服であったが、検屍官、陪審官、その他の人々をいたく満足させた。だから、検屍官があらためて石工ヴァナの証言を徴し、幹部の人たちとちょっと相談した後で、ヴァナの証言を――その時、旅人の背後《うしろ》から手が突出たというのを――恐怖と興奮のための見間違いであると認定して、その旅人の死は災難によるという裁決を宣した時にも誰一人驚かなかったのである。

「これでこの市《まち》も殺人の汚《けが》れから浄められたわけですな！」ブライスの隣りに座をしめていた男が言った、「こうなくっちゃあ、ねえ、ドクトル！　全く、大伽藍で殺人罪が行われたなんて、考えても厭やなこってすから、なあ！」

ブライスはそれには何にも返事をしないで、またもやランスフォドの方へ目を注いだ。ランスフォドはこの時検屍官に何か話していた——その顔には、何と、限りなく安堵の色が見えるではないか。何がためであろうか？

人々は審問廷からぞろぞろ退出しはじめた。その中に交ってブライスも室を横切って中央の卓子の傍を通りながら、ふとシンプソン・ハアカ老人の姿を見かけた。この閑人の老人は、三時間にわたる審問の間、黙って注意深く耳を傾けていたが、ブライスが見ると、ブレードンの衣裳鞄から出てきた『バアサープの歴史』を取り上げて、不審《いぶか》しげにその表題頁《タイトルページ》を覗いているのであった。

第七章　バアサープへ

ジョン・ブレードンの死体はそれから二日経って聖《セント》ウィグバートの墓地に葬られた。その葬式には市《まち》の人々が数名会した。その中《うち》にランスフォド医師の姿も見られた。それだけならいいが、そのランスフォドと一緒に会葬した被保護者のメアリ・ビワリ嬢が、立派な花環を墓前に捧げたものである。

この一事をブライスが、サックヴィル・ボンハム青年の母親で、いろんな意味でライチェスタにおける種々《いろいろ》のサークルを支配している大交際家の——フォリオット夫人から聞いたのは、その葬式の翌日《あくるひ》であった。

「ねえ、ずいぶん不思議な話じゃありませんの、ブライス医師《ドクトル》」

ある街角でブライスに出会うなり、フォリオット夫人はその六尺豊《ゆたか》の身体をつんと立てて、刺すような眼でブライスを見下しながら、持前の男性的の底力のある声で言った。「何でまた、ランスフォド医師は、まるきり知らない旅人の墓に花環を捧げる気になったでしょうねえ？　あの人は大変感情家で、情け深い性質だと聞いていているにはいますけれど、これが単にその性質のせいでしょうか？　ばからしい！　そこには何か理由《わけ》が潜んでいるにきまっていますわ」

「どうも、そのお話をうかがうのは只今が初耳でして——」平素のようにブライスは、この金持で、能弁な女流勢力家に対して、慇懃《いんぎん》を極めた態度を見せた。そのくせ耳は既にずいと伸びていた。「ランスフォド医師があの旅人の墓場へ、花環を捧げましたんですって？　――そいつは一向存じませんでしたなあ。私は二日前にあすこを出まして――それ以来医師《ドクトル》とは会っていませんものですから」

「内のサックヴィル息子が申しますには」フォリオット夫人が言う。「昨日ビワリ嬢と偶然、花屋のガアデールの店で落合った時、あの娘《こ》は大枚十円を投じて――しかも、金貨で十円ですのよ！　――花環を一つもとめ、それをランスフォド医師の望みだから、あの見知らぬ男の墓へ持って行くと言ってたそうですよ。全く、変っているじゃありませんか！　相手は全然《まるきり》見も知らぬ旅人なのですよ！　ほんとにあの人間を知っている人ったら、一人もないじゃありませんか！」

「例の倫敦の銀行の支配人の外はですね」ブライスが言った。「あの支配人の話では一万磅《ポンド》の預金をしたそうですね」

「それも確に問題ですわね」フォリオット夫人が慎重な態度《ようす》で首肯《うなず》いた。「しかし、それはそうとして、苟《か》りにもああした立派な紳士が、書類一つ――いいえ、一枚の名刺すら身に附けていないという例《ためし》があるものでしょうか？　殊に、濠洲帰りだというのにですね！　実は、ブライスさん、わたしには何だかこの人間を――ランスフォド医師が幾年か以前《まえ》に知っていたのではないかという気がしてなりませんわ。どうも、そうらしいじゃありませんの？　そうすると、花環の説明もつきますものねえ」

「いや、この事件では説明を必要とする箇所が多々ありますよ」ブライスが言った。内心、ここで夫人の心にちょっぴり毒の滴《しずく》をたらし込んで、そいつが効力を増し、次第に拡がって行くようにしたものかどうかと彼は考ていたのだった。「あるいは私の眼が間違っていたかもしれませんが――ランスフォドさんは非道く昂奮しているように思いましたがね」

「わたしもそんな話を聞きましたわ――あの審問に立会った人達から」夫人が応じた。「それにわたしの意見《かんがえ》ではあの検屍官は——他の点では立派な人ですけれど——どうも少し審《しら》べ方が杜撰《ずさん》ですのね。今朝も新聞を読んで、良人《たく》に話したことですが、あの審問ではもっと詳細なことを究めるまで、裁決を延期すべきでしたわ。というのも、現に、このわたしですら、あの場で誰も口にしなかったある事柄を知っているのですもの」

「ええッ?」ブライスは呼吸《いき》をはずませて、「何です——それは?」

「貴方も御存じの、ランスフォド医師の家の隣りに住んでいます、ディラモーア夫人から聞いたことですが——あの事変の起きた朝、あの人が二階の窓から外を眺めていますと、境内《クローズ》を大伽藍《カセドラル》の方へ横切って行く人の姿が見えましたって、それが新聞の記事に照してみて、紛う方なくあの死んだ旅の人だったそうです。その上ディラモーア夫人はきっぱりと、その旅人はランスフォド医師の園から真直《まっすぐ》に出てきたと言うのです。ねえ!——そうなると、検屍官はランスフォド医師に向って、何よりもまず、その際、その旅人に会ったかということを、訊くべきでなかったでしょうか?」

「無論、そうです。ですが、奥さん、検屍官はそのディラモーア夫人の話を知らなかったもんですから、どうも——」そう言いながらブライスは一体その時ディラモーア夫人は長く二階の窓から眺めていて、自分がブレードンの後を追うた処まで認めたかしら、と怪んだ。「が、とにかく、明かにそれは追究すべきことですな。そして、ランスフォド氏が一旅人の墓に花環を贈ったということと一緒に確に奇妙なことですな」

フォリオット夫人と別れたブライスは、——さあ、ほじくり屋の隊長にあれだけ焚きつけておいたから、瞬くうちに、ランスフォドと死んだ旅人の関係についての疑いが、パッと町中に拡まるぞ、と思った。しかしブライス自身としては、そうした疑いだけでは済まされなかった。その背後《うしろ》に潜んだ事実を突とめなければならないと考えた。

こうなると、例の死人の財布から抜きとった紙片《かみきれ》のリチャード・ゼンキンスの墓場がどこにあるかという問題は、当分後廻しである。今や、ブライスの興味の中心となったのは、あの審問廷で銀行の支配人が提出した『タイムズ』紙の広告であった。早々彼はその新聞を買って、件《くだん》の広告を切りとった。そこには――なるほど、旧友マーコが、(恐らく旧友の)スチッカーに求められている。すると、このスチッカーは何者であるにもせよ、ジョン・ブレードンに縁故のある者であらねばならぬ――否《いや》、とブライスは直ぐに考えついた、――このスチッカーが、即ち、ジョン・ブレードンなのだ。それでは、マーコとは何者か? この者こそ――百万に一の賭をしてもいい! ――ランスフォドにちがいない。彼の名前はマークでないか?

さて、ブライスが今更のように不審《いぶか》しく思ったのは、この所謂「ライチェスタ楽園事件」が新聞記事によって、英国の津々浦々《つつうらうら》まで詳しく報道せられたにもかかわらず、あのロンドン・植民地銀行の支配人がやって来た以外に、何者からもライチェスタ警察署へ、死者に関する照会をして来ないということであった。それも、その死者が一万磅という大金を銀行へ預けっ放しにしてあると発表せられた今日なお――ブライスの意見からすれば、もしジョン・ブレードンに親類縁者があったなら、その金を請求する機会を、こうして四十八時間もうち棄《や》っておくはずは決してないのに――それに対して、どこからも電報電話一つかかって来ないのである。

だんだん考え上げてくると、さし当って事件解決の手掛りは、図書館長のアンブローズ・カンパニではないが、バアサープに求めるほかないと、ブライスは思った。もっともそれをカンパニから言われるまでもなく、「法冠《マイター》」旅館でブレードンの衣裳鞄《スートケース》から『バアサープの歴史』が見出された時からして、ブライスも、そんな気がしていたのである。なるほど、あの審問廷ではミッチングトン警部がバアサープの警察からの「心当りなし」という返事を報告したが、その返事はむしろブライスの期待していたものだった——「ジョン・ブレードン」というのが仮名にきまっていたからだ。——そこで、今、自身その町へ出かけて行って調べたら、たとい警察の力は借りなくとも、その男の身許が判りはしまいか？　その男の身許のみならず、過去におけるその男とマーク・ランスフォドとの関係までが——？　出かけようか？

一瞬間の反省で、ブライスは出かけることに決心した、——何によらずマーク・ランスフォドをとっちめるに役立つものは、彼にとって価値のあるものなのだ。一旦決心するとブライスはぐずぐずしている男でなかった。直ぐさま市立図書館へ行って、地名辞書を調べた。バアサープ。——レスター州の北部にあり、人口二千、旧時の市場町なり、薔薇戦争時代の古戦場という他観るべき所なし、産業は主として農作物及び靴下製造——時代に遅れたる、活気なき古びたる土地と謂うべし。

翌日の晩景《ゆうけい》、ロンドン発中部諸州北方廻りの列車内にあって、レスター州の起伏した緑色の畑地を眺めているブライスの姿が見られた。やがてその汽車が当のレスター駅に三分間停車した時、プラットフォームで呼わる赤帽達のかん走った声を聞いて、ブライスは卒然としてその旅行の目的を想い出した。

「次はバアサープ！——次はバアサープ！」

汽車が再び動き出して間もなくであった。ブライスの傍に陣どっていた旅客の一人が一方の旅客に向って話しかけた。

「バアサープだね？　例の新聞で喧《やかま》しいライチェスタ事件で、引合いに出されている土地だよ。あのロンドンの銀行へ一万磅預けた不思議な旅人が、『バアサープの歴史』という書物一冊しか持っていなかったというんだ。自然その男とバアサープとの間に何か連絡があろうと誰しも想像していたのに、案外バアサープではその男の名前を知っている者が一人もないというんだ。変な話さ。ところで、僕にはちょっと思い当ることがある。僕はこのバアサープ地方のことを知っているが、町から一二哩《マイル》離れた処に、ブレードン・メドワースという村があるよ。あの死んだ男の名前がジョン・ブレードン――奇妙な暗合じゃないか。いや、僕にはそこに何だか単なる暗合以上のあるものが潜んでいるように思われてならないがね……」

ブライスはバアサープの駅へ下りながら、思わぬ暗示《ヒント》を得たことを有難く思った。勿論、そのブレードン・メドワース村は訪ねなければならぬ――今の旅客の言ったように、それは単なる暗合と考えるべくあまりに顕著な事実である。しかし、まず第一にこのバアサープからだ。彼はその古めかしい、処々にまだ草屋根の家が儼然《げんぜん》と立っているような町を歩いて行って、市場の中にある一軒の古風な旅館に宿をもとめた。そしてそこの槲《かし》の木の羽目で飾られた壁に狐狩の図や昔の競技の絵のかかった食堂で気持のいい夕食をとると、もう調査には時間が遅いので、ぶらぶらと喫煙室へはいって行った。この喫煙室も食堂に劣らず昔風の――やたらに方々へ隅々ができ、大きな露出《むきだ》しの火炉《ストーブ》がすわり、古い調度や古い絵画や骨董品がならんでいるような室であった。そこにはもう幾人もの旅客を始め、そこを倶楽部のようにしているらしい、その町の商人達が集って、地方の出来事を話題に談話の花を咲しているのだった。ブライスは静かな片隅の気持のいい肱掛椅子のクッションに腰を下して、それらの談話に耳を藉《か》すべく、ゆっくりと煙草に火を点けた。その途端に室の入口の扉《ドア》が開いて、一人の老人が這入ってきた――シンプソン・ハアカであった。

第八章　花婿の附添人

ハアカ老人の敏捷《びんしょう》な眼が、ひと渡りぐるっと室の中を見廻した。かと思うと、その視線がぴたりとブライスに向けられた——が、その時既に無邪気な驚愕《おどろ》きをその顔にも態度にも装うていたブライスは、いきなり身を起して、今自分が腰を下したばかりの気持のいい肱掛椅子へハアカを手招いた。

「や、これは、これは！　ドクトル」ハアカがうなずきながらブライスに近づいて来た。「こんな僻《へき》遠《えん》の土地でお目にかかろうとは思いませんでしたな！」

「私とてもここで貴方にお会いしようとは！」ブライスが調子を合せた。「やっぱり世間は広いようで狭いんですね。もっとも私がこの土地へやって来たには大して不思議もないことでして——実は、ランスフォド医師の許を出たもんですから、こちらへ開業の場所を目っけに来たんです」

ブライスは早速出たらめの嘘を吐《つ》いて、相手がそれを信じたかどうかと顔色を探った。ハアカはそれを信じたとも信じないとも判明《はっきり》しない顔付をして、ブライスに勧められた椅子に着くと、

「なるほど——貴方があの医師の家を出られたとは知りませんでしたよ。しかし、ここは開業するにはちと静か過ぎますな——ライチェスタよりもずっと静かですからな」

「貴方はこの町をよく御存じですね？」ブライスが訊いた。

「旧《ふる》い友人がおりますので、時々やって来るのです——昨日まいったのですよ。友人がちっとばかし

私の事業《しごと》を手伝ってくれておりますもんでね。貴方《あんた》はこちらにまだ長く御滞在かな？」

「いや、ざっと町を見てまわったらすぐ帰るつもりです」ブライスが答えた。

「私は明日の十一時に発《た》つつもりですよ。だが、ライチェスタまではチト長すぎる旅ですな――私のような老ぼれにとっては」

「全く！――お若い時分とはわけがちがいますからねえ」

それから二人の旅人は腰を上げずに就寝時間まで雑談を交した――しかし、ライチェスタ事件については、どちらからも何とも言い出さなかった。その会話中にもブライスは彼がこの地に旧友を有《も》っているというのが、単なる口実であるか、どうかとそればかり考えていた。そして寝床《ベッド》についてから、とつおいつ考慮をめぐらしたあげ句、とうとう次のように考えをまとめた――

――あの親爺《おやじ》は、アンブローズ・カンパニがバアサープの歴史に手掛りがあると言った時、図書館にいた。それのみか、検屍審問の終った際にその書物を検《しら》べている彼をおれ自身も見たのだ。これで全てが明白だ！　それにしてもあの隠居が、一体何のためにこの事件へ首を突込むのだろう？　とにかく、あの親爺がこの土地で事実何をやっているか、またその旧友というのは何者か――こいつを一番つき止めなければならぬ！

ところが、その翌朝ゆっくりと寝床を離れて、旅館の珈琲室で羊肉のチョップをお代りまでとって悠々と食事をしていたブライスが、その同じ時刻に、ハアカのとっていた行動を知ったら、彼の心にはまだまだ大きな疑念が湧いたはずである。そこはバアサープ警察署長の私宅の一室で、署長の前に密々《ひそひそ》と話しているハアカの態度には、物静かな、閑人らしいお喋り好きの老紳士のそれとは打ってかわって、頗る事務的な実際家らしい処があった。

「で、あの孔雀《くじゃく》旅館に泊っている若者だが」と、ハアカは談話の結論として言う。「この土地へ医者の開業の検分に来たと言っているのは真赤な嘘で、たしかに一件を目的《めあて》にやって来ているんだ。だから、しっかりした私服を尾けて、あの男の行動を十分探ってもらいたい。じゃ、僕はここの庭園から町裏を抜けて停車場へ出よう。くれぐれもあの若者の尾行はたのむよ。もし出来れば、彼がこの町を去ってどこへ行くかということも探ってくれたまえ――」

そんなこととは夢にも知らないブライスは、十一時を打つとその孔雀旅館を出て、バアサープの市場の方へぶらぶらと歩いて行った。出がけに給仕から、ハアカ老人はもう疾《と》うに出発したと聞かされて、これでまず邪魔者がいなくなったわいと、ひと安心した。ブライスの考えによると、町の人々にいろんなことを訊くと徒《いたず》らに好奇心を惹き起すおそれがある。それよりも、どんな小さい町でも、公共の記録――教区の記録、町民名簿、選挙人録といったものをもっているものである。それについてまず調べてみる方がいい。で、ブライスはその日終日《いちにち》を費して、その町の記録という記録を丹念に調べてみた。だが、すくなくとも過去半世紀間のそれでは、所要のブレードンという名前はどこにも見出されなかったのである。

バアサープ警察署の私服刑事が、そうしたブライスの行動を一々尾行《つ》けたことは言うまでもない。そしてその翌日の午前孔雀旅館を出て、ブレードン・メドワース村をさして行く彼の後からも監視の眼は離れなかった。ブライスはバアサープの調査に見きりをつけて、今度は思いがけなく汽車の内で旅客の談話から得た暗示《ヒント》をもとに第二段の行動にとりかかったわけである。そのブレードン・メドワース村は、バアサープからぶらぶら歩いて僅に二哩《マイル》、行ってみると、静かな、景色のいい村で、釣魚《うおつり》にもって来いの川が流れており、その川岸《かし》に古い教会堂が建っていた。ここでもブライスは前日の調査法を踏襲して、どこへも立寄らずに真直にその古い教会堂へ這入って行った。

数分の後、部厚な一冊の帳簿を小脇にかかえて、教会堂の門を出てくるブライスの姿が見られた。間もなく彼は、教会堂からあまり遠くない処に架った古い橋の袂《たもと》にある昔風な宿屋の一室で、小昼食《ランチョン》を待ちながら、抱えてきた帳簿を食卓《テーブル》の上に披《ひら》いているのであった。その帳簿はそこの教区の記録――それは、英国の氏名に関する著述をするために、中部諸州における各地の教区の記録を調査に来た者だという彼の触れこみで、今しがた牧師からうまく借り出してきたものであった。ブライスは念入りに、しかし、敏速に、その記録の索引欄に目を通した。と、その三頁目で「ビワリ」という姓を見出したのである。

ビワリ！　これはこの地方でも、他に類のない珍しい姓であった。ブライスの前にその姓が、他のすべての姓を圧倒して躍っているように見えた。ビワリ――本文三百八十七頁。ブライスは、これだ！　とその頁を繰った。そしてその頁に認《したた》められた記録を目にするや否や、驚くべき幸運のために彼は唸き声すら立てて、二度三度それを読み返した――

「一千八百九十一年、六月十九日。ロンドン、聖《セント》パンクラスの教区民ジョン・ブレークは、本教区民未婚婦人メアリ・ビワリと、准牧師の手にて結婚。立会者、チャールズ・クレイバーン、セリナ・ウォーマアスリー、マーク・ランスフォド」

二十二年以前《まえ》のことだ！　あのメアリ・ビワリはちょうど二十歳ぐらいである――すると、この記録のメアリ・ビワリは、どう考えても、彼女の母親なのだ。それではこのジョン・ブレークというのは——？　ブライスは声を出して笑った、——このジョン・ブレークが、ジョン・ブレードンでなくって何者だろう？　いや、その男がライチェスタ楽園《パラダイス》で死んだばかりに、こうしてわざわざここまでおれが足を運んで来たではないか？　しかもその結婚式の立会者としてここにマーク・ランスフォドの名が出ている。この上の見込は？　マーク・ランスフォドが花婿のジョン・ブレークの附添人であったこと、彼が最近の『タイムズ』紙に載った広告のマーコと同一人物であること、そのまた広告のスチッカーがジョン・ブレーク、即ち、ブレードンであること——極めて明瞭！——火を見るよりも明かだ！　ではそれらは果して何を意味するか？　ブレードン即ちブレークの今度の死にどういう関係を結んでいるか？

ブライスは食事の済まないうちに、右の記録を写しとった。この場合彼が仕合せなことだと喜んだのは、マーク・ランスフォドという名前がその記録にのこっている以外に、村人には何にも知られていないということだった。彼は小昼食をすますと、再び教会堂をさして行った。

この大切な場合、バアサープから尾行してきた刑事は何をしていたかと言うに、まだ一時間は大丈夫ブライスがその村にとどまると見てとって、宿屋の屋外酒場《バー》で、悠々とパンとチーズを平《たい》らげ、ビールをあおっていたのである。

その宿屋を出て幾らも行かない処に、一軒の小さい店があった。通りすがりにブライスが見ると、そこの開いた窓の上方《うえ》の粗末なペンキ塗の看板に「チャールズ・クレイバーン」と出ている。その窓の処に腰をかけてせっせと靴の修繕をやっていた気楽そうな顔をした老人が、大きな眼鏡越しに通りかかったブライスへ瞬きをした。

それを機会《しお》にブライスは、つとその老人に近づいて行って、携えていた帳簿を開き、先刻《さっき》の結婚記録を指し示して、不躾《ぶしつけ》に訊いた。

「貴方ですかね？　ここにあるチャールズ・クレイバーンというのは？」

「私でごわすよ！」老人はその文面にチラと目をくれて、威勢よく答えた。

「じゃ、貴方はこの結婚当時のことを憶えていますか？」ブライスは老人の傍の椅子に半分腰を下して、「しかし、二十二年も以前《まえ》のことですからねえ」

「いいや、それはほんの昨日の出来事のような気がしておりますのじゃ！」

そう云って、彼はブライスから訊かれるままに、当時そこの教会の寺男を勤めていた処から、その結婚式にも立会うことができたといって話し出したのは――ビワリ嬢、これは先代の老牧師の頃、牧師館で家庭教師をしていた、美しい淑女《レディー》であった。相手のジョン・ブレークというのは、ロンドンの若い銀行家で、その三年ぐらい前から、友人の医師のマーク・ランスフォドと一緒に、そこの川へ名物の鱒《ます》釣りに時々来ていたが、そのうちに牧師と懇意になり、牧師館へ出入りをしたのが縁となってビワリ嬢と結婚するに至った。もっともひと頃は、ビワリ嬢とランスフォドが結婚するかのように見えていた、が、どうしたわけかブレークの方がそうなったので、ランスフォドは花婿の附添人役にまわったのである。その結婚後、ブレークもランスフォドも、またブレーク夫人も、一回もその村を訪れない――と云うのであった。

熱心にうなずきながら聴いていたブライスは、その先代の老牧師の名をトーマス・ギルウォータアズ氏と聞くと、教会堂へ引返して行って、借りた記録の帳簿を返しながら、何気なくギルウォータアズ氏の現住所を牧師にたずねた。そしてロンドン、ウェストブーアン何番地と詳しくその住所を手帳にひかえとめた。

やがてブライスは意気揚々とバアサープへ引上げて行く。この時分になって尾行は影のように彼の後をつけて、一時間の後、無事ブライスが孔雀旅館に帰りついたのを見とどけた。その尾行が警察署へ帰って、署長に忠実な報告をしたのは、それから更に一時間後であった。

「署長、行ってしまいました。五時三十分発ロンドン行列車です――」

第九章　老牧師の話

　翌日の午前十一時頃――、ロンドンはウェストブーアン街の静かな通街《とおり》に建った小さい家の、書物棚で仕切られた客間にブライスは畏《かしこま》って椅子に着いていた。それに対座して、ゆっくりした口調で談じている、いかにも世離れをしたような白髪の老人は、ブレードン・メドワース教会の前牧師トーマス・ギルウォータアズ氏であった。
「何分《なにぶん》それは二十年近くも昔のことじゃで――」ギルウォータアズ氏は往時を回想するようにちょっと目を瞑《と》じた。「しかし、勿論、おたずねには答えることはできる。そのメアリ・ビワリという娘は、私のもとへ十九の歳に家庭教師に来て、それから四年経って結婚しましたのじゃ。友達も親類もない娘でな、北部地方のある学校で修業した――というのも、私が彼女を雇ったのはその学校からで、多分、その土地で彼女は育ったじゃろうと、私は思いましたよ。次にブレークとランスフォドじゃが、二人とも倫敦からレスター州までいつも釣魚《つり》に来た若者でした。ランスフォドの方がいくらか年下で、その時分、卒業間際の医業生じゃったか、あるいはもう倫敦のどこかで助手を勤めておったかも知れぬ。ブレークの方は、これは当時すでに倫敦のさる大きな銀行の支店長でした。二人共まことに快活な若者で、私はよく彼等を宅《うち》へ招いたものでしたよ。その結果が、メアリ・ビワリとジョン・ブレークの結婚ということになりましたのじゃ。これには私も私の家内も尠からず意外な感に打たれたものです――それというのが、私達は、どちらかと言えば、ランスフォドの方を恵まれた男のように信じておりましたからな。しかし、それはブレークでして――彼女はブレークと結婚する。そこで、貴方《あんた》が今おっしゃった通り、ランスフォドが花婿の附添人となりました。無論、ブレークは花嫁を倫敦へ連れて行きました――それきりで、私は彼女に会いませんよ」

「では、ブレークには？　その後お会いなすったですか？」ブライスが口を容れた。

老牧師は悲しげに頭《かしら》を振った。

「会いました――一遍だけ。それもまことに歎かわしい境遇の下《もと》にな。いや、今更隠す必要もないから申上げるが、その私が彼に会ったというのは監房の中でしたよ！」

「監房ですって？」ブライスが叫んだ、「すると彼は――その時牢獄《ひとや》に繋がれていたんですね！」

「左様、十年の刑を申渡された処でした」ギルウォータアズ氏が答えた。「私はその公判廷に出席して――その宣告の下されたのを聞きましたのじゃ。十年の懲役というのですぞ！　――恐しい刑罰じゃ。しかしもう疾《とう》の昔にその刑期は終えたはずじゃが――何ともそれは聞いておりませんな」

ブライスは一瞬間考慮をめぐらした後で、訊いた。

「彼がその刑に処せられたのはいつのことでしょうか？」

「結婚してから五年目――今から十七年以前《まえ》になりますな」

「で――一体ブレークはどんな罪を犯したんですか？」

「銀行の金を二三千磅盗んだとか――私はその道の術語をよく知らぬが、何でも消費罪とかいうのでしたよ。あ、お待ちなさい。当時の新聞の切抜をあそこへしまってあるはずじゃから――」

ギルウォータアズ氏は立って行って、室の片隅の古い机の抽斗から新聞の切抜帳を取出してきて、その頁の箇所を開いてブライスに手渡した。
「この記事がその時の顚末です――まあ、読んで御覧なさい。頗る妙な事件ですから！」
ブライスは色の薄れた新聞の表に熱心な目を注いだ――

銀行支配人の使込み

ロンドン本国諸州《ホームカウンティズ》合資銀行上《アッパー》ツーティング支店の前支配人ジョン・ブレーク（三三）は、昨日《さくじつ》中央刑事裁判所において公金消費の罪に服したが、臨席の王室弁護人ラーキンショウ氏は被告のために立って曰く、事ここに至ってはもはや弁護の余地なきも、つらつら本事件を考察するに、被告は裏切られ欺かれた人間であるという証跡が挙げられるのである。聖書の文句を引用するならば、ブレークはわが友の家で傷けられたものである。本事件における真犯人は、巧みに法網をくぐり、あまつさえその所業の詳細に渉ることをも許さない。問題の金は一ペニーたりとも被告の目的のために被告の手によって行使されていないのである。云々《うんぬん》。ゆえに被告の罪は、彼が識見において愚かにも重大なる過失を犯したという点にあるので、被告より這般《しゃはん》の事情を打明けられし氏（ラーキンショウ氏）としては、一言、それは法律上の犯罪は構成するも、道徳上無罪であると陳べたいと結論したのである。

右に対して裁判官は、この際いかなる弁明も却下すとばかり、被告に十年の懲役を宣告した。

ブライスはその記事を二回以上も読み返しておいて、切抜帳を返した。

「全く変ですねえ、ギルウォータアズさん。して只今貴方はこの公判の済んだ後でブレークに会ったとおっしゃられたが、何か得《う》る処があったんですか？」

「まるで何にもありませんでしたな」老牧師が答えた。「彼は私に会っても、別に喜ぶ風も、また会いたかったという風も見せませんでしたよ。私は彼にどうか事件の真相を語ってくれと頼みましたのじゃ。しかし彼は、恐しい宣告のために茫然《ぼんやり》とはしておりながら、ひどく不機嫌で碌《ろく》に返事もしませんのじゃ。そこで今度は彼の妻や二人の子供——一人はまだほんの赤ん坊じゃったが——のことを訊ねてみました。それというのは、私は既に彼の自宅を訪ねて、妻も子供もどこへ行ったか、もうそこにおらぬのを知っておりましたからな。すると彼はその質問にはやっと答えて、実は、自分にも妻子の行方《ゆくえ》はわからぬと言うのです。それじゃ、私がそれを探し出そうと言うと、そういうことは一切止《よ》してもらいたいという彼の返事じゃ。で、私は彼にその妻は誰か友人と一緒にいるかどうか教えてくれと乞いました。その時の返事は今でもよく憶えておるが——『もうこれ以上誰にも一言も口はききませんよ、ギルウォータアズさん』と彼は決然たる口調で答えたものです、『私は——うっかり人を信用する馬鹿者だったばっかりに！——とうとう十年間もこの世界から葬られることになったのです。だが、再びこの世界へ帰ってきた暁には、復讐の何たるかをこの世界へ知らしてやるつもりです！——行って下さい！　もう申上げることは何にもないんですから！』と、こうでしたよ。で——私はそのまま彼と別れましたのじゃ」

「それで——彼の妻のことは——お尋ねなすったのですか？」ブライスが訊く。

「できるだけ訊いてみたけれど、皆目《かいもく》行方が判らぬ。そのため世間ではさまざまな良からぬ風説が立ちましたのじゃ」

「たとえば――どんな風説が？」

「あのブレークという男は、案外頗る利口な悪漢で、使い込んだという銀行の金はどこかへ蔵ってあったにちがいない。それを持って彼の妻が、どこか遠隔の土地――濠洲《オーストラリア》か加奈陀《カナダ》へ走り、そこで夫の出獄を待つということになったのじゃ――と、こういう風説も立ちました。勿論、私はそんな噂は信じませんでしたが――しかし、彼女の消えてなくなったということは、何としても事実です。自然、私が思い出したのは、ブレークと親友じゃった関係から、ランスフォドのことでした。で、私はランスフォドの宅《うち》――そのころ郊外のストリータムにあったのをさがし出して、行ってみると、どうじゃろう、彼もそこには最早おりませんでした。聞けばブレークが逮捕せられた直後《すぐあと》、不意に家をたたんでどこかへ――恐らく海外へ、行ってしまったじゃろう――というだけで、その行先を知った者は一人もありませんのじゃ。どうとも捜しようがなかったわけじゃ。そのうちに私は長病《ながわずらい》にかかって、殆ど三年間というもの起居《たちい》もならぬ身となり――左様、それからこっちずっと、彼等の消息はさっぱり聞かずに過してきましたのじゃ。そこへもって来て――貴方《あんた》の今のお話じゃ、メアリ・ビワリという娘がランスフォド医師の保護の下に――どこやらに住んでおると言いましたっけな？」

「ライチェスタです」ブライスが答えた。「彼女は今二十歳ぐらいで、弟のリチャードと一緒です――これが十七八歳の少年ですよ」

「疑いもなくブレークの子供達じゃ！」老牧師が叫んだ。「今お話した赤ん坊というのがその少年でしょう。それで何ですと――ランスフォドはずっと前からその二人の子供の世話をしているので――ええええ一年前から自分の宅へ引きとった？　そして二人の子供達は父親のことも、母親のことも知らぬ様子？　ふうむ……」

ギルウォータアズ氏は深く考え込んだ。

「改めて貴方に一つお訊ねいたしたいことがありますが」ブライスは身体をぐっと前方《まえ》へかがめて、内密話《ないしょばなし》をするように声をひそめた。「貴方はこれまで多くの世間を御覧になり、御職掌柄、人間の性質というものをよく御承知でしょうから——、いかがでしょう？　右の公判の際に弁護士が云々した不信の友というのは——ランスフォドだと、お考えなすったことはないですか？」

老牧師は一度上げた両手を、それをばったり膝の上に落した。

「何と申してよいやら——実を言えば、私も時々あるいはそうじゃないかという気はしましたのじゃ。ブレークの妻が不思議な具合に姿を隠したこと——それと殆んど同時にランスフォドが、これまた同じような失踪をしたこと——その裁判の後で私が会った時、ブレークが明かにある人間を非道く憎んで、それへの復讐を口にしたこと——なおまた、彼の弁護士が法廷で彼の犯罪を一友人ために欺かれ裏切られたせいじゃとほのめかしたこと——いずれも真実《ほんと》のことですものな。そこで、私に判ってお るのは、彼とランスフォドは——ブレークがビワリと結婚するまでは、大の親友じゃったということ、いや、その友情はその後なお続いたかも知れぬ——現にランスフォドはその結婚式で花婿の附添人を勤めましたからな！　しかし、それにしては——そのランスフォドとブレークの妻の不思議な失踪をどう説明しましょうな？」

ブライスは既にその説明を心の中で十分に考えていた。もはや老牧師から聴くだけのことを聴いてしまったので、彼は腰を上げながら言った。

「では、ギルウォータアズさん、こうして今日御面会をねがったことは、固く御内密に——」

「確に！」老牧師は応じて、「それはそうと——貴方は先刻《さっき》その娘と結婚なさるつもりだと言われたが、彼女の父親の過去――私はその娘がジョン・ブレークの子供にちがいないと思うので――それが判っても、やはりその何ですかな、結婚するつもりで――？」

「無論です！」ブライスは肚《はら》の大きい処を示した。「私はそんな過去のことにこだわるような人間じゃないんですよ！　いや！――ただ、物事をはっきりさせればそれでいいんです」

一時間ののち、倫敦発ライチェスタ方面へむかう汽車の中で、ブライスは彼一流の理論を立てていた。ランスフォドとブレークの妻の同時の失踪は、ブライスの考えでは、言わずと知れた恋人同士の海外への駈落であった。それから十年後に出獄したブレーク、即ち、ブレードンは二人の行方を捜したが、わからなかった。そこで恐らくブレークは、復讐の初一念を一時失って、濠洲に渡り、新しい生活を始めたものであろう。そして最近英国に帰ってきて、偶々《たまたま》ランスフォドの居所を嗅ぎつけたので、ライチェスタまで、やって来たにちがいない。さもなければ彼があの朝ランスフォドの診療所を訪ねるわけはないのだ。その二人は、多分大伽藍の附近で、出会ったであろう。すると旧悪のあるランスフォドは、巧みにブレークを誘って明層の桟敷廊下に連れ上り、そこの出入口からブレークを突落したのだ！　極めて明白――建築技師アークデールの過失説なぞ全然ものになっていないのだ！

ただ一つここでブライスが首を傾《かし》げたのは、『タイムズ』紙の広告である。もしもブレークがその復讐を遂げんがためにランスフォドを捜すとすれば、何であのような、あたかも懐しい旧友にでも再会を望んでいるような広告文を掲げたか？――しかし、ブライスはそんな疑問にへこたれるような男ではなかった、――つまり、ブレークがああいう広告文を掲げさしたのは当のランスフォドに見せるよりも、ランスフォドの知人の注意をひいて、それから通信を得ようとする手段だったのだ！

ともあれ、ブライスの今度の調査は絶大な価値を有するものであった。無論、彼はそれを警察署へ持込む心算《つもり》はない――誰にも話さない心算だ。彼が心を向けていた唯一のことは、いかに巧くその武器をもちいて、メアリ・ビワリを攻め落すべきかという一事であった。

第十章　蒔かれた種子《たね》

ブライスが絶大な価値を有する調査を遂げて、ライチェスタに帰ってきた翌朝である。メアリ・ビワリはブライスのことなぞ少しも念頭におかずに、平素《いつも》の朝のようにライチェスタ・ゴルフ倶楽部へ急いでいた。と、共有地の淋しい場所へさしかかった時、小籔《こやぶ》の蔭から現れたブライスとばったり出会《でっくわ》した。

メアリはそれには格別驚かず、無言でちょっと彼に目礼して、そのまま行き過ぎようとした。だが、ブライスは、明かに故意に、行手の耳門《くぐり》の戸を向うから閉《とざ》した。メアリはかっとなって、詰問《なじ》った。

「何をなさるのです、ブライスさん？　もう貴方とわたしとは何の交渉もないということをよく御承知のくせに、こうしてわたしを待伏せなさるなんて！　どうぞ、通して下さい――あっちへ行って下さい！」

ブライスは耳門の戸から手を放さないで言った。

「私は決してここへ、貴女に失礼な話をするためにまいったわけじゃないんですよ。事実、私は貴女をここで待伏せていました――ここより他に貴女と二人きりで話のできる場所はないと思ったからです。是非とも貴女に言って上げたいことがあるので――それはですね――貴女は貴女の保護者が危険な状態にあるということを御存じですか？」

メアリは我にもあらずブライスの顔を見返して、

「どういう危険ですの、それは？　――でも、もし先生がそんな状態にあるとすれば、そしてそれを貴方が御承知とすれば――貴方は何故直接先生の許《ところ》へいらっしゃらないのです？」

「ところがそうするのは一層危険ですからね。そのため先生がどんなひどい若しみをなさるか知れませんからね」

「貴方のおっしゃることはわたしには判りませんわ」メアリが言った。

ブライスは耳門の戸から彼女の方へのしかかるように身体を曲げ声をひそめて、

「貴女は先週の出来事――ブレードンという男が変死を遂げたことを御存じのはずですね」

「それで？」彼女は顔に不意に不安の色を泛《うか》べて、「それがどうしましたの？」

「市《まち》ではランスフォドさんがあの事件に関係しているという噂をしているです」ブライスが答えた。

「不愉快な――気持の悪いことですが――しかし、それは事実なんです」

「まあ、そんなことが！」メアリは大袈裟に顔色を変えて叫んだ。「どうして先生がそれに関係なすっているのです？　どこからまたそんな馬鹿々々しい――噂が出たのでしょう？」

「それはこれと指して言うことはできません――が、そこに何だか根拠もありそうです」

「根拠と言いますと？」メアリは反問《ききかえ》したが、言われてみると、あの事変の起きた当日ランスフォドが明かに昂奮していたことや、それが審問廷から帰ってきた時にはいくらか安堵したように見えたことなどが想い出された――殊に、あの葬式にささげた例の花環の一件――彼女は次第に不安な気持から恐怖の感すら覚えてきて、言い足した、「そこにどういう根拠がありましょう？　いいえ、どういう根拠もあるはずはございませんわ。ランスフォド先生はあの人を知らなかったのです――見たこともなかったのですわ！」

「そうとは言いきれませんね」ブライスが冷《ひや》やかに応じた。「人の話によると、あの死体が発見せられる直ぐ前に、ランスフォドさんが――いいですか！――非常に狼狽した風で、大伽藍の西の入口から出て来るのを見うけた者があるそうですよ。それも一人ならず二人まで――」

「誰でしょう、それは？」

「そいつは言うわけにいきません」ブライスはその二人の人間が、一人は自分自身であって、今一人は架空的人物である――とは彼女に告げたくなかった。「しかし私は敢て言いますが、彼等の話は確実――絶対的に確実ですね。私自身それを疑らないんです」

「貴方が？」メアリが叫んだ。

「私がです！」ブライスが答えた。「それについて僕は今まで誰にも話さなかったことを貴女に話しますよ。お聴きなさい！　あの朝、ランスフォド医師が副監督の官宅の方へ出かけて行って、私が一人診療所に残っていると、間もなく入口の扉《ドア》をたたく者があったんです。立って行って扉を開けてみると――そこに一人の男が突立っていたんです！」

「あの人――ではないのでしょう、ねえ？」メアリが恐しげに訊く。

「ところがあの人――ブレードンだったんです。それも、ランスフォドさんに面会を求めたので、私は先生は今お出かけだから――貴方のお名前を承りたいと言いました。すると、いや、その必要はない――数年前にランスフォド医師というのを知っていたから、それで訪ねてきたまでだ――いずれまたお訪ねする――そんなことを言って彼は、境内を横ぎって大伽藍の方へ行ったんです。それからそう時間も経たないうちに、私は再び彼の姿を見ました――パラダイズの隅に――死んで横わっている彼の姿を！」

その時メアリの顔色は蒼ざめて、身体はブルブルと顫えていた、その様子をブライスは目も放たずに見つめていた。と彼女は彼の顔をチラと窃み見て、

「貴方は何故そのことを審問廷で言わなかったのです？」と、囁き声で訊いた。

「それはランスフォドさんの迷惑を思ったからなんです」ブライスは待っていたとばかりに答えた。

「そこに必ず疑いが起きますからね。そして、ブレードンが診療所を訪ねたことを知っている者は他に一人もあるまいと固く信じていた私は、もし私さえそのことを黙っていたら、それは誰にも知られずに済むと思ったからです。ところが——後になってその考えの間違っていたことが判りました。他にもブレードンの姿を見たものがあるんです——診療所から出て行く処を」

「誰でしょう？　それは」

ブライスは、ここで、診療所の隣りに住んでいるディラモーア夫人が、二階の窓からそれを見た——と、フォリオット夫人の口から聞いたことを包まずに言った。

「では——もうその噂は拡まっていますのねえ！」メアリが叫んだ。

「そうですとも」ブライスが合槌をうって、「何しろあの女《ひと》の舌ですからねえ」

「そんならもう直ぐランスフォド先生の耳にもそれがはいりますわ」メアリが言った。

「否《いや》、そうは容易くはいりませんよ。こうした噂というやつがその当人の耳に響いて行くまでにはなかなか間があるもんですから、ねえ」

メアリは暫くためらっていてから云った。

「一体このことを何故貴方はわたしに話しましたの？」

とうとう彼女が詰問るように訊いた。

「不意に貴女を驚かすに忍びなかったからです」ブライスが答えた、「そうした噂が貴女達の知らない処でひろがっている――警察の方では今なお死んだ男に関する事柄を鵜の目鷹の目で捜しているんです。もしも一旦彼等がその噂を聞きこんだら――」

メアリは耳門の戸に手をかけた――ブライスはその場で言いたいことはすっかり言ってしまったので、すぐに戸をあけた。彼女はそれを潜りぬけた。

「いろいろと有難く思いますわ。わたしにはまだすっかりの事情は判りませんけれど――もっともそれはわたしのとやかく口出しする問題ではございませんが。さあ、どうぞ、通して下さい」

ブライスは側《わき》へ身をよけて、帽子に手をかけた。メアリは僅にうなずきながら、さっさと共有地を横切り、ゴルフ倶楽部の方へ歩いて行く。ブライスの方は反対に市の方角に向って、満足そうに歩《あゆみ》を運んだ。彼はすでに不安や疑惑の種子《たね》を方々へ蒔き散したわけだった――どれかの種子から今に芽が吹いて来なければならぬ。

第十一章　奥の室《ま》

境内《クローズ》の片隅にある下宿《やど》の一室《ひとま》で、ブライスは昼食《ひるめし》をすました後で、窓からむこうの花園を見やりながら、その日の午後をどういう風に暮らそうかと思案していた。と、ランスフォド医師とメアリ・ビワリ嬢が花園を横切ってこっちへやって来るのが見えた。

――来たな！　と、考えるも一緒、ブライスはつかつかと玄関口まで出迎えて、無言のまま身振りで二人を内《なか》に招じ入れると、こうした場合よろしく先手を打つべしという彼一流の戦法でもって、

「貴方がたのいらっしゃった理由《わけ》は大概解っています」と、背後《うしろ》に扉《ドア》を閉めつつ、メアリにちらと目をやって、「そうでしょう？　今朝私が貴女にお話したことについていらっしゃったでしょう？」

「そうですわ」メアリが答える、「先刻《さきほど》貴方からうかがいましたことが、もう先生のお耳にはいりましたので――先生はそれについて直接貴方からお訊きしなければとおっしゃるものですから――」

ランスフォドとブライスは互に顔を見交した。今度はランスフォドが口をきった。

「それを秘密にする理由は格別なさそうに思われるね。仮りに様々の風説《うわさ》が、既にこの町中に拡がっておるとすれば、そこにはもう秘密というものはないじゃないか。ディックの話では、彼の行っておる学校でも、あの朝ブレードンが私の宅《うち》を訪ねたことは知れ渡っておるそうだ。それを見かけたというディラモーア夫人の倅《せがれ》があの学校へ上っておるからね。また、今朝ほどメアリがゴルフ倶楽部から

の帰りに、フォリオット氏から——氏の自慢の変り種の薔薇を一枝もらった折に、やはりその風説のことをきかされたそうだ。もっとも、これは、あのフォリオット夫人のお饒舌《しゃべり》を弁解して、その風説の源《もと》はどこまでもディラモーア夫人だと言ったそうだがね。そんな具合にもうこの風説は拡がっておる。それでありながらその本尊たる私は、その来訪者のことを少しも知らんのだ！　そこで君に訊くが、君はあの朝診療所に残っておったが、——あの男の訪ねて来たことを知らんかね？」

「知っていますよ！」ブライスが答えた。「実際来たんです。貴方がお出かけになると直ぐ後で」

「じゃ、なぜ君はそれを秘《かく》したね？」ランスフォドが詰問《なじ》った。「君はそのことを警察官なり、検屍官なり——すくなくとも私には言うべきだったじゃないか？　それをなぜ君は——」

突然、花園の門のところでカチャリと音がした。三人が斉《ひと》しくその方へ顔を向けると、ミッチングトン警部がそこを入って来る処である。

「さあ、その警察官の一人が見えましたよ」ブライスが静に言った。「多分この件についてやって来たんでしょう。ここで貴方がたが彼に会うのはまずい——と言って、私が彼に話すことは聴いていただきたいんです。ちょっとの間、こちらへ——」ブライスは奥の室《ま》を仕切った掛幕《カーテン》を引き開けて、「詰らん御遠慮はなさらないで！——彼がどういう思惑を抱いてやって来たか判らないですからね」

ブライスは殆ど二人を無理やりに奥の室へ押しやると、再び掛幕を引き、玄関口へ急いで行ったが、直ぐとミッチングトンを伴うて引返してきた。

「御用中じゃなかったですかな？」室の内に立った警部は、ブライスが扉を閉めきるのを待って言った。「そうじゃない？　それは何より——では、早速ながら貴方にお尋ねするが、例の先週の事件に関して目下市《まち》で妙な取沙汰をしている——貴方の耳に入っていますか？」

「入っていますよ――死んだブレードンがランスフォド医師を訪ねたという噂でしょう?」

「まあ、そういった風のものだが――」ミッチングトンがうなずいて、「人の話によるとブレードンはあの朝ランスフォドの宅を訪ねた、二人は恐らく会っただろう、だから、ランスフォド医師はブレードンのことを何か知っていて、それを秘《かく》している――というんですが、どうでしょう、貴方の考えでは、事実あの朝二人は会っているでしょうか?」

「すくなくとも、ランスフォド医師の宅では会っていませんね」ブライスがてきぱきと答えた。「その点は私に証明できますよ。だが、とにかく、そういう噂を聞かれたというなら、私も知っているだけのこと――真実《ほんと》のことを話しましょうが、ブレードンは確にあの朝ランスフォド医師の――宅の方ではなく、診療所を訪《と》うたんです。しかし、そこでランスフォド医師とは会いませんでした。医師は境内を横ぎって出かけて行って留守でしたから。そのブレードンに会ったのは――かくいう私です!」

「そいつはどうも!」警部は叫んだ、「ちっとも知らなかった、それを貴方は言ってくれなかったんだもの!」

「いや、あの男が何しに診療所へやって来たかということを話せば、私が黙っていたのも道理《もっとも》だと思うでしょうよ」

ブライスが軽く笑って言った。

「じゃ、彼は一体何をしに診療所へ来ましたな?」

「なあに、僧院附の図書館はどこかって訊きに来たんでさ」

掛幕の蔭で、メアリの顔を見守っていたランスフォドは、彼女がさっと顔を赫《あか》めたのを視て、――

さては、いい加減な嘘をついているな、と覚った。

しかし、ミッチングトンの方はブライスの言に微塵も疑念を抱かないらしく、

「たったそれだけ?」

「たったそれだけです」ブライスが答える、「で、私が図書館の場所を教えてやると、そのまま立ち去ったんです。次に私が彼の姿を見たのは、彼がもう死んでからでした。そんなわけで、私は彼が診療所へ来たことをまるで問題にしてなかったんです」

「すると――つまり、何ですな、あの男はそうして診療所を訪ねはしたが――ランスフォドとは会っていないわけですな」

「今も言ったように、私の外には誰とも!」ブライスが断言した、「そいつをある人が――いや、何、今度の噂の本家本元がディラモーア夫人だということは私も知っているんですが――つまり、二々《にに》んが五《ご》という話にでっち上げてしまったんですね。境内を横ぎって行くその男が、どうやらランスフォド医師の宅から出てきたらしい――と見て、彼女はすぐに、その男とランスフォドとの会見――おまけに二人が談話《はなし》を交したものとまで推測したんですね」

「碌でなし婆が! てっきりそんなことだろう。ところで、ドクトル、ここにまたそれ以上の風説が拡まっているんですが、ねえ」

掛幕の蔭の二人は、目と目を見交した。ランスフォドの眼には、もはやその不愉快な立場に堪えられないという色がありありと読まれた、――不意に掛幕をさっと開けて、前室へ飛び出しかねない気勢である、メアリは片手で医師の腕を掴《つか》み、今少し辛抱するように――静にしているようにと身振で制した。

「ほう！」ブライスが声を揚げた、「それ以上の風説と言いますと？　やっぱりこの事件に関したことなんですか？」

「勿論」ミッチングトンがうなずいて、「まず第一があの石工のヴァナで、これがさかんに実地に目撃したという他殺説を主張して、検屍審問の裁決を非難している。それだけならいいが、ここに今一人、最近大伽藍《カセドラル》の仕事に雇われている、コリショウという市の石工の下働きが、あの事変の起きた朝、明層の桟敷廊下のどこかで仕事をしていたと見えて、先夜のこと、ある酒場で友達といっしょに飲んでいるうちに、酔いにまかせて、この事変について知っていることがある、自分が一言そいつを喋りさえしたら——とつい口を滑したそうです。そこで、友達が言え言えと強請《せが》んだが、彼はその場ではとうとうそれを言わなかった、という事実が聞えてきたので、私自身そのコリショウに当ってみたんです」

「それで？」

「私にも、どうも、その男が何か知っているような気がするんです、しかしどうしても口を割らない。そこで、一気に告発したが、そいつが却って良くなかったですな。彼が言うには、それは酒に酔った勢いで何か喋ったか知らぬが、もはや私に向っては、またどこの誰に向っても、何にも話すつもりはない！　と、こうです」

「なるほど！」ブライスが言う、「でも——それは、何じゃないですか、もしもこの後再びその男が酒に酔った場合には、もっと何か喋ることになりはしませんか——」

「さあ、それが、ねえ」ミッチングトンは首をひねって、「いろいろ訊問した結果判ったことだが、コリショウという男は恐《おっそろ》しく生真面目《きまじめ》な、引込思案《ひっこみじあん》の奴なんで——そいつをまた酔《よわ》して、実を吐かそうとするには、よっぽどうまく釣り出さなければ駄目ですな。それに、私の睨んだ処では、彼奴《きゃつ》はもう買収されているんです！」

「買収されて？」ブライスが叫んだ、「そうなると、もしこの事件が殺人事件とすれば、そいつは従犯者ということになりそうですね」

「左様、そのことを彼にも厳重に申きかしたんだが――」

「それでも無効《むだ》で？」

「実際あの男ときたら、無愛想この上なしで――何でも黙っていさえすれば事が済むと考えている人間ですから、そう申きかしてもただ唸るばかりで返事一つしないのです」

「それにしても、本当にその男が何か知っているとするなら、そいつはいずれ露《ば》れるじゃありませんか？」

「勿論のこと！」ミッチングトンが大きくうなずいて、「元来私はあの検屍審問の判決に不服を抱いている者です。この事件には確にある種の犯罪が含まれていますよ。だから、私は今なお秘かに調査を続けている。そこで――これは我々の間だけの話だが――最近ある重要な発見をしたんです。いいですか、ブレードンはあの『法冠《マイター》』旅館に着いた夕方、丸二時間というもの、どこかへたった一人で出かけているんですよ」

「ええと、あすこの内儀のパアティングリ夫人が、たしか、その晩は、今一人のお客――デリンガムといっしょに、旅館《やど》にとどまっていたと言ったように憶えていますがね」

「私もそうとばかり思っていた――ところが、事実はそうでなく、ブレードンはあの夜、九時ちょっと前に『法冠』を出て、十一時数分過ぎまで帰らなかったというんです。すると、その時間中彼はどこへ出かけたか?」

「じゃ、貴方は今その方面の調査もやっているわけですね?」

しばらく間をおいてブライスがそう訊いた。その間に、奥の室に潜んだ二人は、ミッチングトンが椅子を立って、室の出入口の方へ歩いて行く跫音《あしおと》を聞いた。

「無論です!」ミッチングトンが自信のこもった口調で言う、「そして――この調査はきっとものにして見せますよ! だが、まあ、内密にして下さい! この件は――」

ブライスが警部を送り出して室へ戻ってくると、ランスフォドとメアリはもう掛幕の背後から出てきていた。ブライスは二人に首をふって見せた。

「十分が処お聴きなすったでしょうね?」

「おい、君!」ランスフォドが厳然たる態度で言った、「君は警部に真実《ほんと》のことを言わなかったね?」

「いかにも、言いませんでした」ブライスは平気な顔をして、「それが何故いけないですか?」

「では、一体ブレードンは君に何を訊ねた? さあ、真実のことを言いたまえ」

「ランスフォド医師は御在宅かと訊いたに過ぎませんよ。その昔同じ名前の医師と知合いだったが――と云って――それだけです。で、私は、貴方が留守だと答えたんです」

ランスフォドは一二分間突立ったまま、無言で考えこんでいた。やがて、出入口の方へ歩きながら、

「もうこの問題についてとやかく話し合うのは詰らんことだと思う。少くも、この点――ブレードンが診療所を訪ねた折には、私は決して彼に会わなかったという点――は我々三人が知っているから、それでよろしい」

ランスフォドはメアリを促して室を出て行った。二人の姿が見えなくなるまで見送った後で、ブラ

イスは鏡に映った自分自身に向って、さもさも満足げに笑いかけた。

第十二章　石工の下働き殺害さる

その翌日の午頃《ひるごろ》、ブライスは「楽園《パラダイス》」の片隅をうろついていた。かのブレードンの財布から抜きとった紙片《かみきれ》にあるリチャード・ゼンキンスの墓を捜すためであった。ゼンキンスの墓は、僧院附の図書館の壁にかかった一千八百五十年製の早見表《チャート》には出ていなかったが、幸いにも図書館長のアンブローズ・カンパニがその所在地を確めていた。その日彼が図書館に足を運んで、その所在地調査の目的から、せっせと古い記録を調べていると、カンパニが揶揄口調《ひやかし》で、「ドクトル、今度は考古学に宗旨更《しゅうしが》えですかな」と言った後で、偶然、その話をもち出したのである。目下ライチェスタ大僧院の歴史を編纂中だというこの図書館長の意見によると、古い墓碑銘の磨滅して不明になったものは――そのため多く早見表の記載にもれているが――そこに残った紋章の類《たぐい》で判読するほかない。例えば、楯の中に二羽の鴉の描かれたリチャード・ゼンキンスの墓の如きがそれである――それを聞いてブライスは、しめた！　と心中躍り上った。しかしそんな気振りは少しも見せないで、巧みに相手の口裏から、その墓は現在「楽園」の、南の入口の東の塀の近くに在る――なお、リチャード・ゼンキンスというのは、十七世紀の終頃にこの土地へ移住して来たウエルズ人だったということも聞き出した。これはブライスにとって実に思いがけない仕合せだった。と云うのは仮りに彼がそうした知識を与えられないで、独力でその調査を続けているとしたら、恐らく幾年かかってもその所在地は突止めることができなかったにちがいないからだ。

で、彼は図書館を出ると、その足で「楽園」に向い、一刻も早く自身でゼンキンスの墓を捜し出そうと、まっしぐらに水松《いちい》や糸杉の間にもぐり込んだのであった。ところが、そこでまだ彼が求める墓にお目にかからないうちに、またもや一事変に遭遇《ぶつか》ったものである。

折から、老いた水松の樹々の梢越しに、正午の太陽が、屋根のそそり立った本堂の灰色の壁々にぱっと差していた。と、見る、そこの本堂の最下部に、一人の男が控壁《ひかえかべ》の角の処へ楽々と背を凭せて、首を前方へがっくり垂れ、組み合した両手で膝を下から抱えるような姿勢で坐っている。その様子はどう見ても、腹いっぱい食ったり飲んだりした後で、日光の暖かさにいつとはなしにぐっすり眠りこんだもののようである。現にその男の傍《かたわら》の草の中に、古びた粘土製のパイプが転っているのは、多分それをくわえて燻《くゆら》していいるうちに口から落したのであろう。そのパイプの傍らには、色染めの風呂敷の上に、食事の残物《のこりもの》――パン、乾酪《チーズ》、玉葱の破片《かけら》が散らかっていた。そのすぐ側《わき》に、労働者達がよく仕事場に携帯する錫《すず》製の徳利が一本立ち、徳利の頸に糸で結えつけられたキルクの栓がぶらりと下っていた。そこから一二間離れた処にひと塊となった屑物やショベルや手車やが、その男が食事前にどんな仕事をしていたかを物語っていた。

それにしても少し妙な処がある、これとはっきりブライスには言えないが、その男の周囲《まわり》には、変な静けさが漂うている――単なる眠りとは思われないある硬《こわ》ばった空気が感じられる。それに好奇心を誘われたブライスは、男の傍《そば》へ近よって行った。と忽ち、息の詰ったような叫声を発すると共に彼は屈みこんで、その男の組合した片手を持上げてみた。が、放すと、まるで鉛の錘《おもり》のようにばったりと下へ落ちた。次にブライスはその顔をぐいと上向かせて、それにじっと目を注いだ。その刹那、彼は、わずか二週間のうちに、この「楽園」で死人を見出すこと、これで二度目だと覚ったのである。

その男が、何者であれ、死んでいるということは確実だった。その手、その身体には、まだ十分暖味《あったかみ》が残っていた――しかし、呼吸《いき》はすっかり絶えていた――そこらの古い墓場の地下六尺に横わっている人達同様に死んでいるのだ！　それも、ブライスの検《み》た処では、ほんの今死んだばかりである――しかし、眠っている間に死んだものである。恐らくその場で弁当を食い、傍《かたわら》にある徳利の水か茶を飲み、パイプに火を点けて、いい気持で暖い陽を浴びて背を後の壁に凭せて、眠りに落ちると一緒に、遊び疲れた子供が眠りにつく時のような心持で静に死んで行ったにちがいない。

今一度十分念入りにそれを確めておいて、彼はその場を後に、樹々の間をくぐって古い墓場路の方へ歩いて行った。と、その路を、昼食《ひるめし》を食べに近道をとって帰るディック・ビワリがぶらぶらやって来た。少年は、以前《もと》の代診の蒼ざめた顔や亢奮した様子を目敏く看てとると、不審《いぶか》しげに叫んだ。

「やあ！　ブライスさん、どうかしたんですか？」

ブライスは少年の腕に手をかけた。

「ねえ、君！　また人が死んでるんですよ――ここで！　すぐ、警察へ馳けて行って、ミッチングトン警部を呼んで来て下さい――もし、警部がいなかったら、他の警官を！　しかし、警察の人以外には誰にもこのことを言わないように」

ディックはブライスの顔をチラと見ただけで、馳け出した。

ブライスは再び死人の処へ引返して行って、錫製の徳利を取上げ、左の掌に凹《くぼ》みをこしらえて、徳利の中の液を注ぎこんだ。冷茶《コールド・テー》である！　彼の判断できる限りでは、それ以外の何物でもなかった。

彼は小指をその液体に浸して舐めてみた――その味はいやに甘ったらしいばかりであった。

とかくするうちにディックを先に立てて、ミッチングトンが馳けつけて来た。警部はその男を一瞥するなり、ぎょっとしたような顔をブライスに向けた。

「おやッ！　コリショウだ！」

と、言っても、咄嗟の場合会得《のみこ》めない風で、きょとんとしているブライスに、じれったそうに首をふって、

「コリショウですよ！」と警部は繰返した、「それ昨日僕が話した――」

言いかけて警部は傍にディックがいるのに気がついて口を噤んだ。

「あ、あの石工の下働き！」ブライスが言った、「では――これがその男なんですね？　ふうん、いや、ミッチングトンさん、この男は死んでますよ！　――たった今、私がここへ来てみると死んでいたんです。そうですね、死んでからまだ五分乃至《ないし》十分以上は経過していませんね。念のため、この場で、今一人他の医師に診《み》せてもらいたいもんですが」

警部がディックを顧みて、

「済まないが、君ランスフォドさんを呼んで来て下さい。一番近くだから」

「先生はいません」ディックが言う、「郡会があるとか云って、今朝十時にハイミンスタへ出かけました。帰りは四時頃だと云っていましたから。何なら、僕、コーツ医師《さん》の許《とこ》へ行って来ましょうか？」

「そうしてくれたまえ」ミッチングトンが言った、「ついでに今一度署へ立寄って、部長に部下を二人連れてここへ来るように伝えて下さい」少年が馳け出すと警部は言葉を続けて、「ブライス君！　これは普通の死じゃないですね。君はどう思いますな？」

「それですよ。この丈夫な働き盛りの男が、こっとり死ぬなんて普通のことじゃありませんね。余計なようだが弁当から錫の徳利などは注意して持って帰り、貴方自身で厳重に保管なさるがいいと思いますね」

「と言うと、もしや毒殺の疑いでも――」

「僕はそういう気がするんですが、なおコーツ医師《さん》の意見も聴いてみましょう」

「ほう――すると」警部はブルブルと一つ身顫いをさしながら、「これはこの間の事件の続きかもしれん。それ、――あの事件についてある事を知っているとこの男が酒場で喋ったことに何か糸を引いているんですな――つまり、口は禍いの門《かど》という奴ですよ。それにしても、ドクトル、一体どういう方法でこの男にその――毒薬を服《の》ましたんでしょうな?」

「そりゃあ、雑作《わけ》のないことですよ。この男は、多分朝から一人で、ここで仕事をしていたんですから、その隙をねらってどこかそこらへ置いてあったその弁当の食物の中か、あるいはその徳利の中へ、そっと毒薬を入れればよかったんですからね」

ブライスがそう言っている処へ、老人のコーツ医師が、警察官達といっしょにやって来た。ブライスはコーツ医師に自分の発見した諸点を詳しく説明した。やがて警官達が死体を運び去ると、ブライスはミッチングトンと同道して警察署まで行き錫製の徳利や食事の残物がすっかり蔵いこまれるのを見届けて、昼食を食べるために、またこの事件の変な展開についてゆっくり考えるために、下宿《やど》へ帰って行った。そして食事をしながら考える。――何はしかれ、コリショウが彼を黙らそうとする何者かの手で殺された――こういうミッチングトンの見解は疑いもなく正しいものである。では、その何者かは一体誰だろうか? ブライスは直ちに、前日ランスフォド医師が掛幕の陰で、ミッチングトンの話を残らす盗み聞きした一事を想い出した。それは現に今彼が昼食をとっているこの室なのだ。――ランスフォド！　まさかそのランスフォドがコリショウの言に危険を覚えて、何するとは――

ここでブライスの考えがぶつ切られた、顔色《いろ》を変えたミッチングトン警部が、周章《あわただ》しくその室へ這入って来たからである。

「ちょっと、ちょっと！」下宿の内儀が室の扉《ドア》を閉めきって立去るや否や、ミッチングトンが囁声で言った、「ドクトル。どうも信じ難いことだが――事実だから仕方ない。実は、今、コリショウの宅へ変事を知らせに行って、妙な話を耳にしましたよ」

「妙な話とは？」ブライスが訊く。

ミッチングトンは卓子の上にぐいと身体を乗出して、

「あのコリショウの女房というのが、この頃身体を悪くして、始終ランスフォド医師にかかっていたところ、今朝――それも、早朝――差込みのようなものが来て、ランスフォドを迎えたそうです。そこで、壁隣のバッツの内儀が言うことには――この女の上の息子が医師を迎えに行ったそうだが――その時コリショウの家へ行ってみると、コリショウは仕事場へ持って行く弁当の支度をしていたそうです。内儀がそこの用事を二三足している間に、ランスフォドは病人を診に二階へ上って行き、間もなく階下へ下りてきて、暫くそこで病人の経過を待っていると言う。で、コリショウは女房に出がけの言葉をかけるために二階へ上って行った――それと同時に、ランスフォドが、バッツの内儀に何かちょっとした物――何だったか聞いたが忘れましたがね――を取ってくるように頼んだので、内儀は隣室へそれを取りに行ったというのです。そこで――いいですか？――ランスフォドはたった一人でその室に居残ったわけですよ――そこには、コリショウの錫の徳利がある？」

警部の話にじっと耳を傾けていたブライスは、この時きっと相手の顔を見て言った。

「するとランスフォドが怪しいと云うんですか！」

「でも、事態がそうなってるんですからね。貴方はどう考えるかしらないが、ここに疑いもなく毒殺された人間がある。そして、例の風説がある——その風説がランスフォドに集中しているということは否定出来ないよ。そして——今朝ランスフォドに機会が得られた——というんですよ」

「それでは、ランスフォドがコリショウの徳利の中へ入れるために、わざわざ毒薬の一服を携帯して行ったように聞えますが」と、ブライスは半ば嘲笑《あざわら》って、「それではどうも、少々うがち過ぎた話のようですね」

ミッチングトンは両手を拡げた。

「そこだ。そこの処が少し腑に落ちないんです。せめてこの際、コリショウが例の酒場で言ったことを、ランスフォドが聞き込んだという事実さえ判っていたら、また、何とか——」

「屍体解剖の方はどうなっているんですね？」

ブライスが話頭《はなし》を転じた。

「この午後、コーツ医師とエヴァレスト医師がそれをやることになって、検屍官はもう出かけているんです」

「多分倫敦から鑑定家を呼ぶでしょうね。ま、とにかく、その結果が判明するまで、これと言って貴方も手の下しようがありませんね。後刻《のちほど》私も署の方を訪ねて、コーツさん達の意見を承るとしましょう」

やがて警部が帰って行くと、ブライスはまた考え出した。

――果してランスフォドがあの男を亡き者にしたとすれば――事は簡単だ、ブレードンを殺したのは、確にランスフォドだ！

午後五時。ブライスは警察の門をくぐった。すると、いきなり、ミッチングトンが彼を側《わき》へ呼んで囁いた。

「コーツ医師は疑いの余地がないと言っている！　毒殺――青酸です！」

第十三章　ハアカの質問

数分の後、警察署の別室でブライスとミッチングトン警部が、双方、これまでよりもぐっと打解けた態度で――言葉遣いまですっかりぞんざいになって、話していた。

「――勿論、毒殺されているということは、コーツ、エヴァレスト両医師ともに一致した診断《みたて》で、その点は最初から明白だったそうだ。だが――」警部が言葉を切って、「意外にも、あの徳利の中には、その――青酸の気《け》はちっともなかったと言うんでね」

「そりゃ、そのはずですよ！」ブライスが断言した、「僕には、ちゃんと、それが判っていた！」

「どうして、それが――君に？」

「僕コリショウの死んでるのを知った時に、何よりもまず、あの徳利の中に残ってた水気《みずけ》を嘗《な》めてみたんですからね」ブライスが正直に答えた、「冷茶で、それも砂糖のばかに入り過ぎたやつさ。青酸なぞは混っていなかった、――というのは、もし混っていたら、多少にかかわらず、きつい扁桃《アーモンド》の匂いがするもんだが、徳利にはそんな匂いは少しもなかったから」

「その癖君はあの徳利のことを、いやに気にしていたじゃないか？」警部が言った。

「無論！――そこにどういう稀《めずら》しい毒が盛られてあるかも知れないと思ったから」ブライスが応じた、「しかし犯人は何者にせよ、大間抜けか、あるいはとても怜悧《りこう》な奴か、だと僕は思うな！」

「どうして？」

「極めて明瞭さ」ブライスが微笑みながら、「元来青酸というやつは、頗る容易く人を殺すかわりに、これほどまた容易く看破《みあらわ》される毒薬《もの》もないんだ。だから、殺人にこれを用いる奴はずぶの素人《しろうと》——つまり大間抜けなのさ。ところで、ここに、それを看破されても、一向嫌疑を蒙《こうむ》らないような遣方でやった人間があるとするとそいつはとても怜悧な奴でなければならないというのさ。今度のコリショウをやった奴が、どっちに属しているかはまだわからない。今の処、問題は、何者が——果してどういう手段でその毒を盛ったかという点にある！」

「一体それをどれくらい用いたら人が殺せるものかしら——相当速く？」警部が訊いた。

「分量？　たった一滴でいい。見る見るうちに、心臓麻痺を起して、すぐにお陀仏だよ！」

ミッチングトンは暫く無言で、何か考える風にブライスの顔を視ていたが、つと、机の方を振向いて、抽斗からある物を取り出した——紙に包まれた、小さい物である。

「ちょっとこれを見たまえ！」

ミッチングトンが差出したのは、………紙製の小さい丸薬容器《いれ》であった、その表面に書かれた数語——「食後一錠——コリショウ氏」

「これは誰の筆蹟だね？」ミッチングトンが詰問《なじ》った。

ブライスはじっと見た、忽ちギクリとなって呟いた。

「ランスフォドの筆蹟だ——正しく！」

「コリショウの胴衣《チョッキ》のポケットから出てきたものなんだ。まだ薬が入っている、見たまえ！」ミッチングトンは容器《いれもの》の蓋をとって、四粒の糖衣丸薬を示した、「元は六粒はいっていたにちがいない」

その一粒を撮《つま》みとったブライスは、爪で糖衣を少し剝がすと、そこを嗅いでみた。

「普通の消化薬だよ」卒気《そっけ》なく言った。

「だが、この一つに――例のやつを！――仕込むことはできまいか？」

「できないとも限らないさ」ブライスは腰を上げて、一瞬間考えていたが、とうとう訊いた、「その丸薬はコーツやエヴァレストに見せたかね？」

「まだ見せない」ミッチングトンが答えた、「僕は、まず、ランスフォドがこの丸薬を事実コリショウに与えたかどうか、与えたとすればいつかということを知りたく思ったのだ。これから直ぐにコリショウの宅へ出向くつもりだ。多分女房がそのことは知っているだろうから――」

やがて、ブライスは検屍審問の件について一言訊いておいて、警察署を出た。熟考一番、彼の足は大伽藍の方向へ進み、僧庵の傍から境内を横切って行った。この好機会に当って、彼自身のゲームに取りかからないのはうそだった。今やすべての事情が彼の手に素晴しい骨牌《ふだ》を摑ましているのだ――その骨牌を利用しないのは、馬鹿の骨頂なのだ！　彼は真直にランスフォドの宅へ向った。ところが、その途中で、異《ちが》った方角から境内を横ぎって来るランスフォドとメアリ・ビワリに出会った。ランスフォドは先刻《さっき》ディックの言った郡会の用事からの帰りである。それをメアリがわざわざ市の停車場まで迎えに行ったものなのだ。二人は歩きながら何事か夢中になって談し合って来たので、ブライスの姿がすぐ目の前に現われるまで気付かなかった。彼は最近解雇した代診の姿を見ると、思わず顔を顰《しか》めた、――当のブライス、引いては前日《まえのひ》の午後の会見のことが、その日中《じゅう》彼の心中を往来して、ようやく、ブライスが何か策略を弄しているなと感付いていた矢先だったのだ。ブライスは医師の顰面《しかめつら》を看て取るもいっしょ――一方、メアリが不意の驚愕を抑えかねている様子も見のがさないで――素早く口をきった。

「ただ今お宅へうかがう処でしたよ、ランスフォドさん、いや、今さら、無理に御面会を願うわけではありませんが——ほんの数分間を私のためにお割《さ》き下すった方が貴方の御利益《おため》かと思いましてね」

いつか三人はランスフォドの園の門際へ来ていた、ランスフォドはパッと門を開けて、ブライスに入れという身振りをした、そして食堂へ導いた。三人がそこへ這入って扉《ドア》を閉めきると、ランスフォドがブライスの顔に目を投げた。その一瞥を質問の意味に解したブライスは、却ってこちらから、逆に、目ではなく口で質問を発した。

「貴方はもう今日の出来事をおききなすったでしょうね?」

「コリショウのことか——左様」ランスフォドが答えた、「ビワリ嬢がたった今それを言ってくれたのだ——ディックから聞いたという話をね、それがどうした?」

「私は警察署から帰ってきた処ですよ」ブライスが言う、「この午後コーツとエヴァレストがその屍体解剖をやったんです。その結果をミッチングトン警部から聞きました」

「それで?」ランスフォドは焦立《いらだ》った気持を隠そうともしないで詰問った、「それで、その結果がどうだったというね?」

「コリショウは毒殺されたんです」そう答えてブライスは、傍らのメアリが気を悪くしたほどまじまじとランスフォドの顔を見守った、「青酸です。少しも疑いはありません」

「それで——それから?」ランスフォドが一層焦々《いらいら》しくなって訊いた、「腹蔵《ふくぞう》のないところ——一体そのことが、この私にどう関係しているというんだね?」

「私は貴方にある忠告をしようと思ってここへまいったんですよ」ブライスが落ちつき払って言う、

「私の忠告を容れられる容れられないは貴方のお心一つですが、とにかく、現在貴方が――危険な立場にあるということだけはお気づきになってもいいですよ。コリショウは、昨日貴方がたが私の室でお聞きなすった通り、ブレードン事件の秘密を握っていると暗示《ほのめか》した人間ですからね」

「で？」と、ランスフォド。

「貴方が今朝早く、そのコリショウの宅へ行かれたということは、もう警察へ知れてるんです。ミッチングトンがそれを知っています」

ランスフォドは笑った。

「ミッチングトンは、昨日の午後、私が彼の話を洩れ聞いたことを知っているかね？」

「否《いや》、それは知ってないんです」ブライスが答えた、「私が言わない以上、それを知るはずはないんですから。私は彼にその話はしてありません――いや、今後とも、話さないつもりです。だが――彼は既に疑いを抱いてるんですよ」

「私に対してだね、無論」ランスフォドは再び笑った。そしてちょっと室の中を歩いたが、くるりとブライスの方へ顔を向けた、「じゃ、ミッチングトンという人間は、何かね、私があんな取るにも足らぬ労働者を――しかもそんな智恵のない方法《やりかた》で毒殺したと信じているほどの馬鹿者だ――そう君は言うつもりかね？」医師は失笑《ふきだ》して、「まさか、そうじゃあるまい！」

「決してそんなつもりはないんです」ブライスが答える、「ただ、ミッチングトンの疑いの根拠として考えていることをお話してるだけなんです。彼は私にいろんなことを打明けてくれたんです。それは私がコリショウの死を発見した縁故からでしょうが、つまりミッチングトンは貴方が明かにコリショウに与えた消化薬の容器も手に入れているんですよ」

「ばか！」ランスフォドが叫んだ、「いよいよもって馬鹿者だ！　ここへ連れて来たまえ、話してやる」

「恐らく来ないでしょう――今の場合」ブライスが答えた、「しかし――あるいは何もかも審問廷へ持ち出すかも知れませんよ。実のところ、彼はこの前の事件にも二三疑点をさしはさんでいるんですからね。何だか、貴方が真実を――ま、それが何であれ、ブレードンに関して何か知っているにせよ、知っていないにせよ――それを貴方が秘《かく》していると考えているんですよ」

「廻りくどいね、私が言おう！」不意にランスフォドが遮った、「こうだろう――私がブレードンの死に関係している、それをコリショウに知られたので、今度は私がまたコリショウを亡き者にした――と疑われているのだ。この辺のところだよ」

「そこでそうした疑いを解くのに最もいい方法があるじゃありませんか？」ブライスが言った。

「どういう方法？」ランスフォドが訊いた。

「もし、貴方がそのブレードンの事件に関して何か知っておられるなら、なぜそれを披瀝《ひれき》して、万事を片附けてしまわないですか？　すれば疑いも何も消えてしまいますよ」

ランスフォドは長い間黙って、相手の顔を瞶《みつ》めた、それをブライスもきっと見返した――メアリ・ビワリはハラハラしながら二人の顔を見まもっていた。

「まあ、その辺の世話は焼かんでもらおう」とうとうランスフォドが言った、「それは私の一存にある、人から脅されたり甘い言葉で釣られたりしてするべきことじゃないのだ。ともかく、こうして君がいろいろと好意を寄せてくれるのは忝《かたじ》けないわけだ！　じゃ――私にはこれ以上何も言うことはないのだ」

「私とても同様です」ブライスが言った、「単にそれだけを申上げにまいったんですからね」

ブライスはそのままランスフォドの宅を去った。

これでゲームは成功裡に終ったのである。次ぎは方面を異《こと》にした今一つのゲームであった。

コリショウの事件のためにブライスは、決して、リチャード・ゼンキンスの墓のことを忘れはしなかった。で、ランスフォドの宅を出ると、彼はもう少し捜査を進めておこうと、「楽園」の方へ境内をつっ切って行った。すると、その荒れはてた構内に至る迫持《せりもち》下の路で、シンプソン・ハアカ老人にばったり行き会った。老人、相かわらず何の的《あて》もなさそうにぶらぶらそこらを歩きまわっている処だった。しかし、ブライスの姿を認めると一緒に、にっこり笑って、

「これは、ドクトル、よい処で――ちょうど少々貴方《あんた》にお話したいと思うていたところでした」と言う、「重要なお話ですよ。よろしければ、ちょっと私の陋宅《ろうたく》へ立寄って下さらぬかな」

ブライスはこの興味ある老人のためなら、少々時間を割愛してもいいと思った。彼は老人の後に従い、境内の背後《うしろ》に当る老人の宅へ行った。それはそこらに同じような恰好に建ちならんだ旧式の家々の間に挟まれた小さい邸宅であった。ハアカはブライスを小ぢんまりした気持のいい客室《きゃくま》に招じ入れた。そこには、法律に関する専門書らしい見慣れぬ書籍の列《なら》んだ棚が幾つかあり、幾枚かの古い絵がかかっており、暗い室の片隅にはがらくた物の陳列棚ができていた。老人はブライスに身振りで安楽椅子を勧め、自分は戸棚からウィスキーの罎と葉巻の函を取出した。

「ここなら、静に、気持よく話し合うことができますよ、ドクトル」コップとソーダ水を持ってきて、ブライスの側《わき》に腰を下すと、ハアカが言った、「私は始終独りきりだ――隠者のようにな。家の仕事はある婦人が朝だけやって来てしてくれることになっているから、今はこの家には貴方と私と他、誰

もおりませんよ。まあ、この葉巻を一つお点けなさい、キュバにおる友人から送ってくれたものです。うむ――そこで、と」ブライスが居ずまいを直して耳を傾けたのを見て、老人が言葉を続けた、「貴方に訊ねたいことが一つある――これは私達の間だけのことですよ、厳密に！ よいかな。あの石工のヴァナに呼ばれてブレードンの仆れている処へ行ったのは貴方だった、そして貴方だけがブレードンの死体の傍へ残りましたな？」

「それで？」ブライスは怪しく胸を轟《とどろか》しながら、「それがどうしたというんですね？」

ハアカはそろそろと椅子をブライスの方へ寄せて、身体を屈めてきた。

「一体」老人は囁声で訊いた、「一体、ブレードンの財布から抜きとった紙片《かみきれ》はどう始末しましたな？」

第十四章　過去に遡りて

老人のその質問は、謂わば、ブライスの急所をぐざと貫き刺さねばならぬものである。にもかかわらず、それを発したハアカは、声こそ囁声であったが、その態度から見て、ふと思いついたことを親しく打解けて訊ねたという以上の底意はないらしく、ブライスもまた、それを聞いて、指一本、睫《まつげ》一筋動かさなかった。これはまことに意外の現象と言わねばならない。しかも、ブライスは穏かに質問者の眼に視入って、

「貴方はどなたですか、ハアカさん?」と、物静に反問した。

ハアカはあたかも愉快でたまらぬという風に笑った。

「はははは、私は元からハアカですよ」

「いや、これは私が悪かった」ブライスが言い直して、「どなたではなく――貴方は一体何をなすっている方ですか?」

ハアカは葉巻でもってブライスの背後の書棚を指した。

「ちょっと背後に列んだ書籍を御覧なさい。何だと思いますな?」

ブライスは振返ってゆっくり書棚から書棚を検分した。

「殆ど法律や犯罪に関する書物ばかりじゃありませんか」静に言う、「どうも私には貴方という方が

判らなくなってきましたよ。このライチェスタでは貴方は商人の隠居さんということになっている。だが、これで見ますと貴方は退職の警察官——それも刑事課の方だったらしいんですね」

ハアカはまたもや笑った。

「ははは、私がここへ居を構えて以来、ライチェスタの人間《ひと》でこの家の閾を跨いだ者は一人もありませんからな。貴方がその最初の人間だ——もっとも、一人だけ例外者はありますがな。あの図書館長のカンパニですら、まだここへ来たことはありませんよ。私は隠居だからな」

「でも——警察の方に御関係だったでしょう?」ブライスが水を向けた。

「その通り、かれこれ二十五年間! かなり人に知られておりますよ。そこで——先刻《さっき》お質《たず》ねした件は、ドクトル?」

「じゃ私から一つお質ねしますが、貴方《あんた》はどうしてブレードンの財布から私が紙片を抜きとったことを御存じですか?」

「それはですな、ブレードンは『法冠《マイター》』旅館へ着いた時、そうした紙片を所持していた——私はそのことを知っているが——すれば、ああして死んだ時にもそれを持っていなければならぬのに、御承知のミッチングトンの捜査の結果、それが出て来ない、勢い——貴方《あんた》がブレードンの死体の傍に一人残っていた際それを抜きとったものと考えるほかありませんからな。当ったでしょうがな? もっとも、貴方がそれを抜きとったというだけなら、私には何でもないが——不可《いか》ん、貴方はこの私と同じゲームをやっている——貴方がレスター州へ行った理由がそれだ」

「貴方はブレードンとお知合いでしたね?」ブライスが訊いた。

「はア!」

「このライチェスタで彼に会い――彼と話しましたか？」

「彼はここへ来て――この室で――あの椅子に――九時五分過ぎから十時を打つ頃まで腰をすえておりましたよ、死ぬる前の晩に」

ブライスは、老人からふるまわれたハヴァナをゆっくり賞翫《しょうがん》していたが、この時、コップを取り上げて、一口飲んだ。

「それでは――貴方はジョン・ブレードンの前身を御存じですか？」

「知っておりますとも！　本名はジョン・ブレーク、以前の銀行支配人で、前科者ですよ」

「このライチェスタに彼の縁者がいるかどうかは？」

「それも、知っている。ランスフォドといっしょに暮している娘と少年――あれがブレークの子供達です」

「ブレークはそのことを――ここへ来た時に知っていましたか？」ブライスが質問を続けた。

「いや、知りませんでしたな――そんな考えは微塵も持っておりませんでしたな」

「貴方の方は――その時に？」

「私もそいつは知りませんでした――その後に至るまで――いや、その後と言っても、その直後《じきあと》だが」

「バアサープで探り出しましたね？」ブライスが前廻《さきまわ》りした。

「その大部分はですな。というのは、ブレークの死後――ここでそれの見当《めあて》がつきましたからな」ハアカが言った、「私がバアサープへ出向いたのは、それとは全然異《ちが》った用事――ブレークの用事のためでしたよ」

「ほう！」ブライスはじいと老刑事の眼を見た、「それを全部《すっかり》話して頂きたいもんですね」

「じゃ、貴方の方もすっかり話をなさるかな？」ハアカが条件をつけた。

「申すまでもなく」ブライスが同意した。

ハアカはやや暫くの間考えこんで葉巻をくゆらしていたが、

「初めから話した方がよかりそうだ。だが、その前に——貴方はブレークについてどんなことを知っておりますな？　ああしてバアサープへ行って、どの程度まで捜《さぐ》りましたな？」

「私の知っているのは——ブレークがブレードン・メドワースで一人の娘と結婚して、それを倫敦へ連れ帰ったということ、当時彼は倫敦である銀行支店の支配人をしていたということ、それからある事件にかかり会って、十年の刑を申渡されたということ——」ブライスが言った、「その他ここで陳べる必要のない二三のささいな事柄ですね」

「なるほど、そこまで貴方が知っているなら、お互に共通した基点から出発することができますな」ハアカがうなずいて、「それじゃ、ブレークの公判から始めましょう。そのブレークを逮捕したというのが、誰あろう私です。と言うて、その逮捕にはちっとも手はかかりませんでしたがな。全く唐突《だしぬけ》に、銀行の監査役に捕まったわけですから、その時彼は既に帳簿に大穴をあけて——その穴埋めもできなければ——ただ、恐しい詐欺に引かかったと顰面で言うばかりで、その詳しい説明もできないという有様でした。何とも弁護の余地がない。彼の法廷弁護人の言うには——」

「ちょっと」ブライスが遮った、「その公判の記事は読んでいます」

「よろしい——では、御承知の通り、彼は十年の刑に処せられた。いよいよ獄へ送られるという間際に、私は彼に会って何か——妻子のことで頼むことはないかと訊いてやりました。私が彼を逮捕したのは銀行の内で、言うまでもなく、それ以来一度も彼は留置場を出ないので——妻子に会っておりません。すると、彼は、変にぶっきら棒な口調で、妻や子供の面倒は他にみる人がある——と答えたものです。偶々聞き込んだには、彼の逮捕と前後して、彼の妻が宅を出たとか、出されたとか、何だか妙な話でした。とにかく、そのことについて彼は何にも言わずにしまった——そうして別れてこの方、彼に一遍も会う折がなかったものが、先夜——彼が『法冠』旅館に着いた夜——この市《まち》の通街《とおり》でひょっこり再会したのです。出会ったのは、あの市場《まち》の大きな街燈の下で、私は平素《いつも》のように就床《ねる》前のぶらぶら歩きをやっておりましたが——私の方も直ぐに彼を認めたし、彼も私を認めて、双方立どまって暫く顔を見合せましたな、その後で、彼の方から手をさし延べて進んできたので、私達は握手をしました。その時、彼が、『これは奇遇でした！　ちょうど会いたく思っていた方に会えたわけです。どこか静かな場所へ行って、私の話を聴いて下さい』と云うもので、私は彼をここへ伴うて来ましたよ」

ブライスは今全身の神経を耳にあつめて謹聴しているのだった——これまで他人の話を聴くに当って、その話の終りまで結論も反省も抜きにして、これほどまで一心不乱に耳を傾けた例《ためし》が彼にはかつてない。

「私は彼をここへ伴うて来ましたよ」ハアカが繰返して言った、「そして、御覧の通り、現在退職してこんな土地で独居住《ひとりずまい》をしていると言うてやりました。私からは彼のことについては一切何にも訊きませなんだが——見た処、立派な身装をして、富裕な人間にうけとれる。彼の方からすぐにその後の話を始めました。十年の刑期をすますと、彼は英国を去って、暫くカナダと合衆国を歩きまわり、そこからニュウ・ジーランドへ渡り、後で濠洲へ行ったそうです。濠洲で彼がやり始めたのは、羊毛の相場で、そいつで大分儲けたという話でした。名前のことも言いましたよ――ジョン・ブレードンというのは、英国を去るといっしょに彼が名乗ったものだそうです。まあ、何もかも私に隠さずに話すという調子でしてな――というのも、以前、事件の際に私が少しばかり尽力してやったのを、大そう恩に被《き》ているようでしたから――で、あの節銀行へ損をかけた金は、もう四年前に、ちゃんと利子を附けて銀行へ払うてしまったという話もききました。それに附加えて、彼はやはり、あの金は鐚一文《びたもん》も自分が使ったわけではない、ある人に欺まされたのだ――と弁明するので、『そのある人とは誰でしょう、もう今となってはそれを言ってもよいではありませんか』と訊いてみました。すると、『まあ、言わずにおきましょう。しかし、いずれは判ることです』と彼が答えたのです。それから彼は、私に会いたく思うていた理由として、実は、自分は英国に帰ったばかりであるが、濠洲である人間に会った。その人間はどうした理由《わけ》か、レスター州バアサープ出身のフォキナ・レエという男の消息をしきりに知りたがっていた。で、自分はその男の調査を約束して帰って来たが、帰ってみると、バアサープという土地は、不快な思い出があるので、自身そこへ出向きたくない。誰か代理の人を頼もうと考えて思いついたのが貴方《あんた》である、だから会いたく思っていたのだ――それが偶然こんな思いがけない土地《ところ》で会えて、実に嬉しくて堪らない――ざっとそんな意味合のことを言いました。そうして、――早速ながらこれから貴方がバアサープへ行って、警察署なりあるいは町役場なりで、昔その町でちょっとした土地ブローカーをやっていたこともあって、今から十七八年以前に町を去った、右のフォキナ・レエのことを調べてもらえまいか、そしてその結果を倫敦のこれこれの銀行家方気付で通知してもらえまいか――という依頼です。無論、訳ないことですから、私はそれを快く引うけましたよ。彼は大変喜んで、ポケットから金のずっしり入った財布を取出して、二十五磅《ポンド》をその旅費として私に提供してくれました。その時です、その財布から一枚の紙片を抜きとって、貴方は羅典語が読めるかと訊きます。私が、読めない答えると、じゃ、この紙片の秘密は今の処あずかっておこう。しかし、これとて直きに貴方に判ることだが——そう言って再びその紙片を財布の中に蔵い込んだのです。間もなく彼は倫敦から汽車を共にしたある紳士と『法冠』で会う約束になっているからと言うて、ここを出ましたよ——それも、二三日して、この市を去る前にまたお目にかかると言うて——」

「その節ブレークは、ランスフォドのことは何にも言いませんでしたか？」ブライスが訊ねた。

「何にも！」ハアカが答えた。

「妻子に関しては？」

「それも一向言いませんでしたな！」

暫時《しばし》、ブライスは物思いに沈んだ。その老刑事の話の肝腎の箇所が、どうも少し腑に落ちない、こうなるとこのブレードンの事件には最初彼が決めてかかったよりずっと深い謎が含まれているではあるまいか。

「で——」暫く経ってブライスが訊いた、「貴方は再び彼にお会いなすったんですか？」

「会うには会うたが、死んだ後でした。だから、私は何もかもこの心一つに蔵いこみましたな、今もそれを続けているわけで——。ところが、同じあの日にあることが起きましたよ。あの事変を聞いた後で、私はひとりでクラウン酒場へ行きました。実を言うと、その報知《ニュウス》のために私も気が顛倒して、ウィスキーの一杯も飲まねばやりきれなかったものですからな。そうすると、あの広い酒場で一人の男——ブレークと同囚だったという点で、私のよく憶えていた一人の男を見かけました。名前はグラスデール——文書偽造罪でしたな。その男はブレークと同じ刑期を申し渡され、入獄したのも同じ頃で、しかもブレークと同じ獄舎に入れられたのです、ですから、出獄したのも殆ど両人同時だったはずですな。その男をクラウン酒場で見かけた——いや、私は人の顔を三十年経ってもよく憶えている人間です、決して見違えはしませんよ。うまく私の方が先に彼の姿を見かけたものですから、十分に観察することができました。その男もブレークと同様に、金廻りがよいらしく、なかなか堂々たる風采をしていました。するうちに、一杯飲み干した彼が、ふと振り返った拍子に私の姿を認めた——彼も私を知っていたのです。よいかな、ドクトル、その昔彼がやはり私の手で捕縛されておりますからな！　と、彼は直ぐさま潜戸の方へ動いて行って——姿を消しました。私も戸外《そと》へ出て、あちこち見渡したが——もう姿は見えません。後でそっと捜った処によると、彼はそのまま停車場へ向って、来合せた汽車に乗って、市を去っている。しかし——彼を見つけ出すことはできますよ！」

「貴方はそのことも秘《そっ》としてあるんですね？」ブライスが訊いた。

「いかにも——私には私だけのゲームがありますからな」ハアカが答えた、「しかし、こうして貴方と力を協《あわ》せるとなった以上、その経緯《いきさつ》は今に話すが、その前に、御承知の如く、私はバアサープへ出向いた。なるほどブレークは死んでしまった——だが、次のような理由から、行かねばならぬ気がしたですな。それは例の調査というのは、ブレーク自身のためであって、濠洲で会うた人間などは拵えごとにきまっていたからです。そこで、私は行った——しかし何ら得る処なしでした。フォキナ・レエ——これは、ブレークの言うた通り、バアサープの人間にはちがいないが、十八年以前にその町を出て、以来その男のことは誰一人何にも知らぬということでしたよ。だから——私は帰って来ましたよ。さあ、ドクトル、今度は貴方の番だ——貴方はバアサープで一体どんな行動をとりましたな？」

ブライスはその返答を発するまでに、たっぷり五分間考え込んだ。ゲームは独力でやってのけるに限る！　これが今まで彼ブライスの流儀だった。しかし、このハアカの小さい室に這入ってからというもの、相手が彼よりも、もっと鋭い、もっと敏《さと》い知識の所有者《もちぬし》であり、この広い深い経験をもった人間となら、相提携しても、決して自分の方の損じゃないという事実に十分気付いていたのだった。そこで彼は、その動機の点こそすっかり棚へ上げたが、それまでやった調査の結果だけは少しも隠さずにさらけ出した。その上、ハアカから、この事件に対する見込は？　と聞かれて、「正直なところ、私にはまだそれが十分に立っていませんけれど――」と前置して言った。

「つまり、こうなんですね――ブレークを欺いた友人はランスフォドで、そのランスフォドがブレークの妻と駈落をした、間もなく彼女が死ぬる、そうしたことを少しも知らさないようにして彼が、二人の子供を育ててきた――というんですね。で、それゆえ――」

「で、それゆえ――」ハアカが微笑みながらその言葉尻をとった、「この土地で彼とブレークが会った――と、どうやら貴方は考えているようだが――その時ランスフォドがあの明層の出入口からブライスを突落したというわけですな。それをコリショウが目撃した、そのことをランスフォドが知った、コリショウはランスフォドのために毒殺せられた――と、こうでしょうがな？」

「それが事実を根拠《もと》としたと思われる見込ですよ」ブライスが言った。

「確かにそれはミッチングトン輩にはうってつけの見込ですな」老刑事がまたしても微笑んで言った、「しかし――私には、どうも、なあ！　よいかな、この事件に何かがないと私は言いはせぬ――疑いもなく大きなものがある。と言うて、その大きな謎はたったそれだけの何じゃ解かれはしませんよ。第一――ブレークはランスフォドを捜すためにこの土地へ来たわけじゃない。彼が来たのはあの紙片の秘密があったからだ。時に、その紙片はそこに持っておりますな、ドクトル――早くその種を明してもらいましょうか！」

無論、この期に及んでそれを隠す必要はない、ブライスは問題の紙片を取出して、卓子の上に置いた。ハアカはそれを物問いたげに覗きこんだ。

「羅典語ですな！　読めましょう、勿論、ドクトルには。何と書いてありますな？」

ライチェスタ・パラダイス内、リチャード・ゼンキンス（あるいは、ゼンキンスン）の墓碑より、
二十三、十五。
ブライスはそれを文字通り翻訳して、

「この場所はもう見つけましたよ」と附加えた、「今朝、知ったんです。ところで、貴方はこの文句の意味をどう考えますね」

ハアカはためつすがめつその文字を見ていたが、

「ふむ、――これや問題が大きいらしいですな。ちょっと見当はつけかねるが、でもこれだけのことは言える――もしも、この文句の意味がよく解ったなら、何かしら素晴しいものに打《ぶ》つかりますぜ！」

第十五章　二重の賞金

「しかし、ブライス医師《ドクトル》」退職刑事のハアカ老人が続けて言った、「この紙片の意味を解きにかかる前に、是非とも貴方《あんた》に一言しておきたいことがありますよ。それは――私の見るところでは、今までこのことに誰もさしたる注意を払うていないようだが――一体ブレークは、こちらへ来る早々、何のためにサクソンスチードの公爵に面会を求めようとしたか、という問題ですな。御承知の通り、公爵自身はあの審問の場で、その心当りが全然ない――ブレードンという人間は知らぬ、それでその面会の理由もまるで判らぬ――とおっしゃった。ところが――私にはその理由が判っている！」

「貴方《あなた》に？」ブライスが身体をぞくぞくさせながら云った。

「そうですよ。それが、それ、今お話したグラスデールという男に関連したことで、この男がその昔文書偽造の罪を犯したというのは、とりもなおさず、そのサクソンスチードの公爵の署名を偽造したわけで――有様《ありよう》は、当時公爵所有の倫敦の土地の管理役をしていた彼が、何かの手違いから公爵の名前を小切手に偽書したのですな。そこで、よいかな、そうしたグラスデールの前身と云い、彼が確かにブレークと同囚だったことと云い、そのブレークが死んだ日に、このライチェスタで私が彼の姿を見かけたというのだから――考えてみると、どういう結論《こと》になりますかな？　いや、ブレークが公爵に面会しようとしたのは、何かグラスデールの用件に関してでしたよ！　それに違いありません！

ことによると、ブレーク、グラスデール両人が連れ立って公爵を訪ねるつもりだったかも知れんでな」

ブライスはやや黙ったまま暫く考えていたが、

「貴方は、ただ今、そのグラスデールを捕えることができるとおっしゃいましたね？」

「左様――彼が国外へ走らぬ限り。しかし、この方はまず後廻しにして、さあ、以上お話をしたからには、いよいよこの紙片の問題だが貴方がこのリチャード・ゼンキンスの墓の所在地を知っているというのは何よりだ、これからの仕事はそこに何かが隠されてあるかどうかを探り出すことですな。それは明夜おやりなさい。暗くなって――貴方一人で出かけた方がよろしい。そして何か見出したら、知らして下さい。その後で――次の手筈を二人で決めましょうよ。それはそうと明日はコリショウの検屍審問が開かれるだろうが、貴方はその席ではできるだけ多く喋らんことですな。もひとつ、貴方と私とは断じて公衆の面前で話をせぬこと――」

その翌日開かれたコリショウの検屍審問は、ブレードンの場合に劣らず、人々のするどい興味をそそった、それというのも、「もしもブレードンがこのライチェスタへ来てあんな死を遂げさえしなかったら、コリショウだってこんな詰らない目に遭わずに済んだのだ」という風《ふう》の噂が、既に全市に拡がっていたからだ。

さて、その日第一番に証人席に立ったのは、コリショウを使っていた石工頭であった。石工頭は検屍官の質問に応じて、当日のコリショウの仕事というのは、最近そこの本堂の南側の壁の石造部にある修繕を施した結果、壁の下に沢山の石屑が溜っていたので、それを掃き集めて手車で他処《よそ》へ運ぶことだった――と陳べた。その仕事を石工頭は一二回見まわった。一回はちょうど正午前であったが、その時コリショウはいつに変らず壮健《じょうぶ》そうに見られた——すくなくとも、別にどこが苦しいとも言わなかったのである。——では、コリショウの仕事中、彼の食物を入れたバスケットと錫の徳利はどこに置いてあったか、それに気付かなかったか、と訊かれて石工頭は、そのバスケットと徳利は、彼のジャケツといっしょに、傍の水松《いちい》の樹の下の墓石の上に置かれてあったのを見た記憶がある——何なら、その場所を指示してもいいと答えた。

次にブライスが証人席に立って、コリショウを見出した折の顚末を至極あっさりと片附け、その次に屍体の解剖をした二人の医師が立ち、青酸による中毒ということは明白、即死——ブライスが発見した数分前に死んだものである、そして食事の残物、及び、徳利の中の冷茶《コールドテー》には、何らその毒薬は含まれていなかったと陳べて証人席を退った。

最後に検屍官に呼び出されたのはランスフォド医師である。ブライスは、医師の立ち上った時の、気色ばんだ、ただならぬ容子《ようす》を看て、——これは何かあるぞ、とすぐ覚った。だが、ランスフォドは検屍官の顔をきっと睨めながらも、最初は案外落ちついて、てきぱきと質問に答えた。

「死んだ男の衣類を検《あらた》めた際にですね」検屍官が言う。「貴方の筆跡と覚しい記入のある函に丸薬の入ったのが出てきましたが、ランスフォドさん、貴方はコリショウを治療しておられたですか?」

「そうです」ランスフォドが答える。「コリショウと彼の妻と、両方《ふたり》とも診ていました。もっとも、厳密に言えば、この数週間彼の妻の方を治療していたが、左様、その死ぬる一両日前コリショウが消化不良を訴えるので、私の手で消化剤を調《こしら》えてやったのです——今おっしゃった丸薬というのは、多分それでしょう」

そこで検屍官がミッチングトン警部の見つけ出した例の丸薬容器《いれ》を示すと、ランスフォドは、それに相違ない、なおその中の丸薬も恐らく自分が調剤したものであろう、と是認した。

「で、この丸薬の中に、どうかした機勢《はずみ》で、今の毒薬が混じるということはあり得ないですか?」検屍官が訊く。

「絶対にあり得ないのです! ——すくなくとも、私の調剤では!」ランスフォドがきっぱり答えた。

「それにしても、本来《もともと》こうした丸薬にそいつを盛ることはできるでしょうね?」

「できんことはありません、しかし——」ランスフォドは前証言をなした二人の医師の方へ、チラと意味ありげな一瞥をくれておいて、「しかし、私の調剤したその丸薬にそれが盛られていなかったということは、前証人達にはよく判っているはずです!」

ここでランスフォドはちょっと言葉をきったが、すぐに快活な口調で陳べ立てた。

「何故かなら、よいですか、その丸薬は食後服用ということになっているのです。そして、御承知の通り、それには糖衣《オブラート》を被《き》せてあるので、それを丸呑みにすると、胃の中でそれが分解する——つまり消化されるまでに、かなりの時間がかかるのです。ところが、前の証人は、コリショウの死んだのを食事中——乃至《ないし》は食事の直後だと証言しているじゃありませんか。この一事からして、私のその丸薬が、彼の死に何ら関係していないということが立派に証明されるわけです。念のためにこの際貴官からコーツ医師に訊ねてもらいたいと思います。屍体解剖の結果胃の中からその丸薬があらわれはしなかったかということを——」

検屍官が幾分疑わしげな顔を二人の医師の方へ向けて、言葉をかけようとした時であった。傍《かたわら》に着席していた警察署長がそれを遮って何か小声で検屍官に話し始めた。二人の間に一会話あった後で、検屍官は臨席の陪審員達の方へ向き直った。が、そこに列居《なみい》る陪審員達はいずれも、今のランスフォドの陳述にいたく感動している風であった。

「御覧の通りの事情にたち至りましたから」検屍官が言った。「延期の必要があると思います。本事件の審問は一週間延期します」

その宣言がまだ終らないうちに、証人席にやはり突立っていたランスフォドが、いきなり、平手でもって柵をびしゃっと激しくたたいて、叫んだ。

「不服です！　その宣言には、私は飽くまで不服です！　そもそもこの問題は貴官の方から持出したではありませんか。だから——いや、それだのに、いま私の身にとって極めて重大な利害関係を有する質問の提出を要求したに当って、審問を打切ると言われるのは、恐しく不当不公平なことです！」

「それは貴方のお考え違いです」検屍官が静に言った。「たといこれが延期されても、再審問の際には両医師に出席が願えるので、その節貴方は自由に質問をなさる機会を得られるではありませんか。ただ当分——」

「当分私を被疑者の位置におくと言うのですか！」ランスフォドが激して遮った。「それは私にとって堪えられんことです！　御承知でもあろうが、私は目下この市中《まちじゅう》で怪《け》しからん噂の的となっている。私は一刻も早くその疑いを晴したい。今日、ただ今、この公会の席において、厳かな誓いの下に、私はコリショウ及びブレードン双方の死の原因について何ら知る処がない——と開陳するの機会を得たいのです！」

「本事件の審問は来週の本日まで延期いたします」検屍官が静に宣告した。

ランスフォドは、つと、証人席を下りると、誰に会釈も挨拶もなく、思い詰めたような顔をして憤然と廷を出て行った。後には興奮した傍聴者達が、そこに一団、かしこに一団、ランスフォドの味方となりあるいは敵となって、旺《さかん》に論議を戦わしていた。

ブライスは、故意《わざ》と、ミッチングトン警部ともハアカ老人とも顔を合さないで、一人でその人群《ひとだかり》の中を出た。と、通街《とおり》でサックヴィル・ボンハム青年と落ち合った、ボンハム青年が継父《ちち》のフォリオット氏といっしょに審問廷に出席していたことは、ブライスも気付いていたのだった。フォリオット氏の方は閉廷後検屍官と何か話をし始めて、まだ後に残っている様子。ボンハム青年は早速ブライスに仔細らしく頭を振って見せて親しげに話しかけた。

「妙なことになったね、ブライス君！　だが、何にせよ、ランスフォドは大の鈍者《のろま》さ！」

「どうして？」

ブライスが訊いた。

「だって、そうじゃないか、苟《いや》しくも自分の現在の立場——例えば、ビワリ嬢の保護者というが如き立場——を考えたら、そうした怪しからん噂を立てられて、放っておけるわけはないじゃないか。もしそれが僕だったら、大丈夫、そんな噂なんぞ、たちどころに根絶《ねだや》して見せるね」

「ふん——どういう方法で？」

「何ある法律に訴えるばかりさ。立派な誹毀罪《ひきざい》だもの」ボンハムは手にしたステッキを威勢よく振りまわして、「とにかく、ランスフォドは独りでは何にも出来ない鈍間《のろま》だよ。彼には傍からお膳立をしてやる友達が要る。そこで、僕の継父が、一肌脱ごうとしているんだ。継父ときたら、こういう事件にかけては、とても凄い腕をもっているからね」

「そりゃあ、誰も、フォリオット氏の手腕を疑う者はないが」ブライスが言う。「だが、何でまた、君の継父《おやじ》さんがこの事件に関与《たずさわ》る気になったんだね？」

「その理由は簡単明瞭だよ」またもやボンハム青年は威勢よくステッキを振って、今度はカラーをぐいと引き上げ、鼻をツンと上方向《うわむ》かせた。「つまり、縁組上の必要からさ。君、気付かないかね——ほら、僕とビワリ嬢との仲さ。言うまでもなく、その——彼女の保護者たる者に疑問の雲のかかっていることは許せないからね」

「なるほどね」ブライスが冷かに言った。「縁組上の必要からか！　勿論、ランスフォドはその縁組のことは承知だろうね？」

「いや、そいつはまだかけ合ってないさ」ボンハムがのんきに言った、「しかし、ブライス君、僕の継父のことだよ！……あの機敏な腕なんだからうまくやって、人々をあっと言わせるよ、今に見ていてくれたまえ！」

「期待していよう。——じゃ、また！」

そのままブライスは真直に自宅《うち》へ帰って行った。そして件のサックヴィル・ボンハムの他愛もない話に、どこまで真実が含まれているだろうかと考えたり、今日の審問廷で目にしたランスフォド医師の激情的な態度について様々な解釈を下したりしながら、日の暮れるのを待った。暗くなったら、前日《まえのひ》ハアカ老人と打合せた、リチャード・ゼンキンスの墓場の探検に「楽園」の片隅さして出かけるつもりである。

やっとその日が暮れて、ブライスがそろそろ出かける準備をしている処へ、ミッチングトン警部がやって来た。

「おかしなことが持上ったよ、君！」警部はブライスの顔を見るが早いか叫んだ。「一向訳が判らない！　見たまえ、今し方市中《まちじゅう》にこんなポスターが貼られたんだ。そら」言いながら警部は、印刷のまだ乾ききらない二枚のポスターをブライスの前に拡げて、「ね？　五百磅の賞金！　こちらは一千磅さ！　両方とも同時に発表されたが、提出者は別人なんだ！」

「誰々だね、それは？」ブライスはポスターの上に屈み込んだが、「ほう！——なるほど。一方はフィリップス及メエナドだね、一方はビーチクロフトだ。妙なことだね、たしかに！」

「妙なことだとも！」ミッチングトンが応じた、「が、いいかね、ドクトル？　こちらの方——ジョン・ブレードン及びジェームズ・コリショウの両人、もしくは、そのいずれかの死に多少たりとも関係せる報告をなす者には五百磅を提供すというフィリップス及メエナドはランスフォドの弁護士なんだよ！　だからこの方のポスターはランスフォドから出ているんだ！　ところが、そっちの賞金一千磅のやつだ——何人たりとも、ジョン・ブレードンの死に伴う事情につきて確実なる報告をなし得る者は、ビーチクロフト氏より該賞金を与えらるべし——とあるが、そのビーチクロフトはフォリオット氏の弁護士じゃないか！　すると——それはフォリオット氏が提出したものなんだ。だ、として、一体氏が何でこの問題に関係しなければならないんだね？　その上、この二種のポスターは双方協議の上でやったものか——それとも、各自《おたがい》が全然別個の目的でやったものか、僕にはさっぱりそこの見当がつかないね！」

ブライスは二枚のポスターの文句を何回か繰返して読んだ。それから暫くの間黙って考えこんだ。

「そうだなあ」やっと彼が口をきった。「多分こっちの方はこうかな——フォリオット一家は非常な大金持だ。そして、かなり知れ渡っていることだが、フォリオット夫人は自分の息子の嫁にビワリ嬢——ランスフォド医師の被保護者だ——を配《めあわ》そうと望んでいる。だから、恐らく夫人はその一家に疑いをかけられたくないんだよ。どうだね、これくらいの解釈では。一方のやつは、無論、ランスフォドが自分の身の明りを立てたく思ってやったことなんだ。ところで、ミッチングトン君！　うっかりしてちゃいけないよ、こうなると、どこかに、何かを知っている者が潜んでいるかも知れないよ！　ほんのちょっとした何かだ。だが、そいつが現在ランスフォドに懸けられている疑雲を一掃しないとも限らないからね。こうなったら君もよっぽどしっかりしなくちゃ！　現に、今朝の丸薬についての彼の数言で君の見込は大分ぐらついたじゃないか。時に、コーツとエヴァレストは問題の丸薬を見出しただろうか？」

「そいつは、まだ言うわけに行かないね」ミッチングトンが答えた。「ふん！　それはともかく、こうした個人的賞金の提出というやつは僕らにとって禁物なんだ――こいつのために人々が警察へ知らすべきことも知らさなくなるからね。不都合なことだよ！」

警部は帰って行った。ブライスはなお暫く、四辺がとっぷり暗くなるまで待って、そっと家を忍び出た、差して行くのは「楽園」の暗闇《くらがり》であった。

第十六章　先廻りする

リチャード・ゼンキンスの墓は「楽園」の東南の隅――本堂の壁と水松の林との間にあって、小さい四角な石を敷きつめた狭い石畳の中央《まんなか》に立っている。すべて工夫や画策事に非凡な才能をもったブライスは、コリショウの死体発見という混雑《どさくさ》の場合にもかかわらず、それだけの事実を確めていた。しかも、例の紙片の文句から推すと、どの道、その墓の周囲《まわり》の小さい四角な敷石は一枚――あるいは二三枚めくらなければならなかったのである。

で、その夜のブライスは、特に金物屋から購入《かいもと》めておいた鍛え鋼鉄《はがね》の小さい鉄挺《かなてこ》と、小さい眼燈《がんどう》とを用意した。そんな物騒なものを携えて、夜中大伽藍《カセドラル》の地内をうろついていて、もしも誰かに見つかったら、寺院の装飾物《かざりもの》を狙って行く泥棒と怪まれても弁《い》い解く術《すべ》はないわけである。そのことはブライスも万々承知だったが、昼なお滅多に人通りのない、物淋しい「楽園」まして夜に入ってそこを訪れる者があろうか。今、ブライスがその場所に到着すると、片側には、初夏のことで、樹々や灌木の茂った枝葉が厚い屏風《びょうぶ》をなし、片側は大きな本堂の壁が劃《しき》っている――果して、四辺に人気はなさそう、ブライスには、心静かに、速かに、目的の仕事が成就《なしと》げられそうな予感が起きたのであった。

ところが、その予感は見事裏切られた。今、彼がその構内に一歩足を踏みこむも一緒、そこの曲角をまがって、ばたばたと駈けて来た者があった。アッと思う間もなく、ブライスの提げた眼燈の光の中に、その者の姿が照し出された。ディック・ビワリだ。

今時分、また何でディックがこんな場所にいただろう？　これには理由《わけ》があった。ディック少年と図書館長の娘ベッティ・カンパニとの間が、この頃単なる仲よしの友達という域を超えて、恋がかったものになってしまったのだ。で、二人は始終会っているくせに、それだけでは満足できなくって、ラブレターめいたものの交換をやりだした。それも秘密を楽しむところから普通の郵便によらずに、置手紙の取りっこだった。その恋の取持をする秘密のポストが、「楽園」の入口の耳門《くぐり》の直ぐ内部《うちら》に建った古い記念碑の背後《うしろ》の凹処《くぼみ》である。つまり今夜はディックがそこへ恋人の手紙を取りに行く番に当ったわけだった。

「やあ！　ディックさん！」

ブライスから声をかけられて、一二歩たじたじとなったディックは、急いで駈けて来たせいというよりも、むしろ興奮のせいで呼吸《いき》を切らし切らし、

「おお、ブライスさん！」急に声をひそめて、拇指《おやゆび》で「楽園」の奥を指しながら、「ちょっと！　あすこで何か始まってますよ――捜索のようなことが！」

その一言に、ブライスは我にもあらず跳び上った。

「捜索のようなことが？　あすこで？　――だってそんな――」

やにわにディックがブライスのコートの袖口を摑んで路の片側《かたわき》へ引っぱって行った、そして樹々の間を指《ゆびさ》した。ブライスが見ると、なるほど微かな燈火《あかり》がさしている。

「僕、たった今――あすこにいたんです」ディックが言う、「すると、三四人の人がやって来て、あの本堂のすぐ傍を掘り始めたんですよ！」

――しまった！　ことによったら、誰かに先廻りされたかも知れないぞ！　ブライスは心中で叫んだ、「――畜生！　何故おれは昨夜《ゆうべ》のうちにやって来なかったんだ！」

「一体それは誰々だろう？」ブライスが訊いた。「君、その人達の顔を見なかったの？」

「顔は見えなかったんですよ――ただ、その姿が薄ぼんやり見えただけで――でも、ミッチングトンさんの声は聞きましたよ」

「じゃ、警察の手合だ！　全体その手合が何を捜しているのかしら？」

「ちょっと！」ディックはまたブライスの腕を引っぱって、「行って見ましょうよ！　僕、あの人達に見つけられないで、あすこへ出られる路を知ってますから――さあ、従《つ》いていらっしゃい」

ブライスはディックに導かれるがままに、今やそれは明かに地を掘っているらしく、石に金属を打ち当てる響のする方角へ叢林の間を跫音を忍ばせて潜って行った。やがて二人は糸杉の屏風の背後から石畳を見渡すことができた。その石畳の中央《まんなか》にはリチャード・ゼンキンスの頗る旧式な石碑が頽然《たいぜん》と立っているのだった。

その墓石の周囲にいる五人の人々の顔は、明るい二個のランプの光で判然と認めることができた。その中の一人――石畳の上に膝をついて、ブライスがそのオーヴァコートの下に隠し持っていると同じような、小さい鉄挺をしきりに扱っているのは僧院附の石工頭であった。その傍に立っているのがミッチングトン、第三の人物は僧院に属したある僧侶、第四は――この人物がそこにいたことはブライスにとってその夜の第二回目の驚愕《おどろき》だったが――それはサクソンスチードの公爵であった。ところが、第五の人物――ミッチングトンと公爵との間に立って、誰よりも石工頭の仕事に気をもんでいるらしく見える丈《せ》の高い男は、ライチェスタに住っている人ではなく、ブライスのまるきり見も知らぬ人間であった。

間もなくブライスに判明した今一つの疑いない事実は、——これでみると、最早この人々は例の紙片に書かれた秘密を嗅ぎつけているが、ただその正確な場所を知っていないのだ——ということだった。その証拠には、石工頭は、リチャード・ゼンキンスの墓石の附根の処からそれを始めて、石畳の小さい四角な敷石を、その鉄挺でもって片端《かたっぱし》から一枚々々めくってみては、跡の穴を捜っているのだ。この向きでは、その仕事があの羅典語で示された正確な場所まで達するには、相当の時間がかからなければならない——

ブライスはディック・ビワリを引張って、そうっと後の方へ退った。

「ここにじっとしていて下さいよ！」二人が少々声を出しても大丈夫という地点まで引退ると、ブライスが囁いた、「彼等《あれ》を見張ってるように！　私はこれから行ってこの光景を見せてやりたいある人をここへ伴れて来ますから、ね！」

ディックが頼もしく首肯いたのを見て、ブライスは叢林を後にした。言うまでもなくハアカ老人を伴れに行くのだ。行ってみると老人は、小さい客室《きゃくま》に一人座って、煙草を燻しながら書見をしていた。しかし明かに彼の来るのを待っていた風で直様《すぐさま》椅子から立ち上って、

「何か見つかりましたかな？」

「してやられたんですよ！」ブライスが答えた。「昨夜出かけなかったのが不覚でした！　すっかり先廻りされたんです！」

「誰——に？」

「今、五人の人間が出張《でば》っているんです。ミッチングトンに、石工に、僧院の坊主が一人に、見知ら

ぬ男——それから、サクソンスチードの公爵です。どう考えますね、これを？」

ハアカ老人があたかも不意に闇に光を得たかの如く、跳《おど》り上った。

「公爵が、ですって？　そりゃ、ほんとですか？　ふうん！　左様か、そいつには私も考えつかなんだ！」

「何に考えつかなかったのです？」ブライスが詰問るように言った。

「いや、気になさらないで！　今にお話しますよ——じゃ、まいりましょうよ！」

「楽園」ではディックが命令《いいつけ》を守ってちゃんと見張っていた。そこへブライスに案内せられて来たハアカ老人は、石畳の処にいる人々の顔を素早くぐるッと見廻しておいて、ブライスの耳に口をおし当て、低いながらもハッキリした声で言った。

「あの男がグラスデールですよ！」

これでブライスの驚愕は三度目だった。グラスデール！——ブレードンの死後一時間かそこらのうちに、ハアカがこのライチェスタで見かけたという男、サクソンスチードの公爵の名前を騙《かた》った、文書偽造の前科者！　それがどうだ！　今そこに、当の公爵の傍に、平気の平左という顔をして突立っているじゃないか。これは一体何を意味するのだ？

そうしてこちらから、糸杉の屛風を透《すか》して三対《つい》の目が瞬きもせず覗いているとは夢にも知らない石畳の上の四人は、多くは黙りがちで、時偶《ときたま》ぼそぼそと何か囁き交しながら、第五の人物のやっていることを熱心に見守っているのだった。その第五の人物——石工頭は、相変らず克明に一枚々々の敷石を起しては、その下を検べていた。それまでの処まだ何にも出て来ない。しかし、その仕事そのものはだんだん進んできて、もうこの時にはそれが墓石からある距離の地点まで達していた。と一枚の敷石を起すと同時に、石工頭がひょいと顔を上向けた。それを見たブライスが、ハアカ老人を肱で小突いた。

「旦那方！　ここに何かありますぜ！」石工頭が大きな声を出した、「ちょいと、その鏝《こて》をとっておくんなさい！」

すわと、四人の傍観者が一斉にその方へ動いた。石工頭はミッチングトンから手渡された鏝を忙《せわ》しく使って、そこの穴から少々土塊《つちくれ》をほじり出した、それから片手を穴の中に突込んで、小さい匂みを引き出した。傍からミッチングトンが差し出すランプの光で、それが粗い麻布《サッキング》で包まれた上へ、黒い封蠟のべっとり塗られたものだと判った。糸杉の蔭では、今度はハアカ老人がブライスを肱で小突いた――見よ、その小さい包みは、石工頭の手からミッチングトンに渡され、ミッチングトンから、直ちに、サクソンスチードの公爵の手に渡されたのだった、それを受取った公爵の顔には、驚きと喜びの色がまざまざとあらわれたのである。

「さあ、署へ引上げよう、なあ、警部」公爵が言った、「この包みの中は署で検べるのだ。さあ、一同いっしょに！」

それから数分の後、ハアカ老人はその小さい客室で、ブライスを前に語っていた。

「左様さ、この新聞の切抜にも載っている通り、当時――もう十五年も昔になるが――それは有名な事件でしたな、公爵夫人のダイヤモンド盗難事件と言うてな。まことに巧妙な窃盗で――公爵家に大舞踏会の開かれた夜行われたものですよ。その後事件は所謂迷宮に入って、その犯人も捕らねば、ダイヤモンドの行方も判りませんでした。そいつが今夜十五年ぶりで見つかったわけで――いや、今頃はきっと警察署で、皆がそれを目にしているでしょうよ！　そこで、ああしてあの『楽園』の秘密の場所を公爵に教えた者が、誰かというに——グラスデールです！」

「グラスデールですって！　あの男が！」ブライスが叫んだ、これまたブライスには意外千万だったのだ。

「あの男ですよ、ドクトル！」ハアカ老人が繰返した、「グラスデールがブレードンの死んだ日にライチェスタにいた理由がそれなのです。同じく、ブレードン、すなわち、ブレークがこの市《まち》へやって来た理由もそれですな。言うまでもなく、彼とグラスデールはどうかしてその秘密を手に入れたので、そいつを共々に公爵に告げて、賞金——五千磅提出されていたのです——を得ようつもりだったのです、たしかにそうですよ。ところが、相棒のブレークが死んでしもうたから、グラスデールがそれを話したわけ。と言うて」ここで老人はちょっと口をつぐんで、ブライスに賢《さか》しげな眼を向けた、「問題は依然として残りますな。——では、何故ブレークはあのような最後を遂げるに至ったか？」

第十七章　後二日経てば

その同じ夜、ランスフォド医師の家の居室《いま》では、平素《いつも》のようにメアリとランスフォドがさし向いで、メアリの方は縫物をし、医師はその日の『タイムズ』紙を読んでいるのだった。ディック少年はもう寝たかして、そこに姿が見えなかった。戸外《そと》は夜更《よふけ》の「境内《クローズ》」森《しん》と静まりかえっている。

ふと、メアリが針の手をとめて、保護者の顔へ不安げな目をやりながら、それまで途切れていた話の続きらしく、

「それは、もう、市に拡がっていますす種々《いろん》な噂——先生に関する噂が、一掃されさえしましたら、わたし、何にも申上げることはございませんわ！　よくも、まあ、あんな残酷な、卑劣なことを——」

ランスフォドがばさりと新聞を投げた。

「ふん、実に下らん噂さ、私は何とも思っていないよ！」医師は肩をゆすぶった、「こんな噂というものは、不意に持上ると同様、また不意に消えてしまうものだからね。それに、その私に対する疑いも、心ある人々なら、今日私が審問官の前で言ったことを十分承認したと信じている。その余の者には、何とでも言わしておくがよい！　今にその時機が来れば、否応《いやおう》なしに分ることだ」

「そうおっしゃられてみると、なんだか、先生は、これまでわたしにお話し下すったよりも、もっと——ずっと多くのことを御存じのように思われますわ」メアリが遮った。

「左様、知っている!」ランスフォドが答えた。「だが、それを今まで私が秘してきた理由は、結局貴女にも判るだろう。勿論、その理由を知らぬ人達がかれこれ言ったところで――」

この時、表玄関のベルが響いた、その音に医師は言葉を途切らして、メアリと顔を見合せた。

「どなたでしょう、ね?」メアリが言った、「もう十時を過ぎましたのに」

それには何とも答えずに、ランスフォドは黙って待ちうけた、そこへ女中が入ってきた。

「あの、ミッチングトン警部さんが、まことに済みませんが、ちょいとお目にかかりたいと仰有って、お見えになりましたけれど――」

ランスフォドは椅子から腰を上げた。

「書斎へお通しするように――警部一人だけかね?」

「いいえ――一人の紳士の方と御一緒でございます」女中が言った。

「ああ、そう――すぐに行くから、二人ともお通しして、瓦斯《ガス》を点けておくれ」女中が畏って引退ると、ランスフォドは眉間《まゆあい》に皺を寄せて、「警察からだ! が、まあ、よい――別に心配することはありはせんよ」

そうメアリには平気を装うて言ったものの、ランスフォドの内心は決して穏かでなかった。彼はライチェスタ警察署の幹部達が、ブレードン及びコリショウの事件で彼にどこまでも忌わしい嫌疑をかけているという事実をよく知っていたし、また、経験に照して、そうした警察の嫌疑なるものを晴らすことはなかなか困難であるという事実も知っていたのだった。で、書斎の扉《ドア》の外に立った時、注意しなければ――沈黙を守らなければ、と――彼は十分自警した。

二人の来訪者は炉の近くに立っていた――医師は背後に扉を閉めながら、ゆっくりとその二人に目をつけた。ミッチングトンの方は馴染である。医師がより興味を惹かれたのは、その連れの見知らぬ男で、穏和《おだやか》な顔をした、至極平凡な、そこらでザラに見うけられる型《タイプ》の男である。しかし、ランスフォドは直ちに、刑事だな、とうなずいた。やがてその男から警部の方へ目を移して、

「何御用ですな？」と、ぶっきら棒に訊いた。

「夜分遅く上りまして、まことにお気の毒とは存じますが、さし迫って、是非とも貴方にお訊きしたい件が起きましたものですからね」警部はお世辞笑いを洩して、「もし貴下が話して下さろうというお考えがおありでしたら――きっと貴方からおっしゃって頂けることですがね」

「おかけなさい」ランスフォドは椅子を指して、自分も椅子に腰を下し、改めて見知らぬ男をチラと見た、「この方は？　私は見も知らん方を相手にお話したくありませんよ、警部《インスペクタア》」

「御道理《ごもっとも》です！」警部は少してれて、「申すまでもなく、こうした不愉快な用件には、やはり、どうも相役が要りましてね、この紳士は、警視庁の刑事巡査部長のゼッチソン君です」

「で、私に訊きたいとおっしゃるのは？」ランスフォドがたずねた。ミッチングトンは扉口《とぐち》に目を配っておいて、声を低めた。

「医師《ドクトル》、貴方だからお話してもいいですが、実は今夜、あすこの『楽園』で、大変な発見をしたんです。多分お聞きなさっているでしょう――数年以前のこと、サクソンスチードの公爵が大宝石の盗難に遭いましたね。その宝石――ダイヤモンドが今夜あすこから発見《みいだ》されたわけです。いや、それだけのことでしたら、格別こうしてお伺いする必要はありませんでしたが、どうでしょう、医師、その一事が例のブレードンの事件に関係しているというんですから、ねえ。つまり、ブレードンがこのライチェスタへやって来た目的はですね、彼と今一人の人物が、濠洲で、右の公爵の宝石を盗んだ人間か

ら――これはもう死んだんですが――その秘密の隠場所を教えてもらったので、それを公爵に告げようためだったんですよ」

「だから、どうしたというのですな？」ランスフォドが訊いた。

ミッチングトンは次に発する言葉がちょっと見つからない風で、一瞬間ためらいながら、刑事に目をやったが、刑事は顔の筋一つ動かさないので、再びランスフォドに目を返した。しかしランスフォドも何らの激励を与えてくれなかった。

「さあ、そこですよ！」突然、ミッチングトンが叫んだ。「貴方は何故われわれにある事を教えてくれないですか。医師！　いいですか、ブレードンの本名は、もうちゃんと、われわれに判っているんですよ！」

「誰ですな、それじゃ？」ランスフォドの訊方《ききかた》は静なものであった。

「ジョン・ブレークです、以前倫敦である銀行支店の支配人を勤めているうちに、公金費消罪で十年の刑に処せられた人間です」ミッチングトンがランスフォドの顔にじっと目をつけて言った、「これは極めて確実な事実です！　今日、それを、いま言ったブレードンの相棒だった人物の口から聞いたんですよ！」

「貴方がたが今夜ここへいらっしゃった目的は？」ランスフォドが訊いた。

「さ、それです。私達のこうしてまいりましたのは――つまり、われわれの間だけで――貴方から、そのブレークの若い時代のことについて何かお話を承われないかと思ったからです」ミッチングトンが答えた、「それも、ここにいますゼッチソン君は――こうした事件では経験家ですが――既に、ブレークの殺された原因を、彼がその宝石に関する秘密の所有者だったから、という風に考えているんです。というのは、われわれの申告者の言によると、ブレークはライチェスタへ来た際、その宝石の隠場所を示した図面をたしかに持っていたはずですから。――それが、ああして彼の衣服から持物一切を検べたにかかわらず、どうしても見つからなかったにおいては、こういうことになりはしないでしょうか、即ち、その図面は彼があの朝明層の桟敷廊下で誰かのために強奪せられた。そしてその犯人は彼の呼吸《いき》を半ば止めておいて、あの開いた出入口から突落したということにですね。仮りにこの意見が正しいとすれば――いや、今となっては、私もどうやらそうではないかと思われてきましたが、ね――もしそうだとしますれば、この際ブレークの前身について貴方が御存じのことをお話し下さると大変われわれの参考になりますが、ねえ。医師！ ――あの朝ブレークが、この診療所を訪れて、貴方の代診に向って、その昔ランスフォド医師というのを知っていたと言ったことは、貴方もよく御承知でしょうのに、何故おっしゃって下さらないですか！」

ミッチングトンの態度には明かに真実から哀願している処が見られたが、ランスフォドはそれに答える代りに警視庁の刑事の方へ目を向けた。

「今のが貴方の御意見ですか？」

ゼッチソンは自信ありげに首肯いた。

「そうです！　私は当地《こちら》へまいりまして以来、できるだけの調査をして、相当の見込みはつけていましたが、今夜の公爵の宝石の発見という事件によって何もかも根柢から覆《くつがえ》されてしまったのです。全く、もしもここへ今いう申告者が現れませんでしたら――」

「その申告者とは何者ですね、一体？」ランスフォドが詰問《なじ》った。

二人の訪問者は互に顔を見合せた――刑事が警部にうなずいて見せた。

「あ、なるほど!」ミッチングトンが言った。「申上げましょうよ、医師、差しつかえありません。それはかつてブレークと同囚だった――グラスデールという男です。二人は刑期を終えると打連れて植民地に渡り、そこで両人とも相当の産をなしたらしいんです。それから例の秘密を手に入れると、やはり二人連れ立って帰国し、それを公爵に告げるためにまず態々《わざわざ》ブレークがライチェスタにやって来たんです。グラスデールの方はその翌朝ブレークと一緒になろうと思って来てみると、ブレークが変死を遂げたという話で、彼は気も顚倒して――この地を去り――やっと今日立ち戻って来て、サクソンスチードへ出かけて、すべてを公爵に物語った――それで今のお話しました結果になったんです」

「その結果がですな」ランスフォドがミッチングトンの顔をきっと見詰めて言った、「貴方の考えをすっかり変えたらしいですな――私に対する?」

ミッチングトンはやや気まり悪るげに笑った。

「ええ、まあ、医師!」しどろもどろに言った、「いえ、何、そうですね――正直に申せば、私はゼッチソン君の意見に賛成ですよ――その、事実、たしかにその意見は真をうがっていますからね」

「そこで、貴方の意見ですね」ランスフォドが刑事を顧みて訊いた、「なるべく簡単にお願いいたします」

「それは大体今、ミッチングトン警部によって陳べられたのですが」刑事が答えた。「私の考える処ではブレークは、その携えて来た秘密――公爵の宝石の隠場所のことを、相棒のグラスデール以外の誰かに明かしたか、乃至はそれを誰かに嗅ぎつけられたかしたのです。ここにいるミッチングトン警部から聞くに、ブレークはライチェスタに着いた晩、二時間というもの『法冠《マイター》』旅館を空《あ》けたのですが、その間彼はどこに――誰といたでしょう！　恐らく、その間を、彼から秘密を嗅ぎつけた人間、あるいは彼がその秘密を打明けた人間と一緒に過したにちがいありません。そこで、彼の死後、グラスデールのいう紙片《かみきれ》がどこからも出て来なかった点から推して、こういう解釈が下されますね。ブレークは右のその秘密を知った人間のためにあの桟敷廊下――あの淋しい、静かな場所まで尾行《つ》けられた、聞く処によると、彼はあんまり丈夫でない、細《ほっそ》りした人間だったそうですから、――その淋しい場所で手込めにされて、紙片を奪いとられ、それから投げ落されたものですね。こういう解釈を下せば、第二のコリショウの事件も辻褄《つじつま》が合うのです。多分コリショウはそうしたブレークの死の真相について、全部とは言えないまでも、幾分か知っていたのでしょう。その一事がブレークの殺害者の耳にはいった！――忽ち、犯人は巧妙な手段でもって彼を片附けたのです。ざっと以上が私の意見です」刑事は話を結んで、「万々間違ってはいないと思いますね！」

「さあ、それで、医師、今もお願いしましたように」傍からミッチングトンが口を出して、「この上は、貴方の方で御存じのことを少々洩して下さいませんでしょうか？　ね、われわれはここまで進んでいるんですよ。そこで、貴方がかつてブレードン、即ちブレークとお知合いだったことは明かですから――」

「私はそんなことを言った覚えはない！」ランスフォドが打切《ぶちき》るように遮った。

「いや、その――それは、ブレードンがここを訪ねたという確実な事実から、推定されるんです」ミッチングトンが言訳をした、「ですから。もしも――」

「お待ちなさい！」

ランスフォドが言った。

そう言ったかと思うと、彼はいきなり椅子から立ち上って、両手を衣嚢《ポケット》に突込み、何か深く考え込んだ風で、室の中をあちこち歩きはじめた。二人の訪問者は時々それへ好奇的な目を向けるばかりで、敢て言葉を発しようとしなかった。――たっぷり十分間も経った。と、不意に彼は二人の近くへ椅子を引き寄せ、再び腰を下しながら、

「じゃ、お話しましょう」と強い口調で言った、「しかし私の秘密を打明けろと云う以上、貴方達の方でも私の要求を容れて下さるでしょうね。――それは、私がよろしいという時まで、この談話《はなし》を貴方達が勝手に利用しないということです。それがはっきりしない以上、私は何事も申上げられないのです」

「そういうことなら無論その約束は御希望通りにいたしましょう」ミッチングトンが答えた。

「よろしい」ランスフォドが言葉を続ける。「それでは――何よりもまず、私はお訊ねのブレードンの過去に関しては現在のところ何にも申したくないのです。これだけははっきり断っておきますよ。次に、ゼッチソンさんのただ今の御意見についてですが、貴方はそれを万々間違っていないと思うと言われたけれども、私は必ずしもそうとは思いません。とは言え、それは当らずとも正に遠からずという点まで来ている――いや、貴方のことだから今にきっと、間違いのないところまで行かれるだろうとは思いますがね。しかしそのことにもここでは触れますまい。そこで、今私が貴方達にお話しようとするのは、もし今夜の事件が起きなかったらこの場でお話するわけに行かなかった性質のものです。さあ、よろしいか！　まず第一に私はブレードンがライチェスタへ着いた日の夜、すくなくとも、ある時間どこにいたかということを知っていますよ、シンプソン・ハアカという名前で通っているあの老人の宅にいたのです」

ミッチングトンがひゅうと口笛を鳴した。刑事は、これはシンプソン・ハアカなる者について何にも知らなかったので、説明をもとめるようにチラと警部の方を見た。だが、ミッチングトンは、それには取合わないで、ランスフォドにうなずいてみせた。

「それというのはですね」ランスフォドが先を続けた。「ミッチングトンさん、貴方はハアカの住居《すまい》を知っていますな。ちょうどあの晩、私はあのすぐ向いの家で二時間ばかり病人の世話をしたのです。で、そこの窓からちょいちょい外を見てましたが、ハアカが一人の男を伴って帰ってきた、それから殆ど一時間経って、その男がハアカの家を出て行くのを見かけたのです。その翌日、大伽藍《カセドラル》で死んでいた男が、たしかに、その同じ男だったのです。これで十分でしょうな」

「結構です！」ミッチングトンが叫んだ、「十分判ります！」

「だが、その件よりも」ランスフォドが続けて、「これから話すこと——これが、ずっと重大な——及び、内密的な——性質をもったものですよ。よいですか、貴方は——無論、気付いていまいが！——貴方達の今夜の行動は監視されていたのですぞ！」

「何ですって？」ミッチングトンがまたもや叫んだ。「監視されたですって？　一体何者《だれ》が監視していたんです？」

「一人は、ハアカ」ランスフォドが答えた。「今一人は——私が最近解雇した代診のベンバートン・ブライスです」

ミッチングトンの顎ががくりと垂れた。

「ええッ！　そんなはずは、——だって、どうしてそれを貴方が——」

「ちょっと、お待ちなさい」

そう遮っておいてランスフォドは室を出て行った、残された二人は顔を見合せた。

「かなり詳しく知ってるな」ゼッチソンが声をひそめて言った、「半分か三分一位しか話してないんだ」

「そうらしい。どうかしてすっかり吐《はか》してしまいたいナ。この機を外さずに」と威勢よくは言ったものの、彼はランスフォドの思いがけない報道に明かに非道く驚いているのだった。

「いや、その時機は大将に委したがいいでしょう」ゼッチソンが戒めた。「だんだんなしくずしにこっちのものとするんですね」

ランスフォドが戻ってきた——ディック・ビワリを伴っている。少年は華美《はで》な模様《がら》の寝衣《ねまき》を着てた。

「さあ、ディック」ランスフォドが言う。「先刻《さっき》私達に話した今夜の出来事を、もう一遍詳しく警部さんに話して御覧」

ディックにあってはその冒険談を二度繰返そうが、三度繰返そうが、更に嫌《いと》う処でなかった——況んやその筋の人を二人まで前にしては、殊更そうである。そこで彼は、その夜「楽園」の入口で偶然ブライスに遭遇《であ》った瞬間から、最後にそのブライス及びハアカと別れた折までの顛末を細大洩さず物語った。傍に立って、二人の警察官の顔を注視していたランスフォドは、その物語の中に彼等の職務的精神を刺戟し、彼等を十分傾聴せしめるに足るものがあったのを看のがさなかった。

「ブライス医師は直ぐにハアカを連れて行った——そうですね?」

ディックの話が終ると、ミッチングトンが訊いた。

「そうです」ディックが答えた。「そしてやがてあの爺さんを連れて帰ってきたんです」

「それから、ブライス医師がこの事件について貴方に口留めしようとすると、ハアカが、何、この件は明日にも世間へ知れ渡るから、それには及ばぬ――と言ったんですね？」ミッチングトンが訊く。

「その通り、言ったんです」ディックが答えた。

ミッチングトンがランスフォドの顔を見た。ランスフォドはディックに向ってうなずいて、

「もう、よろしい、ディック。行ってお寝《やす》み」

少年が立ち去ると、ミッチングトンは頭をふった。

「変だ！　何でまたあの二人がそんな真似をしただろう？　――確かに、そこに何かある。では、医師《ドクトル》、もう少しお話願えないでしょうか？」

「先刻と同様の約束で――ね」再び椅子に腰を下しながら、医師が答えた、「もっとも、これは私が直接見たことではない、図書館長のカンパニ氏から聞いたことだが、最近ブライスはあの図書館へせっせと通って、大伽藍やあの附近の石碑に関する古い記録を熱心に調べていたそうです。そればかりか、自身あそこらの墓場をうろついて、実地に古い墓石を調べて廻っていたという話です。それで――今夜宝石を発見した場所は、ある古い墓石の近くではなかったですかね？」

「そうです――ある墓石の直ぐ近くでした。なるほど！　だんだん当りがついて来るようですな。ふうん！」ミッチングトンが一つ唸った。

「では、その他の一二の妙な事実――妙ではあるが、疑うべからざる事実について御注意しておきたい。ブライスはあのブレードンの事変の際、ヴァナが貴方達を呼びに行った後で、数分間というもの死体の傍にたった一人でいたですよ。これが第一の事実。それから『楽園』でコリショウを発見したのが同じくブライス――これが第二の事実です。第三の事実は――ブライスが今夜ハアカを連れて来て――貴方達のすることを窃見《ぬすみみ》したには明かに何か動機があったということです。その動機は何であ

ったか？　いろいろ綜合して考えてみるに、ブライスとハアカはそうして何か秘密の仕事をやって来たに相違ないが、その秘密の仕事というのは、何であるか？　もしくは、何であったか？」

俄かにゼッチソンが立ち上って、着ている夏外套の扣鈕《ボタン》をかけ始めた。その動作は彼の頭にある新しい考えが浮んだ――ある確固たる断定ができたことを示すかのようであった。彼はくるっとミッチングトンの方を向いて、

「ともあれ、確実なことが一つありますね、貴方は今後その二人から寸刻《すこし》も目が放せませんよ！　たった今――から！」

「勿論さ！」ミッチングトンが同意した、「あいつ等《ら》両人とも、どこへ行こうとどこへ止《とど》まろうと、夜昼なしに尾行をつけてやる！　それでも、ハアカの方はこれまで始終ちょっと不思議な人物だと睨んでいたから、まだいいけれど、ブライスの奴め――あいつ、まんまと僕を白痴《こけ》にしてきたんだ！　表裏《うらはら》の手をつかいやがって！――が、まあ、いい。そこでもうお話はありませんか、医師？」

「今のところそれだけですね。しかし――後二日経てば、もっと話して上げることが出来ますよ。まずそれまでは――先刻のお約束を守って下さるように！」

二人を送り出すと、医師はメアリの所へ帰っていった。

「さあ、もう貴女もそう長く待たなくてよい。謎は解けかかったから！」

第十八章　口留金《くちどめきん》

ミッチングトン警部に謂わすと、「ブライスという奴は、夜半《よなか》前には決して寝室《ベッド》へ入らない種類の人間」であった。それは事実で――一体何のためにそうしてブライスが殆ど毎夜夜更しをするかというに、読書に耽るのである。その読書がまたブライス独特のもので、古来の政治家外交家――それも多くは権謀術策《けんぼうじゅっさく》を以て名を得た人々の伝記ばかりを読むのである。そこに彼は彼の大切な精神の糧を見出すのであった。で、彼はそれらの紳士連の遣口《やりくち》を綿密周到に研究するのみか、その中の特に彼の心を惹く箇所を抜粋してノートにまでとっておくのであった。

ところで、この多事な夜における彼は、平素《いつも》と大分様子が異《ちが》っていた。ランプこそもう幾時間か前から、明々《あかあか》と卓子の上に点っているが、当の彼はそれに背を向け、火の無い煖炉《ストーブ》の鉄格子に両足をかけて、安楽椅子に凭りかかっているのだった。今や彼は、机上の治国策よりも、もっと切実な、自分自身の問題について慎重に思いを凝しているのだ。

言うまでもなく、その夜「楽園」の秘密の場所に先廻りされたということは、ブライスにとって大打撃だったのである。こうしてその間に秘密というものがもはや少しも存在しなくなり、問題のジョン・ブレードン実はジョン・ブレークがライチェスタへやって来た理由は、すなわち、ハアカ老人の意見に従って、宝石の隠場所をサクソンスチードの公爵に告げんがためだったのだ――とすれば、それは明日にも世間へ知れ渡ってしまうことだ、そうなると、ブライスが今日が日まで、その秘密を自分の方へ利用してやろうと目算《もくろ》んでいたことや、また旨くその秘密とランスフォド医師との間に何か関係があってくれれば、そいつでもって飽くまでランスフォドをとっちめてやろうと意気込んでいた期待はすべてフイである。さて、いかにすべきか！　彼は新しく陣容を立てなおさなければならぬ、在庫《てもち》の品を調べなければならぬ、自分がどこに立っているかを知らなければならぬ——就中《なかんずく》、現在自分が本当に欲しているることは何であるか？

しかし、そんな問題にいつまでも悩んでいるようなブライスではなかった。——現在おれが本当に欲していること？　それはもう判りきっている。曰く、ブレードン及びコリショウの事件でランスフォド医師が警察から睨まれているのを幸いにその犯罪嫌疑をますます濃厚ならしめることだ。それには明朝《あす》食後直ぐにミッチングトンを訪ねて、ちょいと暗示《ほのめか》せば事が足りるのだ。そうして次第にランスフォドが手も足も出せなくなる、すると傍にいるメアリ・ビワリ嬢の気持はどうか？　彼女が限りなく尊敬している保護者のその窮境を目《ま》のあたり見てはよもやじっとしてはいられまい。必ずや自分の身を犠牲にしても、それを救おうという気を起すにちがいない。そこがこちらのつけ目だ！　——こう考えてブライスは会心の笑《えみ》をもらした、——その彼女に向ってこうおれが言う、「今の際ランスフォドさんを活かすも殺すも、私の方寸にあるんですよ。もしもここで私が黙っていたら、医師《せんせい》の生命《いのち》は失われるし、もしも私が一言云いさえすればそれが助かる、さあ、それを云いましょうか、云いますまいか——貴女のお考え一つ、いや、私が医師の生命を救うためにこの口を開こうというのは、要するにその代価として貴女が欲しいからなんですよ！」……

と、その時、室の扉《ドア》にこつこつと叩音《ノック》。ミッチングトンとゼッチソンであった。

容易なことでは物に驚かぬブライスは、この時もその二人の姿を見て、あたかもこうした深夜の訪客には慣れきっているとでも言いたげに、いそいそと彼等を室内へ招じ入れて、とりあえずウィスキーと葉巻を勧めた。二人が各々《おのおの》その飲物を一口やると、彼もそれにつき合って、コップを手にしたまま、再び安楽椅子にどっかり腰を下した。

「通りがかりについランプの光明《あかり》を見かけたもんだからね、ドクトル——少々変った話もあるんで、ちょっとお寄りしたわけだよ」警部が言訳らしく言った。「その前に友人を紹介しよう——警視庁の刑事巡査部長ゼッチソン君だ——今度の事件で態々来てもらったんだよ」

「じゃゼッチソンさんにはこれから存分に手腕《うで》を揮《ふる》われる機会が得られるわけですな！」ブライスが皮肉たっぷりの口調で言った。「いや、もう既にその見込がついておられるかも知れない」

「どうしまして！　そう簡単《てがる》な事件ではなさそうですよ」ゼッチソンが言った、「ずいぶん紛糾《こみい》っているようですからね！」

「真実《まったく》ね！」ブライスは一つ欠伸《あくび》をして、ミッチングトンに目を向けながら、「で、変った話というのは？」と、いかにも気の無さそうに訊いた。

そこでミッチングトンは、その夜の事件——多分行方不明になっていた公爵の宝石を「楽園」の一隅で掘り出したことから、その手引をした男から、ブレードンのライチェスタ訪問の真の目的が那辺にあったかを聞知った事まで一通り話した。話し終ると、彼は元より、ゼッチソンも傍から、ブライスの様子にじっと目をつけた。しかるにブライスは、その話に大した興味も覚えないらしく、ゆっくりと飲物を一啜りした後で、コップを下に置いて、葉巻函《シガレット・ケース》を引寄せた。二人の警察官は彼のマッチを擦るその指が、巌《いわお》の如くしっかりしているのを認めた。

「そうだね」マッチの燃さしをぽいと投げ棄てながら彼が言った。「僕は君達がそれをやっているのを見ていたよ」

精いっぱい抑えつけたに拘らず、ミッチングトンの顔にはさっと驚愕の色が漲り、ゼッチソンの方へ目を向けないわけに行かなかった。だが、ゼッチソンは相手のブライス同様、静然たる態度を持していた。で、警部は強いて笑って、

「君が見ていた？」と、信じられないというように言った、「誰知るまいと思っていたがなあ！　それにしても君はどうして知ってたね？」

「御承知の通り、僕には夜歩きの癖があるんだ。今夜もそれをやっていると、あすこの『楽園』の入口で、ビワリ少年に会ったのさ、それから聞いたんだよ」ブライスはすらすらと答えた。「で、僕は君等のやっていたことを拝見したね。いや、まだある、僕はそこへハアカ老人を連れて来たんだ。勿論、僕等は純然たる好奇心から君等のやることを覗見《のぞきみ》したんだよ。すると君等はあの包みを掘り出した。だが、それが何であったかは、当然、今からそれと聞くまで判らなかったよ」

ミッチングトンは、その隠立てのない陳述にすっかり面くらってしまって、何と言っていいかわからず、またもやゼッチソンに目を向けた。ゼッチソンは相変らず何の助けも与えてくれない。

「では、君はハアカ老人を連れて来たんだね？」止むを得ずミッチングトンが言った。「一体――その、何のためにあの老人をそこへ連れて来たね、ドクトル？」

そう訊く警部の顔を暫く見守っていたブライスは、やがて両手の拇指を胴着《チョッキ》の袖口に突込んで、半分物臭そうに、

「君はハアカ老人の正体を知っているかい！」

「知らないよ！」ミッチングトンが答えた、「人々が言っているね――倫敦の商人の隠居で数年前《ぜん》からこの市《まち》に居を構えているって――それ以上のことは知らないよ」

ブライスはひょいとゼッチソンの方を振向いて、

「貴方は？」と訊いた。

「私がですって！」ゼッチソンが叫んだ。「存じませんな、その紳士のことは――まるっきり！」

ブライスは声を立てて笑った――その声には例によって皮肉な嘲笑の響がこもっていた。

「ミッチングトン警部はともかく、ゼッチソンさん、貴方の方はせめてそのハアカという名前ぐらいは御存じだろうと思っていましたよ。というのはですな、ハアカは倫敦の商人の隠居ではなく――その昔、貴方と同じ職にあった人ですからな、当時その方面で大そうな腕利《うできき》という評判をとった人なんですよ。念のために御庁《やくしょ》のどなたかに聞いてごらんなさい――シンプソン・ハアカを憶えていないかって。ははは、驚いたらしいね、ミッチングトン君！　じゃ、せっかく、君達がこうして訪ねてくれたから、もうちょっと君達を驚かした方がよさそうだな」

その最後の言葉と共に、ブライスの態度ががらりと一変した。それまでむしろ自堕落な恰好で安楽椅子に凭《よ》せていた身体をしゃんと立たせ、さも無関心らしく見えていたその顔がきっと緊張《ひきしま》り、二人の訪問者を甲から乙へと見やった眼に鋭い光が加った。その姿勢なり、挙動なりは、彼の心中に突然ある断乎たる決心の生じたことを示すかのように見えた。

「いや、もっと話すことがあるよ！」彼が繰返して、「せっかくこうして訪ねてくれたんだから、ね！」

ミッチングトンは、変な不安を覚えて、またしてもゼッチソンをチラと見た。と、この度は刑事がそれに応じて口を開いた。

「まあ、何でしょうね」彼が静に言う。「今のような場合、そうしてブライスさんから何か新しいお話がうかがえるなら、これに越したことはないですね」

「確に、そうだよ！」ミッチングトンが相槌を打った。「じゃ、君はまだ何か知っていることがあるんだね、ドクトル？」

　ブライスは身振りでもって二人の椅子を自分の傍へ近寄らせ、「さて」と一段と声を低めて、「まず言っておくが、このブレードン及びコリショウの怪死に連累《まつわ》るライチェスタ楽園事件について、僕以上に内情を知っている者はどこにもいないね！」というのを冒頭《まえおき》に、そもそも彼がこの事件に首を突込んだ理由は、彼がランスフォド医師の被保護者であるメアリ・ビワリ嬢と結婚しようと志した処にある。すなわち、それまでそのメアリ及び弟のディック少年とランスフォド医師との関係が不明のせいで世間の噂の的となっていたゆえ、かねがねその真相を知りたいと思っていた矢先へ勃発したのがブレードンの事件だった。これが直接動機となって――それというのも、その事変の朝、ブレードンがランスフォド医師の診療所を訪ねて来て「昔ランスフォドという名前の医師を知っていた」と言ったことだし、その上、そのブレードンがああした惨死を遂げた直後と思われる時刻に、「楽園」の入口で、寺院の西方《にし》の小脇門を非常に激昂した様子で駆け出して来るランスフォド医師の姿を見かけたりしたので――いよいよ彼はランスフォド医師の過去、一歩進んで、その過去においてランスフォド医師とブレードンとの間に関係があったかどうかを取調べにかかったということ、そのため彼自身バアサープまで出向いたこと、そしてそこで調査した結果判明した事実――ブレードンの本名は確にブレークであり、今から二十余年以前、その頃倫敦のある銀行支店の支配人をしていた彼が、度々そのバアサープへ釣魚《つり》に出かけているうちに、土地の牧師の宅で家庭教師を勤めたメアリ・ビワリという娘と結婚することになり、その花婿の附添人は当時の親友のマーク・ランスフォドがやった。しかも、そのメアリは誰からもランスフォドの方と結婚するものと予想されていたのだということ、その他の事実を詳《つぶさ》に物語った。

続いてブライスは、二人の謹聴者を前に、そのバアサープからの帰途倫敦で老牧師から聴きこんだ事実の開陳に移った。――それから数年経って、ブレークが銀行の金を使い込んだという罪で、十年の刑に処せられたこと――この時の逮捕者が実にハアカだったのだ！　と附加することをブライスは忘れなかった――そこで、老牧師が下獄《げごく》間際のブレークを訪ねると、ブレークはただ一言、「自分は親友のために欺かれてこんな馬鹿な目を見ることになったのだ、しかし、この復讐はきっとしてみせる！」と憤慨したこと、ところがここに不思議にも、そのブレークが逮捕せられると同時に、彼の妻子が姿を隠したこと、そればかりか彼の親友だったランスフォドが同じく行方不明になったこと――そのランスフォドが二年前にこのライチェスタへひょっこり現れて開業したが、それ以来噂の的となった二人の被保護者、即ち今ブライスが結婚を望んでいるメアリ・ビワリ嬢及び弟のディック少年こそ、ブレークの子供達だと判ったこと――

「大体以上のような事実を根拠《もと》に」と、ブライスは得意げにミッチングトンの驚き顔を見ながら、「僕にはもうちゃんとある意見ができているね。何なら、それも述べていいよ」

「それこそ、是非とも承りたいもんですね」ゼッチソンの方が静に言った。

「つまり、こうですよ。ブレークが下獄の際に、老牧師に向って、親友のために欺かれた云々――と言ったその親友というのはとりもなおさず、ランスフォドのことで、ランスフォドはそうしてブレークを罪に陥れたばかりでなく、後に遺った彼の妻や子供とどこかへ駈落したんですね。それから間もなくブレークの妻は死んだものと見なければならない、というのは、二人の子供はその母親のことをちっとも憶えていないようですから——いや、父親《おやじ》を憶えていないのは無論のことです。そんならランスフォドとその二人の子供は、この土地へやって来るまでどこでどういう生活をしていたか——こいつは今の処まだ判っていませんな。もっとも、これとてここ二三日の中には判るはずです、実は、先刻《さっき》話したハアカ退職刑事が、その調査用件を帯びて今夜の終列車で倫敦へ発ちましたからね。ところで、ブレークの方は出獄後どういう生活をしたかがよく判っている。すぐに英国を去って、方々を歩いたあげ句濠洲へ渡り、そこで相当の資産をつくった。そこへもって来て、例の『楽園』の秘密を手に入れたので、匆々《そうそう》英国へ帰って来、そのままこのライチェスタを訪れたのです。で、先刻もミッチングトン君が言ったように、彼がこの地を訪れた本来の目的は、何もランスフォドに関係《かかわ》っていない。それがあの朝『境内』を通りかかって、偶々あすこの診療所に掲った表札を目にしたのです。それから僕との応対があって、一人で『楽園』を突切って行く途中で、患家から帰って来るランスフォドと出会ったんですね。そこで二人は秘密の会談を遂げるために、人目のないあの明層の桟敷へ上って行った——と考えられますね。そして、その会談が嵩じて口論となり——それが取組合《とっくみあい》にまで進んでその果てはランスフォドがあの出入口からブレークを突落したか、それとも、ブレーク自身が過って墜ちたか——」

「そりゃ、君、過って墜ちたはずはないよ！」傍らからミッチングトンが口を容れた、「石工のヴァナがあの扉《ドア》の隙から突き出た手を見たと誓言しているじゃないか！」

「それだけの証言じゃ、しかし、その手が果してブレークを突落すために出されたものか、それとも過って墜ちかかったブレークの身体を引留めようとして出されたものか、どっちだか判らないじゃないか」ブライスが一矢報《いっし》いた。「が、まあ、それはいずれにもせよ、そうした騒動を見たのがコリショウなんだ！　そしてコリショウは毒殺された――こいつだけは動かすべからざる事実なんだよ！ここで僕は今一度推定に立戻るが、僕にはそのコリショウを殺した青酸は、やっぱり丸薬の中へ仕込まれたと思われるね。しかも、それは、ミッチングトン君、君が見せてくれたあの容器の中の丸薬の一つに、たしかに仕込まれていたんだよ。運悪くコリショウは、六粒もある丸薬の中から、選《よ》りに選ってその餡入《あんいり》のやつを真先に服《の》んだわけさ！」

「だって、君！」ミッチングトンが遮った。「ランスフォドは検屍官の前で何と言ったね？　屍体解剖の結果その丸薬が現れただろうから、それを検べたら毒薬の仕込まれていないことは判るはずだと言明したじゃないか！」

「ぷう！」ブライスが軽蔑するように叫んだ。「あれは虚勢を張ったに過ぎないさ！　ああした丸薬がそのままで胃の腑に残っているもんか――残っているのは糖衣と毒薬だけさ。で、いいかね、僕はそういう毒薬の盛方をすっかり心得ている。何、手軽なものさ。ところで――それがどんなに手軽に盛られるかを知っている人間が――医師以外の者にあるだろうか？」

ミッチングトンとゼッチソンは、互に目配せをした。ゼッチソンがブライスの方へ、身体を乗り出した。

「それでは貴方は、事実コリショウはランスフォドに殺されたという意見を抱いているんですか？」

「否《いや》、全然そうだとは――ただ、ブレークの死は他殺であるか過失死であるかまだ不明だが、コリショウに至っては、疑いもなく、他殺――しかも、計画的に殺されたのだとだけ言っているんですよ。

それはさておき、今一つ、私が最近探知した新しい事実を話しましょうよ」

そう言ってブライスは、いよいよ掉尾《とうび》の物語を始めるぞという意気込で、ゼッチソンの顔からミッチングトンの方へ目を移した。

「これは、君もまだ知らないことなんだよ、ミッチングトン君、実は、コリショウの死後、僕は秘《ひそか》にあの女房からあることを聞いたんだ。知っての通りあの女房はあの社会の女としてはかなり頭脳《あたま》のある怜悧《りこう》な女だが、僕が訪ねて行くと、良人《おっと》のコリショウが生前そこの会員だったという『親睦協会』なるものの預金帳を見せてくれたんだ。それによると、コリショウはなかなか心掛のいい人間だったとみえて、その日その日稼ぎ溜めた金を年々少額ながら――そう、一年に一磅から二磅ぐらいに過ぎないが――その協会へ供託している。それが驚いたことには、彼の死ぬたった二日前に、五十磅――いいかね！　――五十磅という金を、一時にその協会へ預けているんだよ！　一体彼はその金を、どこから不意に手に入れたんだ！　高々先生は一週間に二十六志《シリング》か八志しか稼げない石工の下働きだったじゃないか。女房に聞いてみても、彼にはどこからも遺産の舞い込んでくる身寄りはなかったというんだ。そんな金の収《はい》る当てについては一度も聞いたことはなかったそうだ。――だが事実その金が収っている！　これをどう解釈すべきか？　そこで僕の意見だ――僕の解釈では、例の彼が酒に酔った機勢《はずみ》に喋ったこと――もしも自分の気が向けばブレードンの死についてある事を言うことができると匂わしたやつが、そのブレードンを襲ったある人間――これが何者であるにせよ、――そのある人間の耳に達したわけだ、で、そのある人間が、コリショウに会って、その件に関する口留金として右の五十磅を与えたんだ――と、こう考えるね。しかし、後日、その同じある人間がそうした口留金だけでは不安になって、とうとう本尊のコリショウを毒殺したことは言うまでもない。――いや、以上は僕の推定だよ、僕が確実に知っているのは、コリショウが死ぬる僅《わずか》二日前に『親睦協会』へ身分不相応な金を預けたという事実だけさ！」

言い終ると、ブライスは新しい葉巻を取って火を点けた。ミッチングトンはその様子で、彼がもう言うべきことは言い尽したのだと覚って、腰を上げた。

「いや、いろいろ参考になることを聞してくれて難有う。とにかく、君もこの事件ではやっぱし苦労しているんだね」ミッチングトンが言った。

「その理由は最初言ってあるよ」ブライスが答えた。

やがて二人の警察官は深夜の街に出たが、しばらく双方押し黙って歩いた、が、ゼッチソンの泊っている旅館《ホテル》の近くに来た時、ミッチングトンが沈黙を破った。

「どうだね！　とにかく、一対の物語《はなし》を得たわけなんだ！　で、君の所感は？」

ゼッチソンは空虚な笑声を立てるといっしょに頭を反《かえ》して、

「いやあ！　こんなに困ったことは今までにないですよ！　全く！　――しかし仮りにあの若い医師が何か策を弄しているとすればですね――誓って言っときますが、警部――そいつはとても深い企みのある策ですよ！　こうなったら――何から何まで目をつけることですね！」

問　題

一、果して他殺か？

二、他殺とせば犯人とその動機いかん？

――復讐か、強盗か、あるいは過失か？

三、共犯者ありや？　ありとせば何者か？　一人か、二人か、また三人か？

第十九章　金貨で五十磅《ポンド》

その翌日《あくるひ》、大伽藍《カセドラル》の大鐘鈴《ベル》があたかも正午の時刻《とき》をライチェスタ中へ鳴り響かしている最中に、ゼッチソン刑事が警察分署を訪れて、ミッチングトン警部の事務室へ通った。

「よう、寝坊をしたんじゃないかと、これから旅館へ押かける処だったよ」ミッチングトンが快活に言う。「いや、昨夜《ゆうべ》のあの夜更しだからね」

「重要な手紙を書いていたもんですから」ゼッチソンは椅子に腰を下すと、その日の新聞を手にとり、ざっと目を通しておいて、「何か新しいことでも？」

「うん、大したこともないがね」ミッチングトンが答える。「ああして昨夜沢山話《どっさり》をしてくれた二人の紳士は、二人とも今市《まち》にいないよ。今朝早く――そうだ、ちょうど九時に、僕自身二人の宅へそれぞれ挨拶に行ってみたら、ランスフォド医師は八時十五分の汽車で倫敦へ出発しているんだ、それからブライス医師の方は、八時半に、これは自転車に乗って下宿《やど》を出たという女主人《おかみ》の話だ――どこへ行ったか知らないが、どうやら田舎へ出かけたらしいというんだ。だが、ランスフォドが今晩方帰ってくるということは確められたし、ブライスも平常《いつも》の夕食を七時に食べられるようにと女主人に命じて行っているだから――」

ゼッチソンは手にした新聞をばさりと投げて、パイプを取り出した。

「ちょっと、私はその両人《ふたり》が――どっちも、逃亡したとは思いませんね」ゼッチソンが事もなげに言った。「彼等はこの事件に対して抱いている自己の見解を各々飽くまで確実だと信じているんですからね」

「では、君自身の見解は？　幾らか考えを進めたかね？」

「少々ばかり――そうですな」刑事が答える。「とにかく、紛糾《こみい》った事件ですなあ、これは！　一見簡単に思われるが、なかなかどうして！　私の考える処では、このブレードンの事件及びコリショウ殺害事件に仮令《たとい》どんな秘密がまつわっているにしろ、それは全然関係のない何者かが、どこかで、盛に色んな画策をやって来た――いや、現にそいつをやっている！　こうですね。つまり、この事件をひそかに喰物《くいもの》にしてかかっている奴が、きっとどこかに潜んでいるというんです。しかし、それよりも目下の私にはコリショウの件が肝腎だね――で、さし当って知りたいのは、昨夜ブライスから聞きこんだ、例の『親睦協会』の事務所がどこにあるかということ――」

皆まで聞かずにミッチングトンが、それはこれこれの街にある、表札にステビングという協会幹事の名前が出ていると教えた。

「じゃ、いずれ後刻《のちほど》――詳しい話は帰ってきてから」

刑事はぶらりと出て行った。

そのゼッチソンが物思いに沈んだ顔をして、ミッチングトンの室へ帰ってきたのは、午後三時であった。室の中に警部一人しかいないのを見て、彼は扉《ドア》を締めきり、椅子を警部の机へぐっと引寄せて

――

「大した発見ですよ、警部。私がこちらへ参って以来の重大な談合をこれからしなければならない」

ミッチングトンは書類を側《わき》へ推しやって、さっと顔を緊張させた。

「昨夜あの若い医師が、コリショウは死ぬる二日前に、五十磅という金を『親睦協会』へ預けていると言いましたね」ゼッチソンが言う、「果して実際にコリショウはその金を預けたものか――預けたとすれば、その時の様子はどうであったか。そいつを確めようと先刻《さきほど》まずその『親睦協会』へ出向いて、幹事のステビング氏に会ってきいてみたんです。すると、なるほどコリショウは、実際、死ぬる二日前にそこへ五十磅預けている。無論、コリショウ自身が預けに行ったもので、それにはステビング氏も駭《おどろ》いた――と、いうのも、それまで半年毎に精々で二磅か三磅しか預けなかった奴が、そうして一時に大金を持込んだわけだから――で、氏が、一体どうしてこんな金を儲けたかって訊いてみたそうです。コリショウはたった一言、いい運が向きましてね、と答えたそうだが、ここで私の注意を惹いたのは、そのコリショウが持込んだ五十磅の金です。そいつが金貨だったというんです！」

「ほう、金貨！」ミッチングトンが鸚鵡《おうむ》返しに叫んだ。

「自然、私の頭には一つの見込みがつきましたね」刑事が静に続けた、「それは、よしんば、どういう動機からにもせよ、誰かがコリショウに金貨でもってその金を与えたというには、そうしてもって、その金の出所をくらましたにちがいないという一事です。つまりこれが小切手乃至は銀行紙幣だとすれば、その出所が容易に突止められるが、金貨となるとそうは行きませんからね。そこで誰かが故意に彼に金貨を与えた。それではその金貨の出所はどこか？　こう考えて、すぐ思い浮んだのは、こんな狭い土地では金貨で五十磅という金を始終懐中していそうな者、いや、それを手許に置いている者だってそう多くはおるまいということでした――どうですか？」

「勿論、多くはいないね」ミッチングトンがうなずいた。

「そうでしょう――で、私は直ぐに銀行へ目をつけたんです。最近そこから誰か金貨で金を引出した者はないか。――これを市《まち》の三つの銀行について調査してみたんです。と、コリショウが協会へ金を預けた前日に、ライチェスタ銀行から金貨でちょうど五十磅引出した者がある――ライチェスタの人間ですよ！　誰だと思いますな？」

「誰だ――誰だね？」ミッチングトンが急《せ》きこんで訊いた。

ゼッチソンは机の半分まで身体を乗り出して、声をひそめた。

「ブライスですよ」

ミッチングトンの身体が椅子の上で波打ち、その口がぽかんと開いた。

「驚いたなあ！」やがて呟くように言った。「ほんとかい？　そりゃア」

「ほんとですとも！」ゼッチソンが答える、「明白な、争うべからざる事実ですよ！　ブライス医師はライチェスタ銀行に取引があるもんで、今言った日に、五十磅の小切手を自分宛に振出して、そいつを金貨で受取っているんです」

警部と刑事は互に物問いたげな目を見交した。

「で？」とうとうミッチングトンが言った、「それに対する君の考えは？」

「昨夜も言ったように、あの男はこれまでこの事件の蔭にあって、深い策略を廻《めぐら》してきているんです。その策略が何であるかはまだ判らないが、しかし、仮りに――いいですか、仮りにですよ！――その五十磅を彼がコリショウに与えたとすれば、それは決して口留金としてではなかったですね！　御承知の通り、ブライスは石工のヴァナの知らせによって始めて現場へ馳けつけているんだから、あの際彼がブレードンをどうこうしたとは到底考えられない。だから、あの際――あの事件の起きたその時、もしくは、その前にです――たといコリショウがどんなことを目撃したと言った処で、それをブライスが口留するわけはなかったんです。勢い問題は――もしも口留金としてでないとすれば、一体ブライスは何の目的でその五十磅をコリショウに与えたか？」

「それについては？」

「二三心当りがあるんです。その一つは、その金を餌につかって、コリショウから、ブレードンの加害者が何者であるかを聞き出したかも知れないというんです。しかし、そうだとすると、ブライスは既にその加害者を知っているわけだが、それを今まで秘している処が可怪《おか》しい――」

「やっぱりそれが彼の策略の一部だな――その見込が当っているとすれば」ミッチングトンが呟いた。

「いや、あるいはそれは当っていないかも知れませんよ」ゼッチソンが言う、「それにしても、その見込が一つ。それから、今一つは――その金を彼は他の何者かのためにコリショウに与えたのではないかという推定です。先刻もちょっと言ったことだがこの事件は考えれば考えるだけ、確かに他の何者かがその奥に介在しているような気がするんです！　現にハアカ老人なる人物が関係している――もっとも、これは、ブライスの話によると、以前われわれの同僚だったというから、嫌疑をかける余地はないが――」

不意に、ミッチングトンが何か思いついたようにぎくりとなった。

「おい、君！　それだよ、そのハアカが退職刑事だというのはブライスの口から聞いたことに過ぎないじゃないか。僕はこれまで彼がそんな職にあったということは一度も耳にしたことがない――変な話じゃないか、事実あの老人がそうした経歴をもった人間だとすれば、それをわれわれその筋の者にまで秘しているなんてね。が、まあそいつは後廻しにして、今の話のコリショウが協会へ五十磅預けたことをわれわれに告げたのはブライスだ。ところでその当人が同額の金貨を銀行から引出している以上、そいつの説明は是非とも直接彼から訊かねばならん。さあ、彼の下宿へ出向こう」

出向いてみると、ブライスはやはり下宿に不在、朝自転車に乗ってどこかへ出たっきり、まだ帰って来ないという女主人の話であった。二人は再び警察署へ引返して来た。そしてなおも今後の協議を凝《こら》している処へ、ミッチングトンに宛てた一通の電報が着いた。一応目を通した後で、警部はそれを刑事に手渡した、刑事は声高に読み上げた――

「倫敦発五時二十分着列車をゼッチソンと共にライチェスタ停車場《ステーション》に迎えよ、疑問氷解、罪人達判明す――ランスフォド」

ゼッチソンはその電報を返しながら

「約束を守る人だなあ！　二日経ってと言ったのに――一日で片附けてしまった！　したが、警部――気がついたですか？　――それには単なる罪人ではなく、罪人達とあるんですよ！　言わないこっちゃない――この事件には一人以上の人間が関係しているんだ。では――それは誰々か？」

第二十章　レエの仁体《じんてい》

下宿の女主人が言ったように、その日の朝、ブライスは自転車に乗って出かけたのだが、果してどこへ行ったたであろう。

ブライスにはまたブライスの意図《おもわく》があったのである。前夜の夜半ミッチングトンとゼッチソンが去った後で、しばらく寝もやらず考慮をめぐらした彼は、何は措いても、ここで今一人直接当っておかねばならぬ人間があると思った。それはグラスデールであった。皆の言うところによれば、グラスデールが最近の数年間ブレードンと親しくしていたということは明白である。今、その男からブレードンに関する新しい事柄をうまく探り出したら、それでもって、これまで彼の立ててきた計画――ランスフォドに対する警察側の嫌疑を極度に高めておいて、いよいよメアリ・ビワリに手詰《てづめ》の談判をするという計画に、最後の仕上《タッチ》ができるのだった。では、そのグラスデールをどこに見出すか？　彼はその夜ライチェスタにいた、だから恐らくまだこの界隈《かいわい》を立去るまい。その居所を知っている唯一の人物はサクソンスチードの公爵でなければならぬ。――そうだ、公爵を訪ねてそれを聞いてやろう！そして、万一、グラスデールがもはや遠くこの土地を離れていたら、公爵自身をとつかまえて、例の宝石の件をきっかけに、問題のブレードンに関する事柄――多分これは旧主従の関係上既にグラスデールが詳しく公爵に話してあるにちがいないから――ただそいつを公爵の口から手繰《たぐ》り出せばいいのだ。至って話好きで、誰でも引見する公爵のことだ。雑作はないのだ……

さてこそ、ブライスは、その朝、行程十哩《マイル》の田舎道を、サクソンスチードへ向って自転車を飛したのであった。と、案じたよりは生むが安いの譬《たとえ》で、当のグラスデールがちゃんとサクソンスチードにいてくれた。しかもそれは、公爵の手を煩すまでもなく、通りがかりにブライスが、公爵邸に近い村の宿屋の庭の樹蔭で気楽そうに煙草をくゆらしながら、新聞を読んでいる彼の姿を見かけたのだった。ブライスは早速その初対面の男に名刺をつきつけて、彼一流の慇懃な態度でもって、ブレークの過去について質問した。この時も例によってその質問の理由を、「彼の娘と結婚しようとしているから」と前置したのである。ところが、それを聞いて却ってグラスデールの方が、ブレークにそんな娘があったのか、これまで少しも知らなかったと驚いたのである。それでは、ランスフォドのことは？と訊くとこれまた、「否《いや》、ブレークがそんな人の名前を口にするのを一遍も聞いたことがない」という返答。悉《ことごと》くブライスの当て外れであった。そして、ブレークがライチェスタへやって来た目的は、飽くまでも公爵の宝石の件のためであるとグラスデールは言うのだった。

しかし、最後に至ってグラスデールの話は、その昔倫敦の銀行の支店長だったブレークを欺いて、彼を罪に陥れたという人間のことに及んだのである。

「さすがの沈黙屋もそれだけは打明けてくれましたよ」グラスデールが言う、「その不埒な男はフォキナ・レエという名前で倫敦では人に知られた人間でした。このレエがフラドという相棒と組んで、ブレークを欺し、数千磅の金――無論、行金です――をたった二日のうちに借り出しておいて、そのまま姿をかくしてしまったのです。言うまでもなく、ブレークは馬鹿でしたよ、しかし、その犯行には少しも掛合《かかりあ》っておりません。と言って、さて監査役から精算をもとめられてみると、帳簿にそんな大穴があいているので、一言の弁明もできずに、とうとうあんなことになったのです。そんなわけから彼の心にはフォキナ・レエという人間が深く烙《や》きつけられたですね——相棒のフラドの方はそれほどでもなかったようですよ、というのも、レエが主犯者でしたからね——そこで、あの十年の刑期を終って出獄すると、彼はレエの跡を追うて合衆国からニュウ・ジーランドまで歩きまわったらしいんです。それからやはりその跡を追うて濠洲へ渡って来て、私と共同で羊毛の投機をやる傍ら、断えずレエの行方を捜したが、どうしてもそれが判らない。で、ある時私に向って、——君は羊毛の買出しに各地を廻るから、あるいはその男を見かけるかも知れない。一つ心掛けてくれたまえ——そう言って、その時でしたね、彼が始めてそのレエの仁体について聞かしてくれたのは——」

「で、その男の仁体は？——どういう風でしたか？」ブライスが訊いた。

「そうですね、そう詳しくは憶えていませんが、何でも——無髯の大男で、格別特徴はないが、ただ左の顎の所に醜い痕跡があり、左の手の中指が——鉄砲で怪我して無くなっているという話でしたな」

聞くと等しくブライスは、口に啣《くわ》えていたパイプをばたりと地面《じべた》へ落した。やっとそれを拾い上げたブライスの顔は、うつ向いたためにちょっと紅潮を呈しているというだけで、もとの平静に返っていた。

「パイプが齲歯《むしば》へ当ったもんですからね」ブライスが呟いた、「どうもこの歯は手入れをしなくちゃいけませんよ。で、貴方はその男を見かけなかったんですね？」

「左様、一度も見かけないんです！」グラスデールが答えた。

間もなくブライスは、グラスデールから今度の楽園事件に対して提供せられた賞金の件について聞かれるがままに、ミッチングトンにもらった二枚のポスターを彼に手渡すと、すぐにさようならを告げた。そして、ライチェスタを差して自転車を走らしながら、繰返し繰返し、一つ言葉を心の中《うち》で発した、――左の顎――左の手！　左の顎――左の手！　確にそうだ！

二時間の後に、ライチエスタの入口の小高い丘から、大伽藍《カセドラル》の赤い屋根や灰色の壁がぎらぎらと太陽の光に輝いているのを俯瞰《みおろ》した時、ブライスは、さあ、これからいよいよメアリ・ビワリに手詰の談判だ！　と決心した。敏感なブライスは事情がどうやら危態に瀕して来たらしいと覚って、もはや愚図々々していられないという気になったのだ。で、彼はそのまま真直にその古い市《まち》へ自転車を乗入れる代りに、横路へ折れて市の北郊にあるゴルフ場へ向った。平常《いつも》その時間にはメアリがそのゴルフ場にいるのを知っていたブライスは、そこで手取速《てっとりばや》く彼女に会うつもりだった。ところでメアリはそこにはいなかった。係りの者の答えでは、今朝から彼女は姿を見せないということ。止むを得ずブライスは一旦ライチェスタ倶楽部へ立寄って、食事をしたため、そこに三時過ぎまでぶらついた後で、――時刻は好し、ランスフォドは午後の往診に出かけている、ディックはまだ学校から帰っていない、今なら家にメアリ・ビワリ一人きりだ！　と、彼の足はランスフォド医師の宅へ急いだ……。

この日は、ブライスと同様、メアリ・ビワリにとっても多事な日であった。まず、ランスフォド医師が早朝倫敦から電報をうけ取って、朝食もとらずに二番列車で発った。その留守を一切まかせられたメアリは、ブライスが解雇されて以来まだ代りの代診が来ていなかったので、そこの診療所をおとずれる薬取りや、患者達に彼女自身応対しなければならなかった。中にも急患だというとランスフォドの代理をする他の医者を世話してやらねばならぬ――そんなこんなで、殆ど午前中いっぱい彼女の席は暖まる暇がないのだった。

と、午後の半ば、漸く彼女がほっとして縫物の針を取り上げた処へ、珍しい訪問客があった。フォリオット夫人である。メアリはハッと思った。このお喋り夫人が突然訪ねて来たからには、きっと何か「楽園」事件の話を持ち込んで来たにちがいない。その件についてメアリは誰とも話し合いたい気はなかった。殊に前夜のランスフォドの約束があってはなおそうだったのだ。しかし、フォリオット夫人は、そうしたメアリの気持には一向お構いなく、一通りの挨拶が終るが早いか、案の定、きり出した——

「今日は大変重要な問題についてお話に上ったのよ、ビワリさん。それはこの際、一刻も早くランスフォド医師《さん》に言うべきことを言ってもらわなければならぬということですわ。あの人が黙っているばっかりに、貴女達《あんた》みんな——ええ、ランスフォド医師自身はもとより、貴女や弟さんまでも——見す見すこんな癪に障る境遇に置かれているんだもの、ねえ！　ここのような僧院町の社会ではですね、いやしくも人から信用をうけている人間で、その——その品性を傷《きずつ》けられた場合に黙っているような者は一人もいないのですよ」

メアリは縫物の手を休めないで、

「では、ランスフォド先生の品性が傷けられているとおっしゃるのですか？」と訊いた。「わたし、そんなことは知りませんでしたわ」

「そうは言わせませんよ！」フォリオット夫人が畳みかけた。「こういう風にいろんな噂が市中《まちじゅう》へ拡まっている以上！」

「だって、先生はそうした噂をちっとも気になさっていませんもの、奥さん」メアリがますます縫物の方へ屈みこんで言う。

「それがいけないわ！　こんな忌わしい噂をそのままにしておくなんて！　第一貴女が傍に附いていて、ランスフォド医師に一日も早く身の明りを立てるように勧めないって法がありますか。何よりも必要なことだのに！」

「先生はわたしどもの指図や忠告を俟《ま》たずとも、自分のことは自分で始末をなさる方ですの」とメアリが静に言った、「それでは――そうまで奥さんがおっしゃるなら、わたしも腹蔵なく申上げましょうが、この市《まち》でも上流の方でしたら先生の潔白は少しも疑っていないと、わたし信じていますわ。それだのに今更先生が事改めてこの事件で弁明なさるなんて、むしろ滑稽なことじゃありませんの。奥さんだって――あの第二回の審問で、先生がおっしゃったこと、この事件に関しては少しも知らないと誓言なすったことはよく御承知のはずですのに！　繰返して申しますわ、市の上流の方で、そんなことを疑っている方は誰もありませんわ！」

「いいえ、それこそ飛んだ思い違い！」フォリオット夫人が口早に言った、「全く、それは貴女の飛んだ思い違いよ、ビワリさん。なるほど、あの審問廷でランスフォド医師が、貴女の今言ったようなことを大そう興奮して口走ったことは誰も知っているけれど、と言って、その他に自分の明しを立てるようなことを何か言ったかしら？　ね、人々の望んでいるのはあの人の潔白を証明する弁明ですよ。いいえ、あたしは――こんなことは言いたくないが――この市の立派な人達の中でも、この事件ではやはりランスフォド医師が怪しいと、躍起になって騒いでいる者を多勢知っているわ――ええ、ええ、知っている段か！」

「奥さんもその中《うち》の一人ですの？」メアリが驚くべき冷淡な調子で訊いた、「そう考《と》りましてもいいんですの、奥さん？」

「いいえ、違います」夫人が待ち構えていたように言った、「もしそうだったら、あたしは何もあのお馬鹿さんの無罪を立証するために心配はしなかったのですよ！」

メアリは思わず縫物を下に落して、フォリオット夫人の横柄な顔に愕《おどろ》きの目を向けた。

「貴女が！　ランスフォド先生の無罪を——立証するためにですって？　まあ、どんなことをして下すったのでしょう、奥さん？」

フォリオット夫人は柄にもなく、その顔に羞《はずか》しげな色をうかべて、宝石をちりばめた日除《ひよけ》帽子を弄《いじ》った。そしてちょっとの間言おうか言うまいかという風に逡巡《ためら》った後で、答えた——

「ええ、話して上げましょうよ、ビワリさん。勿論今度のこの悲しむべき事変は、あの第二回目の事件——あの労働者の死という事件のために、一層悪化したわけね、しかも、ランスフォド医師があしてとても頑固に構えて何にも言うまいとするもんだから、あたし良人《たく》にそう言ってやったのよ、この際何かしてやるべきだって、ね。それがお金で出来るようなら——尠くとも今のところ——あたしやフォリオット氏にとっては何でもないことなので、あたし、良人に向ってこの事件解決のために懸賞金一千磅を提供するようにと勧めたのよ。するとあの通り太腹《ふとっぱら》で気前のよい良人のことだから、すぐにあたしの意見に賛成して、一切を弁護士の手に委したというわけよ。そんなわけで、ね、今にもその一千磅を要求する者が出て来れば、あたし達この上もなく嬉しく思うのですわ。何故って、勿論たといランスフォド医師が貴女のほんとの父親ではなく、単なる保護者であるとしても、仮りに——いいえ、もうあたしそれをちゃんと見越しているが——今に両家が結びついた際、あの人に少しなりと疑いの雲をかけておくのは、絶対にできないことだものね。あたしの息子の未来の嫁は、勿論——」

メアリは再び仕事を下にもおいて、たっぷり一分間、フォリオット夫人の顔をじっと矚《みつ》めた。「奥さん！」彼女はとうとう言った、「貴女はわたしがあの方と結婚する気でいるとお考えですの？」

「そうと信じているのよ、そう信じてよいと思う理由が幾らもあるんだもの！」夫人が答えた。

「そんな理由なぞ一つもありませんわ！」メアリは縫物を取纏めて、戸口の方へ動きながら、「わたしには僧正《そうじょう》さんと駈落をする気がありませんと同様、サックヴィル・ボンハムさんと結婚するつもりはございませんわ、奥さん！　そんなお考えを抱いていられるなんて、あんまり可笑《おか》しゅう御座いますわ！」

五分の後にフォリオット夫人は真赤な顔をして出て行った、「境内《クローズ》」を横切って行く夫人の姿をメアリは暫く見送って立ったが、ふと見ると、ブライスが庭園《にわ》の門へ近づいて来る処であった。

第二十一章　当て外れ

その解雇せられた若い代診――彼女のちっとも会いたく思っていない男が近づいて来るのを見かけた瞬間に、すぐメアリの頭に浮んだのは、このまま奥の室《ま》へかくれ、居留守をつかおうかという考えだった。しかし、どうした理由《わけ》かその男は、この頃自分を附けつ廻しつしている――だから、今ここで一旦追払った処で、きっと後から後からまたやって来るにちがいない――そう考えた彼女はつかつかと表口から歩み出て行って、庭園の中で正面から彼と向い合った。

「先生はお留守ですわ」不愛想な態度で彼女が言った、「晩にならなければお帰りになりませんわ」

「先生の必要はありませんよ」ブライスも同じ程度に不愛想な調子で言い返した、「私は貴女にお目にかかりに来たんですからね」

メアリは二の句がつげないで、じっとブライスの顔を見つめて立った。と、ブライスは彼女から、「お帰り下さい」を言われない先に、慌てて言葉をつづけた。

「いや、貴女は私に数分間割いて下すった方がいいんですよ」警戒するような口吻《くちぶり》で言う、「今日は貴女のために――むしろ、ランスフォドさんのためにこうしてまいったんですからね。ざっくばらんに言えば、ランスフォドさんは今由々しき危険がさし迫っているんです！　実際のことですよ」

「危険ですって？――何の危険でしょう、それは？」彼女が詰《なじ》るように言った。

「逮捕です——即刻の逮捕です！」ブライスが応じた、「嘘をついてるんじゃありませんよ。多分、今夜——帰りの途中で逮捕せられるでしょう。私にはそれがよく判っているんです。御承知の通り、私は——妙な関係から——この事件に巻き込まれて以来、内幕のことをいろいろ知っていますからね。この秘密を貴女に洩したと人に判れば、ちっと面倒なことにはなるんですが、何、いいんですよ、貴女のためだから！」

メアリはやはり彼の前に突立ったまま、口を開こうとしなかった。彼女にもブライスがある程度まで真実を語っていることは判った。彼の言う通り、彼が今度の事件にずっと巻き込まれてきたということは明かだったし、それに、彼女の心を打ったのは、それを語る彼の態度なり声なりがいかにも確信に充ちていたことであった。突然、メアリの眼前を幻がかすめた、——ランスフォド医師の逮捕される光景——残酷な申渡しをうけるために、曳きずられて行く不名誉な姿……

「でも、よしんばそういうことになりましょうとも」やっと彼女が言った、「それをわたしにお話しになって何になりますの？　わたしにはどうすることもできませんわ！」

「私にはできますよ！」ブライスが心ありげに言った、「私はもっと——そうです、警察の連中が知っているより多くのことを知っていますからね。私にはランスフォド医師を救うことができるんです。いいですか！」

「で——貴方がここへいらしったのは？」メアリが訊いた。

「その件についてお相談に来たんです。格別貴女に御迷惑はかけないでしょう？　まず現在、事件がどういう状態になっているか——それをお話して、その善後策に対する私の考えを聴いていただこうと思いましてね」

メアリは庭園の片隅にある夏亭《ちん》の方へ歩いて行って、そこに腰を下した。ブライスもその後に従《つ》いて、同じく腰を下した。

「で?」彼女が訊いた。

ブライスにとって大切な時が来たのであった。彼は暫くおし黙って、これまでこの会見のために注意に注意して準備してきたいろんな策略を想い起してみた。ところが今彼女に直面してみると、案外その策略がみな不十分だったような気もするし——その一方、この娘っ子を欺し果《おお》すのはなかなか容易なことじゃないぞ、という気もしてきたのだった。——こんなはずではなかったが! ブライスにはそういう気持がさした。

「貴女なり、ランスフォドさんなりが、それを知っておられる、知っておられないに拘らずですね」ブライスがきり出した。

「あのコリショウの事件以来ずっと警察ではランスフォドさんに目をつけているんですよ。その任にはミッチングトンが当り、最近警視庁からやって来た刑事がそれを手伝っているんです」

メアリは、先刻《さきほど》の縫物をそこまで持ってきていたが、ブライスが話をきり出すと同時にそれを取上げて、しっかりした手つきでせっせと針を動かし始めた。

「それで?」彼女が訊いた。

「そこです!」ブライスが続ける、「一体貴女はこれまで、ランスフォドさんがかなりの秘密をもっているということに気付きませんでしたか? いや、たしかに気付いておられるはずだ。が、まあ、それはどうでもいいとして、ランスフォドさんは事実秘密を持っているんです。警察が甚《ひど》く目をつけたのはそれなんです。ところでその秘密は貴女方がこの土地に来るずっと以前からのもので、それにはあのブレードンという男が関係しているんです。そこで、自然、警察ではその秘密の何であるかを探りにかかったんです」

「で、それが何だか判りましたの？」メアリが静に訊いた。

「そいつは今お話するわけに行きませんね」ブライスが答えた、「しかし、これだけは言って上げてもいいんです——その探索の結果、彼等に判ったのは、今から十七年乃至《ないし》二十年以前に、ランスフォドさんとブレードンとの間にある事件が持上ったということです。そして、いいですか、その事件の性質は、もしもその後ブレードンがランスフォド医師の前に姿をあらわした場合には、ランスフォド医師が極度に不愉快を感じるという種類のものだったのですよ」

「曖昧な話ですわ！」メアリが口の中で言った、「極めて曖昧な話ですわ！」

「でも、それで十分なんです、警察に一つの暗示を与えるには」ブライスが答えた。

「つまりそれだけのことを知れば警察では、早速——ランスフォドが世界中で一番会いたくなかった人間はブレードンだったたという見込を結構つけますからね。それはそれとして、さて『楽園』事件の起きたあの朝——そのブレードンがランスフォド医師の前に姿をあらわしたんです。さあ、そこで、警察は動機を見出したのです」

「何の動機ですの？」メアリが訊いた。

ブライスはいよいよ危機の一つに臨んだわけだった。適当な言葉を選ぶために一瞬間口を噤んだ。それから徐《おもむ》ろに——

「いいですか、誤解をなさらないように。私は何もランスフォド医師に罪を負わそうとしている者じゃないんですよ、ただ警察が今にも氏に罪を負わそうとしている点だと話しているだけなんですよ。

ぶちまけて言いますが、それは——殺人罪です。彼等の言うのを聞くと、ランスフォドにはブレードンを殺害する動機があった——とこうなんです、いや、彼等ときたら、一から十まで動機ずくめなんですからね」

「その動機といいますと？」メアリが訊いた。

「それがです、今言ったその昔ランスフォド医師とブレードンとの間に起きた事件に関して、彼等は何かしら——恐らくいろんなことを探り出しているんです。その真実を知りたいとなら申しますが、彼等の意見では——ランスフォドはブレードンの妻と駈落をした、だからブレードンはそれ以来ずっと彼を捜していたというんですよ」

そう言ってブライスはメアリの手にじっと目をつけた、この時はじめて、静に針を運んでいる彼女の指に微かな顫えが見られた。それでも彼女の声はしっかりしたものだった。

「それはあの人達の単なる推定ですの、それとも何か事実を摑んだ上で言っていることですの？」

「その辺の事情は私には十分に判りません。しかし、彼等にしてもかなり確固たる事実をもとにそうした意見を立てているらしいんです。例えば、ブレードンとランスフォド医師とが親友であったこと、ランスフォド医師の結婚しようとしていた娘とブレードンが結婚したこと、それから数年経ってその妻が突然訳もわからずブレードンの許を去ったこと、同時にランスフォド医師が同じく訳のわからない失踪をしたこと——等をよく知っているんです。勢いそこから推定が下せるわけですね？　仮りにそれが貴女でしたら、どういう推定を下しますか？」

「何の推定も下しませんわ——ランスフォド先生の御意見をうかがわないうちは」メアリが答えた。

ブライスは心の中でたじたじとした。何だか自分の方よりか、もっと強い力にぶっつかっているような気がだんだんとしてきだした。

「なるほど、そうでしょうとも。私だってそれは同じことです。ただ、その何ですよ、今は警察の形勢を説明して、そこから起きはしないかと思われる危険について申上げているに過ぎないんですよ。で、私の知っている範囲では、彼等の見込はこうなんですね、――ランスフォドは、数年以前、ブレードンに対してある悪事を働いた、そのためブレードンは彼を見つけ次第復讐を遂げようと決心していた。しかるにある事件に妨げられてブレードンは暫くその探索を続けることができなかった、そいつが今度、偶然、この土地で相会した――というんです。ここで彼等の見込が二つに別れていますよ、その一つは、両人が口論格闘の末一方が殺されたという推定で、今一つは、ランスフォドが巧みにブレードンをあの明層の桟敷へ誘《いざの》うて行って、あそこの開いた出入口から突き落したという――」

「そういう考えは」と、メアリが嘲り気味に遮った、「何だか、今貴方のお話しの人々のほかどなたにも起らないように思われますわ！　真正《ほんとう》に分別のある方でしたら、そんなことは苟且《かりそめ》にも信じませんわ！」

「ところが、公平な常識家の中《うち》にはそれを固く信じている者があるんですよ！」ブライスが答えた、「何分そこにはそう信じても、無理からぬ点が含まれているんですからね。だが、先刻《さっき》も申上げたように、私は今単に人の話を取次いで言ってるんですから、そのおつもりで。さて、そういうことになると無論警察ではその次の見込を立てるんです。つまりコリショウがその現場を見たこと、その事実をランスフォドさんが知って、コリショウをそっと亡き者にした――となったんです。現在彼等はそういう意見を持してさかんに活動しているし、今後も活動を続けることでしょうよ。いや、それの当否を私がどう考えているか――こいつは訊かないで下さい。私はただランスフォドさんがどんな危険な立場にいるかを貴女に聴いて頂こうと思って、以上私の知っていることをお話しているに過ぎないんですから――」

メアリは直ぐと返答をしない、その顔をブライスはじっと見守った。どうやら――情況を何と説明していいか彼には分らなかったが――事態が彼の予期したように進行していないようだった。定めてその娘は、怖《お》じ、恐れ、心気顛倒して、こちらの頼むことなら何でも――いや、ちょっと暗示《ほのめか》しただけのことでも――唯々諾々《いいだくだく》として、何なりとするに違いないと彼が、固く予期していたのにも拘らず、彼女は、一向に動じてさえいない様子であるばかりか、せっせと針を運んでいるその指は再び顫えさえなくしっかりしてきたし、彼女の話す声は終始一貫して少しも落ちつきを失わなかった。

「ブライスさん」不意に彼女が呼びかけた。

その声には少からず諷刺《あてこす》るような抑揚のこもっているのをブライスは決して聞き逃さなかった。

「一体貴方は警察官でもなければ、探偵さんでもないくせに、どうしてそんなことをお調べになったんです？　一体いつからミッチングトンさんやその何とかいう倫敦の刑事とお馴染におなりでしたの？」

「そりあ、貴女だって御存じじゃありませんか、私が心にもなくこの事件に曳《ひき》ずり込まれてきたことは」ブライスが少しむっとしたように言った、「私はブレードンの死んでいる処へ呼ばれて行って――それを見届けたんですよ。またコリショウの死んでるのを見出したのも私ですよ。言うまでもなく、それで私はこの事件に、否応なしに巻き込まれたわけです。ですから警察へも度々足を運ばねばならなかったので、その結果、自然とそうしたいろんな事を知ったんです」

いきなりメアリが彼に鋭い眼を向けた、その眼の光には、ブライスをして――ああ、この勝負ではおれの方が負けだ！　と思わすようなものがあった。

「では、貴方はどういうことを知っていて、そんな話をしに来たんですの？」彼女が叫んだ、「貴方はわたしをお馬鹿さんだと思っていらっしゃるの？　先刻のお話では、貴方は警察より以上のことを知ってらっしゃるというのでしたね！　つまり、それは警察の方で大変な見当違いをしているという意味でしょう。ええ？　だから御自分さえその気になれば、警察の間違いを正してやることが出来るというのでしょう。ええ？　そうなんでしょう？」

「私はある確な事実を摑んでいるんです」ブライスが言いかけた、「私が――」

それを抑えつけるようにメアリが云った。

「というのは、取りもなおさずランスフォド先生が潔白であるというのでしょう。御自分でそれを立派に証明しておいて、わたしを欺そうたっていけませんの！」

「それや、私の出よう一つで警察の方はどうにでもなるんです」ブライスが渋々《しぶしぶ》言った。「ここで、私が一言――」

「まア、貴方はそれでも紳士のおつもりですの」メアリはとうとう縫物を下へ置いて、きっとなって云った。「いえ、紳士はさておき、一端《いっぱし》の正直者のお積りでいらっしゃいますの？　何て、まあ、鉄面皮《あつかま》しい！　貴方はランスフォド先生の潔白を証明するに足る事実を何か御存じのくせに、それを故意におし隠していらっしゃるでしょう。何て下劣な、残酷な人でしょう！」彼女は縫物を取り上げて、腰を上げながら附言《いいた》した。「わたしはそんな方のお相手はもう御免蒙りますわ！」

「あ、ちょっと！」ブライスが慌てて言った。

「それは貴女の誤解ですよ！　私は何もランスフォドさんを救わないと言いはしなかったのです」

「まあ、まだそんなことを！」メアリが鋭く叫んだ、「やっぱりわたしの考えた通りですわ。もしも貴方が正直な、正義を重《おも》んじる人だったら、そんなことを言っている暇に、まず先生を救うべきですわ。それだのに、貴方は――ここへ来て何か策略でもあるかのようにつまらぬ事ばかり云っていらっしゃる。おかげでわたしはすっかり気持が悪くなりました」

ブライスはメアリが腰を上げるといっしょに自分も立ち上ったが、今やぽかんと突立って彼女の顔をまじまじと眺めているのだった。そしてやっと何か言い出そうとすると、メアリがまたもや彼の顔をきっと見て、前にも増して手きびしい口調で火蓋を切った。

「もっと素直に申しましょうか？　貴方は婦人に対して、ほんの限られた少しの知識しかお有《も》ちないのです。ですから、婦人の精神というものを低い標準でばかり評価《はか》っていらっしゃる。よござんすか、わたしは貴方の考えているほどお馬鹿ではありません！　貴方は今日わたしと取引をしようと思っていらしった！　たまたまわたしがどんなにランスフォド先生を尊敬しているか、どんなにまたわたし達姉弟《きょうだい》が先生の御厄介になっているかということを知っているのを幸い、貴方はそれを利用して、わたしと取引をしようと目録《もくろ》んだのでしょう？　ランスフォド先生を救ける、というのを口実に、その代償としてわたしを自分のものにしようという肚で！　ね、それが貴方の本心だったでしょう！」

「私は、すくなくとも、そんなこと言った覚えはありません」ブライスがたじたじとして答えた。

「では、今一度申上げますわ、わたしはお馬鹿ではありませんのよ！」メアリが叫んだ、「それは口に出して言わなくっても貴方のなすったことでよくわかりましたわ！　貴方はとうとうお敗《ま》けなすったのよ！　御覧なさい、わたしは貴方のお話を承ってもちっとも怖がっていないじゃありませんか。仮りにランスフォド先生が警察の手で逮捕せられたとします。すれば先生は自分を守る手段《てだて》をよく知っておられますわ。ところで貴方はどうでしょう？　先生のことを少しも心配していないじゃありませんの？　先生が明日の日絞首台へ送られるとしても、それは貴方にとって何でもないことですわ。――貴方は先生を憎悪《にく》んでいるから！　でも、他人《ひと》のことより御自分に御注意なさるのが肝心でしょう！　貴方のように、欺いたり、計ったり、企んだりばかりしている人間は、碌な目には遭いませんよ。お気をつけなさいまし！　さ、では、どうぞもう去《い》って下すって、二度とわたしのところへいらっしゃらないで下さい！」

ブライスは何の応答《うけこたえ》もしなかった。内心憤りに燃え上りながらも、顔には強いて微笑《ほほえみ》をうかべて、じっと聴いていた。だが、彼女がその最後の言葉を言っていた時、不意に彼の注意はある光景に惹きつけられたので、もはや彼女のこともその言葉の意味も、彼の心から遠ざかってしまったのである。ランスフォド医師の庭園《にわ》の垣の隙間から、「境内」を越してフォリオットの庭園の木戸が見られた。ちょうどその折、そこから当のフォリオットがグラスデールと語合いながら出た来たのであった。

ブライスは、言葉《もの》をも言わずに、夏亭の卓子の上から帽子を引掴むなり、飛ぶようにそこを去った――彼の心に新しい考え、新しい画策が浮んだのだ。

第二十二章　意外の犯人

グラスデールがそこの庭園の木戸口で、フォリオットに別れて、物静かな寺院の構内にさしかかったのは、五時になんなんとする頃であった。暫くの間、彼は何か考込んだ風で、ぶらりぶらりと歩いていたが、忽ち歩調を速めて真直に警察分署の方へ急いで行った。分署に着くとミッチングトンに面会をもとめた。

ミッチングトンと刑事は、ランスフォドの電報に従って、将《まさ》に停車場へ迎えに出かけようとしていた処。グラスデールの姿を見て、二人は警部の室へ引返した。

「また貴方《あんた》によいお土産をもって来ましたよ」グラスデールは扉《ドア》を閉めるとすぐ、二人に如才《じょさい》のない笑顔を見せて言った。

「やっぱり昨夜《ゆうべ》の事件にも少々関《かか》り合っているのです。問題の怪事件——ブレードンとコリショウの事件についてですな——それに干与《たずさわ》った人間の一人が私には判りましたよ」

「誰です？　それじゃ」ミッチングトンが急きこんで訊いた。

グラスデールは一歩二人の警官に近寄って、声をひそめた。

「御承知の——この土地ではステファン・フォリオットという名で通っている人間です！」

「馬鹿々々しい！」ミッチングトンが叫んだ。それからからからと笑って、「そいつは信じられませんな！　フォリオット氏ですって！　きっと何かの間違いです！」

「間違いではありませんよ」グラスデールが答える、「しかも、フォリオットというのは仮りの名で、本名はフォキナ・レエ——あのブレードン、即ち、ブレークが長年捜していた男——かつてブレークを欺いて、酷い目に遭したその男です。確に事実ですよ！　実はたった今その男に会って来ましたからな。それというのも、例の懸賞金の話を今日始めて聞いたもんだから、私にもその心当りがあるので、早速一方の——多額な千磅の方の弁護士を訪ねてみました。すると、弁護士からその件に関する報知なら、賞金呈出者と直接かけ合うことになっていると教えられたのです。その賞金呈出者というのがフォリオットでしたよ、で、私はフォリオットの宅へ行って、彼に会った。会ってみて驚いたですな！　そのフォリオットが以前ブレークから聞かされたフォキナ・レエの仁体とぴったり合っているんだもの。そこで私が少し鎌をかけてみると、とうとう彼が泥を吐いた——いや、泥を吐いたも同じような仕向《しむけ》を私にしたのです」

「と、言いますと？」ミッチングトンが訊く。

「つまり、こちらを買収できる人間のように思わしてやりましたよ。すると、果して、では今晩暗くなって来い、話をつけるからということになったのです。こちらが文句なしにその申出を承諾したもんで、彼は今に私がその——口留金でも貰いにのこのこ出かけて行く気でいるんですな。こんなわけで彼が今度の両事件に関係しているということは——確実です。ところが——そこには今一人の人間が働いている」

「誰です？　それは？」ミッチングトンが詰問《なじ》るように言った。

「そいつはまだ私にも判りませんな、もっともその方もブレークが捜していた男だろうとは察しているが——左様、ブレークは二人の人間を捜していたのだから——」グラスデールが答えた、「しかし、とにかく、フォリオットの方は今のお話通りだから、彼が私に疑をかけないうちに何とかするんですな」

ミッチングトンは柱時計を仰いだ。

「われわれと一緒に停車場へ行って下さい。ランスフォド医師が今度の汽車で倫敦から帰って来るはずです。何かわれわれに知らしてくれることがあるそうですから、まずそいつから聞いた方がいいですね。ふうん、フォリオットか！——どうも、こりゃア！　意外なことになったものだ！」

ランスフォド医師は汽車が停るが早いか、プラットフォームへ飛び下りて、ミッチングトンその他が立っている処へ駆け寄って来た、思いきや、その背後《うしろ》にはシンプソン・ハアカ老人が従いて来た。明かに両人《ふたり》は旅を共にしてきたのである。ミッチングトンは無言の身振で一同を空《す》いている待合室の中に招き入れ、扉《ドア》をぴしゃりと閉めた。

「さあ、警部」ランスフォドは挨拶も前置も抜きにして言った、「早速やってもらわなくちゃ！　電報は見ましたな——あの通りですよ。私は今朝、ブレードンが英国《こちら》へ帰った時に金を預けた倫敦の銀行からの通知に応じて、上京した。実を言うと、ブレードンが死んでからこっち、そこの支配人と私は協力して、事件を解決しようと着々調査を進めてきたんです。その銀行で私はハアカさんに会ったわけで、ハアカさんも自身で何か調べるために、そこへ見えておられた。さて事の成行を簡単にかいつまんで言ってみると、こうです——ブレードン、即ちブレークは彼を欺いた二人の人間を数年間捜していた。一人の人間の名前はレエで、今一人はフラドです。私もまたその二人を見出そうと長年努めてきたが、やっとのことで今日彼等の居処をつき止めたという次第です。彼等は今この市《まち》にいるんですよ、そこでブレードンとコリショウは疑いもなくその二人の手にかかって死んだものです！　その二人は双方共貴方のよく知っている人物だ。レエは――」

「フォリオット氏です！」ミッチングトンがグラスデールを指して、遮った、「ほんの今、このグラスデール氏からそれを承ったばかりですよ。レエとフォリオットは同一人物なんだそうです。しかし今一人は？」

ランスフォドは物問いたげな眼をチラとグラスデールに投げたが、別に何とも言わずに、ミッチングトンの質問に答えた。

「今一人の男――フラドですね、この男も貴方はよく知っている。フラドゲートです！」

「何ですって？」警部がギクとなって叫んだ、「あの役僧の？　まさか！」

「憶えていますか、警部？」ランスフォドが続けて言った、「フォリオットはこの土地へ移って来る間もなく、あのフラドゲートに役僧の職を世話したはずですよ。そのフラドゲートが即ちフラドなんです。そうしてフラドの行動は何もかもすぐ探り出せたが、難しかったのはレエの方で、何分、長く海外に住《すま》ったり、名前を変えたり、いろんなことをやっているもんだから――実際、私の代理者達がフラドの行動から推してふとある手掛りを発見したのはツイ最近のことです。そして漸く今日彼の真実を知るに至ったんです。そこで私の見込だが、ブレードンはこの土地を訪れた際に、その二人を見かけたか、あるいはその二人に見かけられたかした、だから彼等の中《うち》のいずれかがブレードンの死、引いてはコリショウの死に対して責任をもっている――となるんですね。以上、無論、情況証拠からにはちがいないが、これは絶対的の事実です！　で、貴方がこれからやるのは？」

ミッチングトンは一瞬間考慮をめぐらした後で言った。

「まずフラドゲートの方から片附けましょう。すぐ近くに住んでいますから、みんなで彼の家へ押しかけて行くんですね。そこで最早逃れる道がないと知ったら、多分、彼奴《きゃつ》すっかり泥を吐くでしょうよ。さあ、直ぐ出かけましょう」

警部は先頭に立って停車場から大通街《どおり》を下って行き、「境内《クローズ》」に至る小家《こいえ》の建ちならんだ狭い横町へ一行を導いた。その横町の入口で一人の巡査に会った、ミッチングトンは足をとめて、二三の言葉を交した後で、皆に追いすがって言った。

「フラドゲートは、この向うの五十番地に独りで住んでいるんです。きっと今頃はお茶でも喫《や》ろうとしている処でしょう、一つあら胆《ぎも》をひしいでやりますかな」

やがて一同は一軒の家の戸口に立った。そこの扉をミッチングトンが静にコツコツたたいた。扉が開いた。丈の高い、無髯の、頗る生真面目な顔をした男が内部《うちら》から現れたが、戸口にずらりと並んだ厳《いかめ》しい顔や鋭い顔を一目見て、はっと驚いた風にたじたじとなった。すかさずミッチングトンがつかつかと室へ入って行くと、彼は唇の色まで蒼白《まっさお》にし、ぶるぶる顫えるその手を扉の鏁《かけがね》からばたりと落した。

「おい、フラドゲート！」ミッチングトンは高飛車に出て、相手の様子に目をつけた、一方刑事は前に進んでその男のすぐ側《わき》に密着《くっつ》いて立った、「少し訊問の廉《かど》があってやって来たんだ。君の真実《ほんとう》の名前はフラドだな！　それに言分があるかい？　そして――いいか、真直に言うんだぞ――今度のブレードン事件で、君はフォリオット、即ち、本名レエと組んで何をやったんだ？　君達両人《ふたり》の素性はもうすっかり判明《わか》っているんだ。言うべきことがあったら、言うがいい」

役僧はおどおどした眼付で人々の顔を甲から乙へと見た。今のミッチングトンの烈しい訊問が、明かに、彼の神経をくたくたにしてしまったのであった。職業柄ランスフォドは彼が将《まさ》に勢力虚脱の状態に陥ろうとしているのを看てとった。

「少し急ですよ、ミッチングトンさん」医師が言った、それから役僧の方を向いて、「確《しっか》りしたまえ、君。恐れないで、今の質問に答えるように！」

「一体、その――皆さん！」役僧は喘ぎ喘ぎ言った、「それは――何事でございますか？　何へ――どうお返事をいたしたらよろしいので？　神様の前でも申しますが、私はブレークさんの死に関しては――皆さん方と同様――清浄潔白でございます！　私の魂と名誉に誓ってそれは申します！」

「それじゃ、訊くが」ミッチングトンが言った、「君がフラドであり、フォリオットがレエであるということ、かつ、君達両人の奸策によって先年ブレークが断罪せられたということは事実じゃないかい？　まず、それから返事をしろ！」

フラドは目の前に立った人々の顔をきょろきょろ見廻した。その身体は、小ざっぱりした室の中央に据えつけの茶卓にぐったり倚りかかっている。傍《かたわら》の炉にかかった湯沸《ゆわかし》がしんしんたる音を立て、その愉しげな響がその場の物凄い光景と奇妙な対照《コントラスト》をなしていた。

「はい、それは事実でございます」とうとう役僧が言った、「しかし、その事件では――私は謂わば、ほんの――ほんのレエの手先に使われたに過ぎません、私にはその責任はないのでございます。そこでブレークさんがこの市《まち》へ来ました時、私があの人に会いました時――」

彼は言葉をとぎらして、あたかも救いを哀願するかのように、なおも聴者達《ききてたち》の顔を見廻した。

「私は――私は、決して、皆さん！」突然彼はわっと泣声をあげた、「ブレークさんを手にかけて殺すなどという心は毛頭もっておりませんでした！　ありのままのことを申上げます、いついかなる場合でも、それをお誓いいたします。あの朝——ブレークさんが死体となって見出されました朝のことでございます——私は何かの用事であそこの明層の桟敷へ上ってまいりました。その時思いがけなくあの人に出会ったのでございます。あの人は私をそれと認めました。そして——皆さん！　これは嘘も偽《いつわり》もない真実《ほんとう》の話でございますが——あの人は私をそれと認めるが否や、いきなり飛びかかって来て、私の腕を摑みました。私の方は、最初あの人が誰であるか判りませんでしたが、そうして腕を摑まれてみて始めてそれと知りました。私は一生懸命にその手を振り切ろう、あの人を静めようとしましたけれど、あの人は私に組みつき、声を出して泣き始めました——その声が下の会堂まで聞えなかったのは一つの不思議でしたが、今考えてみますと、その時そこでオルガンが高く鳴っていたにちがいございません。そうして取組合をしておりますうちに、あの人は足を踏みすべらして——ちょうどあの出入口の扉《と》が開いておりましたものですから——私が抱きとめる暇もなくそこから真逆さまに落ちたのでございます！　それは全く本当の怪我でございました！　私にあの人を害そうという意志のありませんでしたことは、この魂に誓って申上げます」

「それから——？」ちょっと黙った後でミッチングトンが訊いた。

「フォリオットさん——レエに会いましたすぐ後のことでございました。彼にその話を致しますと、彼は事件の成行を見届けるまで、私に黙っていろと言いました。終《しま》いには無理からでも私を黙らそうとするのでございます。どうにも仕様がございません。何せ現在の有様ですと、レエの意図一つで私の地位はどうにもなりますので、もしも彼に逆えば、私はその日から路頭に迷わなければなりませんから——そこで私はふっつり口を緘《とざ》しました」

「それじゃ、コリショウの件はどうだい？」ミッチングトンが詰問した。「それについても事実を申立てろ。ブレークの場合はともかく、こっちは確に他殺なんだぞ！」

フラドは片手を持ち上げて顔中に流れる汗を拭った。

「神様の前でも申しますが、皆さん！　その事件につきましては――皆さんの御存じより以上のことは――すくなくも、これと言って申上げるようなことは存じておりません！　はい、知っておりますだけのことは申上げます。申すまでもなく、私とレエとはその後時折会って、右の事件について談《はな》し合いました。するうちに、コリショウが何か知っているということが私達の耳にはいりました。私自身の気持から申しますと、彼は私とブレークさんとの間に起きたことを――どこかその近くで仕事をしていて見かけたのではないかと思われます。私はコリショウに会って話したいと思いました。しかしレエがそれを許してくれませず、その件はおれに任せろと言いました。それから少し経って、彼が言いますには、コリショウは五十磅で買収した――」

ミッチングトンと刑事は顔を見交した。

「レエ――即ち、フォリオット――がコリショウに五十磅与えた、というんだね？」刑事が訊いた。

「そういう話でして」フラドが答えた、「彼の口を緘《ふさ》ぐためにというのでございました。しかしその話を聞くか聞かないかに、コリショウが突然死んだのでございます。一体どうしてそんなことが起きたか、あるいはまた、一体何者が――何者が、そういうことを出態《しでか》したか――その点につきましては、皆さん、この魂に誓って申しますが、私は一向存じません！　なるほどいろいろ思い合すこともあるにはありましたけれども、私はそのことを決してレエに言いませんでした――決して！　私には――私にはそれはできませんでしたので！　貴方達《あなたがた》はレエの人物がどうかということを御存じないのでございます！　この私は生涯の大部分を彼の支配の下に暮してまいりました。そこで――そこで皆さんはこの哀れな私をどうなさろうとおっしゃるのでございますか?」

ミッチングトンは刑事と一言二言話をして、戸口から首をつき出して巡査を呼んだ。すぐ室の内《なか》へ、先刻《さきほど》途で会った巡回の巡査とその同僚がはいって来た。

「まあ、茶でも喫ったがよかろう」警部が役僧に向って鋭く言った。「この二人の警官を君の処に残しておく——君はこの室から出て行っちゃいかん」警部は二人の巡査に小声で何か命令を与えると、ランスフォドその他に従いて来るように眼で合図をした。そして狭い横町に出た時、警部が言った。「どうも今の話はある程度まで真実らしく思われますね。さあ、今度はフォリオットの方です——この後が彼の家へ行く道になっているんですから」

彼等がフォリオットの家に着いた際には、フォリオット夫人は市《まち》へ出かけて留守、サックヴィル・ボンハムもゴルフ場へ行って家にいなかった。取次ぎに出た奥女中が彼等を庭園《にわ》の方へ案内すると、そこにいた植木屋が、多分御主人は離れ家にいらっしゃるでしょうと、その道を示してくれた。

遠く庭園の片隅に、高い樹々に取囲まれて、蔦に蔽われた灰色の石造の古い建物が立っていた。その贅沢な家具調度の整った気持のいい一室で、果してフォリオットはブライスと密談をしていたのだった。その密談は、言うまでもなく、メアリで失敗《しくじ》ったブライスがその足で申込んだもので、肚に一物あったブライスは、まず、フォリオットの左の顎の痕跡《きずあと》と左手《ゆんで》の中指のなくなっているのを証拠に、彼がフォキナ・レエと同一人物であると図星を指したのである。それにはフォリオットは別に反対しなかった。しかし、次にブライスが持出したブレードン、即ちブレーク及びコリショウの事件には、自分は全然無関係であると断言した。第一、自分はあの朝ブレークに断じて会いはしない——それを証明しようと思えば幾らもできる、あの日のあの時間に自分がどこで何をしているかということは一々説明できるんだから——と言った。従って、そうしてブレークの事件に一指も触れていない自分が、次の事件を企てる——たといコリショウがその最初の事件に関してどんなことを喋ったとしても、それの殺害を企てる——はずはないじゃないか、というフォリオットの弁明であった。では、その両事件に関係しているのはその昔レエと共謀してブレークを欺いた今一人の人間——フラドではないか？　そうブライスが突込んで訊いてみたが、フォリオットは、簡単に、そんなことは知らん、と答えた。そこで、ブライスは話題を転じて、ブレークの入獄後その妻子がどうなったかという説明にとりかかった。その件についても、フォリオットは少しも知らないと言ったからである。遂にブライスが、実は、今、ランスフォドの被保護者となっている娘と少年こそ、ブレークの子供達だと説明するに及んで、これにはさすがのフォリオットも心から驚いたらしく叫んだ。

「そいつは知らなかった！　少しも！　すると、ランスフォドというのは一体何者だな？　ランスフォド？　そんな名前をブレークが口にしたことは一度もなかったんだ！　全体こりゃア——」

だが、その言葉を言い終らないうちに、フォリオットはすっくと椅子から立ち上った。そしてブライスを押しのけるようにして、窓際へ進んだ。かと思うと、一声鋭い叫声を発した、何事かとその傍へ急ぎ寄ったブライスに、フォリオットは顫える手を挙げて庭園を指《ゆび》し示《さ》して囁いた。

「あれを見給え！　何だというんだ？　一体——」

折から、一面満開の薔薇の花園を潜り潜り、植木屋に案内せられて、ミッチングトンを先頭に、刑事、グラスデールその他の人々がその離れ家を目ざしてやって来るのだった。二人は顔を見合せた。

「グラスデールもやって来る！」ブライスが叫んだ、「きっと、あいつが密告したんですよ！」

フォリオットはやはり窓から外を眺めて立っていた。庭園をやって来る人々の中に、ランスフォド

とハアカの姿が見出された。つと彼はブライスを振返って、

「これに君は係合ってはおるまいね？」詰るように言った。

「私が？」ブライスが叫んだ、「今が今までちっとも知らなかったことですよ！」

ブライスは室の入口を指した。

「よろしい、階下《した》へ行きたまえ！　彼等に会って、二階へ上れと告げたまえ！　私は——私は、彼等と最後の取引をしてやるんだ！　さあ！」

ブライスは急いで階段を下りて行く。この時ばかりは、さすがの彼も興奮しきっていた。しかし、その興奮の真最中《まっただなか》でも彼の理性は働いた、表口の方へ進みながら、第一に考えついたのは、彼がそれまで立ててきた計画のすべてが、今やフイになろうとしているということだった。もう直ぐ事実が明かになろうとしているのだ、そのため彼に何らの利益も生じないのだ。彼はがっかりした。

しかし、そんなことを長く考えている暇はなかった。既に表口に達していた一行が、戸外《そと》から激しく扉《ドア》をたたいているのだった。ブライスはそれをぱっと開けた。と先に立った人々が彼の姿を認めて目を円くした。ブライスはブライスでミッチングトンの方へ身を屈めて近寄って行った——最後まで策略を棄てないつもりだ。

「二階にいるよ！」彼がささやいた、「上りたまえ！　ことによるとあいつ脅しの手で瞞《ごまか》そうとするだろうが、僕にはたった今——」

ミッチングトンは荒々しくブライスを押しのけた。

「すっかり判ったんだ！　君には後でちょっと話したいことがある！　まあ、それより——」

人々は階段を上ってフォリオットの室へどやどやと押しかけて行った。フォリオットは片手を背《せな》へ

廻し、片手をポケットへ突込んで、室の中央《まんなか》に立ちはだかっていた。そして先頭の三人が室の中に入ると同時に、背へ廻していた手をくるりと前に突き出して、グラスデールを狙打《ねらいうち》に、短銃《ピストル》を発《はな》った。

　ところが、仆れたのはグラスデールではなかった。細心な、油断のないグラスデールはフォリオットの挙動に目をつけた刹那、素早く側《わき》へ身を避けたので、短銃の弾丸《たま》は彼の腋下《わきのした》を通って、背後《うしろ》のブライスに命中したのだ、見事に心臓を射貫《うちぬ》かれたブライスは、微《かすか》に唸り声を立てただけで、ばったりと仆れた。フォリオットはその方を碌に見もやらず、すぐにポケットから一方の手を引き出して、何かを口中に滑りこました。それから背後の大きい椅子にどっかり身体を落した……一瞬間、室の中の人々は一言も口をきかずに、お互に恐怖に蒼褪《あおざ》めた顔と顔を見交すばかりであった。

第二十三章　大団円

その夕べ、ランスフォド医師の宅の一室で、炉に近いソファに腰を下して熱心に耳を傾けているメアリとディックを前に自分は立ったまま卓子の端に背を凭《もた》せて、ランスフォドが話しつづけていた。その医師の態度には幾らか疲労も見られたが、それよりも、事件が落着して重荷が下りたという安堵の色が顔にみなぎっているのだった。

——ブライスは短銃の一発で即死、その際フォリオットが口中に滑りこませたのは、コリショウを殺したと同じ毒薬で、彼もその場で絶息したのだ。

ランスフォドがそうして姉弟《きょうだい》を前にすべての事情を打明けるに当って、予《あらかじ》め一番心配したのは、「楽園」で過って死んだブレードンが姉弟《ふたり》の実の父親のブレークだったと知った暁に、彼等がどんな思いをするだろうという一事であった、と言って、それを話さないわけには行かなかった。すべての事情を明かにするには、そこが最も肝腎な点だったのだ。で、ランスフォドは思いきってまずその事実を説明して、姉弟の様子にじっと目をつけたところ、ディックはちょっと眉間に皺を寄せて、足許に目を落しただけだった。その状あたかも何か解き難い謎を解こうとしているかようである。一方メアリは、その事実を知っても、顔の表情一つ動かさず、却ってその先を促すようにしっかりした目を上げて、ランスフォドの顔を注視したのであった。

ランスフォドの物語は、そこで遠い過去の事実へ遡った。彼とその姉弟《きょうだい》の父親のブレークとは、若い頃非常に親しい友人の間柄だったということ、当時二人とも倫敦に住んで、ブレークはある銀行の支店長を勤め、ランスフォドは医者を開業したばかりであったということ、それからレスター州でブレークが姉弟《ふたり》の母親のメアリ・ビワリと結婚することになり、その花婿の附添人をランスフォドがつとめたということ——しかし、その結婚後ランスフォドはブレーク達に極偶《ごくたま》にしか会わなかったのである、その間にブレークはレスター州バアサープの出身でフォキナ・レエという男と近づきになった、その当時レエは倫敦で金融業のようなことをやっていたが、ランスフォドはその男と一度も会ったことがなかった、ところがこのレエという男は頗る口のうまい、人を平気でおもちゃにするような人間だったので、うまくブレークに取入り、度々彼に銀行の金を融通させているうちに、遂にフラドという男と共謀してブレークから行金数千磅を借り出したまま行方をくらましたのだ、そこへ銀行の監査役から行金の精算を命じられたために、ブレークは弁解の途なく、公金消費罪に問われたのである

——

そこまで話してランスフォドはまたもや気づかわしげに姉弟《ふたり》の顔を見た。だが、メアリは依然として顔の表情を変えず——僅に、ディックが突然小賢《つとこざか》しい質問を発したのであった。

「じゃ、とにかくも、その——僕達のお父さんは、自分のために銀行のお金を盗んだというわけじゃなかったんですね？」

「そうとも、そうとも、そんなわけじゃ決してなかったよ！」ランスフォドが気早《せっかち》に答えた、「つまり、レエなどという人間を信じ過ぎたのが大変な過失《まちがい》だったんだよ、ディック。それが君たちのお父さんの不運だったのさ。さあ、それでは、その時君たちのお母さんや君たち姉弟にどんなことが起き

たかを話そう」

ブレークは逮捕せられるすぐ前になって、始めてレエ達の奸計に気付き、急遽ランスフォドを自宅へ呼んで、妻の面前で事件をすっかり打明けた上で、直ぐにも彼の妻子をどこか適当な場所へかくまってくれとランスフォドに頼んだのである。それには彼の妻が反対したが、しかしブレークはそれを取上げなかった。で、ランスフォドはブレークの妻及び二人の子供を田舎のある静かな場所に連れて行き、そこで姉弟《きょうだい》の母親に結婚前の姓名《なまえ》を名乗らすことにした。ところが、一年経たないうちに元来蒲柳《ほりゅう》の質《たち》だった彼女は病死してしまった。「それからこっち君たちがどんな暮しをしてきたかは——姉弟《ふたり》とも物心がついて後のことだからよく憶えているだろう、ここではその話をする必要はないのだ——」そう断って、ランスフォドは更にブレークの件へ話を戻した。

ランスフォドはブレークが刑を申渡された後で、また彼に会った、そして妻子のことでは安心するようにと言ってやった。と、ブレークが、この上の頼みは、彼をそういう破滅に陥れた二人の人間を極力捜出してもらいたいというのだった。ランスフォドはその依頼も承諾して、早速あらゆる手段をとってその捜索に努めたが、二人の行方は杳《よう》として知れない。かくて、十年の歳月《としつき》が空《むな》しく経った。ブレークの出獄の時が来た。ランスフォドはブレークに会いに行って、二人の人間の捜索が無効であったことを述べ、いっそもうこの一事は見切をつけて、新しい生活に踏み出したらどうかと勧めた。しかしブレークはいっかなその勧めには応じないで、飽くまでその二人——殊《とく》にレエを見つけ出して、復讐をせずにはおかぬ、それまでは——そうして自分の汚名を雪《そそ》ぐまでは、わが子達にも会わない、という固い決心の下に、幾らか手掛のあったレエの跡を尾けてアメリカに渡ったのであった。それ以来ランスフォドは一遍もブレークに会わなかった、それが実に偶然にも、あの事変の起きた朝、ブレークの姿を見かけたのである。

ちょうどあの朝、ランスフォドは「境内」を横ぎり、大伽藍の南の側廊《アイル》を通って帰ってきた。そうして将に西の門を出ようとした時、桟敷をさして階段を上って行くブレークを見かけたわけである。ランスフォドは一目で彼であるということを知った。ブレークの方ではランスフォドを見なかった、ランスフォドは周章《あわ》てふためいて帰宅した。不幸にしてその興奮した状態をブライスに見られたので、忌わしい疑念の種を蒔いたのである。間もなくブレークの死を知ったランスフォドは、恐しいヂレンマに陥った。彼はそれまで例の二人の人間を捜出してそれに罪の自白をささないうちは、その父親の身上を決して姉弟《きょうだい》に語るまいと固く決心していたからであった。その二人の人間がすぐ近くに潜んでいて、しかもブレークの死に関係していようとは、彼も全然《まるで》思いつかなかったのだ。で、彼は心を鬼にして沈黙を守り、ブレークを旅の人ジョン・ブレードンとして葬らしたのである。

次いでコリショウの事件が起きた時にも、ランスフォドはそれがブレークの事件と連関しているというだけの推測はついたが、その真相に少しも思い及ばなかった。実を言うと、彼は前後の事情から推して、ブライスとハアカ老人に疑いを抱きはじめていたのだ。しかし、その間といえども、レエとフラドに関する調査の手は少しも休めずに、ブレークの検屍審問の際証人となった倫敦の銀行の支配人に私《ひそ》かに一切の事情を語ってその調査を依頼してあったのが、ツイ二三日前となって漸くフラドのことだけわかったのである。役僧のフラドゲートがそうだったのである。これはレエがブレークから騙取《へんしゅ》した金の分前をもらうと、英国の北部の片田舎に走り、数年前《ぜん》倫敦に舞い戻ってきて窮境に苦しんでいる処を、フォリオットが見出すことになり、ここの役僧に世話されたものである。ところで、そのフォリオットがレエと同一人であろうとは、今日倫敦へ出かけて行って彼の代理者から探索の結果を聞くまで、全然ランスフォドの予期しなかったことである。即ち、レエはあの際すぐにアメリカに渡り、そこで財産をこしらえて、暫く方々の国を歩きまわったあげ句、名前をフォリオットと変え、サックヴィル・ボンハムという連子《つれこ》のある或《ある》金持の寡婦と結婚して、このライチェスタに居を構えると、虫も殺さぬ顔で薔薇作りに耽っていたのである。

「大体それで」とランスフォドは話の局を結んだ、「現在話すべきことは話してしまったわけだ。まだ細々したこともあるが、今話す必要はない。とにかく、右の事実が明かになった以上、もはや私達には秘密というものが綺麗になくなったからね！」

メアリは相変らず黙っていた、すると、ディックが両手をポケットに突込んで、ひょいとソファから立ち上った。

「僕、今一つ知りたいことがあるんです」ディックが言った。

「その二人の奴のどっちが僕のお父さんを殺したんですか？　先刻《さっき》先生はそれを過って死んだとだけおっしゃったんですけれど――本当にそうですか？」

「私はそうだと信じるね」

ランスフォドが答えた。

「今し方それについてのフラドゲートの説明を聴いたが、彼はたしかに真実《ほんとう》のことを語っているよ。しかし、フォリオットがコリショウを毒殺したという点では、少しも疑う余地がない。だから、フォリオットとして、もしもフラドゲートが嫌疑者にでもなって取調べられ、その過去の一端でも判ったら、自分のことが何もかも発覚するものと覚悟してやったんだね」

ディックはその説明で堪能したらしくさっさと室を出て行った。

後には深い沈黙が室を襲った。メアリは明かに深く考え込んでいるようだった。その様子をチラと見ておいて、ランスフォドは顔を外向《そむ》けて、窓越しに、落日に照らされた「境内」を眺めやった。これまたそうして今の先日撃したばかりの悲惨事について思いを凝しているのだった。いつかその考えごとにすっかり心を奪《と》られていた彼は、ふと一方の腕に何かの触れたのを感じてぎくりとなった、振返って見るとメアリが彼の側《わき》に突立っていた。

「ただ今のお話につきましては」

彼女が言った。

「もはや何にも申上げることはございませんわ。それにわたしにも多少の事は判っておりましたし、またある事実は推察もしておりました。でも、先生は何故それをわたしにおっしゃって下さらなかったでしょう！　もっと前に！　日頃の先生のようでもございませんでしたわ！」

「日頃の私？」

ランスフォドが叫んだ。

「いや、その理由は、それ——ただ一つ——かりにも貴女達《あんた》に何か話す以上、その前に——私の手で出来る限り——貴女達のお父さんが潔白な人だったという明しを立てておきたかったからね。私は、いつも、それを貴女に話したい話したいと思ってきた！　貴女は私が隠事の大嫌いな人間だということに気づかなんだかね？」

「では先生は、わたしがこの間うちの先生の御心労を分けて頂きたいと思っておりましたことに、お気づきなさいませんでしたの？」メアリが訊いた。

「わたしそのため、どんなに辛い思いをいたしましたことか——だって、先生はそれをわたしに分けては下さいませんのですもの！」

ランスフォドは一つ長く息を引いて、彼女の顔をじっと見つめた。その後で両手を彼女の肩にかけた。

「メアリ！　貴女は——貴女はまさか——さあ、遠慮なしに言っておくれ！——まさか、そんなことを言って、私のような老ぼれの面倒を見てくれるつもりでは？」

そう言ってランスフォドは彼女を押しやるようにした。だが、彼女は不意ににっこり笑ってずっと彼の方へ寄ってきた。

「そのことに長い間お気づきなさらないなんて、先生もよっぽどお盲《めくら》でしたわ！」

編者解題

J・S・フレッチャー（Joseph Smith Fletcher）は、イングランド北部、西ヨークシャーのハリファクスで一八六三年二月に生まれた。父は聖職者で、頑迷に近いほどのプロテスタントであったようだが、フレッチャーが生後八ヶ月のときに両親ともに亡くなり、近くのダーリントン村に住む祖母に引き取られて成長した。その頃の祖母との様々な生活が、後年の作品内容に大きな影響を与えたといわれている。一八八一（明治一四）年の四月、十八歳の時に彼はロンドンに出て、とある新聞社の編集助手の職に就く。

爾来二十年、ジャーナリストとしていろいろな新聞社との関係を作り、一九〇〇（明治三三）年頃には記者生活を打ち切って、専心著述のフリーランスの生活に入っていった。しかし記者時代から著作も多く、詩、小説、神学、評伝、地方記、歴史、時評などがあった。小説の中にも、歴史的情話、田園喜劇、探偵小説、秘密小説などのジャンルがあり、数多く描いていた（「ジェ・エス・フレッチャア」『新青年』一九二五〔大正一四〕年七月号による）。たとえば歴史小説であった"*Charles I Was King*"（一八九二年）や田園生活とそのマナーを描いた"*The Wonderful Wapentake*"（一八九五年）などで、すでに有名だったのである。

一八九〇（明治二三）年頃から、フレッチャーは探偵小説を含めた犯罪小説（Crime Fiction）を書き始めている。一九三五（昭和一〇）年一月に亡くなるまで、百二十編以上のミステリー小説を創作しているのだが、今回収録した「ダイヤモンド（*The Diamonds*）」が一九〇四（明治三七）年、「楽園《パラダイス》事件（*The Paradise Mystery*）」が一九二〇（大正九）年の作である。探偵小説作家としての彼の名前を知らしめた代表作「ミドル・テンプルの殺人（*The Middle Temple Murder*）」は一九一九（大正八）年であり、「チャリング・クロス事件（*The Charing Cross Mystery*）」は一九二三（大正一二）年の作であった。いわゆる〈探偵小説の黄金時代〉の黎明期に生まれた作品だった。他に、一九三〇（昭和五）年以降にシリーズ探偵物として、ロナルド・カンバーウェル（Ronald Camberwell）が登場する作品も十作品あまり書かれたが、どうやら邦訳はされていないようである。

当時、日本において、一九二〇年に博文館が創刊した探偵小説雑誌『新青年』の初代編集主幹であった森下雨村は、フレッチャーの探偵小説に偶然、気がつくことになった。一九一一（明治四四）年七月に早稲田大学英文科を卒業した雨村は、探偵小説の翻訳家でもあったが、『新青年』で江戸川乱歩や横溝正史をデビューさせ、日本の探偵小説の礎を築く一方で、海外の一級品の探偵小説を多く翻訳し、明治以来の〈俗悪な探偵小説〉のイメージを変えようとする志を持っていた。従来の堅苦しい翻訳文体を改め、探偵小説の面白みが損なわれないような読みやすい形に直そうとしていたのだ。大正の後半から昭和の初めにかけて、フレッチャーを始めとして、ウイルキー・コリンズ「月長石」、A・E・W・メーソン「薔薇の別荘」、ロジャー・スカーレット「白魔」などの作品も、雨村が翻訳して日本に紹介をしていた。

さて雨村が、なぜフレッチャーに興味を持ったかというと、それは『井上英和大辞典』を編纂した英語学者の井上十吉の勧めがあったからである。雨村は、そのときの様子を「フレッチヤ氏とその作品」（森下雨村訳『フレッチヤ集』世界探偵小説選全集15、博文館、一九二九年）の中で、次のように語っていた。

彼（引用者註・フレッチャー）の名が初めて日本に紹介されたのも、やはり「スパルゴの冒険」によつてゞある。確か大正十年の秋であつたと思ふ。故井上十吉先生が、まだ英和大辞典の編纂に没頭してゐられた頃、一日お訪ねすると、英国で大した評判だから取寄せてみたが成程面白い小説だ、読んでみたまへと云つて貸して下さつたのが「スパルゴの冒険」（原名ミッドル・テムプルの殺人）であつた。早速読んでみると確に面白い。それも今まで読みつけた推理や分析づくめで少々肩のこる部類の作とはちがつて、いかにも楽々と読めて、しかも何処までも本格的な探偵小説であるのが嬉しくて、それから急に倫敦の古本屋へ注文してその作品を蒐めにかゝるといふほどフレッチヤ贔屓になつたものである。

「スパルゴの冒険」すなわち「ミドル・テンプルの殺人」が英国で発行されたのは、前述したように一九一九年であった。その二年後には、もう雨村の手に渡っていたのが面白い。それほど、気に入ったのであろうか。しかも、フレッチャーの他の作品も「倫敦の古本屋」を通して読んでいたのだ。

この頃、雨村は『新青年』の編集主幹を務めていたのは、前述した通りである。『新青年』は、第一次世界大戦終結後の不景気の中で、雑誌『冒険世界』の後をうけて誕生した探偵小説を中心としたモダン・メンズ・マガジンであった。すでに海外の探偵小説の面白さに気付いていた雨村は、若者たちに世界の新しい息吹を吹き込もうとして、面白い探偵小説の翻訳や翻案を『新青年』に掲載することにしたのだ。その材料探しのために、井上十吉宅を訪れていたのがわかるだろう（「昔の『鬼』」『新青年』一九五〇〔昭和二五〕年三月号、『森下雨村探偵小説選』〔論創社、二〇〇八年〕所収にも雨村の言及がある）。

その材料に、フレッチャーの「ミドル・テンプルの殺人」は、まさに打ってつけの探偵小説だった。雨村は、『新青年』に連載をしても悪くないと思ったかもしれない。しかし、そうではなく、当時博文館から発行していた〈探偵傑作叢書〉に自ら訳して、『スパルゴ怪奇探偵　謎の函』〈探偵傑作叢書第三編、一九二三年〉として出版したのである。

一九二二（大正一一）年一月に上梓されたこの『謎の函』は、雨村が一九二一（大正一〇）年秋に井上十吉から原著を借りてから、わずか数ヶ月後に出版されたものだった。〈探偵傑作叢書〉にふさわしい作品であるがゆえに、他よりも先に翻訳、出版しようとしたのかもしれない。

『謎の函』は、その面白さのためか、一九二四（大正一三）年三月には第六版を、一〇月には第七版を発行していた。今回収録した雨村訳の「ダイヤモンド」は、博文館発行の『中学世界』に一九二四年に一年間連載されていたのだが、それによってさらにフレッチャーの人気が高くなったことを、この増刷が示しているのではないだろうか。

翌年の『新青年』一九二五年七月号では、無記名で「ジェ・エス・フレッチャア　J.S.Fletcher（ブックマン誌所載）」というフレッチャーの紹介記事があった。彼の写真と共にプロフィールだけでなく、当時の著作目録や主要な探偵小説も掲げられていた。そこには雨村の『謎の函』も取り上げられていた。さらに一九二六（大正一五）年には、雨村の訳ではないが、同じく『新青年』（一月～一一月号）誌上で水上規矩男訳のフレッチャー「悪銭（*The Charing Cross Mystery*）」（＝「チャリング・クロス事件」）の連載もあった。

その後、雨村訳のフレッチャー作品といえば、今回収録を果たした「楽園《パラダイス》事件」が挙げられる。これは『新青年』誌上で一九二八（昭和三）年秋から一九二九（昭和四）年春まで連載されていた作品であった。前述した『謎の函』は「スパルゴの冒険」と名前を変えて、博文館が一九二九年八月発行した『世界探偵小説全集第十五巻　フレッチヤ集』に収録されていた。一九三九（昭和一四）年四月には、「名作探偵」のシリーズとして博文館から『謎の函』として再刊されている。

森下雨村とフレッチャーの関係を簡単に見てきたが、雨村がフレッチャーを翻訳していたのは、一九二一年頃から一九二九年頃までだったといえるだろう。大正末期から昭和初期にかけて、日本の創作探偵小説が花開いた頃でもあったのだ。そう考えてみると、当時、雨村がフレッチャーを精力的に訳していたのは、日本の探偵小説の将来を考えていたためかもしれない。雨村の好む探偵小説観がその中に現れていたからである。

以下、本巻に収録した「ダイヤモンド」「楽園《パラダイス》事件」の各作品について、解題を記しておく。作品の内容に踏み込んでいるので、未読の方は注意されたい。

「ダイヤモンド」は、森下雨村の訳によって、博文館が発行する中学生向けの雑誌『中学世界』に一九二四年一月号（二七巻一号）から一二月号（二七巻一四号）まで掲載された。表題の隣には、「長編冒険探偵」とあった。挿絵は、松野一夫。
原題は“*The Diamonds*”であり、一九〇四年に英国で発行されている。米国では、“*The Diamond Murders*”と名前を変え、一九二九年に発刊された。日本での紹介は、今回収録した森下雨村の訳が最初のようだから、米国よりも五年くらい早いと思われる。本書に収録したのは、この初出連載分である。

物語は、小箱の中に潜むダイヤの首飾りの行方をめぐるサスペンス・ストーリーである。六十三個の燦然と輝くダイヤの首飾りを手に入れた者は、必ず不慮の死を遂げた。ダイヤの首飾りが、まるでビリヤード（玉突き）の玉のように、それを狙う人々に渡り、死を導いてしまった。しかし、ヅリスコール嬢は違った。偶然手に入れたダイヤの首飾りが盗まれてしまい、危うくそれから免れたのだ。そして最後には幸福が訪れる、スピード感溢れるサスペンス物語になっていた。物語の中盤から探偵たちが登場するが、登場人物の一人としてであり、それほど活躍するわけではない。たくさんいる登場人物のダイヤをめぐる死の物語よりも、ダイヤの首飾りがまわりまわって幸せな場所に落ち着くプロセスの方に、主題があるストーリーといえるだろう。

さて、『中学世界』連載最後の一二月号末尾には、次のような訳者（森下雨村）からの言葉が述べられていた。

■読者諸君に――一年に亘る長い拙訳を辛抱強く御愛読下さつたことを感謝します。本編は作者フレッチャー氏も自信ある作品の一つとして認めてゐる程の傑作ですが、全訳すれば五百枚以上になるものを雑誌連載の都合上三分一に縮めたゝめ興味の大半を失くした憾があります。余暇があれば改めて全訳してみたいと思ひますが、右の次第一応作者並に読者諸君にお謝りして置きます。

「雑誌連載の都合上三分一に縮めた」とあるが、それはどういうことなのであろうか。これらの連載は雨村により改訳されて、一九二八年七月に、『世界大衆文学全集第八巻　ダイヤモンド　カートライト事件』（改造社）に収録されていた。たとえば、この全集単行本において初出から目立って増えてる箇所の一つとして、物語の終盤「道で出会った二人」の章から、急に場面の変わるところが挙げられる。

その前章「因果はめぐる……」の終わりで、ギック・クレーイェが彼に殺されたニニアン・バクセンデールと共に地下室に閉じ込められてしまうシーンがあった。初出連載は、そのギックの生存がどうなったか明かされないまま、「道で出会った二人」に続いていた。読者はしばらく読んでいき、ようやく閉じ込められたままギックが拳銃で自殺したことがわかるのだが、その経緯がわからないまま物語が進行していたのだ。

ところが、単行本の方は、ジョウ・キルナーの閉じ込めたギックへの思いが毎日悩ましく語られている場面になっていた。さらに「道で出会った二人」の章の最初でも、キルナーがダブリンを離れ、ニコルソン警部に出会うまでの流れ、つまり名前をジェームス・キーンに変えた事情や大富豪を装うキルナーの生活振りが描写されていたのである。

これら単行本で増補された箇所、言い換えれば初出連載で削った部分が、ちょうど『中学世界』連載の一〇月号から一一月号にかけての部分だったことに注意したい。つまり、推測になるが、この時に大きな省略があったのは、連載を一二月号で終わらせるためのやむを得ない処置だったことが考えられるのである。雨村が、普段の連載においても少しずつ省略やまとめの翻訳をしてきたのだが、その計算にズレが出てきたのではないだろうか。それゆえ、一二月号の末尾に、雨村はお詫びの言葉をどうしても添えずにはいられなかった。

この一九二四年は、探偵小説家でもあった雨村にとって少年少女雑誌への作品連載が最も多い時期だった。『中学世界』の他に、『少年世界』『少年倶楽部』『日本少年』『女学世界』『童話』などに、毎月のように作品を寄せていた。さらに、一般向けの『講談倶楽部』『週刊写真報知』などの雑誌にも小説を書いていた。もちろん『新青年』の編集主幹をしながら、である。その多忙さゆえの判断ミスとも考えられ、お詫びの言葉が出たのだろう（当時の発表小説については、『森下雨村探偵小説選Ⅱ』〔論創社、二〇一七年〕の巻末に収録された「森下雨村小説リスト」を参照してほしい）。

しかし、そういうお詫びの気持ちがあり、「余暇があれば改めて全訳してみたいと思ひます」と考えていた雨村であったが、この改造社版の全集単行本でも「全訳」はできなかったようだ。その「はしがき」末尾に「紙数の都合上、多少の省略を加へたことを謝《ことわ》つておく」とあった。これもたぶん、出版社が要請するページ数の都合を優先したことが考えられる。

ここで雨村が、全集単行本に「ダイヤモンド」を収録する際に、どのような方向で改訳を試みたのか、興味が湧いてくる。「ダイヤモンド」の初出冒頭を少し覗いてみよう。以下のように始まっていた。

からりと晴れた六月の午前《あさ》であった。碧《あお》い大空と、かがやかしい陽光《ひ》の下に浮き立ったプリマスの街々には、何の屈託もなさそうな人々が、思い思いにぞろぞろと歩いていた。

ところが、一九二八年七月に発行された単行本のほうでは、次のようであった。

からつと晴れた六月の午前《あさ》。

場所《ところ》は英国南岸の港町、プリマス。

青空のすがすがしさ。太陽《ひ》の光りの輝かしさ。すつかり宜《い》い気持になつた町の人々は、この世の何処に、いつたい心配苦労なんてものがあるのかな、云ひたげな顔付きで、のんびりと町一ぱいに歩いてゐた。


似ているようだが、細かい変更が多々あるのがわかるだろう。それでは、英語原文はどうなっているのであろうか。米国版"*THE DIAMOND MURDERS*" A.L.BURT COMPANY.PUBLISHED IN U.S.A.1929より引用してみる。

It was a brilliant June morning in Plymouth, and the folks who filled the streets, under the cheery influence of the blue sky and the bright sunlight went along their various ways as though there were no such things as care or anxiety in the world.

という文章であった。初出と単行本の訳を比べてみれば、初出のほうが原文の逐語訳に近くなっている。しかし単行本は、文章にリズムを出すためであろうか、体言止めが続いている。また、原文にはない「英国南岸の港町」「すつかり宜い気持になつた」「のんびりと」などの状況を説明するための言葉がつけ加えられていた。

この変更の方向として考えられることは、初出においては「プリマスの街々」の浮き立った様子が「ぞろぞろと歩」く人々の描写と同じような調子で語られているのに対して、単行本では「宜い気持になつた町の人々」の方に焦点が当たり、「青空のすがすがしさ。太陽の光りの輝かしさ」がその気持ちを代弁しているかのような力強い風景になっていることであろう。前者に比べて「プリマスの街々」の風景が背景に退いているのだ。つまり、より人々の様子を活き活きとさせるような訳に改変されているのである。体言止めの連続でリズムを作り、人々の歩く身体の躍動を出そうとしているのかもしれない。もちろん、これは単行本までの時間の中で「ダイヤモンド」という物語が雨村の中でこなれてきて、物語の雰囲気を味わってもらうための変更だと考えられる。

『中学世界』連載時においては、逐語訳的な方向で物語を紡いできたのに対して、単行本では、登場人物の個性を活かす訳に変わってきているということかもしれない。初出時の逐語的な訳ならば、原文の省略や要約もしやすく、短くできるという考えが働いていたとも考えられる。一年間という連載の期間が限られているならば、いつでもページ数を調整できる「日本語訳」の形をとろうと思っていたのだろう。そう考えることができるならば、前述したジョウ・キルナーの地下室に閉じ込めたヂックへの思いや、彼がダブリンを離れ、ニコルソン警部に出会うまでの流れの省略なども頷ける。つまり、初出時は物語の紹介の方を優先して、登場人物の個性を省いていたことが見えてくるのだ。

初出連載の省略、改変された箇所で、興味を惹く部分がもう一つある。それは「檻に囚われた鼠」の章の中で、ヅリスコール嬢がダイヤを盗んだニニアン・バクセンデールを問い詰め、折檻するところである。初出では、ニニアンが彼女に問い詰められ、ありのままに告白したところで終わってしまい、その内容は描かれていなかった。しかし、単行本では、それらが具体的に描かれ、さらにヅリスコール嬢が激しい怒りにまかせてニニアンを乗馬鞭で乱打し、警察に引き渡す内容になっていた。

初出連載時にページ数の調整で省略、改変を行ったのであろうが、折檻の場面を省略したのは雨村らしいといえるだろう。この時期の雨村としては、上品な「海外探偵小説」を翻訳しようと心掛けていたからである。一九二八年発行の単行本にはそれが描かれていたので、省略する部分をわきまえていたのだ。しかし、これだけが理由ではないだろう。この連載の前年、つまり、一九二三年九月に起きた関東大震災により、東京を中心とした関東一円が大きな被害を受けたことも関係していると思われるのだ。

森下雨村は、震災直後の『読売新聞』一〇月一六日付の「よみうり文芸欄」で「探偵物の要求が今後益《ます》す《ま》盛んになる」と題して、「苦難のあとに肩の凝らない物を渇求する」と述べていた。この発言の裏側には、『中学世界』に「ダイヤモンド」を連載しようとする気持ちがあったと見て差し支えない。フレッチャーの「ダイヤモンド」という「肩の凝らない」物語を選んだのは、当時の中学生に元気になってもらうという思いがあったためだ。そのため、女性による折檻の場面などは刺激が強いと考えて、敬遠したのではないだろうか。

その後、フレッチャーの「ダイヤモンド」は、一九五五（昭和三〇）年ポプラ社発行の「世界名作探偵文庫21　ダイヤモンド事件」（南洋一郎訳、のちに一九六三（昭和三八）年発行の「世界推理小説文庫13」になる）で蘇った。さらに旺文社の発行する『中学時代二年生』一九六三（昭和三八）年七月号の第四付録に「呪いの首飾り」（文・白木茂）として収録もされた。これらは少年少女へ向けてリライトしたような内容であった。「呪いの首飾り」は「中二ライブラリー」というシリーズの文庫版サイズの冊子付録であり、「心の栄養」を育むため、「古今東西のあらゆる名作をもうらし、中学生のみなさんの大好きな冒険・探偵・探検などのたのしいよみものをおもしろく書きなおしたもの」

という説明が表紙裏にあった。ということは、つまり初出の大正時代から戦後の高度成長期まで、フレッチャーの「ダイヤモンド」は、いずれも当時の中学生に適した読み物という認識であったのだろう。

雨村の「ダイヤモンド」が連載された一九二四年頃は、中学世界編集部の書いた「満天下の学生諸君に‼」という『中学世界』の広告が博文館発行の他雑誌に掲載されていた。その中に「文部省の調査で、全国学生雑誌中、一番多く一番広く読まれると認定された中学世界、苟も中等学生として中学世界を読まぬは恥辱以上の大損失である」という言葉があり、連載長篇の「ダイヤモンド」などは「変幻の妙裡に読者をして手に汗を握らしむる痛快場面を現出する」とされていた（『女学世界』一九二四年八月号より）。ここにある文部省の調査を信じるならば、当時の中学生に大きな影響力を持った雑誌であることがわかるだろう。こうした状況の中で、雨村はフレッチャーの「ダイヤモンド」を訳していたのだ。

そうなると、雨村の心持ちの中で、中学生へ向けての翻訳の考えが問題になってくるのではないだろうか。それは具体的にはわからないが、『新青年』で活躍していた翻訳者の一人、延原謙の言葉が参考になるかもしれない。延原は、日本で教科書として使われているようなものは学生諸君の便宜を思って逐語訳をしているとし、しかし、そうではないものは削り訳をすることもあると述べていたのだ（「わが本領」『新青年』一九二六年四月号より）。雨村が延原のこの心構えと全く同じだとはいわないが、近い思いであるといえるだろう。『中学世界』を読んで英語の勉強をする学生諸君のために、あえて逐語的な訳を行い、フレッチャーの原著とつけあわせてしまう英語好き学生の手助けを試みていたのだと考えられないだろうか。

省略の多々ある雨村訳の初出版「ダイヤモンド」であるが、テンポの良い、スピード感一杯の物語として、味わっていただきたい。震災翌年の一九二四年という時代に、未来を夢見る中学生に向けて抄訳したフレッチャーの「ダイヤモンド」には、物語の最後に訪れるヅリスコール嬢の幸福のように、雨村の幸せを願う優しい気持ちが溢れているのである。

「楽園《パラダイス》事件」は、森下雨村の訳によって、博文館が発行する『新青年』に一九二八年一一月号（九巻一三号）から一九二九年三月号（一〇巻四号）まで掲載された。挿絵はあるが、画家は不明。一枚だけ、松野一夫の署名と思われるものがあった。

原題は“*The Paradise Mystery*”であり、一九二〇年に米国で発行されている。英国では、“*The Wrychester Paradise*”と題名が変更されて、一九二一年に発刊された。どうやら米国版の方が先に発行されたらしい。日本では、一九三〇年一月に、フレッチャア著、ウエルシーニン著、森下雨村訳『探偵小説全集第十九巻　大破滅　ライチエスタ事件』（春陽堂）に「ライチエスタ事件」と名前を変えて収録された。英国版の題名に合わせた変更だと推測される。この全集単行本の巻頭には、英国版の書影写真もあった。翻訳文においては、初出との異同はない。本書に収録したのは、この初出連載分である。

事件は、ライチェスタの大伽藍、聖ライザの階段の上にある明層《あかりそう》から一人の見知らぬ男が突き落とされて、亡くなったところから始まっている。偶然、近くにいた医師ブライスは、その男の内ポケットの財布から一枚の紙切れを取り出し、自分のポケットにしまった。実は、そこにある出来事の秘密が隠されていたのであった。男は、突き落とされたのか、それとも自殺か事故か？　ブライスによる犯人探しが続く中、今度はその目撃者である石工のコリショウが殺されてしまった。果たして、犯人は同一人物なのだろうか。

冒頭で紹介される医師のマーク・ランスフォド、十七歳の少年ディック・ビワリ、十九歳の娘メアリ・ビワリ、彼ら三人の関係や、メアリを自分のものにしたいブライスの企み、死んだ老紳士ジョン・ブレードンの謎が、街のさまざまな人々を巻き込んで物語は進んでいく。警察に限らず、犯人探しに奔走していたのはブライスだけではなかった。ブライスの求愛を拒絶するメアリの視線《まなざし》の向こうにいる人物が、この事件の発端になる出来事の鍵を握っていたのだ。一つの転落死の裏には、マーク・ランスフォドの複雑な過去が関わっていたのである。そのような複合的な物語構造を大団円として昇華していくのが、フレッチャーの手腕といえるだろう。雨村はそういう魅力を「フレッチヤ氏とその作品」の中で、次のように述べている。

つまり探偵眼といふほどのものを有たず、従つて指紋や足跡なんどには眼もくれず、ひたすら熱と努力をもつて事件の奥に突き進んでゆく。そこが超人的探偵の活躍する探偵小説よりは読者をして親しみ深く感ぜしめる所以であらう。それと新聞記者時代のいろいろな経験、及び歴史、土俗方面の該博な知識が、彼の作品に重大な援助を与へてゐることも見逃してはならぬ。

フレッチャーの新聞記者時代に培った足を使って自分の目で確かめるやり方が、作品に活かされているのである。これは事件の捜査では当たり前のことなのであるが、それを小説に取り入れるとなると、主人公や登場人物の個性とその関係、犯人探しの流れ、事件の背後関係や構成上の問題などが複雑に絡んできて、小説の結構が作りづらくなってしまう。読者も読後感が悪くなる。しかしフレッチャーは見事にやってのけているのだ。探偵や警部が活躍するというよりは、事件に興味をもった素人がそれだけで熱心に動き出していた。雨村も述べているのだが、「楽園事件《パラダイス》」の場合、医師ブライスがそれにあたるであろう。さらに雨村の代表作である「三十九号室の女」（『週刊朝日』一九三三（昭和八）年五月七日〜八月二十日付、前掲書『森下雨村探偵小説選Ⅱ』所収）は、その影響を受け、うまく描かれた物語といえるだろう。

だが、そういうフレッチャーのような探偵小説への手法を、好まない考えがあるのも事実である。「探偵小説の鬼」の江戸川乱歩だ。探偵小説家の大下宇陀児《うだる》は、「乱歩分析」（『別冊宝石』四二号、一九五四（昭和二九）年一一月）の中で、作家の梅崎春生が探偵小説を書きたいと考え、乱歩を訪れたのだが、梅崎がフレッチャーを褒めると乱歩は同意せず、それで梅崎は探偵小説を書くのを諦めたと述べている。宇陀児は、梅崎から直接聞いたとしているので、乱歩がフレッチャーを好んでいないというのは本当のことなのだろう。やはり「楽園事件《パラダイス》」の連載と同じ頃に書いた「陰獣」（『新青年』一九二八年八月増刊号〜一〇月号）のような思いもかけないトリックを解き明かしていく方が「本格」の探偵小説と考えているのかもしれない。

さて、「楽園事件《パラダイス》」の初出冒頭には、本巻にも掲げたように犯人当ての「五百円懸賞問題」と「主要人物」の紹介があり、同号目次の袖には、本巻収録にあるような一等から三等までの賞金額とその人数、懸賞問題も再掲されていた。〆切は、一九二九年一月一〇日であり、解答の発表は三月号にて完結編と同時に行うとあった。二月号の物語末尾には「締切来る‼ 犯人は果して誰？」というコーナーがあり、その中で「今日までに、気早くも解答を寄せられたものが約千三百通、机上に山と積まれてあるが、正解と思はれるものは殆ど見当らない。本号を見て、果して幾人の正解者が現はれるであらうか？　編集者は意地悪くさへ北叟笑《ほくそえみ》を浮べるのである」と読者を挑発していた言葉もあった。

完結編の発表された三月号には、懸賞応募の模範解答として、二等首席「小林八十吉」なる人物の「「楽園《パラダイス》事件」解答」を二ページ半掲載し、その後に『新青年』記者の書いた「選後に」という文章が掲載されていた。その冒頭には「四ケ月に渉つて読書界を賑はした本編の、懸賞募集犯人当ては、文字通り枠が如き好評裡に、応募原稿三千五百通を算した。／だが、問題が難解であつたためか、完全無欠な推定をした人は割合に少なかつた。たゞ、流石に長年本誌で鍛へられた読者は、熱心と明察とによつて、略々《ほぼ》正解に近い推定を送つて来た。この正解の程度のものが、甲乙をつけられぬ程多数あるので、一等を抽籤で決定する訳にも行かず、遂に相談の結果、一等を無しとし、その代り二等を四人増して、規定の額を分割した」と述べられていた。

結局、一等はなしで、二等が八名、三等は二十名となったのである。それゆえ、前述した読者の模範解答も「二等首席」という肩書きになっていた。三等に該当する有資格者は百三十七名もいたのだが、人数が多すぎるので抽籤で二十名を選んでいたという理由も述べられていた。

当時、博文館に入社したばかりの、戦後『新青年』の編集長にもなった高森栄次によれば、その頃の『新青年』の印刷部数は三万五千くらいだったという（「高森栄次さんに聞く　博文館の時代」『聞書抄』湯浅篤志・大山敏編、博文館新社、一九九三年による）。懸賞応募原稿が「三千五百通」ということは、大ざっぱに見積もっても、十分の一の読者が応募してきたことになる。葉書に犯人の名前を書くだけならば、もっとたくさんの読者が応募してきたのに違いない。しかし、この懸賞は探偵小説雑誌『新青年』にふさわしく、「自殺か他殺か」「他殺ならば犯人とその動機は？」「共犯者ありや?」ということを具体的に証拠を挙げながら書かなければならなかったので、難易度も高かった。これはフレッチャーの原著を洋書で仕入れて読む人たちへの対策も兼ねているのだろう。〆切までの時間も短く、英語力も必要となるからだ。また印刷部数すべてが、実際全部売れて読まれたというわけでもないので、それらのことを考えると、「三千五百通」という応募数は多かったといえるだろう。なお、〆切後に到着した解答も二百余編あったが、没にしたとあった。

その頃、森下雨村は一九二七（昭和二）年三月に『新青年』の編集を横溝正史にバトンタッチして、『文藝倶楽部』の編集主幹になっていた。しかし、同年暮れに博文館編集局長の長谷川天渓が辞任をしたので、その後釜に就任することになった。当時、博文館の雑誌の売れ行きが不振で、同社の総合雑誌『太陽』の廃刊を決め（一九二七年暮）、経営の立て直しを図っていたのだった。そして講談社の『キング』に対抗すべく、新雑誌『朝日』の創刊が決まり、雨村にそれが託されたのである。『朝日』は一九二八年暮れに一九二九年一月創刊号が発行されたのだが、「楽園《パラダイス》事件」が『新青年』に掲載されたのは、ちょうど雨村が『朝日』の創刊準備に大変忙しい頃であった。

博文館の編集局長であり、『文藝倶楽部』の編集主幹も行い、そして『朝日』の創刊をめざすという一九二八年後半は、雨村にとって、たいへん仕事に追われていた時期だと考えられる。そういう状況で、「楽園《パラダイス》事件」の翻訳をするのは非常に骨が折れる作業だったといえるだろう。しかし、ここで考えたいのは、すでにそれ以前から翻訳が出来上がっていた可能性があるということである。つまり、犯人当て懸賞を伴う連載ならば、その企画のために「楽園《パラダイス》事件」の完訳が用意され、それを元に連載と懸賞が動いていたと考えられるのだ。

もちろん、その背後には『新青年』編集部の意向もあるだろう。「楽園《パラダイス》事件」が『新青年』に連載された一九二八年一一月号は、翻訳家として活躍していた延原謙が同年一〇月号から編集主幹になったばかりの頃であった。それまで横溝正史が編集主幹をやっていて、前述した江戸川乱歩の「陰獣」を同じ年の夏に連載させるなど、『新青年』が売り上げを伸ばした号もあったのだ。となると、横溝や延原の、特に横溝正史の意向が大きいと思われる。

さらにいえば、この連載は、『新青年』にしては、挿絵ページが多い。たとえば、一一月号は、一一ページ（四五ページ）、一二月号は八ページ（二九ページ）、一月号は九ページ（三〇ページ）、二月号は、一一ページ（三四ページ）、三月号は、一三ページ（三八ページ）だった。カッコ内はその号の「楽園事件《パラダイス》」のページ数を表している。合計五二ページ（一七六ページ）で、総ページ数に対するその割合は三〇％弱だった。正月を挟んだ五ケ月の連載で、これだけの挿絵を用意するのは、編集部にとってかなり難しいと思われる。つまり、それ以前から森下雨村訳の「楽園事件《パラダイス》」を、この時期の『新青年』に懸賞付きで掲載する計画があり、挿絵を含めて周到に準備されてきたことが読みとれるのであった。

たぶんそれは、『朝日』創刊の宣伝のためだったのではないだろうか。なぜなら、一二月号の連載途中で、出し抜けに『朝日』創刊の広告が二ページにもわたって現れるからである。読者は犯人探しのために、必死に「楽園事件《パラダイス》」を読んでいる。すると突然、『朝日』創刊号一二月三日発売、定価五十銭という文句が飛び込んでくる。一家団欒の絵と共に、『朝日』の素晴らしさを語る言葉が溢れだすのだ。読者には大きなインパクトだったことだろう。すなわち、森下雨村がどうしても売り出したかった『朝日』の宣伝を、自分の翻訳した「楽園事件《パラダイス》」に挟み込み、しかもきちんと読まれるように懸賞付きにして打ち出していたのであった。ここには、雨村の『朝日』にかける並々ならぬ思いがあるに違いない。

このようにして考えてみると、自分が育てた『新青年』に「楽園事件《パラダイス》」を連載して、しかも懸賞付きにしたのは『新青年』の売り上げに貢献するだけでなく、博文館編集局長として『朝日』の売り出しに考慮している姿が浮かんでくるのである。自分の大好きなフレッチャーの探偵小説を翻訳し掲載することで、自らの編集センスを試しているという意気込みでもあった。そこに雨村の編集者と翻訳者のタッグを組んだセンスを感じるのは、あながち間違いではない。それだけ、この「楽園事件《パラダイス》」の面白さは、雨村にとって必要だったのである。

〔著者〕
J・S・フレッチャー
1863年、英国生まれ。中学校卒業後、新聞社の編集助手や〈リーズ・マーキュリー〉紙の編集部員を経て専業作家となる。1935年死去。

〔訳者〕
森下雨村（もりした・うそん）
1890年、高知県生まれ。本名・岩太郎《いわたろう》。早稲田大学英文科卒。博文館へ入社し、雑誌『新青年』の編集主幹を務める一方、作家や翻訳者としても活躍した。博文館を退社後、高知県佐川町へ戻り、戦後は故郷で過ごした。1965年5月、死去。

〔編者〕
湯浅篤志（ゆあさ・あつし）
1958年、群馬県生まれ。成城大学大学院文学研究科博士前期課程修了。大正、昭和初期の文学研究を中心に活動している。著書に『夢見る趣味の大正時代――作家たちの散文風景』（論創社）、編著に『森下雨村探偵小説選』（論創社、既刊3巻）、共編著に『聞書抄』（博文館新社）など。

楽園事件《パラダイス・ミステリ》　森下雨村翻訳《もりしたうそんほんやく》セレクション
――論創海外ミステリ 230

2019年3月20日　初版第1刷印刷
2019年3月30日　初版第1刷発行

著　者　J・S・フレッチャー
訳　者　森下雨村
編　者　湯浅篤志
装　丁　奥定泰之
発行人　森下紀夫
発行所　論 創 社
〒101-0051 東京都千代田区神田神保町2-23 北井ビル
TEL:03-3264-5254 FAX:03-3264-5254 振替口座 00160-1-155266
WEB:http://www.ronso.co.jp

印刷・製本　中央精版印刷
組版　フレックスアート

ISBN978-4-8460-1792-7